JACK HIGGINS

Die Lerche fliegt im Morgengrauen

JACK HIGGINS

Die Lerche fliegt im Morgengrauen

Roman

Aus dem Englischen von
Michael Kubiak

C. Bertelsmann

Die Originalausgabe erschien 1992 unter dem Titel
»Eye of the Storm« bei Chapman Publishers, London

Umwelthinweis:
Dieses Buch und der Schutzumschlag
wurden auf chlorfrei gebleichtem Papier gedruckt.
Die Einschrumpffolie (zum Schutz vor Verschmutzung) ist aus
umweltfreundlicher und recyclingfähiger PE-Folie.

1. Auflage

Schutzumschlag: Manfred Waller unter Verwendung
eines Photos von Jason Fraser, SIPA Press
Satz: Uhl + Massopust, Aalen
Printed in Germany · Mohndruck, Gütersloh
ISBN 3-570-02029-0

Im Andenken an meinen Großvater
Robert Bell, M. M.
Ein tapferer Soldat

Die himmlischen Winde wehen. Der Tisch ist gedeckt. Möge Allah mit euch sein.

Verschlüsselte Botschaft,
Irakischer Rundfunk, Baghdad
Januar 1991

Der Mörserangriff auf Downing Street 10, als das Kriegskabinett am Donnerstag, dem 7. Februar 1991, um zehn Uhr zusammentrat, ist mittlerweile Geschichte. Eine zufriedenstellende Aufklärung hat bisher nicht stattgefunden. Vielleicht hat sich alles wie folgt abgespielt…

1

Es war kurz vor Einbruch der Dunkelheit, als Dillon aus der Gasse auftauchte und an der Ecke stehenblieb. Regentropfen und Schneeflocken trieben über die Seine, Hagelkörner mischten sich darunter, und selbst für einen Januar in Paris war es kalt. Er trug einen Matrosenmantel, Schirmmütze, Jeans und Stiefel und sah damit aus wie einer der vielen Matrosen von einem der Schleppkähne auf dem Fluß. Aber das war er gewiß nicht.

Er zündete sich mit gewölbten Händen eine Zigarette an und blieb für einen Moment im Schatten stehen und schaute zu den Lichtern des kleinen Cafés auf der anderen Seite des gepflasterten Platzes hinüber. Nach einer Weile schnippte er die Zigarette weg, schob die Hände tief in die Manteltaschen und überquerte den Platz.

In der dunklen Höhle eines Hauseingangs warteten zwei Männer und verfolgten seinen Weg. Einer von ihnen flüsterte: »Das muß er sein.«

Er wollte einen Schritt machen. Der andere hielt ihn zurück. »Nein, warte, bis er drin ist.«

Dillon, dessen Sinne sich in den Jahren des Untergrundlebens geschärft hatten, war sich ihrer Anwesenheit bewußt, aber das verriet er durch keinerlei Reaktion. Er blieb vor dem Eingang stehen, schob die linke Hand unter den Mantel, um sich zu vergewissern, daß die Walther PPK in seinem Rücken sicher im Bund seiner Jeans steckte, dann öffnete er die Tür und trat ein.

Es war ein Lokal, wie es für diesen Flußabschnitt typisch war: ein halbes Dutzend Tische mit Stühlen, eine Bartheke mit Zinkabdeckung, Flaschen, die dahinter vor einem gesprungenen Spiegel aufgereiht waren. Der Durchgang nach hinten wurde von einem Perlenvorhang verdeckt.

Der Barkeeper, ein sehr alter Mann mit grauem Schnurrbart, trug ein Alpaka-Sakko, dessen Ärmel an den Enden zerschlissen waren, und sein Hemd hatte keinen Kragen. Er legte die Illustrierte, in der er las, beiseite und erhob sich von seinem Hocker.

»Monsieur?«

Dillon knöpfte seinen Matrosenmantel auf und legte seine Mütze auf die Bar. Er war ein kleinwüchsiger Mann, nicht viel größer als einsfünfundsechzig, mit blondem Haar und Augen, die für den Barkeeper überhaupt keine spezielle Farbe zu haben schienen, außer daß es die kältesten Augen waren, in die der alte Mann jemals geblickt hatte. Er schüttelte sich fröstelnd, von einer unerklärlichen Furcht ergriffen, und Dillon lächelte. Die Veränderung war erstaunlich, plötzlich war in dem Gesicht nichts als Wärme und ein überwältigender Charme. Als er den Mund aufmachte, sprach er perfektes Französisch. »Meinen Sie, es gibt in diesem Haus noch eine halbe Flasche Champagner?«

Der alte Mann schaute ihn verblüfft an. »Champagner? Sie machen wohl einen Scherz, Monsieur. Ich kann Ihnen nur zwei verschiedene Weine anbieten. Einen roten und einen weißen.«

Er stellte von jedem eine Flasche auf die Bar. Die Qualität war so armselig, daß die Flaschen Schraubverschlüsse anstatt Korken hatten.

»Na schön«, sagte Dillon. »Ich nehme den Weißen. Geben Sie mir ein Glas.«

Er setzte wieder seine Mütze auf, ging durch das Lokal und nahm an einem Tisch vor der Wand Platz, von wo aus er den Eingang von der Straße wie auch den Perlenvorhang beobachten konnte. Er öffnete die Flasche, schüttete etwas Wein ins Glas und kostete.

Er sagte zu dem Barkeeper: »Und was für ein Jahrgang ist das? Von letzter Woche?«

»Monsieur?« Der alte Mann sah ihn verwirrt an.

»Schon gut.« Dillon zündete sich eine weitere Zigarette an, lehnte sich zurück und wartete.

Der Mann, der dem Vorhang am nächsten stand und hindurchspähte, war Mitte Fünfzig, mittelgroß und hatte einen leicht angekränkelten Gesichtsausdruck. Der Pelzkragen seines dunklen Mantels war zum Schutz vor der Kälte hochgeschlagen. Bis hin zu der goldenen Rolex an seinem linken Handgelenk sah er aus wie ein wohlhabender Geschäftsmann. In gewisser Weise war er das auch, als leitender Handelsattaché an der sowjetischen Botschaft in Paris. Er war außerdem Oberst des KGB und hieß Josef Makeev.

Der jüngere dunkelhaarige Mann im teuren Lamahaarmantel neben ihm, der über seine Schulter lugte, hieß Michael Aroun. Er flüsterte auf französisch: »Das ist doch lächerlich. Er kann gar nicht unser Mann sein. Er sieht nach gar nichts aus.«

»Ein großer Irrtum, dem schon viele unterlegen sind, Michael«, sagte Makeev. »Warten Sie ab, und passen Sie auf.«

Die Glocke klingelte, als die Außentür aufschwang. Regen wurde hereingeweht, und die beiden Männer, die im Hauseingang gewartet hatten, während Dillon den Platz überquerte, traten ein. Einer von ihnen war über einsachtzig groß, bärtig, und eine häßliche Narbe verlief bis dicht zu seinem rechten Auge. Der andere war viel kleiner, und sie trugen beide Matrosenmäntel und Bluejeans. Sie sahen genau nach dem aus, was sie mitbrachten, nämlich nach Ärger.

Sie stellten sich an die Bar, und der alte Mann verzog das Gesicht. »Keine Bange«, meinte der Jüngere. »Wir wollen nur etwas zu trinken.«

Der große Mann wandte sich um und sah auf Dillon. »Ich glaube, da haben wir schon, was wir wollen.« Er ging zum Tisch, griff nach Dillons Glas und trank daraus. »Unser Freund hat nichts dagegen, oder?«

Ohne von seinem Stuhl aufzustehen, hob Dillon den linken Fuß und trat gegen die Kniescheibe des Bärtigen. Der Mann sackte mit einem erstickten Schrei nach unten, hielt sich am Tisch fest, und Dillon sprang auf. Der Bärtige versuchte sich hochzuziehen und sank auf einen der Stühle. Sein Freund nahm eine Hand aus der Tasche, ließ die Klinge eines Jagdmessers aufspringen, und Dillons linke Hand kam mit der Walther PPK zum Vorschein.

»Auf die Theke. Mein Gott, Leute, ihr lernt es nie, oder? Sieh zu, daß du dieses Stück Scheiße auf die Füße bekommst und damit verschwindest, solange ich noch halbwegs bei Laune bin. Ihr solltet übrigens ins nächste Krankenhaus fahren. Ich dürfte ihm die Kniescheibe gebrochen haben.«

Der kleinere Mann ging zu seinem Freund und mühte sich ab, ihn vom Stuhl hochzuziehen. Sie blieben für einen Moment stehen, und das Gesicht des Bärtigen verzerrte sich vor Qual. Dillon öffnete die Tür. Draußen rauschte der Regen unbarmherzig vom Himmel herab.

Während sie an ihm vorbeihumpelten, meinte er: »Gute Nacht, ihr beiden«, und schloß die Tür.

Während er immer noch die Walther in der linken Hand hielt, zündete er sich eine Zigarette mit einem Streichholz aus dem Ständer auf der Bar an und sah lächelnd zu dem alten Barkeeper. Dieser starrte ihn entsetzt an. »Kein Problem, Dad. Es war nicht Ihre Schuld.« Dann lehnte er sich an die Bar und rief auf englisch: »Na schön, Makeev, ich weiß, daß Sie da sind, also kommen Sie schon raus!«

Der Vorhang teilte sich, und Makeev und Aroun traten hindurch. »Mein lieber Sean, ich freue mich, Sie wiederzusehen.«

»Sie sind das reinste Weltwunder«, sagte Dillon, und in seiner Stimme lag die Spur eines irischen Akzents. »Gerade wollten Sie mich noch tranchieren lassen, und schon sind Sie wieder die Nettigkeit in Person.«

»Es war nötig, Sean«, meinte Makeev. »Ich mußte meinen Freund hier überzeugen. Darf ich euch miteinander bekannt machen?«

»Lassen Sie nur«, winkte Dillon ab. »Ich habe sein Bild schon oft genug in der Zeitung gesehen. Wenn es nicht gerade im Börsenteil ist, dann gewöhnlich in der Gesellschaftsspalte. Michael Aroun, nicht wahr? Der Mann mit allem Geld der Welt.«

»Nicht mit allem, Mr. Dillon.« Aroun streckte seine Hand aus.

Dillon ignorierte sie. »Schenken wir uns die Formalitäten, mein Sohn, und sagen Sie Ihrem Freund hinterm Vorhang, er soll ebenfalls rauskommen.«

»Rashid, tun Sie, was er sagt«, rief Aroun und meinte dann zu Dillon: »Er ist nur mein Gehilfe.«

Der junge Mann, der zum Vorschein kam, hatte ein dunkles, wachsames Gesicht und trug einen Ledermantel. Der Kragen war hochgeschlagen, die Hände hatte er tief in den Taschen vergraben.

Dillon erkannte auf Anhieb den Profi. »Ich will sie sehen.« Er winkte mit der Walther. Rashid lächelte und nahm die Hände aus den Taschen. »Sehr gut«, sagte Dillon. »Und jetzt muß ich gehen.«

Er machte kehrt und öffnete die Tür. Makeev sagte: »Sean, seien Sie doch vernünftig. Wir wollen uns nur mit Ihnen unterhalten. Es geht um einen Job, Sean.«

»Tut mir leid, Makeev, aber ich mag die Art nicht, wie Sie Ihr Geschäft betreiben.«

»Auch nicht für eine Million, Mr. Dillon?« warf Michael Aroun ein.

Dillon hielt inne, drehte sich zu ihm um, sah ihn ruhig an und lächelte dann ausgesprochen freundlich. »Meinen Sie Pfund oder Dollar, Mr. Aroun?« fragte er und trat hinaus in den Regen.

Als die Tür zufiel, sagte Aroun: »Der ist wohl weg.«

»Überhaupt nicht«, sagte Makeev. »Ein komischer Kerl, glauben Sie mir.« Er wandte sich an Rashid. »Sie haben Ihr tragbares Telefon bei sich?«

»Ja, Colonel.«

»Gut. Folgen Sie ihm. Bleiben Sie an ihm kleben. Wenn er irgendwo einkehrt, rufen Sie mich an. Wir sind in der Avenue Victor Hugo.«

Rashid sagte kein Wort, sondern machte sich sofort auf den Weg. Aroun holte seine Brieftasche hervor, zog einen Tausend-Franc-Schein heraus und legte ihn auf die Bar. Zu dem Barkeeper, der völlig durcheinander zu sein schien, sagte er: »Wir haben Ihnen zu danken«, dann wandte er sich um und folgte Makeev nach draußen.

Während er sich hinter das Lenkrad der schwarzen Mercedes-Limousine schob, sagte er zu dem Russen: »Er hat nicht einen Moment gezögert.«

»Ein interessanter Bursche, dieser Sean Dillon«,

meinte Makeev, während sie losfuhren. »Er hat einundsiebzig zum erstenmal für die IRA eine Pistole angefaßt. Zwanzig Jahre, Michael, zwanzig Jahre, und nicht einmal hat er eine Gefängniszelle von innen gesehen. Er war in die Mountbatten-Sache verwickelt. Dann wurde es sogar für seine eigenen Leute zu heiß, mit ihm zusammenzuarbeiten, daher ging er auf den Kontinent. Wie ich Ihnen schon sagte, er hat für jeden gearbeitet. Für die PLO, früher auch für die Rote-Armee-Fraktion in Deutschland. Für die baskischen Nationalisten, die ETA. Er hat für sie einmal einen spanischen General getötet.«

»Auch für den KGB?«

»Aber sicher. Er war für uns des öfteren tätig. Wir nehmen immer die Besten, und Sean Dillon ist genau das. Er spricht Englisch und Irisch und, falls es Sie interessiert, fließend Französisch und Deutsch, einigermaßen Arabisch, Italienisch und Russisch.«

»Und niemand hat ihn in zwanzig Jahren geschnappt. Wie kann jemand nur soviel Glück haben?«

»Weil er eine außergewöhnliche schauspielerische Begabung hat, mein Freund. Man könnte sagen, er ist ein Genie. Als Junge brachte ihn sein Vater von Belfast nach London, wo er ein Stipendium an der Royal Academy of Dramatic Arts bekam. Er ist sogar im Nationaltheater aufgetreten, als er neunzehn oder zwanzig war. Ich habe noch nie jemanden gesehen, der seine Persönlichkeit und seine Erscheinung allein durch seine Körpersprache verändern kann. Schminken spielt dabei keine Rolle, auch wenn es eine zusätzliche Hilfe für ihn sein kann. Er ist eine Legende, über die die Geheimdienste der meisten Nationen Stillschweigen bewahren, denn sie können ihm kein Gesicht zuordnen und wissen daher nicht, wonach sie suchen sollen.«

»Was ist mit den Briten? Sie müßten doch mittlerweile Experten im Umgang mit der IRA sein«, fragte Aroun.

»Nein, nicht einmal die Engländer. Wie ich schon sagte, er wurde nie verhaftet, kein einziges Mal, und im Gegensatz zu seinen Freunden von der IRA hat er sich niemals nach Publicity gedrängt. Ich bezweifle, daß es irgendwo ein Foto von ihm gibt, außer vielleicht irgendeinen Schnappschuß als Junge.«

»Und aus der Zeit, als er noch Schauspieler war, existiert auch keines?«

»Möglich, aber das liegt zwanzig Jahre zurück, Michael.«

»Und Sie meinen, er übernimmt den Auftrag, wenn ich ihm genug Geld anbiete?«

»Nein, Geld allein genügt diesem Mann nicht. Es muß immer auch der Job sein, der Dillon lockt. Wie soll ich es ausdrücken? Wie interessant er ist. Für diesen Mann ist die Schauspielerei alles. Was wir ihm anbieten, ist eine neue Rolle. Es ist zwar eher Straßentheater, aber immer noch genug Theater für einen Schauspieler wie ihn.« Er lächelte versonnen, während der Mercedes sich in den Kreisverkehr um den Arc de Triomphe einfädelte. »Mal sehen, was geschieht. Warten wir ab, bis wir von Rashid hören.«

In diesem Moment befand Hauptmann Rashid sich am Anfang eines kleinen Piers, der in die Seine ragte. Der Regen fiel immer noch dicht und war reichlich mit Hagel gemischt. Die Scheinwerfer, die Notre Dame anstrahlten, waren eingeschaltet und erzeugten einen Eindruck, als würde man das Bauwerk durch einen grobmaschigen Vorhang betrachten. Er beobachtete, wie Dillon über den schmalen Pier zu dem Gebäude auf

Pfählen an seinem Ende ging, und folgte ihm so unauffällig wie möglich.

Die Konstruktion war schon sehr alt und aus Holz errichtet worden. Kähne und andere Boote verschiedener Bauart waren ringsum festgemacht. Auf dem Schild über der Tür befand sich die Inschrift *Le Chat Noir*, die Schwarze Katze. Er lugte vorsichtig durch das Fenster. Es gab eine Bar und mehrere Tische wie in dem anderen Café. Der einzige Unterschied war der, daß hier Leute speisten. An der Wand auf einem Hocker saß sogar ein Mann und spielte Akkordeon. Alles sehr pariserisch. Allerdings konnte er Dillon nirgends entdecken. Wo war er bloß abgeblieben?

Rashid zog sich zurück, ging zum Anfang des Piers, blieb am Geländer im Schutz einer kleinen Terrasse stehen und wählte auf seinem tragbaren Telefon die Nummer von Arouns Haus in der Avenue Victor Hugo.

Ein leises Klicken ertönte, als die Walther gespannt wurde, und Dillon stieß ihm die Mündung schmerzhaft ins rechte Ohr. »Na schön, mein Sohn, ein paar Antworten«, verlangte er. »Wer sind Sie?«

»Mein Name ist Rashid«, erwiderte der junge Mann. »Ali Rashid.«

»Woher kommen Sie? Von der PLO?«

»Nein, Mr. Dillon. Ich bin Hauptmann in der irakischen Armee und abkommandiert, um für Mr. Arouns Schutz zu sorgen.«

»Und Makeev und der KGB?«

»Sagen wir einfach, sie stehen auf unserer Seite.«

»So wie die Dinge im Golf stehen, brauchen Sie wirklich jemanden auf Ihrer Seite, mein Sohn.« Eine leise Stimme erklang aus dem tragbaren Telefon. »Na los, antworten Sie.«

Makeev fragte: »Rashid, wo ist er?«

»Neben mir, vor einem Café auf dem Fluß unweit von Notre Dame«, antwortete Rashid. »Der Lauf seiner Walther steckt in meinem Ohr.«

»Geben Sie ihn mir«, befahl Makeev.

Rashid reichte den Telefonhörer an Dillon weiter, und dieser sagte: »Lassen Sie mal hören, alter Knabe.«

»Eine Million, Sean. Englische Pfund, wenn Ihnen diese Währung lieber ist.«

»Und was soll ich für das viele Geld tun?«

»Den Job Ihres Lebens erledigen. Lassen Sie sich von Rashid herbringen, und wir besprechen alles.«

»Ich glaube, das gefällt mir nicht«, sagte Dillon. »Viel lieber wäre mir, wenn Sie Ihren Arsch erheben und selbst herkommen, um uns abzuholen.«

»Natürlich«, sagte Makeev. »Wo sind Sie?«

»Auf der anderen Flußseite gegenüber Notre Dame. Vor einem kleinen Bistro namens Schwarze Katze, auf einem Pier. Wir warten.«

Er verstaute die Walther in seiner Manteltasche und gab Rashid das Telefon zurück. Dieser fragte: »Kommt er?«

»Natürlich.« Dillon lächelte. »Haben Sie etwa daran gezweifelt?«

Im Wohnzimmer im ersten Stock des Hauses in der Avenue Victor Hugo am Bois de Boulogne legte Josef Makeev den Telefonhörer auf und ging zur Couch, auf der sein Mantel lag.

»War das Rashid?« wollte Aroun wissen.

»Ja. Er ist mit Dillon irgendwo am Fluß. Ich hole sie ab.«

»Ich komme mit.«

Makeev schlüpfte in seinen Mantel. »Nicht nötig,

Michael. Halten Sie hier die Stellung. Es dauert nicht lange.«

Er ging hinaus. Aroun nahm eine Zigarette aus einem silbernen Etui und zündete sie an. Dann schaltete er den Fernseher ein. Die Nachrichten liefen bereits. Eine Direktreportage aus Baghdad berichtete von einem Angriff von Tornado-Kampfbombern der britischen Royal Air Force. Es erfüllte ihn mit bitterem Zorn. Er schaltete aus, schenkte sich einen Kognak ein und setzte sich ans Fenster.

Michael Aroun war vierzig Jahre alt und in jeder Hinsicht ein bemerkenswerter Mann. In Baghdad als Sohn einer französischen Mutter und eines irakischen Vaters geboren, der Offizier in der Armee war, hatte er eine amerikanische Großmutter. Durch sie hatte seine Mutter zehn Millionen Dollar und eine Reihe Ölquellen in Texas geerbt.

Sie war im gleichen Jahr gestorben, in dem Aroun sein Studium an der Rechtsfakultät in Harvard abschloß, und hatte alles ihrem Sohn hinterlassen, weil sein Vater, mittlerweile als General der irakischen Armee pensioniert, seinen Lebensabend lieber bei seinen Büchern im alten Haus der Familie in Baghdad verbringen wollte.

Wie die meisten erfolgreichen Geschäftsleute hatte Aroun in diesem Fach keinerlei akademische Ausbildung genossen. Er wußte nichts von Finanzplanung oder Unternehmensverwaltung. Sein Lieblingssatz, der oft zitiert wurde, lautete: Wenn ich einen neuen Manager brauche, dann kaufe ich mir einen.

Seine Freundschaft mit Saddam Hussein hatte sich völlig natürlich aus der Tatsache ergeben, daß der irakische Präsident in seinen Anfangstagen in der Politik großzügig von Arouns Vater unterstützt worden war.

Dieser war nämlich auch noch ein wichtiges Mitglied der Baath-Partei. Das hatte Aroun eine privilegierte Position verschafft, was die Erschließung der Ölfelder des Landes betraf, und ihm zu unschätzbarem Reichtum verholfen.

Nach der ersten Milliarde hört man auf zu zählen, lautete ein anderer Lieblingssatz. Und nun drohte ihm ein Desaster. Nicht nur die erwarteten Reichtümer aus den Ölfeldern Kuweits wurden ihm weggenommen, sondern auch der Teil seines Vermögens, der aus dem Irak stammte, versickerte infolge der massiven Luftangriffe der Alliierten, die sein Land seit dem 17. Januar mehr und mehr verwüsteten.

Er war kein Narr. Er wußte, daß das Spiel vorbei war; daß es besser nie begonnen hätte und daß Saddams Traum bereits zerschlagen war. Als Geschäftsmann rechnete er mit Prozenten, und danach hatte der Irak in einem Bodenkrieg, der irgendwann beginnen mußte, keine nennenswerten Chancen.

Was seine persönliche Situation betraf, so war er vom Ruin weit entfernt. Er hatte immer noch seine Anteile an den Ölquellen in den USA, und die Tatsache, daß er sowohl französischer wie auch irakischer Staatsbürger war, stellte Washington vor ein Problem. Dann waren da noch seine Schiffsflotte und der erhebliche Immobilienbesitz in verschiedenen Hauptstädten auf der ganzen Welt. Es erfüllte ihn mit Wut, wenn er allabendlich den Fernseher einschaltete und verfolgte, was in Baghdad geschah, denn er war, überraschend für einen ichbezogenen Menschen, ein Patriot. Hinzu kam die unendlich viel bedeutsamere Tatsache, daß sein Vater bei einem Bombenangriff am dritten Tag des Luftkriegs ums Leben gekommen war.

Und da gab es ein großes Geheimnis in seinem Leben,

denn im August, kurz nach der Invasion Kuweits durch irakische Streitkräfte, hatte Saddam Hussein persönlich Aroun zu sich befohlen. Während er vor der offenen Terrassentür saß, ein Glas Kognak in der Hand, der Regen ein monotones Prasseln auf der Terrasse, blickte er hinaus auf den abendlichen Bois de Boulogne und erinnerte sich an die Begegnung.

Eine Luftschutzübung war gerade im Gange, als er in einem Landrover der Armee durch die Straßen von Baghdad kutschiert wurde. Überall herrschte absolute Dunkelheit. Der Fahrer war ein junger Geheimdiensthauptmann namens Rashid, den er schon früher kennengelernt hatte. Er gehörte zur neuen Generation und war von den Engländern in Sandhurst ausgebildet worden. Aroun bot ihm eine englische Zigarette an und nahm selbst eine.

»Was meinen Sie, welche Schritte sie jetzt unternehmen werden?«

»Die Amerikaner und die Briten?« Rashid war vorsichtig. »Wer weiß? Sie werden ganz gewiß reagieren. Präsident Bush scheint einen harten Kurs zu verfolgen.«

»Nein, jetzt irren Sie sich«, widersprach Aroun. »Ich habe den Mann zweimal persönlich im Weißen Haus erlebt. Er ist das, was die Amerikaner einen netten Kerl nennen. Von Härte war nichts zu bemerken.«

Rashid zuckte die Achseln. »Ich bin ein einfacher Mann, Mr. Aroun, ein Soldat, und vielleicht sehe ich die Dinge zu simpel. Da ist ein Mann, Marineflieger mit zwanzig, der lange im aktiven Dienst stand, der über dem Japanischen Meer abgeschossen wurde und überlebte, um dann mit dem Distinguished Flying Cross ausgezeichnet zu werden. So einen Mann würde ich nicht unterschätzen.«

Aroun runzelte die Stirn. »Ich bitte Sie, mein Freund, die Amerikaner würden niemals ihre Armee um die halbe Welt schicken, um einen kleinen arabischen Staat zu beschützen.«

»Haben die Briten nicht genau das im Falklandkrieg getan?« erinnerte Rashid ihn. »In Argentinien hatte man niemals mit einer solchen Reaktion gerechnet. Natürlich stand dahinter die Entschlossenheit Margaret Thatchers, hinter den Engländern, meine ich.«

»Diese verdammte Frau«, sagte Aroun und lehnte sich zurück, während sie durch das Tor des Präsidentenpalastes rollten. Plötzlich fühlte er sich deprimiert.

Er folgte Rashid durch Flure mit marmorner Pracht. Der junge Offizier ging voraus und hatte eine Taschenlampe in der Hand. Es war eine seltsame, unheimliche Erfahrung, diesem kleinen Lichtfleck auf dem Fußboden zu folgen, begleitet vom Echo ihrer Schritte. Wächter standen rechts und links neben der reichverzierten Tür, vor der sie schließlich anhielten. Rashid öffnete sie und trat ein.

Saddam Hussein war allein und saß in Uniform an einem großen Schreibtisch. Das einzige Licht kam von einer Schreibtischlampe. Er schrieb gerade, langsam und sorgfältig, blickte auf und lächelte und legte dann seinen Füllfederhalter beiseite.

»Michael.« Er kam um den Tisch herum und umarmte Aroun wie einen Bruder. »Was macht Ihr Vater? Geht es ihm gut?«

»Er erfreut sich bester Gesundheit, mein Präsident.«

»Richten Sie ihm meine besten Wünsche aus. Sie sehen gut aus, Michael. Paris bekommt Ihnen.« Er lächelte wieder. »Rauchen Sie, wenn Sie wollen. Ich weiß, daß Sie es gerne tun. Die Ärzte haben mir leider geraten, damit aufzuhören.«

Er ließ sich wieder hinter seinem Schreibtisch nieder, und Aroun nahm ihm gegenüber Platz und war sich der Anwesenheit Rashids, der im Dunkeln an der Wand lehnte, durchaus bewußt. »Paris war sehr schön, aber in diesen schwierigen Zeiten ist mein Platz hier.«

Saddam Hussein schüttelte den Kopf. »Das stimmt nicht, Michael. Ich habe Soldaten im Überfluß, aber nur wenige Männer wie Sie. Sie sind reich, berühmt, werden in den höchsten Kreisen der Gesellschaft und der Politik überall auf der Welt geschätzt. Und mehr noch als das, dank Ihrer geliebten Mutter seligen Andenkens sind Sie nicht nur ein Iraki, sondern auch ein französischer Staatsbürger. Nein, Michael, ich brauche Sie in Paris.«

»Aber warum, mein Präsident?« fragte Aroun.

»Weil ich Sie vielleicht eines Tages bitten muß, einen Dienst für mich und Ihr Land auszuführen, zu dem nur Sie fähig sind.«

Aroun sagte: »Sie können sich stets auf mich verlassen, das wissen Sie.«

Saddam Hussein stand auf und ging zur nächsten Balkontür, öffnete die Fensterläden und trat hinaus auf die Terrasse. Das Signal der Entwarnung erklang wie ein Wehklagen überall in der Stadt, und hier und da gingen die ersten Lichter an.

»Ich hoffe noch immer, daß unsere Freunde in Amerika und England auf ihrem eigenen Hinterhof bleiben, aber wenn nicht...« Er zuckte die Achseln. »Dann müssen wir sie vielleicht auf *ihrem* Hinterhof bekämpfen. Denken Sie daran, Michael, wie der Prophet uns bereits im Koran lehrt, steckt in einem Schwert mehr Wahrheit als in zehntausend Worten.« Er hielt inne, dann fuhr er fort, wobei er den Blick nicht von der Stadt wendete. »Ein Scharfschütze in der Dunkelheit, Michael, ob vom britischen SAS oder von den Israelis, es ist im Grunde egal, aber was für ein Coup – der Tod Saddam Husseins.«

»Allah bewahre uns davor«, sagte Michael Aroun.

Saddam drehte sich zu ihm um. »Was er sicher tun wird, Michael, aber Sie verstehen, was ich meine, nicht wahr? Das gleiche gilt auch für Bush und für diese Thatcher. Der Beweis, daß mein Arm überall hinreicht. Der endgültige Coup.« Er fixierte ihn. »Sind Sie in der Lage, so etwas zu arrangieren, wenn es nötig wäre?«

Aroun war in seinem ganzen Leben nicht so erregt gewesen. »Ich denke schon, mein Präsident. Alles ist möglich, vor allem wenn genügend Geld vorhanden ist. Es wäre mein Geschenk für Sie.«

»Gut.« Saddam Hussein nickte. »Sie werden sofort nach Paris zurückkehren. Hauptmann Rashid wird Sie begleiten. Er kennt verschiedene Codes, die wir bei Funksendungen benutzen, und so weiter. Möglich, daß es niemals dazu kommt, Michael, aber wenn...« Er hob die Schultern. »Wir haben Freunde an den richtigen Stellen.« Er wandte sich an Rashid. »Was ist mit diesem KGB-Oberst in der sowjetischen Botschaft in Paris?«

»Oberst Josef Makeev, mein Präsident.«

»Ja«, sagte Saddam Hussein zu Aroun. »Wie viele andere in seiner Lage ist er nicht glücklich mit den Veränderungen, die jetzt in Moskau stattfinden. Er wird in jeder erdenklichen Weise helfen. Er hat seine Bereitschaft schon durchblicken lassen.« Er umarmte Aroun erneut wie einen Bruder. »Gehen Sie jetzt. Ich habe noch zu arbeiten.«

Die Lichter waren im Palast noch nicht eingeschaltet worden, und Aroun stolperte hinaus in die Dunkelheit des Korridors und folgte dem Strahl von Rashids Taschenlampe.

Seit seiner Rückkehr nach Paris hatte er Makeev sehr gut kennengelernt und darauf geachtet, daß ihre Bekanntschaft sich ausschließlich auf gesellschaftlicher Ebene abspielte, indem er hauptsächlich bei Botschaftsanlässen mit ihm zusammentraf. Der Russe stand voll und ganz auf ihrer Seite und war nur zu bereit, alles zu tun, was den Vereinigten Staaten oder Großbritannien Probleme bereitete.

Die Meldungen aus der Heimat waren natürlich schlecht gewesen. Die Mobilmachung einer derartig riesigen Armee. Wer hatte so etwas erwarten können? Und dann, in den Frühstunden des 17. Januar, hatte der Luftkrieg begonnen. Ein schwerer Schlag nach dem anderen, und der Bodenangriff stand noch bevor.

Er schenkte sich einen weiteren Kognak ein und erinnerte sich an die verzweifelte Wut bei der Nachricht vom Tod seines Vaters. Er war eigentlich niemals ausgesprochen religiös gewesen, doch er hatte sich daraufhin in eine Moschee in einer Seitenstraße in Paris begeben, um zu beten. Nicht, daß es ihm irgendwie geholfen hätte. Das Gefühl der Ohnmacht hockte wie ein lebendiges Wesen in ihm, und dann kam der Morgen, als Ali Rashid in den großen luxuriösen Wohnraum gestürmt kam, einen Notizblock in der Hand und das Gesicht blaß und erregt.

»Es ist gekommen, Mr. Aroun. Das Zeichen, auf das wir gewartet haben. Ich habe es soeben in der Funkübertragung aus Baghdad gehört.«

Die himmlischen Winde wehen. Der Tisch ist gedeckt. Möge Allah mit euch sein.

Aroun hatte es mit Staunen betrachtet. Seine Hand

zitterte, als er den Notizblock entgegennahm, und seine Stimme klang heiser, als er meinte: »Der Präsident hat recht. Der Tag ist gekommen.«

»Genau«, sagte Rashid. »Der Tisch ist gedeckt. Wir sind im Geschäft. Ich setze mich mit Makeev in Verbindung und verabrede so bald wie möglich ein Treffen.«

Dillon stand an der Balkontür und blickte über die Avenue Victor Hugo auf den Bois de Boulogne. Er pfiff leise eine seltsame Melodie vor sich hin.

»Das ist es wohl, was die Makler eine bevorzugte Lage nennen.«

»Darf ich Ihnen etwas zu trinken anbieten, Mr. Dillon?«

»Ein Glas Champagner wäre jetzt nicht schlecht.«

»Haben Sie einen besonderen Wunsch?«

»Aha, der Mann, der alles hat«, sagte Dillon. »Na gut, Krug wäre schön, aber keine Jahrgangslese. Ich bevorzuge die Grande Cuvée.«

»Ein Mann mit Geschmack, ich verstehe.« Aroun nickte Rashid zu, der durch eine Seitentür hinausging.

Dillon knöpfte seinen Matrosenmantel auf, holte Zigaretten hervor und zündete sich eine an. »Soso, Sie brauchen also meine Dienste, wie dieser alte Fuchs mir gesagt hat.« Er wies mit einem Kopfnicken auf Makeev, der am Kamin lehnte und sich wärmte. »Der Job meines Lebens«, sagte er, »und für eine Million Pfund. Was muß ich denn dafür alles tun?«

Rashid kehrte mit einer Flasche Krug in einem Kühler und mit drei Gläsern auf einem Tablett zurück. Er stellte alles auf den Tisch und begann die Flasche zu öffnen.

Aroun sagte: »Ich bin mir nicht ganz sicher, aber es müßte etwas ganz Besonderes sein. Etwas, das der Welt beweist, daß Saddam Hussein überall zuschlagen kann.«

»So was braucht er auch, der alte Knabe«, sagte Dillon fröhlich. »Es läuft für ihn wirklich nicht gut.« Während Rashid die drei Gläser füllte, fügte der Ire hinzu: »Und was ist mit Ihnen, mein Sohn? Trinken Sie nicht mit?«

Rashid lächelte, und Aroun meinte: »Trotz Winchester und Sandhurst, Mr. Dillon, bleibt Captain Rashid ein strenggläubiger Moslem. Er rührt keinen Alkohol an.«

»Na dann auf Ihr Wohl.« Dillon hob sein Glas. »Ich habe Respekt vor einem Mann mit Prinzipien.«

»Es muß etwas Großes sein, Sean, etwas Kleines hat keinen Sinn. Es geht nicht darum, fünf Fallschirmspringer der britischen Armee in Belfast in die Luft zu sprengen«, sagte Makeev.

»Ach, ihr wollt, daß Bush dran glauben soll?« Dillon grinste. »Der Präsident der Vereinigten Staaten tot und mit einer Kugel im Bauch?«

»Wäre das so abwegig?« fragte Aroun.

»Diesmal schon, mein Sohn«, erwiderte Dillon. »George Bush hat sich nicht nur mit Saddam Hussein angelegt, sondern er kämpft gegen das gesamte arabische Volk. Sicher, das ist natürlich totaler Quatsch, aber so sehen es viele arabische Fanatiker. Gruppierungen wie die Hisbollah, die PLO oder die Unberechenbaren wie die Leute vom Schwert Allahs. Typen, die sich sofort eine Bombe um den Bauch binden würden, um sie zu zünden, wenn der Präsident ein Bad in der Menge nimmt und Hände schüttelt. Ich kenne diese Leute. Ich weiß, was sie in Gang hält, wie ihr Verstand funktioniert. Ich habe schließlich in Beirut Leute für die Hisbollah ausgebildet. Und ich habe für die PLO gearbeitet.«

»Sie wollen also damit sagen, daß zur Zeit niemand an Bush herankommt?«

»Lesen Sie Ihre Zeitungen. Jeder, der auch nur entfernt aussieht wie ein Araber, wagt sich heutzutage in New York und Washington so wenig wie möglich auf die Straße.«

»Aber Sie, Mr. Dillon, sehen doch nicht im mindesten wie ein Araber aus«, wandte Aroun ein. »Und dann sind Sie auch noch blond.«

»Das war Lawrence von Arabien auch, und er hat sich bekanntlich selbst als Araber bezeichnet.« Dillon schüttelte den Kopf. »Präsident Bush hat das beste Sicherheitssystem der Welt, das können Sie mir glauben. Ein Ring aus Stahl, und unter den augenblicklichen Umständen, solange das Spektakel am Golf im Gange ist, bleibt er ganz sicher zu Hause. Das können Sie mir abnehmen.«

»Was ist denn mit dem Außenminister, James Baker?« sagte Aroun. »Er ist doch ständig in diplomatischer Mission in Europa unterwegs.«

»Ja, aber wann und wo, das ist das Problem. Man erfährt, daß er in London oder Paris war, wenn er bereits wieder abgeflogen ist und darüber im Fernsehen berichtet wird. Nein, die Amerikaner können Sie vergessen.«

Stille trat ein, und Aroun starrte düster vor sich hin. Makeev ergriff als erster wieder das Wort. »Dann verraten Sie mir doch mal Ihre Meinung als Fachmann, Sean. Bei welchen Staatsoberhäuptern findet man das schwächste Sicherheitssystem?«

Dillon lachte schallend. »Ach, ich denke, diese Frage kann Ihnen dieser Mann hier beantworten, Winchester und Sandhurst.«

Rashid lächelte. »Er hat recht. Die Briten sind wahrscheinlich die Weltmeister, wenn es um verdeckte Operationen geht. Die Erfolge ihres Special Air Service Regiments sprechen für sich, aber was die anderen Bereiche betrifft...« Er schüttelte den Kopf.

»Ihr Hauptproblem ist die Bürokratie«, erklärte Dillon ihnen. »Der englische Security Service operiert mit zwei Abteilungen. Was die meisten Leute immer noch MI5 und MI6 nennen. Beim MI5 oder DI5 sitzen die Spezialisten für die Gegenspionage in Großbritannien. Der andere Verein operiert im Ausland. Dann ist da die Spezialabteilung bei Scotland Yard, die gebraucht wird, um Verhaftungen vorzunehmen. Der Yard verfügt außerdem über eine Antiterror-Gruppe. Dann gibt es da jede Menge Geheimdiensteinheiten bei der Armee. Es wimmelt geradezu von ihnen, und sie treten sich gegenseitig auf die Zehen, und das, meine Herren, ist eine Situation, wo sich Fehler einschleichen.«

Rashid schenkte ihm Champagner nach. »Und Sie wollen damit ausdrücken, daß dadurch die Sicherheit ihrer Führer nicht besonders groß ist? Gilt das zum Beispiel auch für die Queen?«

»Na klar«, sagte Dillon. »So lange ist es doch gar nicht her, als die Queen eines Nachts im Buckingham-Palast aufwachte und einen Eindringling auf ihrer Bettkante sitzen sah. Wann war es noch, vor sechs Jahren, glaube ich, als die IRA beinahe Margaret Thatcher und das gesamte britische Kabinett in einem Hotel in Brighton während des Parteitages der Torys erwischte?« Er stellte sein Glas ab und nahm sich eine weitere Zigarette. »Die Briten sind sehr altmodisch. Sie wollen, daß ein Polizist stets eine Uniform trägt, damit sie sofort erkennen, wer er ist, und sie lassen sich nicht gerne vorschreiben, was sie tun sollen. Das gilt vor allem für Minister, die sich nichts dabei denken, zu Fuß von ihren Häusern in Westminster durch die Straßen zum Parlament zu spazieren.«

»Für uns ein Geschenk des Himmels«, sagte Makeev.

»Genau«, pflichtete Dillon ihm bei. »Sie müssen sich sogar bei den Terroristen zurückhalten, zumindest bis zu einem gewissen Grad, nicht so wie der französische Geheimdienst. Mein Gott, wenn die Burschen vom Action Service mich in die Finger bekämen, würden sie mich auf den Rücken schmeißen und mir die Eier unter Strom setzen, ehe ich überhaupt wüßte, was los ist. Aber sogar die machen gelegentlich Fehler.«

»Was meinen Sie?« fragte Makeev.

»Haben Sie eine Ausgabe der Abendzeitung zur Hand?«

»Gewiß doch, ich hab' sie gelesen«, sagte Aroun. »Ali, auf meinem Schreibtisch.«

Rashid kam mit einem Exemplar des *Paris Soir* zurück. Dillon sagte: »Auf Seite zwei. Lesen Sie vor. Es wird Sie interessieren.«

Er bediente sich von dem Champagner, während Rashid den Artikel laut vorlas: »Mrs. Margaret Thatcher, bis vor kurzem Premierministerin von England, übernachtete in Soisy im alten königlichen Jagdschloß als Gast von Präsident Mitterrand. Sie setzen am Vormittag ihre Gespräche fort. Gegen zwei Uhr begibt sie sich zu einem Notflughafen der Luftwaffe in Valenton, von wo eine Maschine der RAF sie nach England zurückbringen wird.«

»Unglaublich, nicht wahr? Nicht nur, daß sie eine solche Pressemeldung zugelassen haben, sondern ich garantiere, daß die gleiche Notiz auch in den Londoner Zeitungen steht.«

Erneut trat Stille ein, bis Aroun sagte: »Sie denken doch nicht etwa daran ...?«

Dillon meinte zu Rashid: »Sie haben doch sicherlich ein paar Straßenkarten. Holen Sie die mal her.«

Rashid eilte hinaus. Makeev schüttelte den Kopf. »Mein Gott, Sean, nicht einmal Sie...«

»Warum nicht?« fragte Dillon ruhig und wandte sich zu Aroun um. »Ich meine, Sie wollen doch etwas Großes, einen sensationellen Coup, oder? Würde Margaret Thatcher Ihnen reichen, oder machen wir hier nur Witze?«

Ehe Aroun darauf etwas erwidern konnte, kam Rashid mit zwei oder drei Straßenkarten zurück. Er breitete eine auf dem Tisch aus, und sie studierten sie, bis auf Makeev, der am Kamin stehenblieb.

»Da ist es, Soisy«, sagte Rashid. »Knapp fünfzig Kilometer von Paris entfernt, und da ist auch der Militärflugplatz in Valenton, nur zwölf Kilometer weit weg.«

»Haben Sie keine Karte mit größerem Maßstab?«

»Doch.« Rashid faltete eine der anderen Karten auseinander.

»Gut«, sagte Dillon. »Jetzt ist klar, daß nur eine einzige Landstraße Soisy mit Valenton verbindet, und dort, etwa viereinhalb Kilometer vom Flugplatz entfernt, gibt es einen Bahnübergang. Perfekt.«

»Wofür?« wollte Aroun wissen.

»Für einen Hinterhalt. Sehen Sie, ich weiß, wie so eine Sache gehandhabt wird. Es wird einen Wagen geben, höchstens zwei, und eine Eskorte. Vielleicht ein halbes Dutzend CRS-Polizisten auf Motorrädern.«

»Mein Gott«, flüsterte Aroun.

»Na ja, er hat eigentlich wenig damit zu tun. Es könnte klappen. Schnell, sehr einfach. Was man im Volksmund einen Spaziergang nennt.«

Aroun wandte sich mit fragender Miene zu Makeev um, der die Achseln zuckte. »Er meint es ernst, Michael. Sie haben gesagt, daß Sie so etwas wollen, also entscheiden Sie sich.«

Aroun atmete tief durch und sah wieder zu Dillon. »In Ordnung.«

»Gut«, sagte Dillon ruhig. Er griff nach einem Notizblock und einem Bleistift auf dem Tisch und begann schnell zu schreiben. »Das sind die Daten meines Nummernkontos in Zürich. Morgen früh überweisen Sie als erstes eine Million Pfund darauf.«

»Im voraus?« fragte Rashid. »Erwarten Sie da nicht ein bißchen viel?«

»Nein, mein Sohn, Sie und Ihre Leute sind es, die ein bißchen viel erwarten, und die Regeln haben sich geändert. Bei erfolgreichem Abschluß erwarte ich eine weitere Million.«

»Jetzt hören Sie mal zu«, begann Rashid, aber Aroun brachte ihn mit einer Handbewegung zum Schweigen.

»Schön, Mr. Dillon, und eigentlich noch billig. Was können wir sonst noch für Sie tun?«

»Ich brauche Bargeld für kurzfristige Ausgaben. Ich nehme an, jemand wie Sie hat von diesem Zeug immer größere Mengen im Haus herumliegen, oder?«

»Sehr große sogar«, meinte Aroun lächelnd. »Wieviel?«

»Können Sie mir Dollars geben? Sagen wir zwanzigtausend?«

»Natürlich.« Aroun nickte Rashid zu, der zum anderen Ende des Raums ging, ein großformatiges Ölgemälde zur Seite schob und den dahinter zum Vorschein kommenden Wandsafe zu öffnen begann.

Makeev meldete sich zu Wort. »Und wie kann ich Ihnen behilflich sein?«

»Das alte Lagerhaus in der Rue de Helier, das wir schon früher benutzt haben. Besitzen Sie den Schlüssel noch?«

»Natürlich.«

»Fein. Ich habe die meisten Dinge, die ich brauche, dort bereitliegen. Aber für diesen Job hätte ich lieber ein leichtes Maschinengewehr. Mit Dreibein. Ein Heckler & Koch oder ein M60. Beides wäre geeignet.« Er schaute auf seine Armbanduhr. »Jetzt haben wir acht. Ich möchte, daß es bis zehn dort ist. Geht das?«

»Natürlich«, meinte Makeev wieder.

Rashid erschien mit einem schmalen Aktenkoffer. »Zwanzigtausend. Aber nur in Hundert-Dollar-Scheinen, fürchte ich.«

»Könnte ihre Herkunft zurückverfolgt werden?« fragte Dillon.

»Unmöglich«, versicherte Aroun ihm.

»Gut. Die Landkarten nehme ich auch mit.«

Er ging zur Tür, öffnete sie und stieg die gewundene Treppe in die Halle hinunter. Aroun, Rashid und Makeev folgten ihm.

»Aber ist das alles, Mr. Dillon?« fragte Aroun. »Können wir sonst nichts mehr für Sie tun? Brauchen Sie keine Hilfe?«

»Wenn ich die brauche, dann suche ich sie mir in kriminellen Kreisen«, sagte Dillon. »Ehrliche Gauner, die gewisse Dinge für Geld tun, sind gewöhnlich zuverlässiger als politisch motivierte Wirrköpfe. Nicht immer, aber in den meisten Fällen. Keine Sorge, Sie hören schon von mir, und zwar auf die eine oder andere Art. Ich mache mich jetzt auf den Weg.«

Rashid hielt für ihn die Tür auf. Regen und Hagel peitschten herein, und Dillon setzte seine Mütze auf. »Eine schlimme Nacht, wie geschaffen für so etwas.«

»Eine Sache noch, Mr. Dillon«, sagte Rashid. »Was geschieht, wenn etwas schiefgeht? Ich meine, Sie haben dann Ihre Million im voraus, und wir ...«

»Haben nichts? Zerbrechen Sie sich nicht den Kopf,

mein Sohn. Ich liefere Ihnen ein Ersatzziel. Es gibt immer noch den neuen englischen Premierminister, diesen John Major. Ich nehme an, sein Kopf auf einem Silbertablett wäre Ihrem Boß in Baghdad genauso lieb.«

Er lächelte noch einmal, dann trat er hinaus in den Regen und zog die Tür hinter sich ins Schloß.

2

Dillon blieb an diesem Abend zum zweiten Mal vor dem *Le Chat Noir* am Ende des kleinen Piers stehen. Es war fast völlig leer, ein junger Mann und eine Frau saßen händchenhaltend an einem Ecktisch. Zwischen ihnen stand eine Weinflasche. Das Akkordeon spielte leise, und der Musiker unterhielt sich gleichzeitig mit dem Mann hinter der Bar. Sie waren die Brüder Jobert, Ganoven der zweiten Garnitur in der Pariser Unterwelt. Ihre Aktivitäten waren stark eingeschränkt, seit Pierre, der Mann hinter der Bar, drei Jahre zuvor bei einem Autounfall nach einem bewaffneten Raubüberfall sein linkes Bein verloren hatte.

Als die Tür aufging und Dillon hereinkam, hörte der andere Bruder, Gaston, auf zu spielen. »Ah, Monsieur Rocard. Nach langer Zeit mal wieder.«

»Gaston«, sagte Dillon, schüttelte dem Mann die Hand und sah dann zum Barkeeper. »Pierre.«

»Hören Sie, ich erinnere mich noch immer an Ihre kleine Melodie, dieses irische Lied.« Gaston spielte ein paar Töne auf dem Akkordeon.

»Sehr gut«, sagte Dillon. »Du bist ein wahrer Künstler.«

Hinter ihnen stand das junge Paar auf und ging hinaus. Pierre holte eine halbe Flasche Champagner aus dem Barkühlschrank. »Champagner wie immer, nehme ich an, oder, mein Freund? Nichts Besonderes, denn wir sind hier arme Leute.«

»Ich brech' gleich in Tränen aus«, sagte Dillon.

»Und was können wir für Sie tun?« erkundigte sich Pierre.

»Ach, ich wollte euch eigentlich nur zu einem kleinen Geschäft verhelfen.« Dillon wies mit einem Kopfnicken zur Tür. »Es wäre vielleicht ganz günstig, wenn ihr schließen würdet.«

Gaston stellte sein Akkordeon auf die Bar, verriegelte dann die Tür und zog die Jalousie herunter. Er kam zurück und setzte sich auf seinen Hocker. »Also, mein Freund?«

»Das könnte für euch ein großer Zahltag werden.« Dillon öffnete den Aktenkoffer, holte die Straßenkarte hervor und gewährte ihnen einen Blick auf die Stapel von Hundert-Dollar-Scheinen. »Zwanzigtausend Amerikanische. Zehn sofort und zehn nach erfolgreichem Abschluß.«

»Donnerschlag!« sagte Gaston gebannt, aber Pierre machte ein grimmiges Gesicht.

»Und was wird für soviel Geld erwartet?«

Dillon war immer der Meinung, daß es sich auszahlte, wenn man so nahe wie möglich bei der Wahrheit blieb, und er breitete die Landkarte auf der Bar aus.

»Ich wurde von der Union Corse engagiert«, sagte er und nannte die gefürchtetste kriminelle Vereinigung in Frankreich, »um ein kleines Problem zu lösen. Es geht um das, was man allgemein Geschäftskonkurrenz nennt.«

»Aha, ich verstehe«, sagte Pierre. »Und Sie sollen das Problem ausräumen?«

»Genau. Die Männer, die es betrifft, werden morgen um kurz nach zwei auf dieser Straße nach Valenton fahren. Ich habe die Absicht, sie am Bahnübergang auszuschalten.«

»Und wie soll das geschehen?« fragte Gaston.

»Durch einen simplen Hinterhalt. Ihr beiden seid doch noch immer im Transportgeschäft tätig, nicht wahr? Gestohlene Wagen, Lastwagen?«

»Das wissen Sie doch selbst. Sie haben oft genug bei uns gekauft«, meinte Pierre.

»Zwei Lieferwagen, das ist doch nicht zuviel verlangt, oder?«

»Und was dann?«

»Wir fahren heute noch hin.« Er sah auf seine Uhr. »Um elf Uhr von hier aus. Es dauert nur eine Stunde.«

Pierre schüttelte den Kopf. »Hören Sie, diese Sache kann in die Hosen gehen. Ich bin zu alt für Schießereien.«

»Na, wunderbar«, sagte Dillon. »Wie viele hast du umgebracht, als du noch bei der OAS warst?«

»Damals war ich viel jünger.«

»Na ja, mit dem Alter haben wir alle irgendwann mal zu kämpfen, denke ich. Es wird keine Schießerei für euch geben. Ihr beide seid nur am Rande beteiligt und aus der Sache wieder raus, bevor ihr wißt, was geschieht. Ein Spaziergang.« Er nahm mehrere Stapel Hundertdollarscheine aus dem Aktenkoffer und legte sie auf die Theke. »Zehntausend. Kommen wir ins Geschäft?«

Und wie üblich siegte am Ende die Habgier, als Pierre schließlich mit den Händen über das Geld strich. »Ja, mein Freund, ich denke schon.«

»Gut. Ich komme dann um elf wieder her.« Dillon klappte seinen Aktenkoffer zu, Gaston schloß für ihn die Tür auf, und der Ire verließ das Bistro.

Gaston schloß die Tür und drehte sich um. »Was meinst du dazu?«

Pierre schenkte zwei Kognaks ein. »Ich meine, daß unser Freund Rocard ein großer Lügner ist.«

»Aber auch ein gefährlicher Mann«, sagte Gaston. »Was machen wir also?«

»Wir warten ab.« Pierre hob sein Glas. »Prost.«

Dillon legte den gesamten Weg zum Lagerhaus in der Rue de Helier zu Fuß zurück, bog dabei von einer Straße in die andere ab, verschmolz gelegentlich mit der Dunkelheit, um dafür zu sorgen, daß er nicht verfolgt wurde. Er hatte schon vor langer Zeit gelernt, daß das große Problem aller revolutionären politischen Gruppen darin bestand, daß sie belastet waren mit unterschiedlichen Fraktionen und Angebern, eine sattsam bekannte Tatsache, soweit es die IRA betraf. Deshalb hatte er zu Aroun gemeint, er ziehe es nach Möglichkeit vor, Berufsverbrecher zu engagieren, wenn er Hilfe brauchte. Auf ehrliche Ganoven, die Dinge gegen Bezahlung erledigten, war am ehesten Verlaß. Unglücklicherweise traf das nicht immer zu, und irgend etwas in Pierres Benehmen war ihm seltsam vorgekommen.

In dem großen Doppeltor des Lagerhauses befand sich eine kleine Tür. Er schloß sie auf und ging hinein. Zwei Autos standen dort, eine Renault-Limousine und ein Ford Escort sowie ein BMW-Polizeimotorrad, das mit einer Plane zugedeckt war. Er vergewisserte sich, daß es in Ordnung und einsatzbereit war, dann stieg er die Holztreppe zu der Wohnung in der Halle darüber hinauf. Es war nicht seine einzige Wohnung. Er besaß auch einen Kahn auf dem Fluß, aber bei bestimmten Gelegenheiten erwies sie sich als sehr nützlich.

Auf dem Tisch in dem kleinen Wohnzimmer stand eine leinene Reisetasche mit einem Zettel daran, auf dem die lapidare Notiz zu lesen war: *Wie gewünscht.* Er lächelte und öffnete den Reißverschluß. Darin befand sich ein Kalaschnikow-PK-Maschinengewehr, das neueste Modell. Sein Dreibein war zusammengeklappt, der Lauf war zwecks einfacheren Transports abmontiert worden, und da war noch ein großer Karton Gurtmunition, ein gleicher Karton daneben. Er öffnete eine Schublade in der Anrichte, holte ein zusammengefaltetes Laken heraus und verstaute es in der Reisetasche. Er zog den Reißverschluß wieder zu, vergewisserte sich, daß die Walther sicher in seinem Hosenbund steckte, und ging die Treppe hinunter, die Reisetasche in einer Hand.

Er verriegelte die kleine Tür im Torflügel und ging die Straße entlang. Dabei nahm nach und nach Erregung Besitz von ihm, wie es immer geschah. Es war das beste Gefühl der Welt, wenn das Spiel begonnen hatte. Er gelangte zur Hauptstraße, hielt ein paar Minuten später ein Taxi an und bedeutete dem Fahrer, er möge ihn zum *Le Chat Noir* bringen.

Sie verließen Paris in zwei Renault-Kombiwagen, die identisch waren bis auf die Tatsache, daß der eine schwarz und der andere weiß war. Gaston fuhr mit Dillon auf dem Beifahrersitz voraus, und Pierre folgte ihnen. Es war sehr kalt, Schnee mischte sich mit dem Regen, jedoch ohne liegenzubleiben. Sie unterhielten sich sehr wenig, und Dillon hatte sich zurückgelehnt und die Augen geschlossen, so daß der Franzose dachte, er schliefe.

Nicht weit von Soisy geriet der Kombiwagen ins Rutschen, und Gaston stieß hervor: »Verflucht«, und kämpfte mit dem Lenkrad.

Dillon warnte: »Immer die Ruhe, es wäre jetzt der falsche Zeitpunkt, um im Graben zu landen. Wo sind wir denn?«

»Dicht hinter der Abzweigung nach Soisy. Es dauert

nicht mehr lange.« Dillon richtete sich auf. Der Schnee bedeckte die Gartenhecken, aber nicht die Straße. Gaston meinte: »Es ist eine saumäßige Nacht. Sehen Sie sich das nur an.«

»Denk nur an all die schönen Dollarscheinchen«, riet Dillon ihm. »Dann ist das alles nicht mehr so schlimm.«

Es hörte auf zu schneien, der Himmel klarte auf, und der Halbmond erschien. Unter ihnen, am Fuß des Berges, war das rote Warnlicht des Bahnübergangs zu erkennen. Ein altes, verlassenes Gebäude stand auf der einen Seite. Die Fenster waren mit Brettern vernagelt, und ein gepflasterter Vorplatz wies eine puderzuckerähnliche Schneedecke auf.

»Halt hier an«, sagte Dillon.

Gaston folgte der Aufforderung, bremste und stellte den Motor ab. Pierre kam im weißen Renault, wand sich wegen seiner Beinprothese etwas schwerfällig hinter dem Lenkrad hervor und humpelte zu ihnen herüber.

Dillon betrachtete den Bahnübergang und nickte.

»Wunderbar. Gib mir die Schlüssel.«

Gaston reichte sie ihm. Der Ire entriegelte die Hecktür und beugte sich über die Reisetasche. Er zog den Reißverschluß auf, holte die Kalaschnikow hervor, montierte fachmännisch den Lauf, dann legte er die Waffe so hin, daß sie nach hinten zeigte. Er füllte den Munitionsbehälter und fädelte den Patronengurt ein.

»Das sieht ja verdammt gefährlich aus«, meinte Pierre.

»Kaliber sieben Komma zwei Millimeter, gemischt mit Leuchtspur- und Stahlmantelgeschossen«, erklärte Dillon. »Absolut mörderisch. Eine Kalaschnikow, was sonst. Ich hab' mal gesehen, wie so ein Ding einen Landrover mit englischen Fallschirmjägern zerlegt hat.«

»Tatsächlich«, meinte Pierre, und als Gaston etwas sagen wollte, legte er ihm warnend eine Hand auf den Arm. »Was ist in der anderen Kiste?«

»Mehr Munition.«

Dillon nahm auch das Laken aus der Reisetasche, deckte sie über das Maschinengewehr, dann verriegelte er die Tür. Er setzte sich hinters Lenkrad, startete den Motor und rangierte mit dem Wagen so lange herum, bis das Heck zum Bahnübergang wies. Er stieg wieder aus und schloß die Tür ab. Wolken zogen nun am Mond vorbei, und der Regen setzte wieder ein, diesmal mit mehr Schnee vermischt.

»Sie lassen den Wagen hier stehen?« fragte Pierre. »Und wenn jemand ihn untersucht?«

»Was soll dann passieren?« Dillon kniete neben dem der Straße abgewandten Hinterrad nieder, holte ein Messer aus der Tasche, klappte die Klinge auf und bohrte sie in die Reifenschulter. Ein Zischen erklang, und der Reifen wurde schlaff.

Gaston nickte. »Raffiniert. Falls jemand neugierig wird, dann ist es nur eine Panne.«

»Aber was ist mit uns?« wollte Pierre wissen. »Was erwarten Sie?«

»Ganz einfach. Gaston kommt kurz nach zwei mit dem weißen Renault her. Du blockierst die Straße am Übergang, nicht die Gleise, nur die Straße, steigst aus, schließt die Tür ab und läßt den Wagen stehen. Dann verschwindest du schnellstens.« Er wandte sich an Pierre. »Du folgst in einem Wagen, greifst ihn auf, und dann nichts wie zurück nach Paris.«

»Aber was geschieht mit Ihnen?« hakte der große Mann nach.

»Ich bin schon da und warte im Kombi. Ich komme allein zurecht. Aber jetzt zurück nach Paris. Ihr könnt mich am *Le Chat Noir* absetzen, und damit wäre die Sache erledigt. Ihr werdet mich nie wiedersehen.«

»Und das restliche Geld?« fragte Pierre, während er in den Renault stieg und Gaston und Dillon ihm folgten.

»Das bekommt ihr schon, keine Sorge«, sagte Dillon. »Ich habe immer mein Wort gehalten, so wie ich das auch von anderen erwarte. Das ist doch Ehrensache. Und jetzt los.«

Er schloß wieder die Augen und lehnte sich zurück. Pierre warf seinem Bruder einen schnellen Seitenblick zu, ließ den Motor an und fuhr los.

Es war kurz nach halb eins, als sie das *Le Chat Noir* erreichten. Gegenüber dem Bistro befand sich eine abschließbare Garage. Gaston öffnete das Tor, und Pierre lenkte den Wagen hinein.

»Ich verschwinde dann«, meinte Dillon.

»Sie kommen nicht noch mal mit rein?« fragte der große Mann. »Gaston kann Sie doch nach Hause bringen.«

Dillon lächelte. »Niemand hat mich in meinem ganzen Leben jemals nach Hause gebracht.«

Er ging davon, bog in eine Nebenstraße ab, und Pierre sagte zu seinem Bruder: »Ihm nach, und laß ihn nicht aus den Augen.«

»Warum?« wollte Gaston wissen.

»Weil ich wissen will, wo er wohnt, darum. Diese ganze Sache stinkt, Gaston, sie stinkt wie verdorbener Fisch, also geh schon.«

Dillon wanderte eilig durch die Straßen, folgte dabei seiner üblichen Technik, doch Gaston, seit seiner Kindheit ein Dieb und in solchen Dingen Experte, schaffte es, auf seiner Spur zu bleiben und ihm nicht zu nahe zu kommen. Dillon hatte eigentlich vorgehabt, zum Lagerhaus zurückzukehren, doch als er an der Ecke einer Gasse stehenblieb, um sich eine Zigarette anzuzünden, schaute er zurück und hätte schwören können, eine Bewegung wahrzunehmen. Er hatte recht, denn es war Gaston, der in einen Hauseingang eintauchte.

Für Dillon reichte allein schon dieser Verdacht aus. Er hatte bei Pierre ein ungutes Gefühl gehabt, und das schon den ganzen Abend. Er wandte sich nach links, ging in Richtung Fluß und schlenderte an einer Reihe Lastwagen entlang, deren Windschutzscheiben mit Schnee bedeckt waren. Er gelangte zu einem kleinen Hotel der billigsten Klasse, wie es gerne von Prostituierten oder von Lkw-Fahrern benutzt wird, die nur eine Nacht bleiben, und ging hinein.

Der Mann hinter dem Empfangspult war sehr alt, und er trug wegen der Kälte einen Mantel und hatte sich einen Schal um den Hals geschlungen. Seine Augen tränten. Er legte sein Buch beiseite und rieb sie. »Monsieur?«

»Ich bin vor zwei Stunden mit einer Ladung aus Dijon gekommen. Wollte heute nacht noch zurückfahren, aber der verdammte Lastwagen streikt. Ich brauche ein Bett.«

»Dreißig Francs, Monsieur.«

»Das soll wohl ein Scherz sein«, sagte Dillon. »Ich bin im Morgengrauen schon wieder weg.«

Der alte Mann zuckte die Achseln. »Na schön, Sie können Nummer achtzehn im zweiten Stock für zwanzig haben, aber das Bett wurde noch nicht frisch bezogen.«

»Wie oft wird es denn? Einmal im Monat?« Dillon nahm den Schlüssel, legte seine zwanzig Francs auf das Pult und ging nach oben.

Das Zimmer war sogar im trüben Treppenlicht genauso abstoßend wie er es erwartet hatte. Er schloß die Tür, tastete sich durch die Dunkelheit und sah vorsichtig hinaus auf die Straße. Unter einem Baum auf der Flußseite der Straße gewahrte er eine Bewegung. Gaston Jobert trat aus dem Schatten und eilte davon.

»Ach nein«, flüsterte Dillon, dann zündete er sich eine Zigarette an und streckte sich auf dem Bett aus, dachte über seine Beobachtung nach und studierte die Decke über sich.

Pierre, der im *Le Chat Noir* an der Bar saß und auf die Rückkehr seines Bruders wartete, blätterte, weil er nichts Besseres zu tun hatte, im *Paris Soir*, als er eine Notiz über das Treffen zwischen Margaret Thatcher und Mitterrand entdeckte. Sein Magen krampfte sich zusammen, und er las die Notiz mit wachsendem Entsetzen. In diesem Moment ging die Tür auf, und Gaston kam eilig herein.

»Was für eine Nacht. Ich bin durchgefroren bis auf die Knochen. Gib mir mal einen Kognak.«

»Da, trink.« Pierre schüttete ihm etwas in ein Glas. »Und dann solltest du dir mal diese Meldung im *Paris Soir* durchlesen.«

Gaston las und verschluckte sich plötzlich an seinem Kognak. »Verdammt, sie wohnt in Soisy.«

»Und fliegt von dem alten Militärflugplatz in Valenton. Sie fährt um zwei von Soisy los. Wie lange braucht sie bis zum Bahnübergang? Zehn Minuten?«

»O nein«, stieß Gaston hervor. »Wir sind geliefert. Das ist für uns eine Nummer zu groß, Pierre. Wenn dieser Coup gelingt, dann ist jeder Polizist Frankreichs hinter uns her.«

»Aber es wird nicht dazu kommen. Ich wußte, daß

dieses Schwein nichts Gutes bedeutet. Er war schon immer etwas seltsam. Bist du ihm gefolgt?«

»Ja, er ist zuerst ein bißchen kreuz und quer gelaufen, dann ist er in der alten Flohbude von François unten am Fluß abgestiegen. Ich hab' durchs Fenster gesehen, wie er sich ein Zimmer nahm.« Er erschauerte fröstelnd. »Aber was machen wir jetzt?« Er schluchzte fast. »Das ist das Ende, Pierre. Sie sperren uns ein und werfen den Schlüssel weg.«

»Nein, das werden sie nicht«, erwiderte Pierre. »Nicht wenn wir ihn hochgehen lassen. Dann sind sie uns sogar dankbar. Wer weiß, vielleicht ist eine Belohnung drin. Wie lautet Inspektor Savarys Privatnummer?«

»Der liegt doch längst im Bett.«

»Natürlich tut er das, du Idiot, treu und brav neben seiner lieben Frau, so wie es sich für jeden anständigen Bullen gehört. Wir müssen ihn nur wecken.«

Inspektor Savary wachte mit einem Fluch auf, als das Telefon auf seinem Nachttisch klingelte. Er war allein, denn seine Frau war für eine Woche zu ihrer Mutter nach Lyon gefahren. Er hatte einen langen Abend hinter sich. Zwei bewaffnete Raubüberfälle und eine Vergewaltigung. Er war gerade erst eingeschlafen.

Er nahm den Hörer ab. »Savary.«

»Ich bin es, Inspektor, Pierre Jobert.«

Savary warf einen Blick auf die Uhr auf dem Nachttisch. »Verdammt noch mal, Jobert, es ist gerade halb drei Uhr nachts.«

»Ich weiß, Inspektor, aber ich habe etwas ganz Besonderes für Sie.«

»Das hast du doch immer, und es kann sicher bis morgen warten.«

»Das glaube ich nicht, Inspektor. Ich biete Ihnen die Chance, der berühmteste Polizist Frankreichs zu werden. Das ist der Fall Ihres Lebens.«

»Laß dir was Besseres einfallen«, sagte Savary.

»Margaret Thatcher. Sie übernachtet heute in Soisy und fährt heute mittag um zwei nach Valenton, nicht wahr? Ich kann Ihnen alles über den Mann erzählen, der dafür sorgen wird, daß sie niemals dort ankommt.«

Jules Savary war noch nie so schnell hellwach gewesen. »Wo bist du, im *Chat Noir*?«

»Ja«, antwortete Jobert.

»In einer halben Stunde.« Savary knallte den Hörer auf die Gabel, sprang aus dem Bett und zog sich an.

Im genau gleichen Moment entschied Dillon, sich aus dem Staub zu machen. Die Tatsache, daß Gaston ihm gefolgt war, brauchte nicht unbedingt mehr zu bedeuten, als daß die Brüder sich eingehender über ihn informieren wollten. Andererseits ...

Er verließ sein Zimmer, schloß die Tür ab und schlich über die Hintertreppe leise nach unten. An ihrem Ende befand sich eine Tür, die auf den Hinterhof führte. Durch eine Gasse gelangte er wieder zur Hauptstraße. Diese überquerte er, ging an einer Reihe geparkter Lastwagen vorbei, entschied sich für einen, der etwa fünfzig Meter vom Hotel entfernt stand und von dem aus er einen guten Überblick hatte. Er holte sein Messer hervor und machte sich damit am oberen Fensterrand auf der Beifahrerseite zu schaffen. Nach einer Weile gab es soweit nach, daß er seine Finger hineinschieben und stärkeren Druck ausüben konnte. Nach einer Minute saß er im Wagen. Er verzichtete auf eine Zigarette, machte es sich bequem, schlug den Mantelkragen hoch, vergrub die Hände in den Taschen und wartete. Es war halb vier, als die vier unauffälligen Fahrzeuge vor dem Hotel hielten. Acht Männer stiegen aus, keiner in Uniform, was immerhin merkwürdig war.

»Action Service, wenn ich mich nicht irre«, murmelte Dillon leise.

Gaston Jobert tauchte aus dem letzten Wagen auf und unterhielt sich kurz mit ihnen, dann betraten alle das Hotel. Dillon ärgerte sich nicht. Er war nur zufrieden, daß er richtig getippt hatte. Er stieg aus dem Lastwagen, eilte über die Straße und in den Schutz der nächsten Gasse und machte sich auf den Weg zum Lagerhaus in der Rue de Helier.

Der französische Geheimdienst, über Jahre bekannt als der SDECE, hatte unter Mitterrand seinen Namen in Direction Generale de la Sécurité Exterieure, kurz DGSE, ändern lassen. Es war ein Versuch, sich von dem Image zu befreien, eine im trüben fischende, brutal operierende Organisation zu sein, die wirklich vor nichts zurückschreckte. Betrachtete man jedoch die Ergebnisse ihrer Arbeit, so mußte man zugeben, daß nur wenige Geheimdienste in der Welt ähnlich erfolgreich waren.

Wie in alten Zeiten ist der Dienst immer noch in fünf Sektionen und viele Abteilungen unterteilt, deren berühmteste, oder je nach Standpunkt berüchtigtste, die Sektion 5 ist, allgemein bekannt als Action Service, die Abteilung, die für die Zerschlagung der OAS verantwortlich war.

Colonel Max Hernu war an alldem beteiligt gewesen, hatte die OAS genauso unbarmherzig verfolgt wie jeder andere, obwohl er als Fallschirmjäger sowohl in Indochina wie auch in Algerien gekämpft hatte. Er war jetzt einundsechzig Jahre alt, ein eleganter, weißhaariger

Mann, der am Schreibtisch in seinem Büro im ersten Stock der Zentrale des DGSE auf dem Boulevard Mortier saß. Es war kurz vor fünf Uhr, und Hernu, der seine zum Lesen notwendige Hornbrille aufgesetzt hatte, studierte den Bericht vor sich auf dem Tisch. Er hatte in seinem Landhaus, sechzig Kilometer außerhalb von Paris, übernachtet und war gerade erst eingetroffen. Inspektor Savary sah ihn respektvoll an.

Hernu nahm seine Brille ab. »Ich hasse diese frühen Morgenstunden. Das erinnert mich an Dien Bien Phu und das Warten auf das Ende. Holen Sie mir bitte noch einen Kaffee, ja?«

Savary nahm seine Tasse, ging zu der Kaffeemaschine auf dem Ständer und schenkte Kaffee ein, stark und schwarz. »Was halten Sie davon, Colonel?«

»Diese Brüder Jobert, meinen Sie, sie hätten uns alles erzählt?«

»Aber ganz gewiß, ich kenne sie schon seit Jahren. Der große Pierre war in der OAS und meint, das verleihe ihm eine gewisse Klasse, aber in Wirklichkeit sind es nur drittklassige Ganoven. Sie sind im Autodiebstahl tätig.«

»Demnach fiele diese Sache völlig aus ihrem Rahmen, oder?«

»Aber ganz bestimmt. Sie haben sogar zugegeben, daß sie diesem Rocard früher schon mal Autos verkauft haben.«

»Heiße Ware?«

»Ja, Colonel.«

»Natürlich sagen sie die Wahrheit. Dafür sprechen schon die zehntausend Dollar. Aber dieser Rocard, Sie sind doch ein erfahrener Polizist, Inspektor. Wie viele Jahre sind Sie schon im Dienst?«

»Fünfzehn, Colonel.«

»Mich interessiert Ihre Meinung.«

»Seine Personenbeschreibung ist wertvoll, denn laut den Joberts gibt es keine. Er ist klein, nicht größer als einsfünfzig bis einssechzig. Keine besondere Augenfarbe, blondes Haar. Gaston sagt, als sie ihn zum ersten Mal sahen, sei er ihm überhaupt nicht aufgefallen, es gab nichts Auffälliges an ihm, und dann hat er im Bistro offenbar einen Burschen, der fast doppelt so groß war wie er, innerhalb von fünf Sekunden fast umgebracht.«

»Fahren Sie fort.« Hernu zündete sich eine Zigarette an.

»Pierre sagt, sein Französisch sei zu perfekt.«

»Was meint er denn damit?«

»Er kann es nicht genau sagen. Es ist nur so, daß er schon immer das Gefühl hatte, daß irgendwas nicht stimmt.«

»Daß er kein Franzose ist?«

»Genau. Zu diesem Punkt gibt es zwei interessante Fakten. Zum einen pfeift er immer eine seltsame kleine Melodie vor sich hin. Gaston hat sie aufgeschnappt, weil er Akkordeon spielt. Er sagt, Rocard habe ihm einmal erzählt, es sei ein irisches Lied.«

»Das ist in der Tat interessant.«

»Und ein weiterer Punkt: Als er das Maschinengewehr im Heck des Renault in Valenton zusammensetzte, erklärte er den beiden Brüdern, es sei eine Kalaschnikow. Und nicht nur mit normalen Patronen. Sondern mit Leuchtspurmunition und Stahlmantelgeschossen, also schweres Gerät. Er sagte dazu, er habe mal gesehen, wie ein Landrover mit englischen Fallschirmjägern damit zerschossen wurde. Pierre wollte ihn nicht fragen, wo das war.«

»Wittern Sie da etwa die IRA, Inspektor? Und was haben Sie unternommen?«

»Ihre Leute gebeten, die Bilderbücher rauszurücken, Colonel. Die Joberts blättern sie gerade durch.«

»Großartig.« Hernu stand auf und füllte sich diesmal selbst Kaffee nach. »Was halten Sie von dieser Hotelsache? Meinen Sie, er wurde gewarnt?«

»Vielleicht, aber das muß nicht sein«, sagte Savary. »Ich meine, was haben wir denn bis jetzt, Colonel? Einen echten Profi, der im Begriff ist, das Attentat seines Lebens vorzubereiten. Vielleicht war er nur besonders vorsichtig, wollte vielleicht nur ganz sicher sein, daß ihm niemand zu seinem wahren Zielort folgte. Ich traue den Joberts nicht über den Weg, also warum sollte er es?«

Er zuckte die Achseln, und Max Hernu sagte ahnungsvoll: »Da ist doch noch mehr. Spucken Sie's aus.«

»Ich habe in dieser Sache ein sehr ungutes Gefühl, Colonel. Ich denke, er ist ein Spezialist. Er könnte diese Nummer mit dem Hotel nur deshalb abgezogen haben, weil er damit gerechnet hat, daß Gaston ihm folgt, aber er wollte vielleicht auch in Erfahrung bringen: warum. Waren die Joberts lediglich neugierig, oder steckte mehr dahinter?«

»Demnach meinen Sie, er war irgendwo auf der Straße und hat die Ankunft unserer Leute beobachtet?«

»Das halte ich für sehr wahrscheinlich. Andererseits könnte er auch keine Ahnung gehabt haben, daß Gaston ihn beschattete. Vielleicht war die Hotelnummer nur eine übliche Vorsichtsmaßnahme. Ein alter Résistance-Trick aus dem Krieg.«

Hernu nickte. »Richtig, mal sehen, ob die beiden fertig sind. Holen Sie sie rein.«

Savary ging hinaus und kehrte mit den beiden Joberts zurück. Sie schauten verwirrt drein, und Hernu sagte: »Und?«

»Kein Glück, Colonel, er war in keinem der Bücher.«

»Ist gut«, sagte Hernu. »Warten Sie unten. Sie werden nach Hause gebracht. Wir brauchen Sie dann später noch einmal.«

»Aber weshalb, Colonel?« fragte Pierre.

»Damit Ihr Bruder mit dem Renault nach Valenton fahren und Sie mit dem Wagen folgen können, so wie Rocard es mit Ihnen vereinbart hat. Und jetzt verschwinden Sie.« Sie verabschiedeten sich eilig, und Hernu sagte zu Savary: »Wir sorgen dafür, daß Mrs. Thatcher eine andere Route nimmt, sehr zum Leidwesen unseres Freundes Rocard.«

»Wenn er denn auftaucht, Colonel.«

»Man weiß nicht, ob er nicht genau das tut. Sie haben Ihre Sache gut gemacht, Inspektor. Ich glaube, ich muß Sie für die Sektion Fünf anfordern. Hätten Sie etwas dagegen?«

Ob er etwas dagegen hatte? Savary bekam vor Bewegtheit kaum einen Ton heraus. »Es wäre mir eine Ehre, Col...«

»Schön. Dann gehen Sie jetzt duschen und frühstükken. Ich sehe Sie später.«

»Und Sie, Colonel?«

»Ich, Inspektor.« Hernu lachte und sah auf seine Uhr. »Viertel nach fünf. Ich werde mich mit dem britischen Geheimdienst in London in Verbindung setzen. Einen sehr alten Freund von mir aus dem Schlaf klingeln. Wenn überhaupt jemand uns bei unserem geheimnisvollen Unbekannten weiterhelfen kann, dann ist er es.«

Die Generaldirektion des britischen Security Service befindet sich in einem großen rot-weißen Klinkerbau nicht weit vom Hilton Hotel in der Park Lane, obgleich viele seiner Abteilungen auf verschiedene Adressen in London verteilt sind. Die spezielle Nummer, die Max Hernu anrief, gehörte zu einer Sektion, die als »Gruppe vier« bekannt war und im dritten Stock des Verteidigungsministeriums untergebracht war. Sie war 1972 gegründet worden, um sich des Terrorismus und subversiver Umtriebe auf den Britischen Inseln anzunehmen. Sie war einzig und allein dem Premierminister verantwortlich, und seit ihrer Gründung war sie von nur einem Mann geleitet worden, nämlich von Brigadier Charles Ferguson. Er schlief in seiner Wohnung am Cavendish Square, als das Klingeln des Telefons neben seinem Bett ihn weckte.

»Ferguson«, meldete er sich, augenblicklich hellwach, denn er wußte, daß es etwas Wichtiges sein mußte.

»Paris, Brigadier«, teilte ihm eine anonyme Stimme mit. »Höchste Priorität. Colonel Hernu.«

»Stellen Sie ihn durch, und zerhacken Sie.«

Ferguson setzte sich auf. Er war ein massiger, unordentlich wirkender Mann mit zerzaustem grauem Haar und einem Doppelkinn.

»Charles?« fragte Hernu auf englisch.

»Mein lieber Max. Was hat dich denn zu einer solchen furchtbaren Zeit auf die Beine gebracht? Du hast Glück, daß du mich überhaupt noch per Telefon erreichst. Die maßgeblichen Stellen sind dabei, mich und die ganze Sektion vier für überflüssig zu erklären.«

»Was für ein Unsinn.«

»Ich weiß, aber der Generaldirektor war mit meinem Freibeuterstatus in all den Jahren nie ganz glücklich. Was kann ich für dich tun?«

»Mrs. Thatcher übernachtet in Soisy. Wir kennen

Einzelheiten eines Plans, nach dem morgen auf dem Weg zum Flugplatz in Valenton ein Anschlag auf sie verübt werden soll.«

»Um Himmels willen!«

»Es ist schon alles Notwendige in die Wege geleitet worden. Die Lady wird auf einer anderen Route nach Hause zurückkehren. Wir hoffen aber trotzdem, daß der Verantwortliche am Tatort auftaucht, obgleich ich das bezweifle. Wir warten heute nachmittag auf ihn.«

»Wer ist es? Jemand, den wir kennen?«

»Aus dem, was unsere Informanten sagen, entnehmen wir, daß er Ire ist, obgleich er so gut Französisch spricht, daß er als Einheimischer durchgeht. Das Problem ist, daß die Beteiligten sich unsere IRA-Fotos angesehen und niemanden gefunden haben.«

»Habt ihr eine Beschreibung?«

Hernu gab sie ihm durch. »Das ist nicht viel, fürchte ich.«

»Ich lasse das durch den Computer überprüfen und melde mich bei dir. Aber erzähl mal die ganze Geschichte.« Was Hernu tat. Danach sagte Ferguson: »Er ist dir durch die Lappen gegangen, alter Knabe. Ich wette mit dir um ein Abendessen im Savoy Grill das nächste Mal, wenn du herkommst.«

»Ich habe bei ihm ein seltsames Gefühl. Ich glaube, er ist etwas Besonderes«, sagte Hernu.

»Und doch ist er nicht in eurem Archiv, obwohl wir euch ständig auf dem laufenden halten.«

»Ich weiß«, sagte Hernu. »Und du bist der Experte für die IRA, also was sollen wir jetzt tun?«

»Da irrst du dich«, widersprach Ferguson. »Der größte Experte für die IRA ist bei euch in Paris, Martin Brosnan, unser irisch-amerikanischer Freund. Immerhin war er für sie bis 1975 im Einsatz. Soviel ich weiß, ist er Professor für politische Philosophie an der Sorbonne.«

»Du hast recht«, sagte Hernu. »Den hatte ich glatt vergessen.«

»Er ist mittlerweile sehr angesehen. Schreibt Bücher und lebt recht gut von all dem Geld, das seine Mutter ihm hinterlassen hat, als sie vor fünf Jahren in Boston starb. Wenn du vor einem Rätsel stehst, dann könnte er derjenige sein, der es für dich löst.«

»Danke für den Hinweis«, sagte Hernu. »Aber warten wir ab, was in Valenton passiert. Ich rufe wieder an.«

Ferguson legte den Hörer auf, drückte auf einen Knopf in der Wand und stand aus dem Bett auf. Einen Augenblick später öffnete sich die Tür, und sein Diener, ein ehemaliger Ghurkakrieger, kam herein und half ihm in einen Morgenmantel.

»Ein Notfall, Kim. Ich rufe Captain Tanner an und bitte sie, herzukommen, dann nehme ich ein Bad. Frühstück, wenn sie hier ist.«

Der Ghurka zog sich zurück. Ferguson nahm den Telefonhörer ab und wählte eine Nummer. »Mary? Hier ist Ferguson. Eine große Sache. Ich erwarte Sie in einer Stunde am Cavendish Square. Ach ja, ziehen Sie lieber Ihre Uniform an. Wir haben ja noch diesen Termin um elf im Verteidigungsministerium. In voller Kriegsbemalung hinterlassen Sie bei denen immer den größten Eindruck.«

Er legte den Hörer auf und begab sich ins Badezimmer. Dabei fühlte er sich hellwach und außerordentlich vergnügt.

Es war halb sieben, als das Taxi Mary Tanner vor ihrer Wohnung am Lowndes Square abholte. Der Chauffeur war beeindruckt, aber das waren die meisten Leute, die sie sahen. Sie trug die Uniform eines Hauptmanns im Women's Royal Army Corps mit den Schwingen eines Piloten des Army Air Corps auf der linken Brust. Darunter das Ordensband der George Medal, eine bedeutende Tapferkeitsauszeichnung, sowie Ordensbänder für Irland und für den Dienst bei den Friedenstruppen der Vereinten Nationen auf Zypern.

Sie war eine zierliche junge Frau mit kurzgeschnittenem schwarzem Haar, unleugbar gutaussehend auf eine ernste, eher unscheinbare Weise. Mit neunundzwanzig hatte sie bereits eine ganze Reihe von Dienstjahren hinter sich. Als Tochter eines Arztes hatte sie an der London University ein Diplom in Englisch abgelegt, danach an einer Schule unterrichtet und dies aber gehaßt. Danach kam die Armee. Einen großen Teil ihres Dienstes hatte sie bei der Militärpolizei absolviert. Für eine Weile Zypern, dann drei Einsätze in Ulster. Es war der Zwischenfall in Derry, der ihr das George Cross und eine Narbe an der linken Wange eingebracht hatte und der Ferguson auf sie aufmerksam werden ließ. Sie war jetzt seit zwei Jahren seine Assistentin.

Sie bezahlte das Taxi und eilte die Stufen zur Wohnung im ersten Stock hinauf und trat mit Hilfe ihres eigenen Schlüssels ein. Ferguson saß auf dem Sofa neben dem offenen Kamin im eleganten Wohnzimmer, hatte eine Serviette unter sein Kinn geklemmt und ließ sich von Kim pochierte Eier servieren.

»Genau zur rechten Zeit«, sagte er. »Was darf ich Ihnen anbieten?«

»Nur Tee. Earl Grey, Kim, dazu Toast und Honig.«

»Achten Sie auf Ihre Figur.«

»Ziemlich früh am Tag für sexistische Gemeinheiten, sogar für Sie, Brigadier. Was gibt's?«

Er berichtete ihr, während er aß. Kim brachte ihren

Tee und den Toast, und sie saß schweigend da und hörte zu.

Als er geendet hatte, sagte sie: »Von diesem Brosnan habe ich noch nie gehört.«

»Das war vor Ihrer Zeit, meine Liebe. Er dürfte jetzt um die fünfundvierzig sein. Sie finden eine Akte über ihn in meinem Arbeitszimmer. Er wurde in Boston geboren. Gehört zu einer dieser unanständig reichen amerikanischen Familien. Alleroberste Zehntausend. Seine Mutter stammte aus Dublin. Er machte alles brav und richtig, ging nach Princeton, schaffte dort seinen Abschluß, doch dann verdarb er sich seine Zukunft, indem er sich freiwillig als normaler Soldat nach Vietnam meldete. Ich glaube, das war 1966. Zu den Airborne Rangers. Er wurde als hochdekorierter Sergeant entlassen.«

»Und was ist daran nun so Besonderes?«

»Er hätte Vietnam vermeiden können, wenn er an der Universität geblieben wäre, aber er hat es nicht getan. Er hat sich sogar zur gemeinen Truppe gemeldet. Das ist schon bemerkenswert für jemanden mit seiner gesellschaftlichen Herkunft und Position.«

»Sie sind nur ein alter Snob. Was passierte dann weiter mit ihm?«

»Er ging ans Trinity College in Dublin, um seine Doktorarbeit zu schreiben. Er ist übrigens Protestant, aber seine Mutter war überzeugte Katholikin. Im August neunundsechzig besuchte er einen Onkel mütterlicherseits, der als Priester in Belfast tätig war. Erinnern Sie sich noch? Wie das alles anfing?«

»Wie die Protestanten die Katholiken ausräucherten?« meinte sie.

»Und wie die Polizei praktisch untätig zusah. Der Mob zündete die Kirche von Brosnans Onkel an und zog zur Falls Road. Eine Handvoll IRA-Leute mit ein paar Gewehren und Pistolen wehrte sie ab, und als einer von ihnen erschossen wurde, griff auch Brosnan zur Waffe. Reiner Instinkt, nehme ich an. Vietnam und so weiter.«

»Von da an war er dabei?«

»Und zwar vollständig. Sie dürfen nicht vergessen, daß es in dieser frühen Phase viele wie ihn in der Bewegung gab. Leute, die an die irische Freiheit und all das glaubten.«

»Tut mir leid, Sir, ich habe in den Straßen von Derry zuviel Blut gesehen, um daran zu glauben.«

»Ja, schön, ich will ihn ja gar nicht zum Unschuldsengel machen. Er hat sicher einige Leute getötet, aber immer im offenen Kampf, das muß man ihm zugute halten. Er wurde ziemlich berühmt. Es gab da eine französische Kriegsberichterstatterin namens Anne-Marie Audin. Er hat ihr in Vietnam nach einem Hubschrauberabsturz das Leben gerettet. Eine richtig romantische Geschichte. Sie tauchte in Belfast auf, und Brosnan nahm sie für eine Woche mit in den Untergrund. Sie machte daraus eine Serie für *Life*. Überschrift: Der tapfere irische Freiheitskampf. Sie kennen das ja.«

»Was geschah danach?«

»1975 ging er nach Frankreich, um Waffen zu kaufen. Es stellte sich heraus, daß die ganze Sache eine Falle war und die Polizei auf ihn wartete. Unglücklicherweise erschoß er einen Polizisten. Das brachte ihm lebenslänglich ein. Neunundsiebzig floh er aus dem Gefängnis, auf mein Betreiben hin, wie ich hinzufügen möchte.«

»Aber warum?«

»Wegen jemand anderem vor Ihrer Zeit, einem Terroristen namens Frank Barry. Er begann in Ulster mit einer Splittergruppe, die sich die ›Sons of Erin‹ nannten. Dann stieß er zum europäischen Terroristenkreis. Ein absolut böses und kriminelles Genie, wenn es je eins gegeben hat. Er versuchte, Lord Carrington auf einer Frankreichreise zu ermorden, als der noch Außenminister war. Die Franzosen vertuschten die Affäre, aber der Premierminister schäumte vor Wut. Ich erhielt den direkten Befehl, Barry zur Strecke zu bringen, egal, was es kostet.«

»Aha, ich verstehe. Und dazu brauchten Sie Brosnan.«

»Man braucht einen Dieb, um einen Dieb zu fangen, und so weiter, und er hat ihn für uns geschnappt.«

»Und danach?«

»Er ging zurück nach Irland und machte seinen Doktor.«

»Und diese Anne-Marie Audin, haben sie geheiratet?«

»Nicht daß ich wüßte, aber sie hat ihm einen noch größeren Gefallen getan. Ihre Familie ist eine der ältesten in Frankreich und politisch außerordentlich einflußreich, und er bekam das Kreuz der Ehrenlegion, weil er sie in Vietnam gerettet hatte. Und jedenfalls hat ihr Wirken hinter den Kulissen vor fünf Jahren Früchte getragen. Präsident Mitterrand begnadigte ihn. Er hat seine Weste wieder reingewaschen.«

»Und so ist er an die Sorbonne gekommen? Er dürfte dort der einzige Professor sein, der einen Polizisten erschossen hat.«

»Tatsächlich haben ein oder zwei andere das im Krieg auch getan, als sie bei der Résistance kämpften.«

»Kann man je aus seiner Haut heraus?« fragte sie.

»O ihr Kleingläubigen. Wie ich schon sagte, Sie finden seine Akte im Arbeitszimmer, wenn Sie mehr wissen wollen.« Er reichte ihr einen Bogen Papier. »Das ist die Beschreibung des geheimnisvollen Mannes. Nicht viel, um gezielt aktiv zu werden, aber füttern Sie trotzdem den Computer damit.«

Sie ging hinaus.

Kim kam mit einem Exemplar der *Times* herein. Ferguson überflog die Schlagzeilen und blätterte weiter zur Seite zwei, wo seine Aufmerksamkeit sofort von der gleichen Notiz über den Besuch Mrs. Thatchers in Frankreich gefesselt wurde, die auch im *Paris Soir* erschienen war.

»Tja, Max«, sagte er leise, »viel Glück«, und er schenkte sich noch eine Tasse Kaffee ein.

3

Es war in Paris an diesem Morgen viel wärmer, und der meiste Schnee war bis zum Mittag getaut. Auch auf dem Land herrschte Tauwetter, nur hier und da auf den Hecken waren noch weiße Flecken zu sehen, als Dillon nach Valenton fuhr und sich dabei vorwiegend an Nebenstraßen hielt. Er war auf dem BMW-Motorrad aus der Garage unterwegs und trug die Uniform eines CRS-Polizisten mit Helm und Motorradbrille und hatte sich eine MAT49er Maschinenpistole über dem dunklen Regenmantel vor die Brust geschnallt.

Es war natürlich völliger Wahnsinn hinzufahren, aber er konnte der Aussicht auf ein Gratisspektakel nicht widerstehen. Nachdem er seine Straßenkarte zu Rate gezogen hatte, verließ er an einem Zaungatter eine schmale Landstraße, folgte zu Fuß einem Pfad durch ein kleines Wäldchen und gelangte zu einer niedrigen Steinmauer auf einem Hügel. Etwa zweihundert Meter unterhalb seines Standortes lag der Bahnübergang. Der schwarze Renault stand immer noch dort, wo er ihn geparkt hatte. Keine Menschenseele war zu sehen. Etwa fünfzehn Minuten später fuhr ein Eisenbahnzug vorbei.

Er sah auf die Uhr. Viertel nach zwei. Er richtete sein Fernglas wieder auf die Szene unter ihm, und dann näherte sich der weiße Renault auf der Straße und stellte sich halb quer, um den Bahnübergang zu blockieren. Dicht dahinter befand sich ein Peugeot. Pierre saß am Lenkrad, hatte bereits den Rückwärtsgang eingelegt und wendete, während Gaston auf ihn zurannte. Es war ein älteres Modell mit dunkelroter und cremefarbener Lackierung.

»Sehr hübsch«, meinte Dillon leise, während der Peugeot verschwand.

»Und jetzt die Kavallerie«, sagte er halblaut und zündete sich eine Zigarette an.

Es dauerte etwa zehn Minuten, bis ein großer Lastwagen die Straße herunterkam und bremste, weil ihm der Weg versperrt war. Er hatte einen hohen Planenaufbau, dessen Seitenflächen mit *Steiner Electronics* beschriftet waren.

»Von wegen Elektronik«, sagte Dillon.

Ein schweres Maschinengewehr auf der Ladefläche des Lastwagens eröffnete das Feuer durch die Plane und durchsiebte den Renault. Als die Schüsse verhallten, holte Dillon einen elektronischen Fernzünder aus schwarzem Plastik aus der Tasche, schaltete ihn ein und zog die Antenne heraus.

Ein Dutzend Männer in schwarzen Overalls und Schutzhelmen, alle mit Automatikgewehren bewaffnet, sprang aus dem Lastwagen. Während sie sich dem Renault näherten, betätigte Dillon den Zünder. Die Sprengladung in dem zweiten schwarzen Kasten, der, wie er Pierre geantwortet hatte, zusätzliche Munition enthielt, explodierte sofort. Das Fahrzeug flog auseinander, und Blechteile stiegen im Zeitlupentempo in die Luft. Mehrere Männer lagen auf dem Erdboden, andere rannten in Deckung.

»Bitte sehr, meine Herren, da haben Sie was zum Nachdenken«, sagte Dillon.

Er ging durch das Wäldchen zurück, hob die BMW vom Ständer, schwang sich in den Sattel und fuhr davon.

Er öffnete das Tor des Lagerhauses in der Rue de Helier, stieg wieder auf das Motorrad, fuhr in die Halle und bockte es auf. Während er sich anschickte, das Tor zu schließen, rief Makeev von oben: »Es ist schiefgegangen, oder?«

Dillon nahm den Helm ab. »Ich fürchte, ja. Die Joberts haben mich auffliegen lassen.«

Während er die Treppe hochstieg, musterte Makeev ihn anerkennend. »Die Verkleidung gefällt mir. Ein Polizist ist für die Leute nur eine Uniform ohne Gesicht. Nichts, was sich beschreiben läßt.«

»Genau. Ich habe früher mal für einen großen Iren namens Frank Barry gearbeitet. Schon mal von ihm gehört?«

»Aber sicher. Ein echter Carlos.«

»Er war noch besser als Carlos. Er wurde neunundsiebzig ausgeschaltet. Ich weiß nicht, von wem. Er trat häufig als CRS-Cop mit Motorrad auf. Briefträger sind auch sehr gut. Niemand beachtet sie.«

Er folgte dem Russen ins Wohnzimmer. »Erzählen Sie«, forderte Makeev ihn auf.

Dillon setzte ihn ins Bild. »Es war ein Risiko, die beiden zu benutzen, und es ist danebengegangen, mehr gibt es dazu nicht zu sagen.«

»Und nun?«

»Wie ich gestern gesagt habe, ich verschaffe Ihnen ein Ersatzziel. Ich meine, bei dem vielen Geld. Ich muß schließlich an meine alten Tage denken.«

»Unsinn, Sean, Ihr Alter interessiert Sie doch gar nicht. Es ist allein das Spiel, um das es Ihnen geht.«

»Da könnten Sie recht haben.« Dillon zündete sich eine Zigarette an. »Eins weiß ich aber genau. Ich mag es nicht, wenn ich verliere. Ich lasse mir für Sie etwas einfallen und begleiche vorher noch eine Rechnung.«

»Die Joberts? Sind sie es wert?«

»O ja«, erwiderte Dillon. »Das ist eine Frage der persönlichen Ehre, Josef.«

Makeev seufzte. »Ich fahre zu Aroun und überbringe ihm die schlechte Nachricht. Wir hören voneinander.«

»Hier oder auf dem Kahn.« Dillon lächelte. »Keine Sorge, Josef. Ich habe noch nie einen Rückzieher gemacht, wenn ich mir mal etwas in den Kopf gesetzt hatte.«

Makeev ging die Treppe hinunter. Seine Schritte hallten durch die Lagerhalle, die kleine Tür im Torflügel fiel hinter ihm ins Schloß. Dillon kehrte ins langgestreckte Wohnzimmer zurück und pfiff leise vor sich hin.

»Aber ich verstehe nicht«, sagte Aroun. »Im Fernsehen kam kein Wort darüber.«

»Das wird es auch nicht.« Makeev stand vor den Balkontüren über der Avenue Victor Hugo und wandte sich um. »Dieser Vorfall hat niemals stattgefunden, so behandeln es die Franzosen. Die Vorstellung, daß Mrs. Thatcher auf französischem Boden in irgendeiner Gefahr geschwebt haben könnte, würde als Affront gegen die gesamte Nation empfunden.«

Aroun war bleich vor Wut. »Ihr Mann hat versagt. Viele Worte, Makeev, aber am Ende war nichts dahinter. Nur gut, daß ich heute morgen nicht die Million auf sein Züricher Konto überwiesen habe.«

»Aber Sie haben es zugesagt«, meinte Makeev. »Er kann trotzdem jederzeit anrufen und nachprüfen, ob das Geld eingegangen ist.«

»Mein lieber Makeev, ich habe Einlagen von fünfhundert Millionen Dollar bei der Bank. Mit der Möglichkeit konfrontiert, daß ich meine Geldgeschäfte woanders abwickle, war der Direktor nur allzubereit, einem kleinen Schwindel zuzustimmen, als Rashid heute morgen mit ihm telefonierte. Wenn Dillon anruft, um nachzufragen, dann wird die Überweisung bestätigt.«

»Sie haben es hier mit einem überaus gefährlichen Mann zu tun«, warnte Makeev. »Wenn er herausbekommt...«

»Wer sollte es ihm verraten? Sie bestimmt nicht, und am Ende wird er ja bezahlt, aber nur, wenn er Erfolg hatte.«

Rashid schenkte ihm eine Tasse Kaffee ein und meinte zu Makeev: »Er hat ein Ersatzziel versprochen und dabei den englischen Premierminister erwähnt. Was hat er vor?«

»Er meldet sich, wenn er sich entschieden hat«, sagte Makeev.

»Geschwätz.« Aroun ging zur Balkontür, blieb davor stehen und trank seinen Kaffee. »Alles nur Geschwätz.«

»Nein, Mr. Aroun«, widersprach Josef Makeev ihm. »Da irren Sie sich gründlich.«

Martin Brosnans Wohnung lag am Fluß auf dem Quai de Montebello gegenüber der Ile de la Cité und bot eine der schönsten Ansichten von Notre Dame in Paris. Außerdem war es von der Sorbonne bis dorthin nur ein Spaziergang, was er geradezu als ideal empfand.

Es war kurz nach vier Uhr, als er darauf zuschlenderte, ein hochgewachsener Mann mit breiten Schultern in einem altmodischen Trenchcoat. Trotz seiner fünfundvierzig Jahre zeigte sein Haar noch immer keine Spur von Grau, und es war auch viel zu lang und verlieh ihm das Aussehen eines edlen Recken aus dem sechzehnten Jahrhundert. Martin Aodh Brosnan. Das Aodh war das gälische Wort für Hugh, und seine irische Herkunft zeigte sich in seinen hohen Wangenknochen und in den grauen Augen.

Es wurde wieder kälter, und er fröstelte, während er in den Quai de Montebello einbog und zu seinem Wohnhaus eilte. Es gehörte ihm ganz, weshalb er sich die Wohnung an der Ecke im ersten Stock hatte nehmen können, die beste und gesuchteste Lage im ganzen Block. Ein Gerüst an der Ecke des Gebäudes reichte bis zum vierten Stock hinauf, wo einige Maurerarbeiten ausgeführt wurden.

Er war gerade im Begriff, die Stufen zur reichverzierten Eingangstür hinaufzusteigen, als eine Stimme ihn anrief.

»Martin?«

Er schaute hoch und erkannte Anne-Marie Audin, die sich über das Geländer des Balkons beugte. »Wo zum Teufel kommst du denn so plötzlich her?« fragte er verblüfft.

»Aus Kuba. Ich bin gerade gelandet.«

Er nahm immer zwei Stufen auf einmal, und sie hatte die Tür längst aufgerissen, als er oben ankam. Er umarmte sie und hob sie mit seinen kräftigen Armen hoch und trug sie zurück in den Flur. »Wie wunderschön, dich zu sehen. Warum Kuba?«

Sie gab ihm einen Kuß und half ihm, seinen Trenchcoat auszuziehen. »Ach, ich hatte einen ziemlich wilden Auftrag von *Time*. Komm in die Küche. Ich brühe dir deinen Tee auf.«

Der Tee war seit Jahren ein ständiger Witz zwischen ihnen. Es überraschte bei einem Amerikaner, aber er mochte keinen Kaffee. Er zündete eine Zigarette an und ließ sich am Tisch nieder und sah ihr zu, wie sie in der Küche umherging. Ihr kurzes Haar war genauso dunkel wie seins. Sie war eine außerordentlich elegante Frau, die ebenso alt war wie er, aber mindestens zwölf Jahre jünger aussah.

»Du siehst prächtig aus«, sagte er zu ihr, als sie den Tee brachte. Er kostete und nickte anerkennend. »Das schmeckt köstlich. Genauso, wie du es damals, 1971, in South Armagh gelernt hast, als Liam Devlin und ich dir gezeigt haben, wie die IRA arbeitet.«

»Wie geht es dem alten Gauner?«

»Er wohnt immer noch in Kilrea bei Dublin. Hält ab und zu Vorlesungen am Trinity College. Behauptet, schon siebzig zu sein, aber das ist eine glatte Lüge.«

»Der wird doch niemals alt, dieser Bursche.«

»Du siehst wirklich prächtig aus«, sagte Brosnan. »Warum haben wir nicht geheiratet?«

Es war eine rituelle Frage, die er seit Jahren immer wieder stellte, mittlerweile ein vertrauter Scherz. Es gab mal eine Zeit, da hatten sie einander geliebt, aber seit einigen Jahren waren sie nur noch Freunde. Nicht daß dieses Verhältnis mit anderen Freundschaften zu vergleichen gewesen wäre. Er wäre für sie gestorben, was auch damals in dem Sumpfgebiet in Vietnam, als sie sich zum ersten Mal sahen, beinahe passiert wäre.

»Nachdem wir das endlich hinter uns haben, erzähl mir von deinem neuen Buch, ja?« bat sie ihn.

»Eine Philosophie des Terrorismus«, erwiderte er. »Sehr langweilig. Wird kaum jemand kaufen wollen.«

»Ein Jammer«, sagte sie, »wo es doch von einem Experten auf diesem Gebiet stammt.«

»Meine Gründe, und was ich weiß, ändern daran überhaupt nichts«, sagte er.

»Du Zyniker. Komm, laß uns was Richtiges trinken.« Sie öffnete den Kühlschrank und holte eine Flasche Krug heraus.

»Grande Cuvée?«

»Was sonst?«

Sie gingen in den wundervollen, langgestreckten Wohnraum. Über einem Marmorkamin hing ein reichverzierter goldener Spiegel, überall standen Topfpflanzen, ein Flügel, gemütliche, unordentlich wirkende Sofas und eine Menge Bücher. Sie hatte die gläsernen Balkontüren offengelassen. Brosnan ging durch den Raum, um sie zu schließen, während sie die Champagnerflasche auf der Anrichte öffnete und zwei Gläser herausnahm. Im gleichen Moment klingelte es draußen.

Als Brosnan die Tür öffnete, sah er Max Hernu und Jules Savary und hinter ihnen die Brüder Jobert.

»Professor Brosnan?« fragte Hernu. »Ich bin Colonel Max Hernu.«

»Ich weiß, wer Sie sind«, sagte Brosnan. »Action Service, nicht wahr? Was hat das zu bedeuten? Holt mich meine Vergangenheit ein?«

»Nicht ganz, aber wir brauchen Ihre Hilfe. Dies ist Inspektor Savary, und diese beiden Herren sind Gaston und Pierre Jobert.«

»Kommen Sie lieber herein«, sagte Brosnan, dessen Interesse gegen seinen Willen geweckt war.

Die Brüder Jobert blieben auf Hernus Anweisung in der Diele, als er und Savary Brosnan in den Wohnraum folgten. Anne-Marie drehte sich um, runzelte leicht die Stirn, und Brosnan machte sie mit seinen Besuchern bekannt.

»Es ist mir eine große Ehre.« Hernu begrüßte sie mit einem Handkuß. »Ich bin schon seit langem Ihr Bewunderer.«

»Martin?« Sie machte jetzt ein besorgtes Gesicht. »Du läßt dich doch nicht in etwas hineinziehen?«

»Natürlich nicht«, beruhigte er sie. »Also, was kann ich für Sie tun, Colonel?«

»Es geht um eine Angelegenheit, die die nationale Sicherheit betrifft, Professor. Ich erwähne die Tatsache nur ungern, aber Mademoiselle Audin ist eine Fotojournalistin von internationalem Ruf.«

Sie lächelte. »Totale Diskretion, ich gebe Ihnen mein Wort, Colonel.«

»Wir sind hergekommen, weil Brigadier Charles Ferguson in London es uns empfohlen hat.«

»Und warum, meint er, sollen Sie mich aufsuchen?«

»Weil Sie Fachmann in Angelegenheiten sind, die die IRA betreffen, Professor. Lassen Sie es mich Ihnen erklären.«

Was er auch sofort tat, wobei er die ganze Affäre so knapp wie möglich schilderte. »Sehen Sie, Professor«, sagte er abschließend, »die beiden Joberts haben in unseren IRA-Alben geblättert, ohne ihn zu finden, und Ferguson ist mit der knappen Beschreibung, die wir ihm übermitteln konnten, auch nicht weitergekommen.«

»Sie stecken wirklich in Schwierigkeiten.«

»Mein Freund, dieser Mann ist nicht irgend jemand. Er muß ein echter Spezialist, etwas ganz Besonderes sein, um so einen Coup zu riskieren. Aber wir wissen nicht mehr von ihm, als daß er vermutlich Ire ist und fließend Französisch spricht.«

»Und was soll ich jetzt tun?«

»Reden Sie mit den Joberts.«

Brosnan schaute zu Anne-Marie, dann hob er die Schultern. »Na schön, holen Sie sie rein.«

Er saß auf der Tischkante und trank von seinem Champagner, während die beiden Männer angesichts der Begleitumstände in verlegener Haltung vor ihm standen. »Wie alt ist er?«

»Schwer zu sagen, Monsieur«, antwortete Pierre. »Er verändert sich von einem Augenblick zum nächsten. So als wäre er mehr als nur eine Person. Ich würde sagen, Ende Dreißig.«

»Und wie sieht er aus?«

»Klein, blondes Haar.«

»Er sieht völlig unscheinbar aus«, warf Gaston ein. »Wir dachten, er sei ein Anfänger, und dann haben wir gehört, daß er eines Abends in einem Café einen Riesen von einem Mann völlig fertiggemacht hat.«

»Aha. Er ist also klein, blond, Ende Dreißig und kann sich wehren. Wie kommen Sie darauf, daß er Ire ist?«

»Als er die Kalaschnikow zusammensetzte, erzählte er, er habe mal gesehen, wie mit so einem Ding ein Landrover voll englischer Fallschirmjäger zerschossen wurde.«

»Ist das alles?«

Pierre runzelte die Stirn. Brosnan nahm die Flasche Krug aus dem Kühler, und Gaston sagte: »Nein, da ist noch etwas. Er pfeift ständig eine seltsame Melodie. Ein bißchen unheimlich. Ich hab' sie auf meinem Akkordeon nachgespielt. Er meinte, es sei etwas Irisches.«

Brosnans Gesicht war zunehmend starr geworden. Er stand da, hielt die Flasche in der einen Hand, ein Glas in der anderen.

»Und er mag dieses Zeug, Monsieur«, sagte Pierre.

»Champagner?« fragte Brosnan.

»Nun, ja, jeder Champagner ist besser als gar keiner, aber Krug ist seine Lieblingsmarke.«

»Wie dieser, keine Jahrgangsauslese?«

»Ja, Monsieur. Er hat gesagt, daß er am liebsten Grande Cuvée trinkt«, sagte Pierre.

»Das hat der Bastard schon immer getan.«

Anne-Marie legte eine Hand auf Brosnans Arm. »Du kennst ihn, Martin?«

»Ich bin mir fast sicher. Könnten Sie die Melodie mal auf dem Flügel da drüben anspielen?« fragte er Gaston.

»Ich versuch's, Monsieur.«

Er klappte den Deckel auf, schlug probeweise einige Tasten an, dann spielte er mit einem Finger die ersten Töne der Melodie.

»Das reicht schon.« Brosnan wandte sich zu Hernu und Savary um. »Ein altes irisches Volkslied, *Die Lerche fliegt im Morgengrauen.* Und es sieht sehr schlecht für Sie aus, meine Herren, denn der Mann, den Sie suchen, ist Sean Dillon.«

»Dillon?« fragte Hernu. »Natürlich. Der Mann mit den tausend Gesichtern, wie jemand ihn mal genannt hat.«

»Das ist zwar leicht übertrieben«, sagte Brosnan, »aber man kann es durchaus so ausdrücken.«

Sie schickten die Joberts nach Hause, und Brosnan und Anne-Marie nahmen auf einem Sofa gegenüber Hernu und Savary Platz. Der Inspektor machte sich Notizen, während der Amerikaner erzählte.

»Seine Mutter starb bei der Geburt. Ich glaube, das war 1952. Sein Vater war Elektriker. Er ging nach London, deshalb besuchte Dillon dort die Schule. Er hatte ein unglaubliches schauspielerisches Talent, war irgendwie genial. Er kann sich verwandeln, während man ihm zusieht. Er zieht einfach die Schultern hoch, wird schlagartig fünfzehn Jahre älter. Es ist verblüffend.«

»Demnach haben Sie ihn gut gekannt?« fragte Hernu.

»In Belfast in der schlimmen Zeit, aber davor erhielt er ein Stipendium für die Royal Academy of Dramatic Art. Er blieb nur ein Jahr dort. Sie konnten ihm nichts beibringen. Er spielte ein oder zwei Rollen am National Theatre. Nichts Besonderes. Bedenken Sie, er war noch sehr jung. Dann, 1971, wurde sein Vater, der nach Belfast zurückgekehrt war, von einer englischen Militärpatrouille getötet. Er geriet zwischen die Fronten. Es war ein Unglücksfall.«

»Und Dillon nahm es sich zu Herzen?«

»Das kann man wohl sagen. Er bot sich der Provisional IRA an. Er gefiel ihnen. Er war intelligent, hatte eine Begabung für Fremdsprachen. Sie schickten ihn für zwei Monate nach Libyen, in eins dieser Ausbildungslager für Terroristen. Ein Schnellkurs in Waffenkunde. Mehr war nicht nötig. Er wollte nie aussteigen. Gott weiß, wie viele er auf dem Gewissen hat.«

»Demnach arbeitet er noch immer für die IRA?«

Brosnan schüttelte den Kopf. »Schon seit Jahren nicht mehr. Er betrachtet sich zwar noch immer als Soldat, aber er findet, daß die Führung ein Haufen alter Weiber ist, und sie konnten ihn nicht im Zaum halten. Er hätte auch den Papst getötet, wenn er es für nötig erachtet hätte. Er machte sich einen Spaß daraus, Dinge zu tun, die nach hinten losgingen. Es heißt, er sei an der Mountbatten-Affäre beteiligt gewesen.«

»Und seit dieser Zeit?« fragte Hernu.

»Beirut, Palästina. Er hat eine ganze Menge für die PLO erledigt. Die meisten Terrorgruppen haben seine Dienste in Anspruch genommen.« Brosnan schüttelte den Kopf. »Sie werden es mit ihm ganz schön schwer haben.«

»Warum genau?«

»Zum Beispiel die Tatsache, daß er zwei Gauner wie die Joberts benutzt hat. Das tut er immer. Gut, diesmal hat es nicht geklappt, aber er kennt die Schwächen aller revolutionären Bewegungen. Sie bestehen meistens aus

Hitzköpfen oder Angebern. Sie haben ihn den Mann ohne Gesicht genannt, und das stimmt, denn ich bezweifle, ob Sie jemals in einer Ihrer Akten ein Foto von ihm finden werden, und selbst wenn, dann würde Ihnen das auch nicht weiterhelfen.«

»Warum tut er das alles?« fragte Anne-Marie. »Doch sicher nicht aus irgendwelchen politischen Motiven.«

»Weil es ihm gefällt«, sagte Brosnan, »weil er besessen ist. Bedenke, daß er Schauspieler ist. Das ist er wirklich, und ein hervorragender dazu.«

»Ich gewinne allmählich den Eindruck, daß Sie für ihn nicht allzuviel übrig haben«, sagte Hernu.

»Nun, er hat mal vor langer Zeit versucht, mich und einen guten Freund von mir zu töten«, meinte Brosnan. »Beantwortet das Ihre Frage?«

»Das ist sicherlich Grund genug.« Hernu erhob sich, und Savary folgte seinem Beispiel. »Wir müssen jetzt gehen. Ich muß alles so schnell wie möglich an Brigadier Ferguson übermitteln.«

»Schön«, sagte Brosnan.

»Ich hoffe, wir können in dieser Angelegenheit auf Ihre Hilfe zählen, Professor.«

Brosnan warf einen kurzen Blick auf Anne-Marie, deren Miene verschlossen war. »Hören Sie«, erwiderte er, »ich habe nichts dagegen, mich wieder mit Ihnen zu unterhalten, wenn Ihnen das weiterhilft, aber ich möchte in die Affäre nicht persönlich verwickelt werden. Sie wissen, wer und was ich war, Colonel. Egal, was geschieht, ich möchte nicht mehr dorthin zurück. Ich habe vor langer Zeit jemandem ein Versprechen gegeben.«

»Ich verstehe vollkommen, Professor.« Hernu sah zu Anne-Marie. »Mademoiselle, es war mir ein ganz besonderes Vergnügen.«

»Ich bringe Sie hinaus«, sagte sie und ging vor.

Als sie zurückkam, hatte Brosnan die Balkontür geöffnet und schaute hinaus auf den Fluß, während er eine Zigarette rauchte. Er legte einen Arm um ihre Schultern. »Alles in Ordnung?«

»O ja«, antwortete sie. »Bestens«, und lehnte den Kopf an seine Brust.

Zur gleichen Zeit saß Ferguson am Kamin seiner Wohnung am Cavendish Square, als das Telefon klingelte. Mary Tanner nahm den Anruf im Arbeitszimmer an. Nach einer Weile kam sie heraus. »Das war Downing Street. Der Premierminister wünscht Sie zu sehen.«

»Wann?«

»Jetzt, Sir.«

Ferguson stand auf und nahm seine Lesebrille ab. »Rufen Sie den Wagen. Sie kommen mit und warten dort auf mich.«

Sie griff nach dem Telefonhörer, sprach kurz, dann legte sie ihn wieder auf die Gabel. »Um was mag es gehen, Brigadier?«

»Keine Ahnung. Um meine sofortige Pensionierung oder um Ihre Rückkehr zu häuslicheren Aufgaben. Oder um diese Affäre in Frankreich. Mittlerweile dürfte er darüber informiert worden sein. Wie auch immer, warten wir es ab und lassen uns überraschen«, dann verließ er mit ihr das Büro.

Sie wurden an der Straßensperre an der Einfahrt in die Downing Street überprüft. Mary Tanner blieb im Wagen, während Ferguson durch die berühmteste Tür der Welt eingelassen wurde. Es war ziemlich still im Vergleich zum letzten Mal, als er dort gewesen war, nämlich auf einer Weihnachtsparty, die von Mrs. Thatcher im

Säulenzimmer für den gesamten Stab veranstaltet worden war. Reinigungspersonal, Stenotypistinnen, Büroangestellte. Das war typisch für sie. Es war die andere Seite der Eisernen Lady.

Er bedauerte ihr Ausscheiden aufrichtig und seufzte, während er dem jungen Mann die Treppe hinauf folgte, vorbei an den Porträts all jener großen Männer der Geschichte: Peel, Wellington, Disraeli und viele mehr. Sie erreichten den Korridor, der junge Mann klopfte an eine Tür und öffnete sie.

»Brigadier Ferguson, Herr Premierminister.«

Bei Fergusons letztem Besuch in diesem Arbeitszimmer war es das Zimmer einer Frau gewesen, mit unübersehbar weiblicher Note, doch nun waren die Dinge anders, auf subtile Weise strenger, das spürte er deutlich. Draußen senkte sich die Dunkelheit schnell herab, und John Major las gerade einen Bericht durch, und der Bleistift in seiner Hand wanderte mit beachtlicher Geschwindigkeit von Zeile zu Zeile.

»Entschuldigen Sie. Es dauert nur einen Moment«, sagte er.

Es war die Höflichkeit, die Ferguson verblüffte, diese selbstverständlich guten Manieren, die man bei Staatsoberhäuptern nicht allzu häufig antraf. Major setzte seine Unterschrift unter den Bericht, legte ihn zur Seite und lehnte sich zurück, ein angenehmer, grauhaariger Mann mit Hornbrille, der jüngste Premierminister des zwanzigsten Jahrhunderts. Der allgemeinen Öffentlichkeit nahezu unbekannt als Nachfolger Margaret Thatchers, und doch hatte seine Behandlung der Golfkrise ihn bereits als einen Staatslenker von besonderem Format ausgewiesen.

»Bitte nehmen Sie Platz, Brigadier, ich habe einen ziemlich engen Terminplan, deshalb komme ich sofort zur Sache. Die Affäre mit Mrs. Thatcher in Frankreich. Offensichtlich sehr beunruhigend.«

»In der Tat, Herr Premierminister. Gott sei Dank ist es glimpflich ausgegangen.«

»Ja, aber das scheint mehr ein Glücksfall gewesen zu sein. Ich habe mit Präsident Mitterrand gesprochen, und er hat sich einverstanden erklärt, daß mit Rücksicht auf unsere Interessen und vor allem im Hinblick auf die derzeitige Situation im Golf eine totale Nachrichtensperre verhängt wird.«

»Und was ist mit der Presse, Herr Premierminister?«

»Nichts wird an die Presse dringen, Brigadier«, versicherte John Major ihm. »Habe ich richtig verstanden, daß es den Franzosen nicht gelungen ist, den Kopf des Unternehmens zu fangen?«

»Ich fürchte, das ist nach meinen jüngsten Informationen der Fall, aber Colonel Hernu vom Action Service hält uns auf dem laufenden.«

»Ich habe mich mit Mrs. Thatcher unterhalten, und sie war es, die mich auf Sie aufmerksam gemacht hat, Brigadier. Wenn ich recht verstehe, ist die Geheimdienstsektion, die unter der Bezeichnung ›Gruppe vier‹ im Jahr 1972 gegründet wurde, nur dem Premierminister verantwortlich und mit der Aufgabe betraut, spezielle Fälle von Terrorismus und subversiven Aktionen zu bekämpfen?«

»Das ist richtig.«

»Was bedeutet, daß Sie fünf Premierministern gedient haben werden, wenn wir mich selbst dazunehmen.«

»Das stimmt leider nicht ganz, Herr Premierminister«, sagte Ferguson. »Wir haben im Moment ein Problem.«

»Ja, ich weiß davon. Den gewöhnlichen Sicherheitsleuten hat Ihre Existenz nie gepaßt, weil das Ganze zu sehr nach einer Privatarmee des Premierministers aussah. Deshalb hat man auch angenommen, daß ein Wechsel in Downing Street zehn genau der richtige Zeitpunkt wäre, um sich Ihrer zu entledigen.«

»Das befürchte ich, Herr Premierminister.«

»Nun, dazu ist es nicht gekommen, und dazu wird es nicht kommen. Ich habe mit der Generaldirektion der Security Services gesprochen. Es ist für Sie Sorge getragen.«

»Sie können mir keine größere Freude machen.«

»Gut. Ihre vordringlichste Aufgabe ist natürlich, denjenigen zur Strecke zu bringen, der hinter dieser französischen Angelegenheit steckt. Wenn er von der IRA kommt, dann ist das wohl unsere Sache, meinen Sie nicht?«

»Absolut.«

»Schön. Dann klemmen Sie sich dahinter. Halten Sie mich über jegliche Entwicklung auf dem laufenden, und zwar bei höchster Geheimhaltungsstufe. Sie berichten nur mir persönlich.«

»Natürlich, Herr Premierminister.«

Hinter ihnen öffnete die Tür sich wie durch Zauberhand, und der Gehilfe erschien, um Ferguson hinauszubegleiten. Als die Tür geschlossen wurde und Ferguson zum Ausgang schritt, hatte der Premierminister sich bereits in den nächsten Papierstapel vertieft.

Während die Limousine anfuhr, beugte Mary Tanner sich vor, um die Trennscheibe zu schließen. »Was ist los? Worum ging's?«

»Um die Affäre in Frankreich.« Ferguson klang seltsam zurückhaltend. »Wissen Sie, er hat tatsächlich etwas Besonderes an sich.«

»Nun stellen Sie sich doch nicht so an, Sir«, sagte

Mary. »Wenn Sie ganz ehrlich sind, meinen Sie nicht auch, daß wir nach all den Jahren Tory-Regierung mal eine Abwechslung nötig haben?«

»Sie sind mir die richtige Fürsprecherin der Arbeiterklasse«, sagte er. »Ihr lieber alter Herr, er möge in Frieden ruhen, war Medizinprofessor in Oxford, und Ihrer Mutter gehört halb Hereford. Und was ist Ihre Wohnung am London Square wert, eine Million, was meinen Sie? Wie kommt es, daß die Kinder der Reichen sich immer so penetrant auf die Seite der Linken schlagen, während sie nach wie vor ausschließlich im Savoy dinieren?«

»Das ist eine krasse Übertreibung.«

»Aber im Ernst, meine Liebe, ich habe sowohl für Premierminister der Labour Party wie auch der Konservativen gearbeitet. Die Couleur des jeweiligen Politikers ist völlig bedeutungslos. Nehmen Sie den Marquess of Salisbury, als er Premierminister war, oder Gladstone, Disraeli, sie alle hatten ähnliche Probleme wie wir heute. Fenier aus Irland, Anarchisten, Bombenattentate in London, nur war es damals ordinäres Dynamit und noch kein Semtex wie heute, und wie viele Anschläge wurden auf das Leben der Königin Victoria unternommen?« Er blickte hinaus auf den Verkehr von Whitehall, während sie sich dem Verteidigungsministerium näherten. »Es ändert sich nichts.«

»Na schön, Ende der Vorlesung, aber was ist denn nun wirklich los?«

»Ach so, wir sind wieder im Geschäft, das ist los«, sagte er. »Ich fürchte, wir müssen Ihre Rückversetzung zur Militärpolizei einstweilen verschieben.«

»Sie altes Ekel!« rief sie und umarmte ihn vor Freude.

Fergusons Büro im Verteidigungsministerium befand sich an einer Ecke im hinteren Teil des Gebäudes über der Horse Guards Avenue und bot einen Ausblick auf das Victoria Embankment und den Fluß am anderen Ende. Er hatte sich kaum hinter seinem Schreibtisch niedergelassen, als Mary hereingestürmt kam.

»Ein verschlüsseltes Fax von Hernu. Ich habe es schon durch die Maschine laufen lassen. Es wird Ihnen kaum gefallen.«

Es enthielt die Zusammenfassung des Gesprächs zwischen Hernu und Martin Brosnan sowie die Informationen über Sean Dillon – alles.

»Mein Gott«, sagte Ferguson. »Schlechter ging es wohl nicht. Dieser Dillon ist ja wie ein Gespenst. Gibt es ihn, oder gibt es ihn nicht? So gefährlich wie Carlos nach den Maßstäben des internationalen Terrorismus, aber den Medien und der Öffentlichkeit völlig unbekannt, und nichts, worauf man sich stützen kann.«

»Aber eins haben wir doch, Sir.«

»Und was?«

»Brosnan.«

»Stimmt, aber hilft uns das?« Ferguson stand auf und trat zum Fenster. »Ich hab' mal vor Jahren versucht, Martin zu überreden, mir in einer Sache behilflich zu sein. Er wollte nicht das geringste damit zu tun haben.« Er wandte sich lächelnd um. »Es ist seine Freundin, wissen Sie, diese Anne-Marie Audin. Sie hat furchtbare Angst, daß er wieder das wird, was er einmal war.«

»Ja, das kann ich verstehen.«

»Aber macht nichts. Wir sollten lieber dem Premierminister einen Bericht über die jüngsten Entwicklungen schicken. Fassen wir uns möglichst kurz.«

Sie holte einen Bleistift hervor und stenographierte

mit, während er diktierte. »Sonst noch was, Sir?« fragte sie, als er geendet hatte.

»Ich glaube nicht. Lassen Sie das tippen. Eine Kopie für die Akten, die andere für den P. M. Schicken Sie sie per Boten in die Nummer zehn. Streng geheim.«

Mary tippte eine Rohfassung des Berichts selbst und ging dann durch den Flur zum Schreib- und Kopierraum. Es gab auf jeder Etage einen, und die Büroangestellten hatten allesamt eine Sicherheitsüberprüfung über sich ergehen lassen müssen. Der Fotokopierer ratterte, als sie den Raum betrat. Der Mann, der ihn bediente, war Mitte Fünfzig und weißhaarig. Er trug eine Armeebrille mit Metallgestell und hatte die Hemdsärmel hochgekrempelt.

»Hallo, Gordon«, sagte sie. »Ich habe hier eine höchste Dringlichkeitssache. Tippen Sie das so sauber wie möglich. Eine Kopie für die persönliche Ablage. Können Sie das sofort erledigen?«

»Natürlich, Captain Tanner.« Er warf einen kurzen Blick darauf. »Eine Viertelstunde. Ich schicke es weiter.«

Sie ging hinaus, und er nahm hinter seiner Schreibmaschine Platz, holte tief Luft, um sich zu sammeln, während er die Überschrift las. *Nur für den Premierminister persönlich.* Gordon Brown hatte fünfundzwanzig Jahre beim Nachrichtendienst gearbeitet und den Rang eines Stabsfeldwebels erreicht. Eine ansehnliche, wenn auch unspektakuläre Karriere, die in der Verleihung eines M. B. E. und dem Angebot einer Anstellung im Verteidigungsministerium nach seinem Ausscheiden aus der Armee gipfelte. Und alles war für ihn zufriedenstellend gewesen bis zum vergangenen Jahr, als seine Frau an Krebs starb. Ihre Ehe war kinderlos geblieben, wodurch er sich mit fünfundfünfzig Jahren völlig allein in einer kalten Welt wiederfand, und dann geschah etwas Wunderbares.

Im Ministerium wurden ständig Einladungskarten zu allen möglichen Empfängen in den Londoner Botschaften verteilt. Häufig nahm er sich auch eine. Er vertrieb sich damit seine Langeweile, und während einer Kunstausstellung in der deutschen Botschaft lernte er Tania Nowikowa kennen, eine Sekretärin und Stenotypistin in der sowjetischen Botschaft.

Sie hatten einander auf Anhieb gut verstanden. Sie war dreißig und nicht gerade eine Schönheit, doch als sie anläßlich ihres zweiten Treffens mit ihm in seiner Wohnung in Camden ins Bett ging, war es wie eine Offenbarung. Brown hatte Sex auf diese Art noch nie erlebt und war ihr auf Anhieb verfallen. Und damit fing es an. Die Fragen zu seinem Job und zu allem, was im Verteidigungsministerium vor sich ging. Die Beziehung kühlte ab. Er sah sie nicht mehr und war völlig verwirrt und wurde fast wahnsinnig. Er rief sie in ihrer Wohnung an. Zuerst reagierte sie kühl, abweisend, und dann fragte sie ihn, ob er in der letzten Zeit etwas Interessantes in Händen gehabt habe.

Er begriff in diesem Moment, was ablief, doch es war ihm gleichgültig. Durch seine Hände ging eine Reihe von Berichten und Meldungen über Veränderungen bei der britischen Armee im Hinblick auf politische Neuorientierungen in Rußland. Es war einfach, zusätzliche Kopien anzufertigen. Wenn er diese in ihre Wohnung brachte, dann war es wieder genauso wie früher, und sie führte ihn zu Höhepunkten der Lust, wie er sie niemals kennengelernt hatte.

Von da an tat er für sie einfach alles, lieferte Kopien von allem, was sie möglicherweise interessieren könnte.

Nur für den Premierminister persönlich. Wie dankbar würde sie sich dafür erweisen? Er beendete die Abschrift und zog zwei Kopien, eine für sich selbst. Er hatte mittlerweile in einer Schublade seiner Wäschekommode einen ganzen Aktenordner voll davon. Die andere Kopie war für Tania Nowikowa, die natürlich keine Sekretärin und Stenotypistin in der sowjetischen Botschaft war, wie sie Brown erklärt hatte, sondern ein Hauptmann des KGB.

Gaston öffnete das Tor der Garage gegenüber dem *Le Chat Noir*, und Pierre setzte sich hinter das Lenkrad des roten und cremefarbenen Peugeot. Sein Bruder nahm auf dem Rücksitz Platz, und sie fuhren los.

»Ich habe keine Ruhe«, sagte Gaston. »Ich meine, wenn sie ihn nicht erwischt haben? Er wird sicher nach uns suchen, Pierre.«

»Unsinn«, widersprach Pierre. »Er ist längst weg, Gaston. Welcher Idiot würde sich noch hier herumtreiben nach dem, was passiert ist? Nein, zünde mir eine Zigarette an und sei still. Wir gehen jetzt erst einmal gut essen und anschließend ins *Belle Aurore.* Dort treten noch immer diese schwedischen Striptease-Schwestern auf.«

Es war kurz vor acht Uhr, die Straßen waren still und verlassen, die Menschen hatten sich wegen der eisigen Kälte in ihre vier Wände verkrochen. Sie gelangten zu einem kleinen Platz, und als sie ihn überquerten, tauchte hinter ihnen ein CRS-Polizist auf seinem Motorrad auf und ließ sein Warnlicht aufblitzen.

»Wir werden von einem Polizisten verfolgt«, meldete Gaston.

Er fuhr neben sie und winkte ihnen zu, sie sollten anhalten. »Eine Nachricht von Savary, nehme ich an«, meinte Pierre und lenkte den Wagen an den Gehsteigrand.

»Vielleicht haben sie ihn erwischt«, sagte Gaston gespannt.

Der CRS-Mann stoppte hinter ihnen, bockte sein Motorrad auf und kam auf sie zu. Gaston öffnete die hintere Tür und lehnte sich hinaus. »Haben sie das Schwein?«

Dillon zog eine Walther mit einem Carswell-Schalldämpfer aus der Innentasche seines Regenmantels und schoß ihm zweimal ins Herz. Er schob die Motorradbrille hoch und drehte sich um. Pierre bekreuzigte sich. »Sie sind es!«

»Ja, Pierre. Eine Ehrensache.«

Die Walther hustete zweimal, Dillon steckte sie in seinen Regenmantel, schwang sich auf die BMW und fuhr davon. Es begann leicht zu schneien, auf dem Platz blieb es still. Es dauerte etwa eine halbe Stunde, bis ein Polizist, eingehüllt in sein warmes Cape, sie auf seinem Streifengang fand.

Tania Nowikowas Wohnung lag unweit der Bayswater Road in der Nähe der sowjetischen Botschaft. Sie hatte einen anstrengenden Tag hinter sich und wollte an diesem Abend früh zu Bett gehen. Es war kurz vor halb zehn, als die Türklingel ertönte. Sie trocknete sich gerade ab, nachdem sie ein ausgiebiges, entspannendes Bad genommen hatte. Sie schlüpfte in ihren Bademantel und ging nach unten.

Gordon Browns Spätschicht war um neun Uhr zu Ende gewesen. Er konnte es nicht erwarten, zu ihr zu kommen, und hatte die üblichen Schwierigkeiten gehabt, einen Parkplatz für seinen Ford Escort zu finden. Er stand vor der Tür, betätigte ungeduldig die Klingel und konnte seine Erregung kaum zügeln. Als sie die Tür öffnete und sah, wer der Besucher war, geriet sie sofort in Zorn und zerrte ihn herein.

»Ich habe dir gesagt, Gordon, du sollst niemals herkommen. Unter gar keinen Umständen!«

»Aber das ist doch ein besonderer Fall«, flehte er. »Sieh doch, was ich dir mitgebracht habe.«

Im Wohnzimmer nahm sie den großformatigen Briefumschlag entgegen, öffnete ihn und holte den Bericht heraus. *Nur für den Premierminister persönlich.* Ihre Neugier wuchs, während sie den Text las. Unglaublich, daß dieser Narr ihr etwas derart Unschätzbares besorgt hatte. Seine Arme legten sich um ihre Taille, die Hände wanderten hoch zu ihren Brüsten, und sie spürte seine Erregung.

»Das ist doch gutes Material, oder?« erkundigte er sich.

»Hervorragend, Gordon. Du bist wirklich ein braver Junge.«

»Tatsächlich?« Seine Umarmung wurde heftiger. »Darf ich dann hierbleiben?«

Sie reagierte mit einer Ausrede. »O Gordon, es tut mir so leid. Ich habe heute Nachtschicht.«

»Bitte, Liebling.« Er zitterte vor Erregung. »Nur ein paar Minuten.«

Sie mußte ihn bei Laune halten, das wußte sie, legte den Bericht auf den Tisch und ergriff seine Hand. »Eine Viertelstunde, Gordon, das ist alles, und dann mußt du gehen«, raunte sie und ging voraus ins Schlafzimmer.

Nachdem sie ihn weggeschickt hatte, zog sie sich hastig an und überlegte, was sie tun sollte. Sie war eine strenge, überzeugte Kommunistin. So war sie aufgezogen worden, und so würde sie sterben. Mehr noch, sie diente dem KGB mit bedingungsloser Loyalität. Er hatte sie ernährt, sie ausgebildet, ihr den Status verliehen, den sie in der Welt innehatte. Für eine junge Frau war sie erstaunlich altmodisch. Sie hatte für Gorbatschow oder die glasnostverliebten Narren, die ihn umgaben, nichts übrig. Unglücklicherweise unterstützten ihn viele innerhalb des KGB, und einer von diesen war ihr Chef in der Botschaft in London, Oberst Yuri Gatow.

Wie würde er auf einen solchen Bericht reagieren, fragte sie sich, während sie auf die Straße hinaustrat. Was würde Gorbatschow zu dem fehlgeschlagenen Attentatsversuch auf Mrs. Thatcher sagen? Wahrscheinlich empfand er die gleiche Wut wie der britische Premierminister, und wenn Gorbatschow so dachte, dann würde auch Oberst Gatow so denken. Also, was sollte sie tun?

Der Gedanke kam ihr, während sie über das vereiste Pflaster der Bayswater Road eilte. Es gab jemanden, der sich dafür interessieren würde, und nicht nur deshalb, weil er genauso dachte wie sie, sondern weil er selbst sozusagen im Mittelpunkt des Geschehens saß – in Paris. Es war ihr alter Chef Oberst Josef Makeev. Das war es. Makeev würde am besten wissen, wie eine solche Information zu nutzen wäre. Sie bog in die Kensington Palace Gardens ein und betrat die sowjetische Botschaft.

Der Zufall wollte es, daß Makeev an diesem Abend in seinem Büro Überstunden machte, als seine Sekretärin hereinschaute und sagte: »Ein Anruf aus London auf dem Zerhacker. Hauptmann Nowikowa.«

Makeev nahm den Hörer des roten Telefons auf. »Tania«, sagte er, und in seiner Stimme lag ein zärtlicher Unterton, denn sie waren während der drei Jahre, die sie bei ihm in Paris gearbeitet hatte, ein Liebespaar gewesen. »Was kann ich für Sie tun?«

»Soweit ich es mitbekommen habe, gab es gestern bei Ihnen einen Vorfall, der das Empire betraf?« fragte sie.

Es war ein alter KGB-Code, seit Jahren in Gebrauch, der immer dann benutzt wurde, wenn es um Attentatsversuche gegen Großbritannien auf Regierungsebene ging.

Makeev war sofort hellwach. »Das ist richtig. Eines der üblichen Ereignisse, das offiziell nie stattgefunden hat.«

»Haben Sie irgendwelches Interesse daran?«

»Sogar ein sehr großes.«

»Ein verschlüsseltes Fax ist an Sie unterwegs. Ich bleibe hier in meinem Büro für den Fall, daß Sie darüber reden wollen.«

Tania legte den Telefonhörer auf. Sie hatte auf einem zweiten Schreibtisch ihren eigenen Telefax-Chiffrierer stehen. Sie ging zu dem Gerät, tastete die geforderten Angaben schnell ein, überprüfte auf dem Schirm, ob ihr kein Fehler unterlaufen war. Sie fügte Makeevs persönliche Kenn-Nummer hinzu, schob den Bericht in den Eingabeschlitz und wartete. Nach ein paar Sekunden erhielt sie das Signal, daß die Sendung am Zielort eingetroffen war. Sie stand auf, zündete sich eine Zigarette an und trat ans Fenster und wartete.

Die verschlüsselte Nachricht wurde im Funk- und Chiffrierraum der Botschaft in Paris empfangen. Makeev wartete ungeduldig, daß sie endlich eintraf. Der Funker reichte sie ihm, und der Oberst führte sie in einen Dechiffrierer ein und tippte seine Kennzahl. Er konnte es kaum erwarten und las den Bericht bereits, während er über den Flur zu seinem Büro ging. Er reagierte genauso erregt wie Tania Nowikowa, als er die Überschrift *Nur für den Premierminister persönlich* las. Er ließ sich hinter seinem Schreibtisch nieder und las den Text ein zweites Mal. Er dachte eine Weile nach, dann streckte er die Hand nach dem roten Telefon aus.

»Das haben Sie gut gemacht, Tania. Diese Sache war mein Baby.«

»Das finde ich wunderbar.«

»Weiß Gatow darüber Bescheid?«

»Nein, Oberst.«

»Na gut, dann soll es auch so bleiben.«

»Kann ich noch etwas tun?«

»Natürlich, sogar sehr viel. Pflegen Sie Ihren Kontakt. Lassen Sie mich alles sofort wissen. Es könnte sich auch noch mehr für Sie ergeben. Ich schicke einen Freund von mir nach London. Es ist der Freund, von dem Sie gelesen haben.«

»Ich rechne damit, von ihm zu hören.«

Sie legte den Telefonhörer auf, fühlte sich in Hochstimmung und suchte die Kantine auf.

In Paris saß Makeev für einen Moment regungslos da, dachte stirnrunzelnd nach, dann nahm er den Telefonhörer wieder von der Gabel und rief Dillon an. Es dauerte einige Sekunden, ehe der Ire sich meldete.

»Wer ist da?«

»Josef, Sean, ich bin unterwegs zu Ihnen. Es ist von äußerster Wichtigkeit.«

Makeev legte auf, holte seinen Mantel und verließ das Haus.

4

Brosnan ging an diesem Abend mit Anne-Marie ins Kino und anschließend in ein kleines Restaurant am Montmartre namens *English Place*. Er liebte es ganz besonders, denn trotz seines Namens war Irish Stew eine der Spezialitäten des Hauses. Es herrschte nicht besonders viel Betrieb, und sie hatten gerade den Hauptgang beendet, als Max Hernu und Inspektor Savary erschienen.

»Schnee in London, Schnee in Brüssel und Schnee in Paris.« Hernu klopfte seinen Ärmel ab und knöpfte den Mantel auf.

»Kann ich aus Ihrem Erscheinen schließen, daß Sie mich überwachen lassen?« fragte Brosnan.

»Keineswegs, Professor. Wir haben in Ihrem Appartement angerufen, wo der Portier uns mitteilte, Sie seien ins Kino gegangen. Er war so freundlich, uns drei oder vier Restaurants zu nennen, die Sie anschließend aufsuchen könnten. Dies ist unser zweiter Versuch.«

»Dann setzen Sie sich doch, und nehmen Sie einen Kognak und einen Kaffee«, schlug Anne-Marie vor. »Sie sehen ja beide völlig erfroren aus.«

Sie legten ihre Mäntel ab, und Brosnan nickte dem Oberkellner zu, der herbeieilte und die Bestellung aufnahm.

»Es tut mir sehr leid, Mademoiselle, Ihnen den Abend zu verderben, aber es ist überaus wichtig«, sagte Hernu. »Eine unselige Entwicklung.«

Brosnan zündete sich eine Zigarette an. »Dann legen Sie mal los.«

Es war Savary, der darauf antwortete. »Vor etwa zwei Stunden wurden die Leichen der Brüder Jobert von einem Streifenpolizisten in ihrem Wagen aufgefunden, an einem kleinen Platz nicht weit vom *Le Chat Noir* entfernt.«

»Ermordet, das wollen Sie doch sagen, oder?« warf Anne-Marie ein.

»Hm, ja, Mademoiselle«, meinte er. »Sie wurden erschossen.«

»Zweimal ins Herz?« erkundigte Brosnan sich.

»Ja, Professor. Das konnte der Gerichtsarzt uns gleich zu Beginn seiner Untersuchung mitteilen. Wir haben den Rest nicht abgewartet. Woher haben Sie das gewußt?«

»Das war Dillon, kein Zweifel. Es ist ein echter Profi-Trick, Colonel. Sie sollten das eigentlich wissen. Niemals nur ein Schuß, immer zwei, für den Fall, der Gegner schafft es noch, reflexartig zurückzuschießen.«

Hernu rührte in seinem Kaffee. »Haben Sie das erwartet, Professor?«

»Ja. Er hätte sie früher oder später auf jeden Fall erwischt. Ein seltsamer Mann. Er hält immer Wort, steigt niemals aus einem Vertrag aus, und er erwartet das gleiche von denen, mit denen er Geschäfte macht. Er nennt das eine Ehrensache. Zumindest tat er das früher.«

»Ich möchte Sie mal etwas fragen«, sagte Savary. »Ich bin jetzt schon seit fünfzehn Jahren im Dienst. Ich habe jede Menge Mörder kennengelernt, und nicht nur die Gangster, die so etwas als Teil ihres Jobs ansehen, sondern auch das arme Schwein, das seine Frau umgebracht hat, weil sie fremdging. Dillon scheint ein ganz anderer

Typ zu sein. Ich meine, sein Vater wurde von englischen Soldaten getötet, daher trat er der IRA bei. Das kann ich irgendwie noch begreifen, aber nicht mehr, was danach geschah. Zwanzig Jahre. Ein Mord nach dem anderen, und niemals in seiner Heimat. Warum?«

»Ich bin kein Psychiater«, sagte Brosnan. »Die hätten dafür alle möglichen intelligenten Bezeichnungen, angefangen vom Psychopathen und dann quer durchs ganze Register. Ich habe Männer wie ihn in der Armee in Vietnam bei den Special Forces kennengelernt. Es waren durchaus gute Männer, einige von ihnen jedenfalls, doch sobald sie einmal angefangen hatten – mit dem Töten, meine ich –, schien es von ihnen Besitz zu ergreifen wie eine Droge. Sie waren plötzlich wie besessen. Die nächste Stufe war, daß sie auch töteten, wenn es gar nicht notwendig war. Oder sie taten es ohne irgendeine Gefühlsregung. Damals in Vietnam sah es aus, als seien die Leute, wie soll ich es ausdrükken, zu toten Gegenständen, seelenlosen Sachen geworden.«

»Und Sie meinen, das ist auch mit Dillon passiert?« fragte Hernu.

»Es ist mit mir geschehen, Colonel«, sagte Martin Brosnan düster.

Stille trat ein. Schließlich sagte Hernu: »Wir müssen ihn fangen, Professor.«

»Ich weiß.«

»Dann machen Sie mit bei unserer Jagd?«

Anne-Marie legte eine Hand auf seinen Arm, einen Ausdruck der Mißbilligung im Gesicht, und als sie sich den Männern zuwandte, war daraus verzweifelter Zorn geworden. »Das ist Ihr Job, und nicht Martins!«

»Schon gut«, besänftigte Martin sie. »Mach dir keine Sorgen.« Zu Hernu sagte er: »Ich gebe Ihnen gerne

Ratschläge, jede Information, die Ihnen weiterhelfen kann, aber ich beteilige mich nicht direkt. Es tut mir leid, Colonel, aber so oder gar nicht.«

Savary sagte: »Sie haben erzählt, daß er einmal versucht hat, Sie umzubringen. Sie und einen Freund.«

»Das war vierundsiebzig. Wir beide, er und ich, arbeiteten für diesen Freund von mir, einen Mann namens Devlin, Liam Devlin. Er war das, was man einen altmodischen Revolutionär nennen könnte. Er dachte, man könnte immer noch wie in alten Zeiten für eine Sache kämpfen, als eine Art Untergrundarmee gegen die offiziellen Truppen. Ähnlich wie die Résistance in Frankreich während des Krieges. Er hatte was gegen Bomben, ging lieber direkt auf seine Ziele los.«

»Und was passierte?« fragte der Inspektor.

»Dillon mißachtete Befehle, und die Bombe, die er für eine Polizeipatrouille bestimmt hatte, brachte ein halbes Dutzend Kinder um. Devlin und ich wollten ihn uns kaufen. Er versuchte uns auszuschalten.«

»Ohne Erfolg offenbar.«

»Nun, wir waren schließlich auch keine Anfänger.« Seine Stimme hatte sich plötzlich verändert. Sie klang härter, spöttischer. »Er verpaßte mir ein Andenken an der Schulter, dafür erwischte ich ihn am Arm. Damals verschwand er das erste Mal auf den Kontinent.«

»Und haben Sie ihn nie wiedergesehen?«

»Ich war vier Jahre im Gefängnis, Inspektor, seit 1975. Belle Isle. Sie haben Ihre Geschichtslektion schlecht gelernt. Er arbeitete eine Weile mit einem Mann namens Frank Barry zusammen, einem anderen Flüchtling aus der IRA, der sich auf der europäischen Szene tummelte. Ein ganz schlimmer Bursche, dieser Barry. Können Sie sich an ihn erinnern?«

»Das kann ich, in der Tat, Professor«, sagte Hernu.

»Ich entsinne mich, daß er ein Attentat auf Lord Carrington, den britischen Außenminister, verübt hat, als er 1979 in Frankreich war. Die Umstände damals waren mit den jetzigen durchaus vergleichbar.«

»Dillon hat vermutlich versucht, die damalige Operation zu kopieren. Er hat Barry regelrecht verehrt.«

»Den Sie, soweit ich weiß, im Auftrag des britischen Geheimdienstes getötet haben.«

Anne-Marie unterbrach die Unterhaltung. »Entschuldigen Sie.«

Sie erhob sich und entfernte sich in Richtung Toilette. Hernu meinte: »Jetzt haben wir sie verärgert.«

»Sie macht sich Sorgen um mich, Colonel. Sie befürchtet, daß es zu einer Situation kommt, in der ich die Waffe in die Hand nehme und wieder dort lande, wo ich mal gewesen bin.«

»Ja, das verstehe ich, mein Freund.« Hernu stand auf und zog seinen Mantel an. »Wir haben Ihnen schon genug von Ihrer Zeit geraubt. Bestellen Sie Mademoiselle Audin, daß es mir aufrichtig leid tut.«

Savary betrachtete ihn versonnen. »Und jetzt halten Sie Vorlesungen an der Sorbonne, Professor. Ihre Studenten müssen Sie verehren. Ich wette, Sie haben immer volle Säle.«

Brosnan nickte. »Das stimmt.«

Er sah ihnen nach, und Anne-Marie kehrte zurück. »Ich konnte nicht anders, Liebling«, sagte er zu ihr.

»Es war nicht deine Schuld.« Sie sah müde aus. »Ich glaube, ich will nach Hause.«

»Du kommst nicht mit zu mir?«

»Heute nicht. Vielleicht morgen.«

Der Oberkellner brachte die Rechnung, die Brosnan bezahlte. Er half ihnen in die Mäntel und geleitete sie zur Tür. Draußen lag eine dünne Schneedecke auf dem

Pflaster. Anne-Marie fröstelte und drehte sich zu Brosnan um. »Weißt du, Martin, während der Unterhaltung mit ihnen hast du dich verändert. Plötzlich warst du wieder dieser andere Mann.«

»Tatsächlich?« fragte er und wußte gleichzeitig, daß es stimmte.

»Ich nehme ein Taxi.«

»Soll ich dich begleiten?«

»Nein, lieber nicht.«

Er sah sie die Straße hinuntergehen, dann wandte er sich um und entfernte sich in der anderen Richtung. Dabei dachte er an Dillon und fragte sich, wo er wohl gerade war und was er tat.

Dillons Hausboot lag in einem kleinen Hafenbecken am Quay St. Bernard. Dort waren vorwiegend Motorkreuzer festgemacht. Vergnügungsboote, die mit Schutzplanen für den Winter zugedeckt waren. Das Innere war überraschend luxuriös, eine große Kabine mit mahagonigetäfelten Wänden, zwei gemütlichen Sofas, einem Fernsehapparat. Sein Schlafraum befand sich in einer Kabine dahinter und verfügte über eine Liege sowie eine kleine angrenzende Duschkabine. Die Küche lag auf der anderen Seite des Durchgangs, klein, aber sehr modern eingerichtet. Es war alles vorhanden, was ein guter Koch brauchte. Dort stand er gerade und wartete darauf, daß das Wasser im Kessel zu kochen begann, als er auf dem Deck Schritte hörte. Er öffnete eine Schublade, holte eine Walther heraus, spannte sie und schob sie sich hinten in den Hosenbund. Dann ging er hinaus.

Makeev kam den Niedergang herunter und betrat die Hauptkabine. Er klopfte sich die Schneeflocken vom Mantel und zog ihn aus. »Was für ein Abend. Mistwetter.«

»In Moskau ist es noch schlimmer«, meinte Dillon zu ihm. »Kaffee?«

»Warum nicht.«

Makeev bediente sich von dem Kognak aus einer Flasche auf der Anrichte, und der Ire kam mit einer Porzellantasse in jeder Hand zurück. »Also, was gibt's Neues?«

»Zuerst einmal haben meine Quellen mir mitgeteilt, daß die Brüder Jobert tot aufgefunden wurden. War das klug?«

»Um eine unsterbliche Antwort aus einem dieser alten James-Cagney-Filme zu zitieren, sie waren reif. Und was gibt's sonst?«

»Ach, ein alter Freund aus Ihrer grauen Vorzeit ist wieder aufgetaucht. Ein gewisser Martin Brosnan.«

»Heilige Muttergottes!« Dillon schien für einen kurzen Augenblick zur Salzsäule zu erstarren. »Martin? Martin Brosnan? Wo zum Teufel ist der denn hergekommen?«

»Er wohnt hier in Paris, ein Stück flußaufwärts von hier am Quai de Montebello. Es ist das Eckhaus gegenüber Notre Dame. Ein sehr geschmackvoller Eingang. Von hier ist es nur ein kleiner Spaziergang. Sie können es gar nicht verfehlen. Ein Gerüst steht davor, irgendwelche Ausbesserungsarbeiten, nehme ich an.«

»Eine sehr detaillierte Beschreibung.« Dillon nahm eine Flasche Bushmill's aus dem Küchenregal und schenkte sich einen Doppelten ein. »Warum?«

»Ich habe mich auf dem Weg hierher dort einmal umgesehen.«

»Was hat das denn mit mir zu tun?«

Also erzählte Makeev von Max Hernu, Savary, Tania Nowikowa in London. »Nun«, meinte er abschließend, »wenigstens wissen wir, was Ihre Freunde vorhaben.«

»Diese Nowikowa könnte für mich sehr nützlich sein«, sagte Dillon. »Ist sie auf unserer Seite?«

»Ohne Frage. Sie arbeitet schon seit einigen Jahren für mich. Eine sehr clevere junge Frau. Ebenso wie ich ist sie gar nicht glücklich über die Veränderungen, die sich in unserer Heimat abzeichnen. Ihr Chef ist da ein Thema für sich. Oberst Yuri Gatow. Er ist dafür. Auch einer von diesen Spinnern.«

»Ja, sie könnte wichtig sein«, sagte Dillon.

»Verstehe ich das richtig, daß Sie nach London wollen?«

»Sowie ich mir sicher bin, lasse ich es Sie wissen.«

»Und Brosnan?«

»Ich könnte auf der Straße dicht an ihm vorbeigehen, und er würde mich nicht erkennen.«

»Sind Sie sicher?«

»Josef, nicht einmal Sie würden mich erkennen. Sie haben noch nie gesehen, wie ich mich verwandle, oder? Sind Sie mit dem Wagen hergekommen?«

»Natürlich nicht. Mit dem Taxi. Ich hoffe, ich finde zurück wieder eins.«

»Ich hole meinen Mantel und begleite Sie ein Stück.«

Er ging hinaus, und Makeev knöpfte seinen Mantel zu und genehmigte sich noch einen Kognak. Ein leises Geräusch ertönte hinter ihm, und als er herumfuhr, stand Dillon in Mütze und Matrosenmantel und in seltsam gebückter Haltung vor ihm. Sogar die Form seines Gesichts schien sich verändert zu haben. Er sah fünfzehn Jahre älter aus. Die Veränderung der Körpersprache war verblüffend.

»Mein Gott, das ist doch unmöglich«, staunte Makeev.

Dillon richtete sich auf und grinste. »Josef, mein alter Freund, wenn ich bei der Bühne geblieben wäre, hätte man mich längst aufgrund meiner Leistungen in den Adelsstand erhoben. Kommen Sie, gehen wir.«

Der Schnee bildete eine Puderzuckerschicht auf dem Erdboden, Boote glitten auf dem Fluß vorbei, und Notre Dame, von Scheinwerfern angestrahlt, trieb durch die Nacht. Sie erreichten den Quai de Montebello, ohne ein Taxi zu finden.

Makeev sagte: »Da wären wir, Brosnans Adresse. Ihm gehört der ganze Block. Anscheinend hat seine Mutter ihm ein Vermögen zukommen lassen.«

»Ist das wahr?«

Dillon betrachtete das Baugerüst, und Makeev fuhr fort: »Appartement vier, das an der Ecke im ersten Stock.«

»Lebt er allein?«

»Er ist nicht verheiratet. Er hat eine Freundin, Anne-Marie Audin...«

»Die Kriegsberichterstatterin? Ich hab' sie mal, einundsiebzig, in Belfast gesehen. Brosnan und Liam Devlin, damals mein Chef, gewährten ihr Einblick in die Struktur und die Arbeit der IRA.«

»Haben Sie sie kennengelernt?«

»Nicht persönlich. Leben sie zusammen?«

»Offenbar nicht.« Ein Taxi kam aus einer Nebenstraße und rollte auf sie zu. Makeev hob einen Arm. »Wir reden morgen darüber.«

Das Taxi entfernte sich, und Dillon wollte sich gerade abwenden, als Brosnan um die Ecke bog. Dillon erkannte ihn sofort.

»Na dann, Martin, du alter Bastard«, sagte er leise.

Brosnan stieg die Eingangstreppe hinauf und verschwand im Haus. Dillon machte grinsend kehrt und schlenderte davon, wobei er leise vor sich hin pfiff.

In seiner Wohnung am Cavendish Square war Ferguson gerade im Begriff, zu Bett zu gehen, als das Telefon klingelte. Hernu meldete sich am anderen Ende. »Schlechte Nachrichten. Er hat die Brüder Jobert ausgeschaltet.«

»Du lieber Gott«, sagte Ferguson. »Er fackelt aber nicht lange, was?«

»Ich war bei Brosnan und habe ihn gebeten, sich bei uns zu beteiligen. Ich fürchte, er hat abgelehnt. Er hat wohl angeboten, uns zu beraten und so weiter, aber er möchte nicht aktiv in die Sache verwickelt werden.«

»Unsinn«, sagte Ferguson. »Das können wir nicht akzeptieren. Wenn das Schiff sinkt, dann müssen alle an die Pumpen, und dieses Schiff sinkt verteufelt schnell.«

»Was schlagen Sie vor?«

»Ich denke, das Beste ist, wenn ich mal rüberkomme, um mit ihm persönlich zu reden. Ich weiß aber nicht genau, wann. Ich muß einiges vorbereiten. Möglicherweise am Nachmittag. Wir geben Ihnen Bescheid.«

»Ausgezeichnet. Das ist mir mehr als recht.«

Ferguson saß eine Weile ruhig da und dachte nach, dann rief er Mary Tanner in ihrer Wohnung an. »Ich nehme an, Sie haben nach Ihrem frühen Aufstehen heute morgen auch den Wunsch nach einer relativ ruhigen Nacht gehabt?« fragte er.

»Es kam mir mal kurz in den Sinn. Ist etwas geschehen?«

Er brachte sie auf den neuesten Stand. »Ich glaube, es wäre keine schlechte Idee, morgen rüberzufliegen, sich mit Hernu zu treffen, dann mit Brosnan zu reden. Man muß ihm begreiflich machen, wie ernst die Angelegenheit ist.«

»Wollen Sie, daß ich mitkomme?«

»Natürlich. Ich werde da drüben ja noch nicht mal

aus einer Speisekarte schlau, während wir alle wissen, daß einer der Vorteile Ihrer ziemlich teuren Ausbildung die Beherrschung der französischen Sprache ist. Setzen Sie sich mit dem Transportoffizier im Ministerium in Verbindung, und sagen Sie ihm, ich brauche morgen den Learjet startbereit.«

»Ich werde das regeln. Sonst noch was?«

»Nein, ich sehe Sie dann morgen früh im Büro, und vergessen Sie nicht Ihren Paß.«

Ferguson legte den Hörer auf, schlüpfte ins Bett und knipste das Licht aus.

Auf dem Boot ließ Dillon das Wasser einige Zeit im Kessel sieden, dann schüttete er etwas Bushmill's Whisky in eine Tasse, fügte Zitronensaft, Zucker und das sprudelnde Wasser hinzu, kehrte in die Kabine zurück und nippte an dem heißen Getränk. *Mein Gott, Martin Brosnan nach all den Jahren.* Seine Gedanken wanderten zurück in die alten Zeiten mit der Amerikanerin und Liam Devlin, seinem alten Kommandanten. Devlin, die lebende Legende der IRA. Wilde, aufregende Zeiten des Kampfs gegen die Übermacht der britischen Armee, Mann gegen Mann. Es würde nie mehr so sein wie damals.

Ein Stapel Londoner Zeitungen lag auf dem Tisch. Er hatte sie alle am Zeitungskiosk des Gare du Lyon gekauft. Da war der *Daily Mail*, der *Express*, die *Times* und der *Telegraph*. Es waren die politischen Teile, die ihn am meisten interessierten, und die Meldungen waren sich gleich. Die Golfkrise, die Luftangriffe auf Baghdad, Spekulationen darüber, wann der Bodenkrieg beginnen würde. Und natürlich Fotos. Premierminister John Major vor dem Haus Downing Street 10. Die englische Presse war wunderbar. Es gab Erläuterungen zum Thema Sicherheit, Spekulationen hinsichtlich eines möglichen Angriffs durch arabische Terroristen und Artikel, die sogar Lagepläne und Straßenkarten der unmittelbaren Umgebung der Downing Street enthielten. Und weitere Fotos vom Premierminister und seinen anderen Ministern, die sich zur täglichen Konferenz des Kriegskabinetts einfanden. London, das war der Ort, wo sich im Augenblick alles Wichtige abspielte, daran bestand für ihn kein Zweifel. Er legte die Zeitungen zu einem ordentlichen Stapel zusammen, leerte seine Tasse mit dem Nachttrunk und ging zu Bett.

Eine der ersten Tätigkeiten Fergusons, nachdem er sein Büro betreten hatte, bestand darin, einen weiteren kurzen Bericht an den Premierminister zu diktieren und ihn damit auf den neuesten Stand zu bringen und von seinem Flug nach Paris zu informieren. Mary ging mit dem Stenogramm in den Kopierraum. Die diensthabende Bürokraft, deren Nachtschicht gerade zu Ende ging, war eine Frau, eine Mrs. Alice Johnson, eine Kriegerwitwe, deren Ehemann auf den Falklandinseln gefallen war. Sie tippte den Bericht sofort und hatte ihn gerade kopiert, als Gordon Brown hereinkam. Er hatte Wechselschicht an diesem Tag. Drei Stunden, von zehn bis ein Uhr und von sechs bis zehn Uhr abends. Er stellte seinen Aktenkoffer ab und schlüpfte aus seinem Jackett.

»Sie können Feierabend machen, wenn Sie wollen, Alice. Gibt's etwas Besonderes?«

»Nur diesen Bericht für Captain Tanner. Er ist für Nummer zehn. Ich habe gesagt, daß ich ihn gleich losschicke.«

»Das mache ich schon für Sie«, sagte Brown. »Gehen Sie nach Hause.«

Sie reichte ihm beide Kopien des Berichts und begann, ihren Schreibtisch aufzuräumen. Keine Chance, eine zusätzliche Kopie anzufertigen, aber er konnte ihn wenigstens lesen, während er durch den Korridor zu Mary Tanners Büro ging. Sie saß hinter ihrem Schreibtisch, als er eintrat.

»Hier ist der Bericht, den Sie haben wollten, Captain Tanner. Soll ich einen Boten rufen?«

»Nein, danke, Gordon. Ich kümmere mich schon darum.«

»Sonst noch etwas, Captain?«

»Nein, ich schaffe nur noch etwas Ordnung auf meinem Tisch. Brigadier Ferguson und ich fliegen nach Paris.« Sie schaute auf die Uhr. »Ich muß jetzt los. Wir sollen gegen Mittag in Gatwick sein.«

»Gut, hoffentlich haben Sie einen guten Flug.«

Als er in den Kopierraum zurückkehrte, war Alice Johnson noch immer dort. »Hören Sie, Alice«, meinte er zu ihr, »würde es Ihnen etwas ausmachen, noch für einen kurzen Moment die Stellung zu halten? Mir ist gerade eingefallen, daß ich noch etwas Wichtiges erledigen muß. Ich revanchiere mich irgendwann.«

»Ist schon gut«, sagte die Frau. »Gehen Sie nur.«

Er zog seinen Mantel an, eilte hinunter in die Kantine und begab sich in eine der öffentlichen Telefonzellen. Tania Nowikowa war nur deshalb noch in ihrer Wohnung, weil sie am vorhergehenden Abend erst sehr spät die Botschaft verlassen hatte. »Ich habe dir gesagt, du sollst mich hier nicht anrufen. Ich rufe dich an«, sagte sie ungehalten.

»Ich muß dich sehen. Ich habe um ein Uhr Feierabend.«

»Unmöglich.«

»Ich habe wieder einen Bericht gesehen. Zur gleichen Angelegenheit.«

«Ich verstehe. Hast du eine Kopie?«

»Nein, das ging nicht, aber ich habe ihn gelesen.«

»Und was stand drin?«

»Das erzähle ich dir heute mittag.«

Sie begriff in diesem Moment, daß sie eine etwas schärfere Gangart wählen mußte. Ihre Stimme war kalt und hart, als sie meinte: »Vergeude nicht meine Zeit, Gordon, ich habe zu tun. Ich denke, wir sollten das Gespräch jetzt beenden. Ich rufe dich irgendwann an, wenn mir danach ist.«

Er geriet augenblicklich in Panik. »Nein, ich sag's dir ja. Viel war es nicht. Nur daß zwei französische Kriminelle, die darin verwickelt waren, ermordet wurden. Sie tippten auf Dillon als Täter. Ach ja, und Brigadier Ferguson und Captain Tanner fliegen heute mittag mit dem Learjet nach Paris.«

»Warum?«

»Sie hoffen, daß sie diesen Martin Brosnan überreden können, ihnen zu helfen.«

»Gut«, sagte sie. »Das hast du ordentlich gemacht, Gordon. Ich komme heute abend zu dir in die Wohnung. Um sechs Uhr, und bring deinen Dienstplan für die nächsten zwei Wochen mit.« Sie legte auf.

Brown ging nach oben und schwebte wie auf Wolken.

Ferguson und Mary Tanner hatten einen einwandfreien Flug und landeten um kurz nach eins auf dem Flughafen Charles de Gaulle. Um zwei Uhr wurden sie in Hernus Büro in der DGSE-Zentrale auf dem Boulevard Mortier gebracht.

Er umarmte Ferguson. »Charles, du alter Ganove, du läßt dich viel zu selten blicken.«

»Jetzt komm mir nur nicht mit deinen französischen Abartigkeiten«, sagte Ferguson. »Als nächstes drückst du mir noch einen Kuß auf beide Wangen. Mary Tanner, meine Assistentin.«

Sie trug einen recht hübschen dunkelbraunen Hosenanzug von Armani und elegante Halbstiefel von Manolo Blahnik. Brillantohrringe und eine zierliche Rolex vervollständigten das Bild. Für eine junge Frau, die nicht als ausgesprochen schön galt, sah sie umwerfend aus. Hernu, der Klasse auf den ersten Blick erkannte, begrüßte sie mit einem vollendeten Handkuß. »Captain Tanner, Ihr Ruf eilt Ihnen voraus.«

»Hoffentlich hört man von mir nur Gutes«, erwiderte sie in fließendem Französisch.

»Gut«, sagte Ferguson, »nachdem wir das alles hinter uns haben, können wir jetzt zur Sache kommen. Was ist mit Brosnan?«

»Ich habe heute morgen mit ihm gesprochen, und er hat sich einverstanden erklärt, uns um drei in seiner Wohnung zu empfangen. Uns bleibt noch Zeit für ein kleines Mittagessen. Wir haben hier eine hervorragende Kantine. Alle gehen dorthin, vom Direktor abwärts.« Hernu öffnete die Tür. »Folgt mir. Es ist vielleicht nicht gerade das beste Essen in Paris, aber es ist ganz gewiß das billigste.«

In der Kabine seines Hausbootes füllte Dillon ein Glas mit Krug-Champagner und studierte eine Karte von London. Um ihn herum, an die Wände geheftet, befanden sich Artikel und Berichte aus Zeitungen, die sich speziell mit den Angelegenheiten in Nummer 10, mit dem Golfkrieg und damit befaßten, wie gut John Major sein schwieriges Amt versah. Da waren eine ganze Reihe Fotos vom jüngsten Premierminister des Jahrhunderts. Tatsächlich schienen seine Blicke Dillon überallhin zu folgen. Es war so, als beobachtete Major ihn.

»Und ich habe dich genau im Auge, Freundchen«, sagte Dillon leise.

Was ihn am meisten interessierte, waren die ständigen täglichen Zusammenkünfte des Kriegskabinetts in Nummer zehn. All diese Schweine, alle zusammen an einem Ort. Was für ein Ziel! So wie in Brighton damals, und dabei wäre beinahe die gesamte englische Regierung ausgelöscht worden. Aber Nummer zehn als Ziel? Das erschien unmöglich. »Festung Thatcher« wurde das Haus nach einigen Verbesserungen des Sicherheitssystems durch die achtunggebietende Lady genannt. Plötzlich hörte er über sich an Deck Schritte. Er zog eine Schublade auf, in der eine .38er Smith & Wesson lag, und schloß sie wieder, als Makeev hereinkam.

»Ich hätte Sie anrufen können, aber ich dachte, ich rede lieber persönlich mit Ihnen«, sagte der Russe.

»Was ist los?«

»Ich habe Ihnen einige Fotos von Brosnan mitgebracht, wie er jetzt aussieht. Ach ja, und das ist seine Freundin Anne-Marie Audin.«

»Sehr gut. Sonst noch etwas?«

»Ich habe wieder von Tania Nowikowa gehört. Es scheint, als seien Brigadier Ferguson und seine Assistentin, eine Captain Mary Tanner, herübergeflogen. Sie sollten gegen Mittag in Gatwick starten.« Er sah auf die Uhr. »Ich glaube, daß sie im Augenblick bei Hernu sind.«

»Und was wollen sie da?«

»Der eigentliche Zweck dieses Flugs ist der, Brosnan aufzusuchen. Ihn zu überreden, sich aktiv an der Suche nach Ihnen zu beteiligen.«

»Tatsächlich?« Dillon lächelte kalt. »Martin wird allmählich zu einer richtigen Landplage. Ich glaube, ich sollte etwas dagegen unternehmen.«

Makeev wies mit einem Kopfnicken auf die Zeitungsausschnitte an den Wänden. »Ihre eigene Privatgalerie?«

»Ich bin gerade dabei, den Mann besser kennenzulernen«, sagte Dillon. »Wollen Sie etwas zu trinken?«

»Nein, danke.« Plötzlich fühlte Makeev sich unbehaglich. »Ich habe noch einiges zu erledigen. Ich melde mich.«

Er stieg den Durchgang hinauf. Dillon schenkte sich Champagner nach, trank einen Schluck, hielt dann inne, ging in die Küche und schüttete den gesamten Inhalt der Flasche in den Ausguß. Es war eine außerordentliche Verschwendung, aber ihm war danach. Er ging in die Kabine zurück, zündete sich eine Zigarette an und betrachtete erneut die Zeitungsausschnitte, aber er konnte an nichts anderes als an Martin Brosnan denken. Er nahm die Fotos, die Makeev mitgebracht hatte, und heftete sie neben die Zeitungsausschnitte an die Wand.

Anne-Marie war in der Küche, Brosnan saß im Wohnzimmer und ging einen Vorlesungstext durch, als die Türklingel läutete. Sie kam herausgeeilt, während sie sich die Hände mit einem Handtuch abtrocknete.

»Das werden sie sein«, sagte sie. »Ich mache schon auf. Und vergiß nicht dein Versprechen.«

Sie strich ihm mit der Hand kurz über den Nacken und ging hinaus. In der Diele erklang Stimmengewirr, und sie kam mit Ferguson, Hernu und Mary Tanner zurück.

»Ich bereite Kaffee«, verkündete Anne-Marie und begab sich in die Küche.

»Mein lieber Martin.« Ferguson streckte seine Hand aus. »Es ist ja mittlerweile eine halbe Ewigkeit her.«

»Erstaunlich«, sagte Brosnan. »Wir treffen uns immer nur dann, wenn Sie etwas von mir wollen.«

»Jemand, den Sie noch nicht getroffen haben, meine Assistentin, Captain Mary Tanner.«

Brosnan musterte sie schnell, sah eine zierliche, dunkelhaarige Frau mit Narbe auf der linken Wange, und ihm gefiel, was er sah.

»Konnten Sie denn keinen besseren Job finden als das, was dieser alte Knacker Ihnen anzubieten hat?« wollte er wissen.

Seltsam, sie geriet leicht außer Atem, als sie vor diesem fünfundvierzig Jahre alten Mann mit den lächerlich langen Haaren stand. Und sein Gesicht hatte offenbar schon zuviel von der düsteren Seite des Lebens gesehen.

»Es herrscht eine allgemeine Rezession. Man muß heutzutage nehmen, was sich gerade anbietet«, sagte sie, ihre Hand mit sanftem Druck in der seinen.

»So, nun haben wir unsere Kabarettnummer gehabt, dann können wir ja jetzt zum geschäftlichen Teil übergehen«, sagte Ferguson. Hernu ging zum Fenster, Ferguson und Mary nahmen auf dem Sofa Brosnan gegenüber Platz.

»Max hat mich davon informiert, daß er gestern abend nach dem Mord an den Brüdern Jobert mit Ihnen gesprochen hat.«

Anne-Marie kam mit dem Kaffee auf einem Tablett herein.

Brosnan nickte. »Das ist richtig.«

»Er sagte auch, daß Sie sich weigern, uns zu helfen.«

»Das ist nicht ganz korrekt ausgedrückt. Ich habe gesagt, ich will alles tun, außer mich aktiv an den Aktionen beteiligen, und wenn Sie hergekommen sind, um mich umzustimmen, dann haben Sie sich umsonst bemüht.«

Anne-Marie schenkte Kaffee ein. Ferguson fragte: »Teilen Sie seine Meinung, Miss Audin?«

»Martin hat dieses Leben vor langer Zeit hinter sich gelassen, Brigadier«, sagte sie vorsichtig. »Ich möchte nicht, daß er es wieder aufnimmt, egal aus welchen Gründen.«

»Aber Sie kennen doch gewiß auch die Notwendigkeit, daß ein Mann wie Dillon gestoppt werden muß.«

»Dann müssen das andere tun. Warum ausgerechnet Martin?« Sie war voller Sorge und geriet allmählich in Zorn. »Das ist Ihr Job, der von Ihren Leuten. Mit solchen Dingen verdienen Sie schließlich Ihren Lebensunterhalt.«

Max Hernu durchquerte den Raum und nahm sich eine Tasse Kaffee. »Aber Professor Brosnan befindet sich in dieser Angelegenheit in einer ganz besonderen Position, das müssen Sie doch begreifen, Mademoiselle. Er kennt Dillon persönlich und gut, hat jahrelang mit ihm zusammengearbeitet. Er könnte uns eine große Hilfe sein.«

»Ich will nicht, daß er wieder eine Pistole in die Hand nimmt«, beharrte sie. »Und genau darauf würde es hinauslaufen. Sobald er sich wieder auf den alten Pfad begibt, kann es nur ein Ende geben.«

Sie war bedrückt, machte kehrt und verschwand in der Küche. Mary Tanner ging hinter ihr her und schloß die Tür. Anne-Marie lehnte an der Spüle, hatte die Arme vor der Brust verschränkt, als müsse sie sich selbst zurückhalten, und die Qual in ihrem Gesicht war deutlich zu erkennen.

»Sie sehen es nicht ein, oder? Sie verstehen nicht, was ich meine.«

»Ich verstehe es«, meinte Mary einfach. »Ich verstehe genau, was Sie meinen«, und während Anne-Marie leise zu schluchzen begann, trat sie zu ihr und legte einen Arm um ihre Schultern.

Brosnan öffnete die Balkontüren, trat hinaus auf den Balkon neben dem Baugerüst und atmete die kalte Luft tief ein. Ferguson gesellte sich zu ihm. »Es tut mir leid, daß wir sie derart beunruhigt haben.«

»Nein, das tut es nicht, Sie haben nur Ihren Erfolg im Auge. Das hatten Sie schon immer.«

»Er ist ein ganz übler Bursche, Martin.«

»Ich weiß«, meinte Brosnan kopfnickend. »Diesmal hat das kleine Schwein sich wirklich was Teuflisches einfallen lassen. Ich brauche eine Zigarette.«

Er ging hinein. Hernu saß am Kamin. Brosnan fand ein Päckchen Zigaretten, zögerte, dann öffnete er die Küchentür. Anne-Marie und Mary saßen sich am Tisch gegenüber und hielten einander bei den Händen.

Mary wandte den Kopf. »Es geht ihr schon besser. Lassen Sie uns noch etwas in Ruhe hier sitzen, ja?«

Brosnan kehrte auf den Balkon zurück. Er zündete sich eine Zigarette an und lehnte sich gegen das Geländer. »Ihre Assistentin scheint ja eine ganz besondere Lady zu sein. Diese Narbe an ihrer Wange. Ein Granatsplitter, oder? Wie ist das passiert?«

»Es war während ihres Dienstes als Lieutenant bei der Militärpolizei in Londonderry. Irgendein IRA-Agent brachte eine Bombe an einen bestimmten Ort, als der Motor seines Wagens streikte. Er machte sich aus dem Staub. Unglücklicherweise passierte das vor einem Altersheim. Mary fuhr gerade in einem Landrover vorbei, als ein Zivilist sie alarmierte. Sie sprang in den Wagen, löste die Handbremse und schaffte es, ihn einen Abhang hinab und auf freies Feld rollen zu lassen. Die Bombe explodierte, als sie sich gerade in Sicherheit bringen wollte.«

»Gütiger Gott!«

»Ja, da kann ich Ihnen beipflichten. Als sie aus dem

Krankenhaus entlassen wurde, erhielt sie einen strengen Tadel wegen Verletzung bestehender Anweisungen und die George Medal für besondere Tapferkeit in Ausübung ihres Dienstes. Danach holte ich sie zu mir.«

»Das sieht man ihr gar nicht an.« Brosnan seufzte und schnippte seine Zigarette ins Leere, während Mary Tanner zu ihnen herauskam.

»Sie hat sich im Schlafzimmer aufs Bett gelegt.«

»Na schön«, meinte Brosnan. »Gehen wir wieder hinein.« Sie setzten sich erneut, und er zündete sich eine weitere Zigarette an. »Bringen wir es endlich hinter uns. Was wollen Sie?«

Ferguson gab das Wort an Mary weiter. »Sie sind dran, meine Liebe.«

»Ich habe mir die Akten angesehen und alles überprüft, was der Computer uns liefern konnte.« Sie klappte ihre braune Handtasche auf und holte ein Foto hervor. »Das einzige Bild von Dillon, das wir auftreiben konnten. Es ist ein Gruppenbild, das vor zwanzig Jahren in der Royal Academy of Dramatic Arts aufgenommen wurde. Wir haben den betreffenden Ausschnitt von unseren Experten vergrößern lassen.«

Es war nur wenig zu erkennen, die Körnung war sehr stark, und das Gesicht wirkte völlig nichtssagend. Ein junger Mann wie Tausende.

Brosnan gab es zurück. »Nutzlos. Ich selbst erkenne ihn noch nicht einmal.«

»Das ist er aber ganz sicher. Der Mann rechts von ihm hat beim Fernsehen Karriere gemacht. Er ist mittlerweile tot.«

»Aber doch nicht etwa durch Dillon?«

»O nein, Magenkrebs, aber er wurde 1981 von einem unserer Leute angesprochen und bestätigte, daß es sich bei der Person neben ihm auf dem Foto um Dillon handelte.«

»Das einzige Bild, das wir haben«, sagte Ferguson. »Und überhaupt nicht zu gebrauchen.«

»Wußten Sie, daß er sogar einen Flugschein gemacht hat, und zwar einen für Berufspiloten?« fragte Mary.

»Nein, das wußte ich nicht«, sagte Brosnan.

»Laut einem unserer Informanten hat er die Prüfung vor einigen Jahren im Nahen Osten abgelegt.«

»Warum haben Ihre Leute sich einundachtzig für ihn interessiert?« wollte Brosnan wissen.

»Ja, also das ist eigentlich interessant«, meinte sie. »Sie haben Colonel Hernu erzählt, daß er sich mit der IRA überworfen hatte, daß er ausschied und zur internationalen Terroristenszene überwechselte.«

»Das stimmt.«

»Es scheint, als hätten sie ihn einundachtzig wieder zurückgeholt. Sie hatten in England Probleme mit ihren aktiven Einsatzgruppen. Es gab zu viele Verhaftungen und so weiter. Durch einen Informanten in Ulster erfuhren wir, daß er für einige Zeit in London operierte. Es gab mindestens drei oder vier Vorfälle, die ihm zugeschrieben werden. Zwei Autobomben und der Mord an einem Polizeiinformanten in Ulster, der mit seiner Familie herausgeschmuggelt wurde und in Maida Vale eine neue Identität erhielt.«

»Und wir sind einfach nicht an ihn herangekommen«, sagte Ferguson.

»Na ja, wie auch«, sagte Brosnan. »Ich erkläre es Ihnen noch mal. Er ist ein außerordentlich begabter Schauspieler. Er kann sich vor Ihren Augen verwandeln, und zwar nur unter Einsatz seiner Körpersprache. Sie müssen es selbst gesehen haben, um es zu glauben. Stellen Sie sich vor, was er mit Make-up oder Umfärben der Haare fertigbringen kann. Er ist nur einen Meter sechzig groß. Ich habe gesehen, wie er sich als Frau verkleidete und sogar die Soldaten, die in Belfast zu Fuß durch die Straßen patrouillierten, getäuscht hat.«

Mary Tanner beugte sich gespannt vor. »Fahren Sie fort«, bat sie leise.

»Wollen Sie noch einen Grund wissen, weshalb Sie ihn nie haben fangen können? Er arbeitet mit einer ganzen Reihe von Decknamen. Er ändert seine Haarfarbe, wendet jeden maskenbildnerischen Trick an, den er für nötig hält, dann läßt er sich fotografieren. Dieses Bild wandert dann in seinen falschen Paß oder seine sonstigen Ausweispapiere. Er hat eine ganze Kollektion davon. Und wenn er untertauchen muß, dann verwandelt er sich ganz einfach in die jeweilige Person auf dem Foto.«

»Raffiniert«, sagte Hernu.

»Genau, daher kann man nicht auf Hilfe durch die Veröffentlichung von Fahndungsfotos im Fernsehen oder in den Zeitungen hoffen. Wo immer er sich aufhält, ist er perfekt getarnt. Als er in London arbeitete und irgend etwas brauchte, Hilfe, Waffen, was auch immer, mimte er einfach den Kriminellen und benutzte die Unterwelt und seine dortigen Kontakte.«

»Sie meinen also, er würde sich nicht mit IRA-Leuten in Verbindung setzen?« fragte Mary.

»Ich bezweifle das. Vielleicht ginge er zu jemandem, der seit Jahren im verborgenen lebt, dem er wirklich vertrauen kann, aber solche Leute sind dünn gesät.«

»Ein Punkt ist bisher noch gar nicht angesprochen worden«, sagte Hernu. »Für wen arbeitet er überhaupt?«

»Nun, bestimmt nicht für die IRA«, sagte Mary. »Wir haben sofort eine Computerüberprüfung veranlaßt, und wir stehen in direkter Verbindung mit dem RUC-Computer und dem englischen militärischen Abschirmdienst in Lisburn. Kein Hinweis von beiden auf das versuchte Attentat auf Mrs. Thatcher.«

»Ja, das glaube ich«, sagte Brosnan, »aber auch hier kann man nie ganz sicher sein.«

»Da sind natürlich noch die Iraker«, sagte Ferguson. »Saddam würde im Augenblick am liebsten jeden in die Luft sprengen.«

»Sicher, aber vergessen Sie nicht die Hisbollah, die PLO, das Schwert Allahs und alle möglichen anderen aus diesem Lager. Er arbeitet für sie alle«, erinnerte Brosnan ihn.

»Ja«, sagte Ferguson, »und unsere Quellen in dieser Richtung abzufragen dauert seine Zeit, und die haben wir nicht.«

»Meinen Sie, er versucht es noch einmal?« fragte Mary.

»Ich kann es nicht mit Sicherheit sagen, meine Liebe, aber ich bin schon fast mein ganzes Leben in diesem Geschäft tätig. Ich verlasse mich immer auf meinen Instinkt, und diesmal sagt dieser Instinkt mir, daß noch viel mehr dahintersteckt.«

»Nun, da kann ich Ihnen nicht helfen, da muß ich passen. Ich habe getan, was ich konnte.« Brosnan stand auf.

»Wozu Sie bereit waren, meinen Sie«, sagte Ferguson.

Sie begaben sich in die Diele, und Brosnan öffnete die Wohnungstür. »Ich nehme an, Sie fliegen gleich nach London zurück?«

»Ach, das weiß ich nicht. Ich dachte, wir bleiben noch etwas hier und genießen die angenehmen Seiten von Paris. Ich bin seit der Restaurierung nicht mehr im Ritz gewesen.«

Mary Tanner sagte: »Das wird die Spesenabteilung in Panik versetzen.« Sie streckte die Hand aus. »Leben Sie wohl, Professor Brosnan, es war schön, Sie endlich kennengelernt zu haben.«

»Das gleiche wollte ich auch von Ihnen sagen«, meinte er. »Colonel.« Er nickte Hernu zu und schloß die Tür.

Im Wagen sagte Hernu: »Den bist du wohl los. Er hilft uns nicht mehr weiter.«

»Dessen wäre ich mir nicht so sicher. Wir unterhalten uns während des Abendessens im Ritz darüber. Du leistest uns doch Gesellschaft, wie ich hoffe, oder? Ist dir acht Uhr recht?«

»Mit Vergnügen«, sagte Hernu. »Die Gruppe vier muß in Sachen Spesen weitaus großzügiger sein als mein eigener armer Verein.«

»Ach, das geht alles auf das Konto unserer lieben Mary«, erklärte Ferguson. »Sie hat mir neulich dieses wunderschöne Plastikkärtchen gezeigt, das American Express ihr geschickt hat. Die Platinkarte. Ist so etwas zu fassen, Colonel?«

»Verdammter Kerl!« schimpfte Mary.

Hernu ließ sich nach hinten sinken und lachte schallend.

Tania Nowikowa kam aus dem Badezimmer von Gordon Browns Wohnung in Camden und bürstete sich die Haare. Er zog sich einen Bademantel über.

»Willst du schon gehen?« erkundigte er sich.

»Ich muß. Komm mal mit ins Wohnzimmer.« Sie schlüpfte in ihren Mantel und drehte sich zu ihm um. »Keine Besuche mehr in der Wohnung in Bayswater, keine Telefongespräche mehr. Was ist mit deinem Arbeitsplan, den du mir gezeigt hast? Den ganzen nächsten Monat Wechselschicht. Warum?«

»Sie ist nicht besonders beliebt, vor allem bei den Leuten nicht, die Familie haben. Und damit habe ich keine Probleme, deshalb habe ich mich einverstanden erklärt, eine Zeitlang diesen Dienst zu übernehmen. Außerdem wird es besser bezahlt.«

»Dann hörst du also um ein Uhr auf und fängst abends um sechs wieder an?«

»Ja.«

»Hast du einen Anrufbeantworter, den du auch von auswärts anrufen kannst, um das Tonband abzuhören?«

»Ja.«

»Gut. Dann bleiben wir auf diesem Weg in Verbindung.«

Sie ging zur Tür, und er hielt sie am Arm zurück. »Aber wann sehe ich dich wieder?«

»Das ist im Augenblick etwas schwierig, Gordon. Wir müssen vorsichtig sein. Wenn du nichts Besonderes zu erledigen hast, dann sieh zu, daß du zwischen den Schichten nach Hause gehst. Ich tue, was ich kann.«

Er küßte sie hungrig. »Liebling.«

Sie stieß ihn weg. »Ich muß jetzt gehen, Gordon.«

Sie öffnete die Tür, ging hinunter ins Parterre und verließ das Haus. Es war noch immer eisig kalt, und sie schlug den Mantelkragen hoch.

»Mein Gott, was tue ich nicht alles für Mütterchen Rußland«, murmelte sie vor sich hin, ging bis zur nächsten Straßenecke und hielt ein Taxi an.

5

Am Abend, als eine sibirische Kaltfront über Europa hinwegzog, wurde es eisiger denn je. Es war sogar zu kalt für Schnee. Im Appartement – es war kurz vor sieben – legte Brosnan noch ein paar Holzscheite aufs Kaminfeuer.

Anne-Marie, die sich auf dem Sofa ausgestreckt hatte, drehte sich etwas und richtete sich auf. »Sollen wir zu Hause essen?«

»Ich denke schon«, sagte er. »Ein scheußlicher Abend, um auszugehen.«

»Gut. Ich sehe mal nach, was ich in der Küche zusammenzaubern kann.«

Er schaltete den Fernseher ein und suchte das Nachrichtenprogramm. Weitere Luftangriffe auf Baghdad, aber immer noch keine Anzeichen für den Beginn des Bodenkriegs. Er schaltete den Apparat wieder aus, und Anne-Marie tauchte aus der Küche auf, nahm ihren Mantel vom Sessel, wo sie ihn abgelegt hatte.

»Dein Kühlschrank ist wie üblich leer. Falls du nicht möchtest, daß ich eine Mahlzeit aus altem Käse, einem Ei und einem halben Liter Milch zubereite, muß ich schnell in den Feinkostladen um die Ecke gehen.«

»Ich begleite dich.«

»Unsinn«, sagte sie. »Warum sollen wir beide leiden? Ich bin gleich wieder da.«

Sie hauchte ihm einen Kuß zu und ging hinaus. Brosnan öffnete die Balkontüren. Er trat hinaus in die Kälte und zündete sich eine Zigarette an, während er darauf wartete, daß sie aus dem Haus kam. Einige Sekunden später eilte sie durch die Haustür und entfernte sich.

»Leb wohl, Geliebte!« rief er ihr dramatisch nach. »Scheiden tut weh!«

»Idiot!« antwortete sie. »Geh lieber rein, ehe du dir eine Lungenentzündung holst.« Sie suchte sich vorsichtig einen sicheren Pfad über das vereiste Pflaster und bog am Ende des Blocks um die Ecke.

In diesem Moment klingelte das Telefon. Brosnan fuhr herum und eilte hinein. Er ließ die Balkontüren offenstehen.

Dillon nahm eine frühe Mahlzeit in einem Bistro ein, das er häufig besuchte. Er war zu Fuß unterwegs, und auf seinem Rückweg kam er an Brosnans Wohnhaus vorbei. Er blieb auf der anderen Straßenseite stehen. Ihm war trotz des dicken Matrosenmantels und der Strickmütze, die er sich weit über die Ohren gezogen hatte, unangenehm kalt. Er stand da, schwang heftig mit den Armen und sah hinauf zu den erleuchteten Fenstern der Wohnung.

Als Anne-Marie aus dem Hauseingang kam, erkannte er sie sofort und zog sich in den Schatten zurück. Die Straße war still, kein Verkehr herrschte, und als Brosnan sich über das Geländer beugte und ihr etwas zurief, verstand Dillon jedes Wort. Dadurch gewann er einen völlig falschen Eindruck. Daß sie die Wohnung verließ und vorerst nicht zurückkommen würde. Während sie um die Ecke bog, überquerte er schnell die Straße. Er griff nach seiner Walther, die auf dem Rücken im Hosenbund steckte, schaute sich sichernd nach allen Seiten um und vergewisserte sich, daß niemand in der Nähe war, dann begann er am Gerüst hochzuklettern.

Mary Tanner war am Telefon. »Brigadier Ferguson wollte wissen, ob wir Sie morgen früh, ehe wir zurückfliegen, noch einmal sprechen können.«

»Es wird Ihnen nicht viel nützen«, entgegnete Brosnan.

»Heißt das ja oder nein?«

»Na schön«, sagte er widerstrebend. »Wenn es unbedingt sein muß.«

»Ich verstehe Sie voll und ganz«, sagte sie. »Hat Anne-Marie sich erholt?«

»Sie ist ziemlich zäh«, sagte er. »Sie hat schon mehr Kriege miterlebt, als wir uns vorstellen können. Deshalb habe ich ihre Einstellung zu solchen Dingen, in die ich verwickelt bin, immer etwas seltsam gefunden.«

»O nein«, seufzte sie. »Ihr Männer könnt manchmal wirklich schwer von Begriff sein. Sie liebt Sie, Professor, so einfach ist das. Wir sehen uns morgen.«

Brosnan legte den Hörer auf. Ein kalter Lufthauch wehte durchs Zimmer und ließ das Kaminfeuer flakkern. Er drehte sich um und entdeckte Sean Dillon, der in der offenen Balkontür stand, die Walther in der linken Faust.

»Gott segne alle meine Gäste«, sagte er.

Der Feinkostladen in der Seitenstraße gehörte, wie viele Geschäfte dieser Art, einem Inder, einem gewissen Monsieur Patel. Er war überaus hilfsbereit, als er Anne-Marie bediente, trug sogar ihren Korb, als sie zwischen den Warenregalen umherschlenderte. Frische Baguettes, Milch, Eier, Briekäse, eine köstliche Quiche.

»Die hat meine Frau selbst gebacken«, versicherte Monsieur Patel ihr. »Zwei Minuten im Mikrowellenherd, und Sie haben eine perfekte Mahlzeit.«

Sie lachte. »Dann brauchen wir nur noch eine große

Dose Kaviar und etwas geräucherten Lachs, um das Menü abzurunden.«

Er packte die gewünschten Waren ein. »Ich schreibe alles wie üblich auf Professor Brosnans Rechnung.«

»Vielen Dank«, sagte sie.

Er hielt ihr die Tür auf. »Es war mir ein Vergnügen, Mademoiselle.«

Sie machte sich auf den Rückweg über den stellenweise vereisten Gehsteig und fühlte sich plötzlich, ohne besonderen Anlaß, ausgesprochen fröhlich.

»Gott, du selbst und die Jahre haben es aber gut mit dir gemeint.« Dillon zog sich den rechten Handschuh mit den Zähnen aus und holte eine Schachtel Zigaretten aus der Tasche. Brosnan, knapp einen Meter von der Tischschublade und der Browning High Power entfernt, machte eine vorsichtige Bewegung. »Na na, keine Dummheiten.« Dillon drohte mit der Walther. »Setz dich auf die Sofalehne und verschränk die Hände hinterm Kopf.«

Brosnan befolgte die Aufforderung. »Du scheinst dich gut zu amüsieren, Sean.«

»Das tue ich. Wie geht's denn Liam Devlin, dem alten Knaben?«

»Von Tag zu Tag besser. Er wohnt immer noch in Kilrea in der Nähe von Dublin, aber das weißt du ja sicher selbst.«

»Das will ich wohl meinen.«

»Diese Sache in Valenton mit Mrs. Thatcher«, meinte Brosnan. »Sehr schlampig, Sean. Ich meine, sich mit zwei Gaunern wie den Joberts einzulassen. Ich glaube, du verlierst deine besondere Klasse.«

»Meinst du?«

»Vermutlich ging es um viel Geld.«

»Um sehr viel«, sagte Dillon.

»Ich hoffe, daß du deine Vorauszahlung erhalten hast.«

»Sehr witzig.« Dillon wurde allmählich ungehalten.

»Eines interessiert mich doch brennend«, fuhr Brosnan fort. »Was willst du nach all den Jahren von mir?«

»Ich weiß alles über dich«, sagte Dillon. »Wie sie dich wegen Informationen über mich löchern. Hernu, der Colonel des Action Service, dann dieser alte Bastard Ferguson und seine scharfe Begleiterin, diese Captain Tanner. Es gibt nichts, was ich nicht weiß. Sieh mal, Martin, ich habe eben die richtigen Freunde, jene Art von Leuten, die an alles herankommen.«

»Was du nicht sagst, und haben sie sich gefreut, als du bei Mrs. Thatcher Pech hattest?«

»Das war nur ein Versuchsballon, ein Test. Ich habe ihnen ein Ersatzziel versprochen. Du weißt ja, wie dieses Spiel funktioniert.«

»Das weiß ich wirklich, und ich weiß auch, daß die IRA nicht für solche Attentate bezahlt. Das hat sie noch nie.«

»Wer sagt denn, daß ich für die IRA arbeite?« fragte Dillon grinsend. »Es gibt heutzutage eine Menge anderer Leute, die ausreichende Gründe haben, den Briten zu schaden.«

Brosnan wußte es jetzt, oder er glaubte zumindest, es zu wissen. »Baghdad?«

»Tut mir leid, Martin, du kannst auf deiner Rückkehr zu deinem Schöpfer bis in alle Ewigkeit darüber nachdenken.«

Brosnan gab nicht nach. »Mach mir doch die Freude. Ein Paukenschlag für Saddam. Ich meine, dieser Krieg ist doch das reinste Desaster. Er braucht dringend einen Erfolg.«

»Mein Gott, du hast auch früher nie Ruhe gegeben.«

»Präsident Bush bleibt in Washington, also sind nur noch die Engländer übrig. Du hast bei der bekanntesten Frau der Welt versagt, was kommt als nächstes? Der Premierminister?«

»Dort, wohin du gleich gehen wirst, spielt das keine Rolle.«

»Aber ich habe doch recht, oder?«

»Verdammt, Brosnan, du warst schon immer ein Klugscheißer!« explodierte Dillon wütend.

»Das wirst du niemals schaffen«, sagte Brosnan.

»Glaubst du? Ich brauche dir nur das Gegenteil zu beweisen.«

»Wie ich schon sagte, du verlierst offenbar deine Klasse, Sean, und dein Gespür. Dieser dilettantische Versuch, Mrs. Thatcher zu erwischen. Das erinnert mich an einen Job, den der liebe alte Frank Barry neunundsiebzig durchziehen wollte, als er versuchte, den englischen Außenminister, Lord Carrington, in St. Etienne zu erwischen. Ich bin doch sehr überrascht, daß du den gleichen Plan verfolgt hast, aber du hast in Barry ja schon immer etwas Besonderes gesehen, nicht wahr?«

»Er war der Beste.«

»Und am Ende war er verdammt tot«, sagte Brosnan.

»Ja, aber wer immer ihn erwischt hat, muß es ihm von hinten in den Rücken verpaßt haben«, sagte Dillon.

»Das stimmt nicht«, widersprach Brosnan. »Wir standen uns Auge in Auge gegenüber, soweit ich mich erinnern kann.«

»Du hast Frank Barry getötet?« flüsterte Dillon.

»Nun, irgend jemand mußte es tun«, sagte Brosnan. »Das macht man doch gewöhnlich mit tollwütigen Hunden. Ich habe damals übrigens für Ferguson gearbeitet.«

»Du Schwein.« Dillon hob die Walther, zielte sorgfältig, und die Tür ging auf, und Anne-Marie kam mit den Einkaufstüten herein.

Dillon schwang zu ihr herum. Brosnan rief: »Paß auf!« und ließ sich fallen, und Dillon feuerte zweimal auf das Sofa.

Anne-Marie schrie auf, nicht vor Angst, sondern vor Wut, ließ die Tüten fallen und stürmte auf ihn zu. Dillon versuchte sie abzuwehren, stolperte rückwärts durch die Balkontüren. Im Zimmer robbte Brosnan zum Tisch und streckte sich nach der Schublade aus. Anne-Marie schlug ihre Fingernägel in Dillons Gesicht. Er fluchte, schleuderte sie zur Seite. Sie prallte gegen das Geländer, kippte rückwärts hinüber.

Brosnan hatte die Schublade jetzt offen, stieß die Lampe auf dem Tisch zur Seite, ließ den Raum in Dunkelheit versinken und griff nach der Browning. Dillon feuerte dreimal sehr schnell und huschte geduckt zur Tür. Brosnan schoß zweimal, zu spät. Die Tür knallte zu. Er sprang auf, rannte zum Balkon, schaute über die Brüstung. Anne-Marie lag unter ihm auf dem Pflaster. Er wirbelte herum und jagte durchs Wohnzimmer in die Diele, riß die Tür auf und raste, immer zwei Stufen auf einmal nehmend, ins Erdgeschoß hinunter. Es hatte wieder zu schneien begonnen, als er die Eingangsstufen hinunterlief. Von Dillon war nichts mehr zu sehen, doch der Nachtportier kniete neben Anne-Marie.

Er schaute hoch. »Da war ein Mann, Professor, mit einer Pistole. Er rannte quer über die Straße.«

»Lassen Sie nur.« Brosnan kniete nieder und nahm sie in seine Arme. »Einen Krankenwagen, und schnell.«

Der Schnee fiel jetzt dichter. Er drückte sie an sich und wartete.

Ferguson, Mary und Max Hernu verbrachten einen vergnüglichen Abend im prachtvollen Speisesaal des Ritz. Sie waren bereits bei der zweiten Flasche Louis Roederer Crystal angelangt, und der Brigadier lief allmählich zur Hochform auf.

»Wer hat eigentlich gesagt, daß ein Mann, wenn er des Champagners überdrüssig wird, auch vom Leben genug hat?« wollte er wissen.

»Das war ganz gewiß ein Franzose«, antwortete Hernu.

»Höchstwahrscheinlich, aber ich glaube, der Zeitpunkt ist gekommen, einen Toast auf den edlen Spender dieser Festlichkeit auszubringen.« Er hob sein Glas. »Auf Sie, Mary, meine Liebe.«

Sie wollte darauf etwas antworten, als sie im Wandspiegel sehen konnte, wie Inspektor Savary am Eingang auftauchte und einige Worte mit dem Oberkellner wechselte. »Ich glaube, Sie werden gerufen, Colonel«, teilte sie Hernu mit.

Er drehte sich um. »Was ist denn jetzt los?« Er stand auf, schlängelte sich zwischen den Tischen hindurch und ging zu Savary. Sie redeten ein paar Sekunden lang miteinander, dann drehte er sich zum Tisch um.

Mary sagte: »Ich weiß nicht, wie es mit Ihnen ist, Sir, aber ich habe so ein ungutes Gefühl.«

Ehe er darauf etwas erwidern konnte, war Hernu schon wieder zu ihnen zurückgekommen. Sein Gesicht war ernst. »Ich fürchte, ich habe schlimme Nachrichten.«

»Dillon?« fragte Ferguson.

»Er hat Brosnan soeben einen Besuch abgestattet.«

»Was ist passiert?« drängte Ferguson. »Ist mit Brosnan alles in Ordnung?«

»Ja. Es gab eine Schießerei. Dillon konnte fliehen.« Er

seufzte. »Aber Mademoiselle Audin liegt im Hospital St. Louis. Nach dem, was Savary mir erzählt, sieht es nicht gut aus.«

Brosnan hielt sich im Wartezimmer im zweiten Stock auf, als sie eintrafen. Er ging auf und ab und rauchte eine Zigarette. In seinen Augen lag ein wilder Ausdruck. Eine solche Wut hatte Mary Tanner noch nie bei einem Menschen gesehen.

Sie kam als erste zu ihm. »Es tut mir so leid.«

Ferguson fragte: »Was ist geschehen?«

Knapp und kalt erzählte Brosnan alles. Als er geendet hatte, kam ein hochgewachsener Mann mit graumeliertem Haar in einem Chirurgenkittel herein. Brosnan ging schnell auf ihn zu. »Wie geht es ihr, Henri?« Zu den anderen gewandt sagte er: »Professor Henri Dubois, ein Kollege von mir an der Sorbonne.«

»Nicht gut, mein Freund«, gestand Dubois ihm. »Die Verletzungen des linken Beins und der Wirbelsäule sind schon schlimm genug, doch weitaus ernster ist der Schädelbruch. Man bereitet sie gerade für einen Eingriff vor. Ich operiere sofort.«

Er ging hinaus. Hernu legte einen Arm um Brosnans Schultern. »Kommen Sie, wir gehen einen Kaffee trinken. Ich denke, es wird eine lange Nacht.«

»Ich trinke nur Tee«, sagte Brosnan, und sein Gesicht war kalkweiß, und seine Augen funkelten düster. »Kaffee habe ich nie vertragen.«

Im Erdgeschoß befand sich ein kleines Café für Besucher. Um diese Zeit waren nicht viele Gäste dort. Savary war unterwegs und kümmerte sich um die polizeiliche Seite des Zwischenfalls, die anderen saßen an einem Tisch in der Ecke.

Ferguson sagte: »Ich weiß, daß Ihnen im Augenblick ganz andere Dinge durch den Kopf gehen, aber gibt es irgendwas, das Sie uns erzählen können? Zum Beispiel, was er zu Ihnen gesagt hat?«

»O ja – eine Menge. Er arbeitet für jemanden, und ganz sicher nicht für die IRA. Er wird für diese Sache bezahlt, und so wie er geprahlt hat, geht es um das ganz große Geld.«

»Irgendeine Vorstellung, für wen?«

»Als ich Saddam Hussein erwähnte, reagierte er wütend. Ich schätze, man braucht nicht weiterzusuchen. Ein interessanter Punkt war da noch. Er wußte über Sie Bescheid.«

»Über uns alle?« fragte Hernu. »Sind Sie sicher?«

»Aber ja, er gab furchtbar damit an.« Er sah zu Ferguson. »Er wußte sogar, daß Sie und Captain Tanner hergekommen sind, um mich wegen Informationen zu löchern, wie er es ausdrückte. Er sagte, er hätte die richtigen Freunde.« Er runzelte die Stirn und versuchte, sich an die genaue Formulierung zu erinnern. »Die Art von Leuten, die an alles herankommen.«

»Die hat er offenbar wirklich.« Ferguson warf einen Blick zu Hernu. »Ziemlich besorgniserregend.«

»Und Sie haben auch noch ein weiteres Problem. Er bezeichnete die Thatcher-Affäre als Versuchsballon, als Test, und er hätte noch ein Ersatzziel.«

»Fahren Sie fort«, sagte Ferguson.

»Ich habe ihn aus der Fassung gebracht, indem ich ihn mit seiner schlampigen Arbeit in Valenton aufzog. Ich denke, er hat es direkt auf den britischen Premierminister abgesehen.«

Mary schaltete sich ein. »Sind Sie sicher?«

»Ja.« Er nickte. »Ich warf ihm einen Köder hin, meinte, das schaffe er niemals. Und wieder regte er sich auf. Meinte, er würde mir schon das Gegenteil beweisen.«

Ferguson sah zu Hernu und seufzte. »Also wissen wir jetzt Bescheid. Ich fahre lieber schnellstens in unsere Botschaft und versetze unsere Leute in London in den Alarmzustand.«

»Ich tue das gleiche hier«, sagte Hernu. »Schließlich muß er ja irgendwann das Land verlassen. Wir überwachen alle Flughäfen und Fähren. Das Übliche.«

Sie standen auf, und Brosnan meinte: »Sie vergeuden Ihre Zeit. Sie werden ihn nicht fangen, jedenfalls nicht mit den konventionellen Methoden. Sie wissen ja noch nicht einmal, wonach Sie Ausschau halten müssen.«

»Das kann schon sein, Martin«, sagte Ferguson. »Aber wir müssen eben unser Bestes tun, nicht wahr?«

Mary Tanner folgte ihnen zur Tür. »Hören Sie, Brigadier, wenn Sie mich nicht brauchen, würde ich gerne hierbleiben.«

»Natürlich, meine Liebe. Wir sehen uns später.«

Sie ging zur Theke und holte zwei Tassen Tee. »Die Franzosen sind komisch«, sagte sie. »Sie denken dauernd, wir wären völlig verrückt, weil wir unseren Tee mit Milch trinken.«

»Jedem das Seine«, sagte er und bot ihr eine Zigarette an. »Ferguson hat mir erzählt, wie Sie zu der Narbe gekommen sind.«

»Ein Andenken an das alte Irland«, meinte sie achselzuckend.

Er dachte verzweifelt darüber nach, was er als nächstes sagen sollte. »Was macht Ihre Familie? Wohnt sie in London?«

»Mein Vater war Medizinprofessor in Oxford. Er starb vor längerer Zeit. An Krebs. Meine Mutter lebt noch. Sie hat einen Landsitz in Herefordshire.«

»Haben Sie noch Geschwister?«

»Ich hatte einen Bruder. Zehn Jahre älter als ich. Er wurde 1980 in Belfast erschossen. Ein Scharfschütze von den Divis Flats erwischte ihn. Er war Hauptmann bei den Marineinfanteristen.«

»Das tut mir leid.«

»Es ist schon lange her.«

»Eigentlich können Sie sich nicht gerade wohlfühlen, wenn Sie mit einem Mann wie mir zu tun haben.«

»Ferguson hat mir erklärt, wie Sie nach Vietnam zur IRA gestoßen sind.«

»Schon wieder so ein verdammter Yankee, der überall seine Nase hineinstecken muß, das denken Sie doch, oder nicht?« Er seufzte. »Damals erschien es mir als das einzig Richtige, was ich tun konnte, und das war es tatsächlich, und ich will gar nichts beschönigen. Fünf lange und blutige Jahre habe ich bis zum Hals mittendrin gesteckt.«

»Und wie sehen Sie es jetzt?«

»Irland?« Er lachte rauh. »So wie ich es sehe, würde ich mit Freuden verfolgen, wie es im Meer versinkt.« Er stand auf. »Kommen Sie, vertreten wir uns ein wenig die Beine«, und er ging voraus nach draußen.

Dillon befand sich auf seinem Boot und hatte Wasser im Kessel zum Kochen aufgesetzt. Makeev berichtete: »Sie liegt im Hospital St. Louis. Wir müssen bei unseren Nachforschungen diskret vorgehen, aber soweit mein Informant feststellen konnte, ist ihr Zustand kritisch.«

»Verdammter Mist«, sagte Dillon, »sie hätte ihre Finger bei sich behalten sollen.«

»Das könnte einen ganz schönen Wirbel auslösen. Ich komme besser mal rüber zu Ihnen.«

»Ich bin hier.«

Dillon schüttete heißes Wasser in ein Becken, dann ging er ins Badezimmer. Zuerst zog er sein Hemd aus, dann holte er einen Koffer aus dem Schrank unter der Spüle. Es war genauso, wie Brosnan es prophezeit hatte. Darin befand sich eine Kollektion von Pässen, alle für ihn selbst in verschiedenen Maskierungen. Außerdem enthielt der Koffer erstklassige Schminkutensilien.

Im Laufe der Jahre hatte er England oft verlassen und war wieder dorthin zurückgekehrt, und zwar hatte er des öfteren die Route über die Kanalinsel Jersey benutzt. Jersey war britischer Boden. Wenn man dort war, brauchte man als britischer Bürger keinen Paß für einen Flug zum englischen Festland. Das gleiche galt für einen französischen Touristen, der auf Jersey Urlaub machte. Er entschied sich für einen Paß auf den Namen Henri Jacaud, einen Autohändler aus Rennes.

Dazu passend fand er einen Führerschein von Jersey auf den Namen Peter Hilton mit einer Adresse im Hauptort der Insel, St. Helier. Die Führerscheine von Jersey waren im Gegensatz zu den Führerscheinen auf dem britischen Festland mit einem Foto versehen. Es war immer nützlich, überzeugende Identitätspapiere bei sich zu führen, wie er schon vor Jahren festgestellt hatte. Es gab nichts Besseres, als die Leute das Gesicht mit einem Foto vergleichen zu lassen, und die Fotos auf dem Führerschein und auf dem französischen Paß waren identisch. Das war der springende Punkt.

Er löste ein wenig schwarze Haarfarbe im warmen Wasser auf und begann die Lösung in sein blondes Haar zu pinseln. Erstaunlich, welchen Unterschied es ausmachte, wenn man nur die Haarfarbe änderte. Er fönte es trocken und fixierte die Frisur mit etwas Pomade. Dann wählte er aus einer Reihe von Brillen ein Modell mit Horngestell und leicht getönten Gläsern. Er schloß die Augen, rief sich seine Rolle ins Gedächtnis, und als er sie wieder öffnete, sah ihn Henri Jacaud aus dem Spiegel an. Der Effekt war außerordentlich. Er klappte den Koffer zu, verstaute ihn wieder im Schrank, zog sein Hemd an und ging mit Paß und Führerschein in die Hauptkabine.

In diesem Moment kam Makeev den Niedergang herunter. »Herrgott im Himmel!« rief er aus. »Für einen Moment habe ich wirklich gedacht, Sie sind ein anderer.«

»Aber das bin ich«, sagte Dillon. »Henri Jacaud, Autohändler aus Rennes, unterwegs zu seinem Winterurlaub auf Jersey. Mit dem Tragflächenboot von St. Malo.« Er hielt den Führerschein hoch. »Und zugleich Einwohner Jerseys, Peter Hilton, Buchhalter in St. Helier.«

»Sie brauchen keinen Paß, um nach London zu gelangen?«

»Nicht von Jersey aus. Das ist nämlich britischer Boden. Der Führerschein verhilft mir nur zu einem Gesicht. Das beruhigt die Leute ungemein. Sie meinen, genau zu wissen, wer man ist. Sogar die Polizei reagiert so.«

»Was war heute abend, Sean? Was ist wirklich vorgefallen?«

»Ich hielt den Zeitpunkt für gekommen, mich um Brosnan zu kümmern. Mein Gott, Josef, er kennt mich zu gut. Er weiß über mich Bescheid wie kein zweiter, und das könnte gefährlich werden.«

»Das begreife ich. Ein kluger Kopf, der Professor.«

»Es geht noch weiter, Josef. Er weiß, wie ich handle, wie ich denke. Er ist von der gleichen Art wie ich. Wir haben in der gleichen Welt gelebt, und Menschen ändern sich nicht. Ganz gleich, was er erreicht hat, im

Grunde ist er immer noch derselbe, der Mann, der in den alten Zeiten der gefürchtetste Vollstrecker der IRA war.«

»Sie haben also entschieden, ihn zu beseitigen?«

»Es war eine Eingebung. Ich kam an seinem Haus vorbei und sah, wie die Frau wegging. Er rief ihr etwas nach. So wie es klang, nahm ich an, daß sie sich für den Abend und die Nacht verabschiedet hatte, also nutzte ich die Chance und kletterte am Gerüst hoch.«

»Was passierte?«

»Ich habe ihn überrascht.«

»Aber Sie haben ihn nicht getötet.«

Dillon lachte, ging in die Küche und kam mit einer Flasche Krug und zwei Gläsern zurück. Während er die Flasche öffnete, meinte er: »Ich bitte Sie, Josef, Auge in Auge nach so vielen Jahren. Es gab einiges zu erzählen.«

»Sie haben ihm doch nicht verraten, für wen Sie arbeiten?«

»Natürlich nicht«, log Dillon fröhlich und schenkte den Champagner ein. »Wofür halten Sie mich?«

Er prostete Makeev zu, der sagte: »Ich meine, ob er erfahren hat, daß Sie ein Ersatzziel haben, daß Sie Major ins Auge gefaßt haben.« Er zuckte die Achseln. »Das würde nämlich bedeuten, daß auch Ferguson davon erfährt. Dadurch würde es für Sie nahezu unmöglich, Ihr Vorhaben in London erfolgreich durchzuführen. Ich bin mir sicher, daß Aroun die ganze Sache abblasen würde.«

»Nun, er weiß es nicht.« Dillon trank mehr Champagner. »Deshalb kann Aroun weiter ruhig schlafen. Außerdem will ich die zweite Million. Ich habe übrigens in Zürich nachgefragt. Die erste Million wurde überwiesen.«

Makeev trat unbehaglich von einem Fuß auf den anderen. »Natürlich. Wann wollen Sie aufbrechen?«

»Morgen oder übermorgen. Mal sehen. Unterdessen können Sie für mich etwas organisieren. Es geht um diese Tania Nowikowa in London. Ich brauche ihre Hilfe.«

»Kein Problem.«

»Erstens, mein Vater hatte einen Cousin, einen Mann aus Belfast, der jetzt in London lebt. Sein Name lautet Danny Fahy.«

»IRA?«

»Ja, aber nicht aktiv. Er ist abgetaucht und lebt in totaler Deckung. Ein hervorragender Handwerker. Er war ein Spezialist für Feinmechanik. Er kam wirklich mit allem zurecht. Ich habe ihn 1981 gebraucht, als ich in London ein paar Aufträge für die Organisation ausführte. Damals wohnte er in der Tithe Street Nummer zehn in Kilburn. Ich will, daß die Nowikowa ihn ausfindig macht.«

»Sonst noch was?«

»Ja, ich brauche eine Bleibe. Das kann sie ebenfalls für mich organisieren. Ich nehme an, sie wohnt nicht in der Botschaft?«

»Nein, sie hat eine Wohnung in der Nähe der Bayswater Road.«

»Dort möchte ich nicht unterkriechen, jedenfalls nicht auf Dauer. Sie könnte unter Beobachtung stehen. Die Spezialabteilung von Scotland Yard hat die Angewohnheit, dies mit den Angestellten der sowjetischen Botschaft zu tun, nicht wahr?«

»Ach, es ist nicht mehr so wie früher.« Makeev lächelte nachsichtig. »Dank dieses Narren Gorbatschow sollen wir alle heute Freunde sein.«

»Ich würde trotzdem lieber woanders wohnen. Ich

suche sie höchstens einmal in ihrer Wohnung auf, um den Kontakt aufzunehmen, aber nicht mehr.«

»Es gibt nur ein Problem«, sagte Makeev. »Es betrifft die Hardware wie Sprengstoff, Waffen, alles, was Sie wahrscheinlich brauchen. Ich fürchte, in dieser Hinsicht wird sie Ihnen nicht behilflich sein können. Eine Pistole vielleicht, aber sonst nichts. Wie ich schon erwähnte, als ich Ihnen das erste Mal von ihr erzählte, ihr Chef, Colonel Yuri Gatow, der Kommandant des KGB-Büros in London, ist ein Gorbatschow-Mann und unseren britischen Freunden sehr gewogen.«

»Das ist schon in Ordnung«, sagte Dillon, »ich habe meine eigenen Kontakte für derartige Dinge, aber ich brauche mehr Bargeld für die laufenden Kosten. Wenn ich für den Flug von Jersey nach London durch die Zollkontrolle muß, kann ich es mir nicht leisten, mit größeren Geldbeträgen in meinem Koffer erwischt zu werden.«

»Ich bin sicher, Aroun kann das für Sie arrangieren.«

»Dann wäre das also geregelt. Ich möchte ihn noch einmal sprechen, ehe ich starte. Morgen früh, denke ich. Organisieren Sie das, ja?«

»Wird gemacht.« Makeev schloß seinen Mantel und band sich den Gürtel um. »Ich halte Sie über die Lage im Krankenhaus auf dem laufenden.« Er erreichte das untere Ende des Niedergangs und drehte sich um. »Eine Sache ist da noch. Angenommen, Sie schaffen es, die Sache durchzuziehen. Das dürfte eine der wildesten Menschenjagden auslösen. Wie gedenken Sie, aus England herauszukommen?«

Dillon lächelte. »Das ist genau, worüber ich jetzt nachdenken werde. Wir sehen uns morgen früh.«

Makeev stieg den Niedergang hinauf. Dillon goß sich noch ein Glas Krug ein, zündete sich eine Zigarette an und betrachtete die Zeitungsausschnitte an den Wänden. Er griff nach dem Stapel Zeitungen und blätterte sie durch und fand schließlich, was er suchte. Eine alte Ausgabe der Illustrierten *Paris Match* aus dem vorhergehenden Jahr. Michael Aroun zierte das Titelblatt. In dem Magazin befand sich ein siebenseitiger Artikel über seinen Lebensstil und seine Gewohnheiten. Dillon zündete sich eine frische Zigarette an und begann, den Artikel zu überfliegen.

Es war ein Uhr morgens, und Mary Tanner saß allein im Wartezimmer, als Professor Henri Dubois hereinkam. Er war sehr abgespannt, seine Schultern waren nach vorn gesunken, und er ließ sich in einen Sessel fallen und zündete sich eine Zigarette an.

»Wo ist Martin?« erkundigte er sich.

»Es scheint so, als sei Anne-Maries einziger Angehöriger ihr Großvater. Kennen Sie ihn?«

»Wer kennt ihn nicht, Mademoiselle? Er ist einer der reichsten und mächtigsten Industriellen von Frankreich. Sehr alt. Achtundachtzig, glaube ich. Er war einmal mein Patient. Er hatte im vergangenen Jahr einen Schlaganfall. Ich denke, Martin wird dort nicht viel erreichen. Er wohnt auf dem Familiensitz, im Château Vercors. Es liegt ungefähr dreißig Kilometer vor Paris.«

Brosnan kam herein, sah unendlich müde aus, doch als er Dubois gewahrte, fragte er gespannt: »Wie geht es ihr?«

»Ich will dir nichts vormachen, mein Freund. Es geht ihr gar nicht gut. Überhaupt nicht. Ich habe alles getan, was menschenmöglich ist. Nun müssen wir warten.«

»Kann ich zu ihr?«

»Laß sie noch eine Weile in Ruhe. Ich sage dir Bescheid.«

»Bleibst du hier?«

»Na klar. Ich schlafe zwei Stunden auf meiner Couch im Büro. Wie bist du mit Pierre Audin verblieben?«

»Überhaupt nicht. Ich mußte mit seinem Sekretär, diesem Fournier, vorliebnehmen. Der alte Mann sitzt im Rollstuhl. Der weiß nicht einmal mehr die Tageszeit.«

Dubois seufzte. »Das hatte ich erwartet. Ich sehe dich später.«

Als er hinausgegangen war, meinte Mary: »Sie könnten auch etwas Schlaf gebrauchen.«

Er brachte ein düsteres Lächeln zustande. »So wie ich mich im Augenblick fühle, glaube ich, daß ich wohl nie mehr schlafen werde. In gewisser Weise ist das alles meine Schuld.«

»Wie können Sie so etwas behaupten?«

»Ich meine, wer ich bin oder, anders ausgedrückt, was ich einmal war. Wäre das nicht gewesen, dann wäre all das hier nicht passiert.«

»So dürfen Sie nicht reden«, widersprach sie ihm. »So funktioniert das Leben nicht.«

Das Telefon auf dem Tisch klingelte, und sie meldete sich, redete einige Sekunden lang, dann legte sie auf. »Das war Ferguson. Er wollte nur nachfragen, wie es aussieht.« Sie legte ihm eine Hand auf die Schulter. »Kommen Sie, legen Sie sich auf die Couch. Machen Sie einfach die Augen zu. Ich bleibe hier und wecke Sie, sobald es irgendeine Veränderung gibt.«

Widerstrebend ließ er sich nach hinten sinken und befolgte ihre Aufforderung und sank überraschenderweise sofort in einen dunklen, traumlosen Schlaf. Mary Tanner saß da, nachdenklich, und lauschte seinen ruhigen Atemzügen.

Es war kurz nach drei, als Dubois wieder erschien. Als spürte er seine Anwesenheit, erwachte Brosnan schlagartig und richtete sich auf. »Was ist los?«

»Sie ist bei Bewußtsein.«

»Kann ich sie sehen?« Brosnan sprang auf.

»Ja, natürlich.« Während Brosnan zur Tür ging, hielt Dubois ihn am Arm zurück. »Martin, es steht nicht gut. Ich glaube, du solltest auf das Schlimmste gefaßt sein.«

»Nein.« Brosnan unterdrückte mit Mühe ein Schluchzen. »Das ist unmöglich.«

Er rannte durch den Flur, riß die Tür zu ihrem Zimmer auf und ging hinein. Eine junge Krankenschwester saß neben ihrem Bett. Anne-Marie war sehr bleich, ihr Kopf war mit Bandagen umwickelt, so daß sie aussah wie eine junge Nonne.

»Ich warte draußen, Monsieur«, sagte die Krankenschwester und ging hinaus.

Brosnan setzte sich. Er griff nach ihrer Hand, und Anne-Marie schlug die Augen auf. Sie musterte ihn mit einem leeren Blick, und dann erkannte sie ihn allmählich und lächelte.

»Martin, bist du das?«

»Wer sonst?« Er küßte ihre Hand.

Hinter ihnen ging die Tür mit einem leisen Klicken auf, als Dubois hereinschaute.

»Dein Haar. Zu lang. Absolut zu lang.« Sie hob eine Hand, um es zu berühren. »In Vietnam, im Sumpf, als die Vietcong mich beschossen. Du tauchtest im Schilf auf wie ein mittelalterlicher Held. Auch damals war dein Haar viel zu lang, und du hast ein Stirnband getragen.«

Sie schloß die Augen, und Brosnan sagte: »Ruh dich aus, versuch nicht zu reden.«

»Aber ich muß.« Sie öffnete die Augen wieder. »Laß

ihn laufen, Martin. Versprich es mir. Er ist es nicht wert. Ich will nicht, daß du dorthin zurückgehst, wo du früher warst.« Sie umklammerte seine Hand mit erstaunlicher Festigkeit. »Versprich es!«

»Ich gebe dir mein Wort«, sagte er.

Sie entspannte sich und blickte zur Decke. »Mein lieber wilder irischer Junge. Ich habe dich immer geliebt, Martin, es gab nie einen anderen.«

Ihre Augen schlossen sich langsam, und der Herzmonitor neben ihrem Bett veränderte seinen Ton. Augenblicklich stürmte Henri Dubois in den Raum. »Raus, Martin. Warte draußen.«

Er drängte Brosnan hinaus und schloß die Tür. Mary stand auf dem Korridor. »Martin?« fragte sie.

Er starrte sie an wie ein Gespenst, und dann ging die Tür wieder auf, und Dubois erschien. »Es tut mir so leid, mein Freund. Ich fürchte, es ist vorbei.«

Auf dem Boot war Dillon sofort hellwach, als das Telefon klingelte. »Sie ist gestorben«, meldete Makeev.

»Das ist schrecklich«, entgegnete Dillon. »Es war nicht beabsichtigt.«

»Was nun?« fragte Makeev.

»Ich denke, ich breche morgen nachmittag auf. Unter den gegebenen Umständen sicherlich das beste. Was ist mit Aroun?«

»Er erwartet uns um elf.«

»Gut. Weiß er, was passiert ist?«

»Nein.«

»Dann sollte es auch so bleiben. Ich treffe Sie kurz vor elf vor seinem Haus.«

Er legte den Hörer auf und verschränkte die Arme hinter dem Kopf und dachte nach. Anne-Marie Audin. Es tat ihm leid. Er hatte niemals viel dafür übrig gehabt,

Frauen zu töten. Eine Informantin damals in Derry, die hatte es verdient. Aber diesmal war es ein Unfall gewesen, und es ließ den Eindruck entstehen, als stünde sein Unternehmen unter einem schlechten Stern, und das verursachte ihm Unbehagen. Er drückte seine Zigarette aus und versuchte wieder einzuschlafen.

Es war kurz nach zehn, als Mary Tanner Ferguson und Hernu in Brosnans Appartement einließ. »Wie geht es ihm?« wollte Ferguson wissen.

»Er beschäftigt sich. Anne-Maries Großvater ist selbst in keiner guten Verfassung, deshalb trifft Martin zusammen mit seinem Sekretär die notwendigen Vorbereitungen für die Beerdigung.«

»So schnell?« wunderte sich Ferguson.

»Morgen, in der Grabstätte der Familie in Vercors.«

Sie führte die Besucher herein. Brosnan stand am Fenster und blickte hinaus. Er wandte sich zu ihnen um, die Hände in den Hosentaschen, das Gesicht blaß und von Schmerz gezeichnet. »Und?« fragte er.

»Es gibt nichts zu berichten«, teilte Hernu ihm mit. »Wir haben sämtliche Häfen und Flugplätze in Alarmbereitschaft versetzt, ganz diskret natürlich.« Er zögerte. »Wir glauben, es ist das beste, mit dieser Sache nicht an die Öffentlichkeit zu gehen, Professor, ich meine den unglücklichen Unfall von Mademoiselle Audin.«

Brosnan reagierte seltsam gleichgültig. »Sie werden ihn nicht erwischen. London ist die Stadt, wo man ihn früher oder später suchen muß. Wahrscheinlich ist er bereits dorthin unterwegs, und für London brauchen Sie mich.«

»Sie meinen, Sie wollen uns helfen? Sie machen mit?« fragte Ferguson.

»Ja.«

Brosnan zündete sich eine Zigarette an, öffnete die Balkontüren und trat hinaus. Mary ging zu ihm hin. »Aber das dürfen Sie nicht, Sie haben es Anne-Marie versprochen.«

»Dann habe ich eben gelogen«, meinte er gelassen. »Nur um ihr den Abschied zu erleichtern. Da draußen gibt es sowieso nichts. Nur Dunkelheit.«

Sein Gesicht wirkte wie in Fels gehauen, die Augen waren stumpf. Es war das Gesicht eines Fremden. »O mein Gott«, flüsterte sie.

»Ich hole ihn mir«, sagte Brosnan. »Und wenn sein Tod das letzte ist, was ich auf Erden sehe.«

6

Es war kurz vor elf, als Makeev vor Michael Arouns Wohnung in der Victor Hugo vorfuhr. Sein Chauffeur stoppte am Bordstein, und während er den Motor abstellte, wurde die hintere Tür geöffnet und Dillon stieg ein.

»Sie sollten lieber keine Designerschuhe tragen«, sagte er. »Alles versinkt im Matsch.«

Er lächelte, und Makeev beugte sich vor, um die Trennscheibe zu schließen. »Sie scheinen trotz der augenblicklichen Lage bester Laune zu sein.«

»Und warum sollte ich das nicht sein? Ich wollte nur sichergehen, daß Sie Aroun nichts von dieser Audin erzählt haben.«

»Nein, natürlich nicht.«

»Schön.« Dillon lächelte. »Ich möchte nicht, daß irgend etwas den Ablauf des Geschehens stört. Und nun los, gehen wir rauf zu ihm.«

Rashid öffnete die Tür. Ein Dienstmädchen nahm ihnen die Mäntel ab. Aroun erwartete sie in seinem prachtvollen Salon. »Valenton, Mr. Dillon. Eine herbe Enttäuschung.«

Dillon sagte: »Nichts im Leben ist vollkommen, wie Sie wissen sollten. Ich habe Ihnen ein Ersatzziel versprochen, und ich habe die Absicht, es in Angriff zu nehmen.«

»Der englische Premierminister?« fragte Rashid.

»Genau.« Dillon nickte. »Ich mache mich noch heute auf den Weg nach London. Ich dachte, wir sollten uns vorher noch einmal unterhalten.«

Rashid schaute zu Aroun, der erwiderte: »Natürlich, Mr. Dillon. Wie können wir Ihnen helfen?«

»Zuerst brauche ich wieder Geld für nötige Ausgaben. Dreißigtausend Dollar. Ich möchte, daß Sie dafür sorgen, daß ich es von jemandem in London bekomme. Natürlich in bar. Oberst Makeev kann sich um die Details kümmern.«

»Kein Problem«, sagte Aroun.

»Zweitens ist da die Frage, wie ich nach erfolgreichem Abschluß meines Unternehmens heil aus England herauskomme.«

»Sie klingen ja sehr zuversichtlich, Mr. Dillon«, sagte Rashid zu ihm.

»Nun, man darf die Hoffnung nie verlieren, mein Sohn«, sagte Dillon. »Wie ich im Laufe der Jahre festgestellt habe, ist der wichtigste Punkt bei einem Attentat nicht so sehr die Durchführung, sondern vielmehr, wie man mit heiler Haut davonkommt. Ich meine, wenn ich den englischen Premier für Sie erledige, ergibt sich für mich als wichtigstes Problem, aus England herauszukommen, und dafür brauche ich Sie, Mr. Aroun.«

Das Mädchen kam mit Kaffee und Tassen auf einem Tablett herein. Aroun wartete ab, während sie die Tassen auf dem Tisch verteilte und Kaffee einschenkte. Als sie den Raum verließ, sagte er: »Wie meinen Sie das?«

»Eine meiner geringeren Fertigkeiten ist das Fliegen. Soweit ich weiß, geht es mir da wie Ihnen. Laut einem Artikel in einer älteren Ausgabe des *Paris Match* haben Sie sich in der Normandie ein Anwesen namens Château St. Denis, etwa zwanzig Kilometer südlich von Cherbourg, an der Küste gekauft.«

»Das ist richtig.«

»In dem Artikel wurde erwähnt, wie sehr Sie dieses Gut lieben und wie abgelegen und unberührt dort alles ist. Sozusagen eine Zeitinsel aus dem achtzehnten Jahrhundert.«

»Auf was genau wollen Sie hinaus, Mr. Dillon?« fragte Rashid.

»Es hieß außerdem in dem Artikel, daß der Landsitz über einen eigenen Flugplatz verfügt und daß es nicht selten geschieht, daß Mr. Aroun von Paris dorthinfliegt, und zwar mit seiner eigenen Maschine, die er selbst lenkt.«

»Auch das stimmt, mein Freund«, sagte Aroun.

»Gut. Und so wird es laufen. Wenn ich das, wie soll ich sagen, entscheidende Stadium der Entwicklung erreicht habe, dann lasse ich es Sie wissen. Sie fliegen dann zu diesem Gut St. Denis. Ich komme per Flugzeug von England rüber und treffe Sie dort, nachdem das Unternehmen abgewickelt wurde. Sie können dann meinen Weitertransport arrangieren.«

»Aber wie?« wollte Rashid wissen. »Wo wollen Sie ein Flugzeug finden?«

»Es gibt eine ganze Menge Fliegerclubs, mein Sohn, und damit auch Flugzeuge, die man mieten kann. Ich fliege ganz einfach nach der Karte und komme von der Route ab. Ich verschwinde, wenn Sie so wollen. Sobald ich in St. Denis gelandet bin, können Sie meine Kiste von mir aus in Brand stecken.« Er ließ seinen Blick von Rashid zu Aroun wandern. »Sind wir uns einig?«

Es war Aroun, der ihm antwortete. »Aber natürlich. Können wir sonst noch etwas tun?«

»Makeev wird es Ihnen rechtzeitig mitteilen. Ich verabschiede mich jetzt.« Dillon wandte sich zur Tür.

Draußen blieb er noch für einen Moment auf dem

Gehsteig neben Makeevs Wagen stehen. Schneeflocken schwebten herab. »Das wär's dann wohl. Wir werden uns nicht mehr sehen, zumindest eine ganze Weile nicht.«

Makeev reichte ihm einen Briefumschlag. »Tanias Privatadresse und Telefonnummer.« Er warf einen Blick auf seine Uhr. »Ich konnte sie heute morgen nicht erreichen. Ich habe ihr eine Nachricht hinterlassen, daß ich heute mittag mit ihr sprechen will.«

»Schön«, sagte Dillon. »Ich melde mich aus St. Malo, ehe ich das Boot nach Jersey besteige, nur um mich zu vergewissern, daß alles in Ordnung ist.«

»Ich kann Sie mitnehmen«, bot Makeev ihm an.

»Nein, danke. Ein bißchen laufen wird mir guttun.« Dillon reichte ihm die Hand. »Auf ein frohes Wiedersehen.«

»Viel Glück, Sean.«

Dillon lächelte. »O ja, das kann man immer brauchen.« Und er machte kehrt und ging davon.

Makeev sprach mittags über den Zerhacker mit Tania. »Es wird ein Freund von mir zu Ihnen kommen«, sagte er. »Wahrscheinlich heute am späten Abend. Es ist der, von dem wir bereits sprachen.«

»Ich werde mich um ihn kümmern, Oberst.«

»Noch nie haben Sie an einem derart wichtigen Unternehmen mitgewirkt«, sagte er. »Glauben Sie mir. Er braucht außerdem eine Bleibe für den Notfall. Ich hoffe, es macht Ihnen nichts aus, wenn er Ihre Wohnung benutzt?«

»Natürlich nicht.«

»Und ich möchte außerdem, daß Sie den Mann beschatten lassen.«

Er gab Danny Fahys Daten durch. Als er geendet

hatte, sagte sie: »Das alles dürfte kein Problem sein. Sonst noch etwas?«

»Ja, er bevorzugt Walther-Pistolen. Passen Sie auf sich auf, meine Liebe, ich melde mich wieder.«

Als Mary Tanner die Suite im Ritz betrat, nahm Ferguson seinen Nachmittagstee am Fenster ein.

»Ah, da sind Sie ja«, sagte er. »Ich hab' mich schon gefragt, was Sie so lange aufhält. Wir müssen los.«

»Wohin?« fragte sie.

»Zurück nach London.«

Sie holte tief Luft. »Ich nicht, Brigadier, ich bleibe.«

»Sie bleiben?« fragte er.

»Ja, zur Beerdigung im Château Vercors morgen vormittag um elf. Schließlich wird er tun, was Sie von ihm verlangen. Sind wir ihm dann nicht diese Geste schuldig?«

Ferguson hob abwehrend die Hand. »Ist schon gut. Sie haben mich überzeugt. Ich muß aber jetzt nach London zurück. Sie können bleiben, wenn Sie wollen, und morgen nachmittag hinterherkommen. Ich veranlasse, daß der Learjet für Sie beide bereitsteht. Ist das recht so?«

»Es spricht nichts dagegen.« Sie lächelte ihn offen an und streckte die Hand nach der Teekanne aus. »Wollen Sie noch eine Tasse, Brigadier?«

Sean Dillon erreichte den Schnellzug nach Rennes und stieg um drei Uhr in den Zug nach St. Malo um. Dort herrschte kaum Touristenbetrieb, denn es war nicht die richtige Jahreszeit dafür, und außerdem hatte das augenblicklich über ganz Europa herrschende schlechte Wetter auch das Wenige an Fremdenverkehr zum Erliegen gebracht, das ansonsten zu verzeichnen war. Auf dem Tragflächenboot nach Jersey waren kaum zwanzig Passagiere. Er ging kurz vor sechs Uhr in St. Helier am Albert Pier von Bord und fuhr mit einem Taxi zum Flughafen.

Er wußte, daß es Probleme geben würde, denn je näher sie dem Flughafen kamen, desto dichter wurde der Nebel. Es war eine für Jersey typische Situation, aber nicht unbedingt der Untergang der Welt. Er vergewisserte sich, daß beide Abendflüge nach London gestrichen worden waren, dann verließ er das Flughafengebäude, suchte sich ein anderes Taxi und bat den Fahrer, ihn zum nächsten Hotel zu bringen.

Eine halbe Stunde später telefonierte er mit Makeev in Paris. »Tut mir leid, daß ich mich nicht aus St. Malo melden konnte. Der Zug hatte Verspätung. Ich hätte sonst das Boot verfehlt. Haben Sie mit Nowikowa gesprochen?«

»Ja«, antwortete Makeev. »Alles in Ordnung. Sie erwartet Sie. Wo befinden Sie sich zur Zeit?«

»In einem Hotel mit dem Namen ›L'Horizon‹ in Jersey. Wir hatten Nebel auf dem Flughafen. Ich hoffe, daß ich morgen rauskomme.«

»Das werden Sie bestimmt. Lassen Sie von sich hören.«

»Das tue ich.«

Dillon legte den Hörer auf, dann schlüpfte er in sein Jackett und ging hinunter an die Bar. Er hatte irgendwo gehört, daß das Grillrestaurant des Hotels einen ausgezeichneten Ruf hatte. Nach einer Weile tauchte an seinem Tisch ein gutaussehender, resolut auftretender Italiener auf, der sich ihm als Chefkellner namens Augusto vorstellte. Dillon nahm dankbar die Speisekarte in Empfang, bestellte sich eine Flasche Krug-Champagner und machte es sich gemütlich.

Ungefähr um die gleiche Zeit läutete die Türklingel in Brosnans Wohnung am Quai de Montebello. Als er die Tür öffnete, ein großes Glas Scotch in einer Hand, stand Mary Tanner vor ihm.

»Hallo«, sagte er. »Das ist aber ein unerwarteter Besuch.«

Sie nahm ihm das Scotchglas aus der Hand und entleerte es in die Topfpflanze, die an der Tür stand. »Das hilft Ihnen überhaupt nicht.«

»Wenn Sie das sagen. Was wollen Sie?«

»Ich dachte, daß Sie allein sind. Und das hielt ich nicht für besonders gut. Hat Ferguson mit Ihnen gesprochen, ehe er abflog?«

»Ja, er meinte, daß Sie hierbleiben. Er machte den Vorschlag, wir sollten morgen nachmittag nachkommen.«

»Ja, aber das hilft uns heute abend nicht weiter. Ich gehe davon aus, daß Sie heute noch nichts gegessen haben, deshalb schlage ich vor, daß wir uns erst einmal ein Restaurant suchen, und sagen Sie jetzt nicht nein.«

»Das würde ich niemals wagen, Captain.« Er salutierte.

»Machen Sie keine dummen Scherze. Es gibt doch sicherlich in der Nähe irgend etwas, das Ihnen zusagt.«

»Das gibt es tatsächlich. Ich hole nur meinen Mantel und bin gleich wieder da.«

Es war ein typisches Nebenstraßen-Bistro, einfach und anspruchslos, mit Nischen, um ungestört zu sein, und Kochdüften aus der Küche, die einfach phantastisch waren. Brosnan bestellte Champagner.

»Krug?« fragte sie, als die Flasche gebracht wurde.

»Man kennt mich hier.«

»Trinken Sie nur Champagner?«

»Ich habe vor Jahren einen Bauchschuß abbekommen. Dadurch hatte ich einige Probleme. Die Ärzte meinten, unter keinen Umständen Alkohol, keinen Rotwein. Champagner ist möglich. Haben Sie gesehen, wie dieses Bistro heißt?«

»Ja, La Belle Aurore.«

»Genauso wie das Café in Casablanca. Humphrey Bogart? Ingrid Bergman?« Er hob sein Glas. »Ich seh' dir in die Augen, Kleines.«

Für eine Weile saßen sie schweigend da, und dann meinte sie: »Können wir mal das Thema wechseln?«

»Warum nicht? An was dachten Sie?«

»Was geschieht als nächstes? Ich meine, dieser Dillon verschmilzt geradezu mit seinem Hintergrund und ist nicht mehr zu sehen, das haben Sie selbst gesagt. Wie um alles in der Welt wollen Sie ihn wiederfinden?«

»Er hat einen Schwachpunkt«, sagte Brosnan. »Er hält sich von allen IRA-Kontakten fern, aus Angst vor Verrat. Damit bleibt ihm nur eine Wahl. Die, die er gewöhnlich trifft. Die Unterwelt. Alles, was er braucht, Waffen, Sprengstoff, sogar direkte Hilfe sucht er sich dort, wo man so etwas gewöhnlich findet, und wissen Sie, wo das ist?«

»Im East End von London?«

»Ja, das ist fast ebenso romantisch wie Little Italy in New York oder die Bronx. Die Kray-Brüder, das einzige, was England an kinoreifen Gangstern zu bieten hat, dann die Richardson-Bande. Wissen Sie über das East End etwas Bescheid?«

»Ich dachte, das alles sei längst Geschichte.«

»Aber überhaupt nicht. Eine ganze Reihe großer Nummern, die Gouverneure, wie sie genannt werden, haben sich bis zu einem gewissen Grad auf die Seite des Gesetzes geschlagen, aber die traditionellen Verbrechen wie Raubüberfälle, Banküberfälle, Überfälle auf Geldtransporter werden im großen und ganzen von ein und derselben Gruppe verübt. Es sind alles Familienväter, die ihr Gewerbe als ehrenwerten Beruf betrachten, aber sie schießen sofort, wenn man ihnen in die Quere kommt.«

»Wie nett.«

»Jeder weiß, wer sie sind, auch die Polizei. Und es ist diese Welt, diese Bruderschaft, in der Dillon Hilfe sucht.«

»Verzeihen Sie«, sagte sie. »Das ist doch sicherlich eine ziemlich verschworene Gemeinschaft, nicht wahr?«

»Da haben Sie absolut recht, aber zufälligerweise verfüge ich über das, was man einen Zugang dazu nennen könnte.«

Er schenkte sich ein weiteres Glas Champagner ein. »Damals in Vietnam, im Jahr 1968, in meiner wilden und verrückten Jugendzeit, war ich Fallschirmspringer bei den Airborne Rangers. Ich gehörte zu einer Abteilung der Special Forces, die in Kambodscha operierte, natürlich völlig illegal, wie ich hinzufügen darf. Die Angehörigen stammten aus allen Bereichen des Militärs. Es waren Leute mit ganz speziellen Qualifikationen. Wir hatten sogar ein paar Ledernacken bei uns, und so lernte ich Harry Flood kennen.«

»Harry Flood?« sagte sie und runzelte die Stirn. »Aus irgendeinem Grund kommt mir der Name bekannt vor.«

»Das ist möglich. Ich erkläre es Ihnen. Harry ist im gleichen Alter wie ich. Geboren wurde er in Brooklyn. Seine Mutter starb bei seiner Geburt. Er wuchs bei seinem Vater auf, der starb, als Harry achtzehn Jahre alt war. Er ging zu den Marines, um irgendwas zu tun, und kam nach Vietnam, wo ich mit ihm zusammentraf.« Er lachte. »Ich werde das erste Mal niemals vergessen. Wir steckten bis zum Hals in einem stinkenden Sumpf im Mekong-Delta.«

»Klingt interessant.«

»Ja, das und noch mehr. Er wurde dekoriert: Silver Star, Navy Cross. Neunundsechzig, als ich rauskam, mußte Harry noch ein Jahr Dienst leisten. Sie schickten ihn auf einen Posten in London. Dienst bei der Botschaftswache. Er war damals noch Sergeant, und da geschah es.«

»Was denn?«

»Er lernte eines Abends im alten Lyceum Ballroom ein Mädchen kennen. Sie hieß Jean Dark. Es war ein hübsches, reizendes zwanzigjähriges Ding in einem schlichten Baumwollkleid. Es gab nur einen wesentlichen Unterschied zu ihren Altersgenossinnen. Die Familie der Darks waren Gangster, echte Spitzbuben, wie man sie nur im East End finden kann. Ihr alter Herr hatte sich unten am Fluß ein kleines Reich aufgebaut und war auf seine Art genauso berühmt wie die Kray-Brüder. Er starb später im gleichen Jahr.«

»Was geschah dann?« Sie war völlig fasziniert.

»Jeans Mutter versuchte, die Führung zu übernehmen. Ma Dark nannten sie alle. Es gab Differenzen. Rivalisierende Banden. Solche und ähnliche Dinge. Harry und Jean heirateten, er wurde in London aus dem Dienst entlassen, blieb dort und wurde regelrecht in alles hineingezogen. Er schlichtete den Streit zwischen den Parteien.«

»Sie meinen, er wurde Gangster?«

»Um jetzt nicht in Details zu gehen, ja, aber auch mehr, viel mehr. Er wurde einer der mächtigsten Gouverneure des East End von London.«

»Mein Gott, jetzt erinnere ich mich. Ihm gehören die Kasinos. Er ist derjenige, der hinter den Bauten am Themseufer steckt, der dort groß investiert.«

»Stimmt. Jean starb vor fünf oder sechs Jahren an Krebs. Ihre Mutter starb lange vor ihr. Er machte weiter.«

»Ist er denn jetzt Engländer?«

»Nein, seine amerikanische Staatsbürgerschaft hat er nie aufgegeben. Die Behörden konnten ihn bisher nicht ausweisen, weil er keinerlei Vorstrafen hat. Er hat keinen einzigen Tag im Gefängnis gesessen.«

»Und er ist noch immer ein Gangster?«

»Das hängt davon ab, wie Sie diesen Begriff definieren. Es gibt sehr viel, was er sich erlaubt hat oder auch seine Leute, damals, in den frühen Tagen. Das, was man altmodische Verbrechen nennen könnte.«

»Sie meinen, nichts so Schlimmes und Gemeines wie Drogen oder Prostitution? Nur bewaffnete Raubüberfälle, Schutzgelderpressung, solche Kleinigkeiten?«

»Werden Sie nicht böse. Er besitzt die Spielkasinos, ist an elektronischen Entwicklungen und Bauvorhaben beteiligt. Ihm gehört halb Wapping. Fast das gesamte Flußufer. Er arbeitet völlig legal.«

»Und ist immer noch Gangster?«

»Sagen wir mal so, er ist für viele Leute aus dem East End immer noch der Gouverneur. Der Yank, so nennen sie ihn. Sie werden ihn mögen.«

»Tatsächlich?« Sie musterte ihn überrascht. »Und wann treffen wir ihn?«

»Sobald ich es irgendwie arrangieren kann. Egal, was sich im East End tut, Harry und seine Leute wissen genau darüber Bescheid. Wenn überhaupt jemand mir helfen kann, Sean Dillon zu fangen, dann er.« Der Kellner erschien und servierte Schalen mit französischer

Zwiebelsuppe. »Sehr gut«, sagte Brosnan. »Wir sollten erst einmal essen, ich bin nämlich gleich verhungert.«

Harry Flood kauerte in einer Ecke der Grube. Er hatte die Arme fest verschränkt, um seine Körperwärme zu halten. Er war bis zur Hüfte nackt, barfuß und nur mit seiner Kampfhose in Tarnfarbe bekleidet. Die Grube hatte kaum einen Meter Durchmesser, und Regen strömte unbarmherzig durch das Bambusgitter über seinem Kopf. Manchmal starrten die Vietcong auf ihn herab, Besucher, denen der Yankeehund gezeigt wurde, der in seinem eigenen Schmutz lag, obgleich er sich schon längst an den Gestank gewöhnt hatte.

Es schien, als sei er dort schon seit einer Ewigkeit, und die Zeit hatte für ihn keine Bedeutung mehr. Er hatte noch nie eine derart umfassende Verzweiflung empfunden. Es regnete jetzt heftiger, das Wasser sickerte über den Grubenrand wie ein kleiner Wasserfall, und der Wasserspiegel stieg schnell an. Erst umspülte es seine Füße, dann stand es schon in Brusthöhe, und er begann sich hochzustemmen. Es rann über seinen Kopf, und er spürte keinen Grund mehr unter den Füßen und trat Wasser wie ein Wilder, um oben zu bleiben. Er kämpfte um Atem und krallte seine Finger in die Grubenwand. Plötzlich packte eine Hand ihn, eine starke Hand, und sie zog ihn hoch und aus dem Wasser, und er begann wieder zu atmen.

Er schreckte aus dem Schlaf hoch und saß aufrecht im Bett. Er hatte diesen Traum in unregelmäßigen Abständen seit Vietnam, und das war schon verdammt lange her. Gewöhnlich endete der Traum damit, daß er ertrank. Die Hand, die ihn herauszog, war etwas Neues.

Er tastete nach seiner Uhr. Es war fast zehn. Er

machte immer am frühen Abend ein Nickerchen, ehe er einen der Clubs aufsuchte, aber diesmal hatte er verschlafen. Er nahm die Uhr, suchte schnell das Badezimmer auf und duschte. Als er sich rasierte, bemerkte er die grauen Fäden in seinem schwarzen Haar.

»Einmal erwischt es uns alle, Harry«, sagte er leise und lächelte.

Tatsächlich lächelte er die meiste Zeit, obgleich jeder, der ihn eingehender beobachtete, einen gewissen Weltverdruß darin entdeckt hätte. Es war das Lächeln eines Mannes, der das Leben insgesamt als eine Enttäuschung ansah. Er war auf eine gewisse herbe Art attraktiv, hatte kräftige Muskeln und athletische Schultern. Wirklich nicht übel für einen Sechsundvierzigjährigen, wie er sich mindestens einmal am Tag aufmunternd sagte.

Er zog ein schwarzes Seidenhemd von Armani an, das er am Hals zuknöpfte, ohne sich eine Krawatte umzubinden, und darüber einen großzügig geschnittenen Armani-Anzug aus dunkelbrauner Rohseide. Er überprüfte sein Äußeres im Spiegel.

»Vorhang auf, Licht an, Action, Baby«, sagte er und ging hinaus.

Seine Wohnung war riesig. Sie war Teil eines Lagerhausneubaus auf dem Cable Wharf. Die Klinkerwände des Wohnzimmers waren weiß gestrichen, der Holzfußboden auf Hochglanz lackiert, und überall verstreut lagen indische Teppiche. Dazu gemütliche Sofas, eine Bar mit Flaschen aller Art dahinter. Nur für Gäste. Er trank niemals Alkohol. Vor der hinteren Wand stand ein großer Schreibtisch, und die Wand selbst war mit Bücherregalen bedeckt.

Er öffnete die Glastüren und trat hinaus auf den Balkon, von dem aus man auf den Fluß hinunterschauen konnte. Es war sehr kalt. Die Tower Bridge lag rechts von ihm, der Tower von London, mit Scheinwerfern beleuchtet, stand dahinter. Ein Schiff glitt, aus dem Londoner Hafen kommend, unter ihm vorbei. Die Lichter erhellten grell die Dunkelheit, so daß er die Mannschaft auf Deck arbeiten sehen konnte. Es vermittelte ihm immer ein erhebendes Gefühl, und er atmete die kalte Luft tief ein.

Die Tür am fernen Ende des Wohnraums ging auf, und Mordecai Fletcher kam herein. Er war ungefähr einsachtzig groß, hatte eisengraues Haar, einen sorgfältig gestutzten Schnurrbart und trug einen maßgeschneiderten, zweireihigen Blazer und eine Krawatte. Seine konservative Erscheinung wurde etwas durch das Narbengewebe um die Augen und die breite Nase gemildert, die mehr als einmal gebrochen worden war.

»Du bist schon auf«, stellte er gleichmütig fest.

»Sieht so aus, oder?« fragte Flood.

Mordecai war seit fast fünfzehn Jahren seine rechte Hand, ein nützlicher Schwergewichtsboxer, der klug genug gewesen war, aus dem Ring zu steigen, ehe sein Gehirn in Pudding verwandelt wurde. Er ging hinter die Bar, schüttete Perrier-Mineralwasser in ein Glas, fügte Eis und eine Zitronenscheibe hinzu und brachte das Getränk herüber.

Flood nahm es ihm aus der Hand, ohne sich zu bedanken. »Mein Gott, wie ich diesen alten Fluß liebe. Gibt es etwas Besonderes?«

»Dein Buchhalter hat angerufen. Es müssen irgendwelche Papiere im Zusammenhang mit dem Kaufhausbau unterschrieben werden. Ich habe gesagt, er soll sie morgen früh herbringen und hierlassen.«

»Ist das alles?«

»Maurice hat aus dem Embassy angerufen. Er sagte,

daß Jack Harvey mit diesem Luder von seiner Nichte dagewesen ist und was gegessen hat.«

»Myra?« Flood nickte. »Ist irgend etwas passiert?«

»Maurice sagte, Harvey hat gefragt, ob du später reinschaust. Er sagte, daß er zurückkommen und sein Glück an den Tischen versuchen will.« Er zögerte. »Du weißt genau, worauf dieser Bastard scharf ist, Harry, und du meidest ihn besser.«

»Wir verkaufen nicht, Mordecai, und ganz bestimmt gehen wir auch keine Partnerschaft ein. Jack Harvey ist der schlimmste Ganove im ganzen East End. Neben ihm sehen die Kray-Brüder wie der reinste Kindergarten aus.«

»Ich dachte, das seist du, Harry.«

»Ich habe niemals etwas mit Drogen zu tun gehabt, Mordecai, und ich lasse auch keine Mädchen anschaffen gehen, das weißt du. Okay, für einige Jahre war ich ein ziemlich wilder Bursche. Ich meine, wir beide waren es.« Er ging in den Wohnraum und weiter zu seinem Schreibtisch und nahm das Foto im silbernen Rahmen hoch, das dort immer stand. »Wenn ich bedenke, wie Jean starb. All die schlimmen Monate.« Er schüttelte den Kopf. »Nichts war mehr wichtig, und du kennst das Versprechen, das ich ihr kurz vor ihrem Ende gab. Nämlich auszusteigen.«

Mordecai schloß das Fenster. »Ich weiß, Harry. Sie war eine tolle Frau, unsere Jean.«

»Deshalb habe ich unsere Geschäfte legalisiert, und hatte ich damit nicht recht? Weißt du, wie hoch zur Zeit unsere Nettoeinnahmen sind? Fast fünfzig Millionen. Fünfzig Millionen.« Er grinste. »Also sollen sich doch Jack Harvey und solche wie er die Hände schmutzig machen, wenn sie es unbedingt wollen.«

»Ja, aber für die meisten Leute im East End bist noch

immer du der Gouverneur, Harry, du bist noch immer der Yank.«

»Ich beklage mich ja nicht.« Flood öffnete einen Schrank und holte einen dunklen Mantel heraus. »Es gibt Zeiten, da hilft einem das ein Stück weiter, das weiß ich. Und jetzt nichts wie los. Wer fährt heute?«

»Charlie Salter.«

»Gut.«

Mordecai zögerte. »Soll ich ein Eisen mitnehmen, Harry?«

»Um Gottes willen, Mordecai, wir sind gesetzestreu, wie oft muß ich dir das sagen.«

»Aber Jack Harvey ist es nicht, das ist doch das Problem.«

»Überlaß Jack Harvey ruhig mir.«

Sie fuhren mit dem alten Lastenaufzug nach unten ins Lagerhaus, wo die schwarze Mercedes-Limousine parkte. Charlie Salter, ein kleinwüchsiger Mann in grauer Chauffeursuniform, lehnte dagegen und las in einer Zeitung. Diese faltete er nun schnell zusammen und hielt die hintere Tür auf.

»Wohin, Harry?«

»Zum Embassy, und fahr vorsichtig. Heute nacht hat es ziemlich stark gefroren, und gib mir mal die Zeitung.«

Salter schob sich hinter das Lenkrad, und Mordecai nahm neben ihm Platz und griff nach der elektronischen Torbedienung. Die Lagerhaustore öffneten sich, und sie fuhren auf den Kai. Flood schlug die Zeitung auf, lehnte sich zurück und las über die neuesten Entwicklungen im Golfkrieg.

Der *Embassy Club* war nur eine halbe Meile entfernt, in einer Seitenstraße der Wapping High Street. Er existierte erst seit einem halben Jahr und war ebenfalls ein Projekt Harry Floods zur Nutzung des alten Lagerhausbezirks. Der Parkplatz befand sich in einer kleinen Straße, die hinter dem Gebäude vorbeiführte, und war bereits fast belegt. Ein älterer Farbiger, der in einer kleinen Baracke residierte, bewachte ihn.

»Hab' Ihnen Ihren Platz freigehalten, Mr. Flood«, sagte er, als er herauskam.

Flood stieg mit Mordecai aus dem Wagen und holte seine Brieftasche hervor, während Salter den Wagen parkte. Er zupfte eine Fünf-Pfund-Note heraus und reichte sie dem alten Mann. »Und schlag nicht über die Stränge, Freddy.«

»Damit?« Der alte Mann lächelte. »Dafür kriege ich heutzutage noch nicht mal 'ne Frau im Hinterzimmer von 'nem Pub. Die Inflation ist was Schreckliches, Mr. Flood.«

Flood und Mordecai lachten schallend, während sie durch die Straße gingen, und Salter holte sie ein, als sie um die Ecke bogen und zum Clubeingang gelangten. Drinnen war es warm und luxuriös, schwarzweißer Fliesenboden, Eichenpaneele, Ölgemälde. Das Mädchen in der Garderobe nahm ihnen die Mäntel ab, ein kleinwüchsiger Mann in Abendkleidung eilte ihnen entgegen, um sie zu begrüßen. Sein Akzent verriet unmißverständlich den Franzosen.

»Ah, Mr. Flood, was für eine Freude. Möchten Sie speisen?«

»Ich denke schon, Maurice. Wir wollen uns erst einmal umsehen. Ist Harvey da?«

»Noch nicht.«

Sie gingen die Treppe hinunter in den großen Speisesaal. Auch dort herrschte Club-Atmosphäre, holzgetäfelte Wände, Gemälde, Sitznischen mit Ledersesseln.

Der Saal war fast voll, und die Kellner eilten geschäftig hin und her. Eine dreiköpfige Band spielte auf einer kleinen Bühne in einer Ecke, und es gab eine Tanzfläche, wenn auch nicht besonders groß.

Maurice schlängelte sich zwischen den Tischen am Rand der Tanzfläche hindurch und öffnete eine lederbezogene Tür, die zum Kasinoteil des Etablissements führte. Dort herrschte genausoviel Betrieb, und die Leute drängten sich um die Roulettetische, deren Stühle nahezu vollständig besetzt waren.

»Verlieren wir viel?« wollte Floode von Maurice wissen.

»Mal mehr, mal weniger, Mr. Flood. Am Ende gleicht es sich immer wieder aus.«

»Eine ganze Menge Berufsspieler.«

»Und kein einziger Araber in Sicht«, sagte Mordecai.

»Die backen jetzt kleine Brötchen«, erklärte Maurice ihm. »Man denke nur an das Geschäftsleben am Golf.«

»Würden Sie nicht das gleiche tun?« fragte Flood grinsend. »Komm schon, gehen wir lieber essen.«

Er hatte seine eigene Nische in einer Ecke neben der Band, von wo aus er die Tanzfläche überschauen konnte. Er bestellte Räucherlachs und Rührei und eine Flasche Perrier-Mineralwasser. Dann nahm er eine Zigarette aus einem alten Silberetui, eine Camel. Englische Zigaretten waren etwas, womit er sich bisher nicht hatte anfreunden können. Mordecai gab ihm Feuer und lehnte sich gegen die Wand. Flood saß da, nachdenklich, beobachtete das Geschehen und durchlebte einen dieser düsteren Augenblicke, in denen man sich fragt, was überhaupt der Sinn des Lebens ist, und Charlie Salter kam die Treppe vom Eingang herunter und eilte zwischen den Tischen hindurch auf sie zu.

»Jack Harvey und Myra – soeben eingetroffen«, meldete er.

Harvey war fünfzig Jahre alt, mittelgroß und übergewichtig, eine Tatsache, die der mitternachtblaue Anzug aus Schurwolle und Seide nicht verbergen konnte, obgleich er von einem Schneider in der Savile Row stammte. Er war kahl, hatte fast überhaupt keine Haare mehr, und er hatte außerdem das fleischige, dekadente Gesicht eines ausschweifend lebenden römischen Kaisers.

Seine Nichte, Myra, war dreißig und sah jünger aus. Ihr tiefschwarzes Haar war zu einem Knoten frisiert und wurde von einer mit Juwelen besetzten Spange festgehalten. Sie hatte wenig Make-up im Gesicht, nur ihre Lippen waren blutrot. Sie trug eine mit Pailetten besetzte Jacke und einen schwarzen Minirock von Gianni Versace sowie schwarze Pumps mit sehr hohen Absätzen, denn sie war kaum über ein Meter fünfzig groß. Sie sah ungemein attraktiv aus. Sie war außerdem die rechte Hand ihres Onkels, hatte ein Diplom in Betriebswirtschaft von der London University und war genauso brutal und skrupellos wie er.

Flood blieb sitzen und wartete. »Harry, alter Junge«, sagte Harvey und setzte sich. »Hast doch nichts dagegen, daß ich dir Gesellschaft leiste?«

Myra bückte sich und hauchte Flood einen Kuß auf die Wange. »Gefällt dir mein neues Parfüm, Harry? Es kostet ein Vermögen, aber Jack meint, es ist wie ein Aphrodisiakum, so gut riecht es.«

»So etwas hast du gerade nötig, was?« sagte Flood.

Sie ließ sich an seiner anderen Seite nieder, und Harvey nahm eine Zigarre heraus. Er kappte die Spitze und schaute zu Mordecai hoch. »Na mach schon, wo ist dein verdammtes Feuerzeug?«

Mordecai holte das Feuerzeug heraus und schnippte es an, ohne seine Miene zu verziehen, und Myra sagte: »Gibt es hier auch etwas zu trinken? Du nimmst ja nichts, Harry, das wissen wir, aber hab Mitleid mit uns anderen, die dem Laster verfallen sind.«

Ihre Stimme hatte einen leichten Cockney-Akzent, nicht zu stark, und erhielt dadurch einen ganz eigenen Reiz. Sie legte ihm eine Hand aufs Knie, und Flood sagte: »Champagnercocktail, das ist doch dein Lieblingsgetränk, nicht wahr?«

»Das wäre jetzt genau das Richtige.«

»Aber nicht für mich, ich kann diese Pisse nicht trinken«, sagte Harvey. »Scotch mit Wasser. Einen Dreifachen.«

Maurice, der zum Tisch geeilt war, sprach mit einem Kellner, dann flüsterte er in Floods Ohr: »Ihr Rührei, Mr. Flood.«

»Ich esse es jetzt gleich«, meinte Flood.

Maurice entfernte sich, und wenig später erschien ein Kellner mit einer Servierplatte. Er nahm den Deckel ab und stellte den Teller auf Floods Platz. Flood begann sofort zu essen.

Harvey meinte: »Ich habe dich noch nie eine anständige Mahlzeit essen sehen, Harry. Was ist los mit dir?«

»Eigentlich nichts«, antwortete Flood. »Essen bedeutet mir nicht viel, Jack. Als ich noch ein Junge war und in Vietnam, hielten die Vietcong mich für einige Zeit als Gefangenen. Damals habe ich gelernt, daß man nur sehr wenig zum Überleben braucht. Später bekam ich einen Bauchschuß. Hat mich einen halben Meter meiner Eingeweide gekostet.«

»Du mußt mir irgendwann mal deine Narbe zeigen«, sagte Myra.

»Es gibt immer einen Silberstreif am Horizont. Wenn

ich nicht erwischt worden wäre, hätte das Marine Corps mich nicht auf diesen angenehmen Job bei der Londoner Botschaftswache abgeschoben.«

»Und du hättest Jean nicht kennengelernt«, sagte Harvey. »Ich erinnere mich noch an das Jahr, in dem du sie geheiratet hast, Harry. Es war das Jahr, in dem auch ihr alter Dad starb. Sam Dark.« Er schüttelte den Kopf. »Er war im East End wie ein ungekrönter König, nachdem die Krays in den Bau wanderten. Und Jean –« Er schüttelte wieder den Kopf. »Was für eine Erscheinung. Die Jungs standen bei ihr Schlange. Es gab sogar einen Offizier der Palastwache, einen Lord.« Er wandte sich an Myra. »Was ganz Edles.«

»Und statt dessen hat sie mich geheiratet«, warf Flood ein.

»Sie hätte es schlechter treffen können. Ich meine, du hast ihr geholfen, daß alles glatt weiterlief, vor allem nachdem ihre Mum starb. Wir alle wissen das.«

Flood schob den Teller zurück und tupfte sich den Mund mit einer Serviette ab. »Das ist doch nicht der Abend, um mir Komplimente und Nettigkeiten zu sagen, oder, Jack? Weshalb bist du hergekommen?«

»Du weißt, was ich will, Harry, ich will mitmischen, ich will ins Geschäft. Ich denke an die Kasinos, vier sind es jetzt, und wie viele Clubs, Myra?«

»Sechs«, sagte sie.

»Und dann diese Bauprojekte am Fluß«, fuhr Harry fort. »Du hast wieder mal den Löwenanteil des großen Kuchens.«

»Da gibt es nur ein Problem, Jack«, sagte Flood zu ihm. »Ich bin ein anständiger Geschäftsmann, der die Gesetze beachtet, und ich bin es schon lange, während du...« Er schüttelte den Kopf. »Einmal ein Gauner, immer ein Gauner.«

»Du amerikanischer Bastard«, sagte Harvey. »So kannst du nicht mit mir reden.«

»Ich hab's aber gerade getan, Jack.«

»Wir sind mit dabei, Harry, ob es dir nun paßt oder nicht.«

»Dann versuch's doch«, sagte Flood.

Salter hatte sich durch den Raum bewegt und lehnte plötzlich neben Mordecai an der Wand. Der massige Mann flüsterte kurz mit ihm, und Salter entfernte sich wieder.

Myra ergriff das Wort. »Er meint es ernst, Harry, also sei vernünftig. Wir wollen ja nichts anderes als an der Sache mitverdienen.«

»Wenn ihr bei mir einsteigt, dann habt ihr mit Computern, mit Neubauprojekten, mit Nachtclubs und mit Glücksspiel zu tun«, erklärte Flood ihr. »Was bedeutet, daß ich durch euch an Zuhältern, Prostituierten, Drogen und Schutzgeldern beteiligt bin. Selbst wenn ich dreimal täglich duschen würde, Kindchen, würde ich mich am Ende doch nicht sauber fühlen.«

»Du Yankeeschwein!« Sie holte mit der Hand aus, doch er packte ihr Handgelenk.

Harvey stand auf. »Laß sein, Myra, ist schon gut. Los, komm. Wir sehen uns noch, Harry.«

»Hoffentlich nicht«, erwiderte Flood.

Sie gingen hinaus, und Mordecai beugte sich herab. »Er ist ein widerliches Stück Scheiße. Bei ihm dreht sich mir immer der Magen um, und auch bei seinen Freunden.«

»Solchen Typen kann man nicht ausweichen«, sagte Flood. »Laß dir nicht die Laune verderben, Mordecai, und hol mir lieber eine Tasse Kaffee.«

»Dieses Schwein«, schimpfte Harvey, während er und Myra zum Parkplatz marschierten. »Dafür, daß er mich so abgefertigt hat, schicke ich ihn in die Hölle.«

»Ich hab' dir doch vorher gesagt, wir vergeuden unsere Zeit«, sagte sie.

»Stimmt.« Er streifte sich seine Handschuhe über die massigen Hände. »Wir müssen ihm offenbar zeigen, daß wir es ernst meinen.«

Ein dunkler Lieferwagen parkte am Ende der Straße. Während sie sich näherten, wurde das Standlicht eingeschaltet. Der junge Mann, der hinter dem Lenkrad saß und sich hinauslehnte, war etwa fünfundzwanzig und sah in seiner ledernen Bomberjacke und der Schiebermütze hart und gefährlich aus.

»Mr. Harvey?« fragte er.

»Gut gemacht, Billy, genau pünktlich.« Harvey wandte sich an seine Nichte. »Ich glaube, du kennst Billy Watson noch nicht, Myra, oder?«

»Nein, ich hatte noch nicht das Vergnügen«, sagte sie und musterte ihn eingehend.

»Wie viele sind hinten drin?« wollte Harvey wissen.

»Vier, Mr. Harvey. Ich habe gehört, dieser Mordecai Fletcher soll das reinste Monstrum sein.« Er hob einen Baseballschläger hoch. »Das wird ihm etwas die Flügel stutzen.«

»Keine Schußwaffen, wie ich gesagt habe?«

»Keine, Mr. Harvey.«

»Schlagt sie zusammen, das müßte reichen, und vielleicht ein paar gebrochene Beine. Haltet die Augen offen und dann los. Früher oder später kommt er raus.«

Harvey und Myra setzten ihren Weg fort. »Fünf Männer?« fragte sie skeptisch. »Meinst du, das reicht?«

»Ob das reicht?« Er lachte rauh. »Was meint er denn, wer er ist? Sam Dark? Das war ein Mann, aber dieser verdammte Yankee ... Die machen ihn zum Krüppel. Die nächsten sechs Monate kann er sich nur auf Krükken vorwärtsbewegen. Es sind harte Burschen, Myra.«

»Wirklich?« fragte sie.

»Jetzt komm endlich, damit wir aus dieser verdammten Kälte rauskommen.« Und er ging weiter zum Parkplatz.

Etwa eine Stunde später machte Harry Flood Anstalten aufzubrechen. Während das Mädchen in der Garderobe ihm in seinen Mantel half, fragte er Mordecai: »Wo ist Charlie?«

»Ach, ich hab' ihm vor zwei Minuten ein Zeichen gegeben. Er ist vorausgegangen, um den Wagen warmlaufen zu lassen. Da draußen ist es kalt wie am Nordpol, Harry, und wenn es so weitergeht, friert am Ende sogar noch die Themse zu.«

Flood lachte, und sie gingen die Treppe vor dem Eingang hinunter und schlugen die Richtung zum Parkplatz ein. Als es passierte, lief alles schnell ab, die Hintertüren des Lieferwagens auf der anderen Straßenseite schwangen auf, die Männer stürmten heraus und rannten über die Straße. Sie alle hatten Baseballschläger in den Fäusten. Der erste, der sie erreichte, schlug zu, Mordecai duckte sich, blockte den Schlag ab und schleuderte ihn über die Hüfte die Kellertreppe hinunter.

Die vier anderen hielten inne und umkreisten sie mit bereitgehaltenen Schlägern. »Das wird euch nicht viel nützen«, sagte Billy Watson. »Jetzt brechen wir euch die Knochen.«

Ein Schuß erklang hinter ihnen. Laut hallte er durch die eisige Luft, dann knallte es ein zweites Mal. Als sie herumfuhren, trat Charlie Salter aus der Dunkelheit und lud eine abgesägte Schrotflinte durch. »Laßt alles fallen«, rief er. »Es sei denn, ihr wollt als Marmelade auf dem Pflaster enden.«

Sie gehorchten und standen reglos da und warteten ab, was kommen mochte. Mordecai ging auf sie zu, musterte sie von oben bis unten und packte den ihm am nächsten Stehenden bei den Haaren. »Für wen arbeitet ihr, Sonny?«

»Das weiß ich nicht, Mister.«

Mordecai riß ihn herum und stieß ihn auf das Gitter zu und hielt sein Gesicht über die Eisenspitzen. »Ich habe dich gefragt, für wen ihr arbeitet!«

Der Junge brach sofort in sich zusammen. »Für Jack Harvey. Wir werden nur dafür bezahlt. Billy hat uns zusammengetrommelt.«

Billy zischte: »Du Sau. Das wirst du bereuen.«

Mordecai warf Flood einen Blick zu. Flood nickte. Der große Mann sagte zu Billy: »Du bleibst hier. Ihr anderen verpißt euch.«

Sie machten auf dem Absatz kehrt und rannten davon. Billy Watson stand da, starrte sie mit glühenden Augen an. Salter meinte: »Diesmal braucht er einen ordentlichen Denkzettel.«

Billy hob schnell einen der Baseballschläger auf und hielt ihn drohend hoch. »Na los, dann komm doch her, Harry Flood – du großer Mann. Allein ist nicht viel mit dir los, was, Macker?«

Mordecai schob sich zwischen sie, doch Flood bremste ihn. »Nein«, sagte er und machte einen Schritt vorwärts. »Dann mal los, Kleiner.«

Billy holte aus und schlug zu, Flood pendelte zur Seite, schnappte das rechte Handgelenk des jungen Mannes und drehte es herum. Billy schrie auf und ließ den Baseballschläger fallen, und im gleichen Moment vollführte der Amerikaner eine halbe Körperdrehung und zog ihm seinen Ellbogen wuchtig durchs Gesicht und schickte ihn zu Boden.

Mordecai hob den Baseballschläger auf. »Jetzt weiß er Bescheid, gehen wir«, sagte Flood.

Er zündete sich eine Zigarette an, während sie ihren Weg fortsetzten. Mordecai fragte: »Was geschieht mit Harvey? Wirst du ihn dir vornehmen?«

»Ich denke darüber nach«, sagte Flood, und sie betraten den Parkplatz.

Billy Watson rappelte sich auf und mußte sich für eine Weile am Gitter festhalten. Es schneite leicht, als er sich umdrehte und über die Straßen zum Lieferwagen hinüberhumpelte. Während er ihn umrundete, um auf die Fahrerseite zu gelangen, trat Myra Harvey aus einer engen Gasse. Sie hatte den Kragen ihres Pelzmantels hochgeschlagen und hielt ihn mit einer Hand vorne zusammen.

»Das lief nicht allzu gut, was?«

»Miss Harvey«, krächzte er. »Ich dachte, Sie sind längst weg.«

»Nachdem mein Onkel mich abgesetzt hat, bin ich mit einem Taxi zurückgefahren. Ich wollte mir das Schauspiel nicht entgehen lassen.«

»Wie bitte?« wunderte er sich. »Wollen Sie damit sagen, Sie haben damit gerechnet, daß es so ausgeht?«

»Ungefähr, mein Süßer. Mein Onkel macht ab und zu mal einen Fehler. Er läßt sich von seinen Gefühlen hinreißen. Meinst du wirklich, fünf junge Kerle wie ihr könnten Harry Flood fertigmachen?« Sie öffnete die Fahrertür und stieß den jungen Mann hinein. »Steig ein, rutsch rüber. Ich fahre.«

Sie setzte sich hinters Lenkrad, wobei der Pelzmantel

auseinanderklaffte und der Minirock so hochrutschte, wie es eben ging.

Während sie den Motor anließ, sagte Billy: »Aber wohin fahren wir jetzt?«

»Erst mal zu mir. Was du jetzt brauchst, ist ein heißes Bad, mein Süßer.« Ihre linke Hand drückte seinen Oberschenkel, sie schaltete die Scheinwerfer an und fuhr los.

7

Die Maschine aus Jersey landete um elf Uhr am folgenden Vormittag in Heathrow. Es dauerte etwa eine halbe Stunde, bis Dillons Koffer auf dem Fließband erschien, und er rauchte eine Zigarette und las die Zeitung, während er wartete. Die Kriegsmeldungen waren für die Streitkräfte der Koalition sehr gut. Ein paar Piloten waren im Irak abgeschossen worden, doch die Luftangriffe hatten eine verheerende Wirkung.

Sein Koffer kam, und er ging durch die Sperre. Es herrschte hektische Betriebsamkeit, weil mehrere Flugzeuge fast gleichzeitig gelandet waren. Der Zoll schien an diesem Morgen niemanden eingehend kontrollieren zu wollen, allerdings hätten sie bei ihm sowieso nichts gefunden. Sein Koffer enthielt Kleider zum Wechseln und Toilettenartikel, sonst nichts, und in seinem Aktenkoffer befanden sich nur zwei Zeitungen. Er hatte außerdem zweitausend Dollar in seiner Brieftasche, insgesamt zwanzig Hundert-Dollar-Scheine. Daran war auch nichts Verbotenes. Den französischen Paß hatte er im Hotel in Jersey vernichtet. Jetzt gab es kein Zurück mehr. Wenn er wieder nach Frankreich zurückkehrte, dann ganz sicher auf einer anderen Route, und bis dahin war der Führerschein von Jersey auf den Namen Peter Hilton alles, was er als Identifikationsdokument brauchte.

Er nahm den Fahrstuhl zur oberen Etage und stellte sich in die Schlange vor einem der Bankschalter und tauschte fünfhundert Dollar in Pfund Sterling um. Dies wiederholte er bei drei anderen Banken, dann ging er wieder nach unten, um sich ein Taxi zu suchen. Dabei pfiff er leise vor sich hin.

Er wies den Fahrer an, ihn am Bahnhof Paddington abzusetzen, wo er seinen Koffer in einem Gepäckschließfach deponierte. Er rief Tania Nowikowa unter der Nummer an, die Makeev ihm gegeben hatte, auf die Chance hin, daß sie zu Hause war, doch es meldete sich nur ihr Anrufbeantworter. Er machte sich nicht die Mühe, eine Nachricht zu hinterlassen, sondern verließ den Bahnhof, hielt ein Taxi an und bat den Fahrer, ihn nach Covent Garden zu bringen.

Mit seiner getönten Brille, der gestreiften Krawatte und seinem marineblauen Burberry-Trenchcoat wirkte er äußerst seriös.

Der Fahrer sagte: »Schreckliches Wetter, Chef. Ich glaube, daß wir bald eine Menge Schnee bekommen.«

»Das würde mich nicht überraschen.« Dillon sprach ein akzentfreies Public-School-Englisch.

»Wohnen Sie in London, Chef?«

»Nein, ich halte mich nur geschäftlich für ein paar Tage hier auf. Ich war lange in Übersee«, sagte Dillon beiläufig. »In New York. London habe ich schon seit Jahren nicht mehr gesehen.«

»Es hat sich viel verändert. Ist nicht mehr so wie früher.«

»Das glaube ich wohl. Ich hab' neulich gelesen, daß man nicht einmal mehr zu Fuß durch die Downing Street gehen kann.«

»Das stimmt, Chef. Mrs. Thatcher hat ein neues Sicherheitssystem einbauen lassen, nämlich Tore an beiden Straßenenden.«

»Tatsächlich?« sagte Dillon. »Das würde ich mir gerne mal ansehen.«

»Wir können dort vorbeifahren, wenn Sie wollen. Ich nehme die Route die Whitehall runter und komme dann von der anderen Seite nach Covent Garden.«

»Das ist mir recht.«

Dillon lehnte sich zurück, zündete sich eine Zigarette an und sah aus dem Fenster. Sie fuhren Whitehall hinunter, ließen den Trafalgar Square hinter sich, kamen an den Horse Guards vorbei mit den beiden Household Cavalrymen, die dort im Sattel ihren Dienst versahen. Sie trugen weite Mäntel gegen die Kälte und hatten ihre Säbel gezückt.

»Das muß für die Pferde verdammt kalt sein«, sagte der Taxifahrer und fügte dann hinzu: »Da wären wir, Chef, die Downing Street.« Er verlangsamte die Fahrt. »Ich kann nicht anhalten. Wenn man hier stoppt, kommen sofort Polizisten angerannt und wollen wissen, was man hier zu suchen hat.«

Dillon schaute hinüber zur Straßeneinmündung. »Das sind also die berühmten Tore?«

»Thatchers letzten Streich haben es einige Spaßvögel genannt, aber wenn Sie mich fragen, bisher hatte sie meistens recht. Die verdammte IRA hat in den vergangenen Jahren genug Dinger in London gedreht. Ich würde sie alle abknallen, ehrlich. Wenn ich Sie in der Long Acre absetze, reicht Ihnen das, Chef?«

»Das ist prima«, erwiderte Dillon und lehnte sich zurück. Dabei dachte er an diese herrlichen Tore an den Enden der Downing Street.

Das Taxi hielt am Bordstein, und Dillon reichte dem Fahrer eine Zehn-Pfund-Note. »Stimmt so«, sagte er, wandte sich um und ging mit forschen Schritten die Langley Street hinunter. Im ganzen Covent-Garden-

Viertel herrschte wie üblich lebhafter Betrieb, und die Menschen waren alle entsprechend der extremen Kälte gekleidet, so daß man sich mitten in Moskau wähnen konnte und nicht in London. Dillon ließ sich im Menschenstrom mittreiben und fand schließlich das, was er suchte, in einer Gasse unweit Neal's Yard, nämlich einen kleinen Theaterladen, dessen Schaufenster vollgestopft war mit alten Masken und Schminkutensilien. Eine Glocke klingelte, als er eintrat. Der Mann, der durch den Vorhang im hinteren Teil des Ladens trat, war etwa siebzig Jahre alt, hatte schneeweißes Haar und ein rundes, wohlgenährtes Gesicht.

»Was kann ich für Sie tun?« fragte er.

»Ich brauche etwas zum Schminken. Was haben Sie denn an Schminkkästen?«

»Wir haben einige sehr gute Sets«, sagte der alte Mann. Er holte einen Kasten herunter, stellte ihn auf die Theke und öffnete ihn. »Dieses Modell wird am National Theatre benutzt. Sind Sie Profi?«

»Amateur, mehr nicht. Wir spielen ab und zu in Kirchen.« Dillon überprüfte den Inhalt des Kastens. »Ausgezeichnet. Ich nehme dazu noch einen weiteren Lippenstift, hellrot, etwas schwarze Haarfarbe und irgendein Lösungsmittel.«

»Sie scheinen aber sehr gut Bescheid zu wissen. Übrigens, mein Name ist Clayton. Ich gebe Ihnen eine Karte, für den Fall, daß Sie noch etwas anderes brauchen.« Er holte die gewünschten Dinge und packte sie in den Schminkkoffer und klappte ihn zu. »Dreißig Pfund bei Barzahlung, und vergessen Sie nicht – bei mir kriegen Sie alles, was Sie brauchen.«

»Das wird nicht nötig sein«, sagte Dillon und verließ pfeifend den Laden.

Im Dorf Vercors schneite es, als die Prozession vom Schloß herunterkam. Trotz des schlechten Wetters säumten Dorfbewohner die Straße, Männer hatten ihre Mützen abgenommen, als Anne-Marie Audin zur ewigen Ruhe geleitet wurde. Hinter dem Leichenwagen fuhren nur drei Automobile her, der alte Pierre Audin und sein Sekretär im ersten, einige Hausangestellte im zweiten. Brosnan und Mary Tanner mit Max Hernu folgten, gingen zwischen den Grabsteinen her und blieben stehen, als der alte Mann aus dem Wagen in den Rollstuhl gehoben wurde. Er wurde hineingeschoben, die anderen Trauernden folgten ihm.

Es war eine sehr alte, sehr typische Dorfkirche mit geweißten Wänden, den Kreuzwegstationen, und sie war kalt, sehr kalt. Tatsächlich hatte Brosnan noch nie eine solche Kälte gespürt, und er saß da, zitterte leicht, bekam kaum mit, was gesagt wurde, erhob sich und kniete sich gehorsam nieder wie alle anderen Anwesenden. Erst als der Gottesdienst zu Ende war und alle aufstanden, als die Sargträger den Sarg durch den Mittelgang trugen, wurde ihm bewußt, daß Mary Tanner seine Hand hielt.

Sie gingen über den Friedhof zur Familiengruft. Sie hatte die Ausmaße einer kleinen Kapelle, war aus grauem Granit und Marmor erbaut und hatte ein steiles gotisches Dach. Der Geistliche hielt inne, um den Totensegen zu sprechen, dann wurde der Sarg hineingetragen. Der Sekretär drehte den Rollstuhl um und schob ihn an ihnen vorbei über den Weg. Vornübergebeugt saß der alte Mann da und schien die Decke zu betrachten, die seine Knie warmhielt.

»Er tut mir so leid«, sagte Mary.

»Das braucht er nicht, er weiß gar nicht mehr, was um ihn herum vorgeht«, meinte Brosnan zu ihr.

»Dessen kann man sich nicht immer sicher sein.«

Sie ging zum Wagen und legte dem alten Mann eine Hand auf die Schulter, während er reglos in seinem Rollstuhl saß. Dann kam sie zurück.

»Also, meine Freunde, schnellstens zurück nach Paris«, sagte Hernu.

»Und dann nach London«, fügte Brosnan an.

Mary ergriff seinen Arm, während sie zum Wagen gingen. »Morgen, Martin, morgen früh reicht es auch noch, und ein Nein als Antwort akzeptiere ich nicht.«

»Na schön«, seufzte er. »Dann eben morgen.« Und er stieg in den Wagen, nahm auf der Rückbank Platz, lehnte sich nach hinten, fühlte sich plötzlich wie ausgelaugt und schloß die Augen. Mary saß stumm neben ihm, als Hernu losfuhr.

Es war kurz nach sechs, als Tania Nowikowa die Türklingel hörte. Sie ging nach unten und öffnete. Dillon stand vor der Tür, den Koffer in der einen Hand, den Aktenkoffer in der anderen. »Josef läßt Ihnen Grüße ausrichten.«

Sie war verblüfft. Nachdem Makeev mit ihr gesprochen hatte, war sie im KGB-Archiv gewesen und hatte versucht, soviel wie möglich über Dillon in Erfahrung zu bringen, und hatte über seine Akte nur staunen können. Sie hatte eine Art düstere Heldenfigur erwartet. Statt dessen sah sie vor sich einen eher kleinen Mann in einem Trenchcoat, mit getönter Brille und einer Collegekrawatte.

»Sind Sie Sean Dillon?« erkundigte sie sich.

»Der und kein anderer.«

»Kommen Sie lieber rein.«

Frauen hatten für Dillon niemals eine besondere Bedeutung gehabt. Sie waren da, um gelegentlich gewisse

Bedürfnisse zu befriedigen, doch er hatte niemals so etwas wie eine emotionale Bindung zu einer gehabt. Als er Tania Nowikowa die Treppe hinauffolgte, wurde ihm bewußt, daß sie eine sehr gute Figur hatte und daß der schwarze Hosenanzug sie sehr gut kleidete. Ihr Haar war mit einem Samtband im Nacken zusammengebunden, doch als sie sich zu ihm umwandte und er sie im Licht der Wohnzimmerbeleuchtung genau betrachten konnte, erkannte er, daß sie eher farblos aussah.

»Hatten Sie einen guten Flug?« erkundigte sie sich.

»Es war schon in Ordnung. Ich wurde gestern abend wegen Nebels in Jersey aufgehalten.«

»Möchten Sie etwas trinken?«

»Ein Tee wäre schön.«

Sie öffnete eine Schublade, holte eine Walther-Pistole heraus, dazu zwei Ersatzmagazine und einen Carswell-Schalldämpfer. »Das ist laut Josef Ihre Lieblingswaffe.«

»Sehr richtig.«

»Ich dachte mir außerdem, daß dies hier auch ganz nützlich sein könnte.« Sie reichte ihm ein kleines Bündel. »Es heißt, sie hält einer .45er-Kugel auf kürzeste Entfernung stand. Nylon und Titan.«

Dillon faltete das Bündel auseinander. Die kugelsichere Weste war überhaupt nicht so dick und unförmig wie die Flakjacken. Sie war wie eine Anzugsweste geschnitten und ließ sich mit Klettbändern schließen und befestigen.

»Ausgezeichnet«, sagte er und legte sie zusammen mit der Walther und dem Schalldämpfer in seinen Aktenkoffer. Er knöpfte seinen Trenchcoat auf, zündete sich eine Zigarette an und blieb in der Küchentür stehen und sah ihr zu, wie sie den Tee zubereitete. »Sie wohnen hier sehr günstig zur sowjetischen Botschaft, nicht wahr?«

»O ja, ich kann dorthin zu Fuß gehen.« Sie brachte den Tee und die Tassen auf einem Tablett heraus. »Ich habe Ihnen ein Zimmer in einem kleinen Hotel um die Ecke in der Bayswater Road reservieren lassen. Es ist ein Haus, das sehr gerne von Geschäftsreisenden besucht wird.«

»Sehr gut.« Er trank von seinem Tee. »Und nun zur Sache. Was ist mit Fahy?«

»Bisher hatte ich kein Glück. Er ist vor ein paar Jahren von Kilburn in ein Haus in Finchley umgezogen. Dort blieb er nur ein Jahr und zog dann weiter. Und hier endet die Spur. Aber ich finde ihn noch, ich habe jemanden auf ihn angesetzt.«

»Das müssen Sie. Es ist von entscheidender Bedeutung. Unterhält der KGB in London noch immer eine Fälschungsabteilung?«

»Natürlich.«

»Gut.« Er holte seinen Führerschein von Jersey hervor. »Ich brauche einen Pilotenschein auf diesen Namen und Adresse. Sie brauchen dazu ein Foto.« Er schob einen Finger in die Plastikhülle des Führerscheins und zog zwei identische Fotos heraus. »Es ist immer nützlich, so etwas auf Vorrat zu haben.«

Sie nahm ein Foto an sich. »Peter Hilton, Jersey. Darf ich fragen, warum das notwendig ist?«

»Weil ich mich, wenn der Zeitpunkt zum Verschwinden kommt, mit dem Flugzeug absetzen möchte, und sie vermieten einem keine Maschine, wenn man keinen Pilotenschein hat, der von der Civil Aviation Authority ausgestellt wurde.« Er schenkte sich noch eine Tasse Tee ein. »Bestellen Sie Ihrem Experten, ich möchte den Schein mit Instrumentenflug-Qualifikation und für zweimotorige Maschinen.«

»Ich notiere es mir.« Sie öffnete ihre Handtasche,

nahm ein Briefkuvert heraus, steckte das Foto hinein und machte eine Notiz auf dem Umschlag. »Sonst noch etwas?«

»Ja, ich brauche schnellstens alle Einzelheiten über das derzeitige Sicherheitssystem von Downing Street zehn.«

Sie hielt die Luft an. »Soll das heißen, daß dies Ihr Ziel ist?«

»Nicht ganz. Es ist der Mann, der darin sitzt, aber das ist ein anderer Punkt. Ich brauche den täglichen Terminplan des Premierministers. Wie leicht kann man den beschaffen?«

»Es kommt darauf an, was Sie haben wollen. Es gibt am Tag stets feste Termine. Zum Beispiel die Fragestunde im Unterhaus. Natürlich hat sich das zur Zeit wegen des Golfkrieges etwas geändert. Das Kriegskabinett tritt jeden Vormittag um zehn zusammen.«

»In der Downing Street?«

»Ja, im Kabinettzimmer. Aber er hat während des Tages auch noch andere Verabredungen. Erst gestern ist er in einer Sendung für die Truppen am Golf im British Forces Network aufgetreten.«

»Kam die Sendung von der BBC?«

»Nein, BFN hat seine eigenen Räume im Bridge House. Das liegt unweit der Paddington Station und gar nicht weit von hier.«

»Interessant. Ich würde gerne wissen, inwieweit dabei für seine Sicherheit gesorgt wurde.«

»Nicht sehr, glaube ich. Ein paar Polizisten, Detektive, was weiß ich, aber sonst nichts. Die Engländer sind verrückt.«

»Sie erleichtern einem die Arbeit. Dieser Informant von Ihnen, derjenige, der die Informationen über Ferguson beschafft hat. Erzählen Sie mir von ihm.« Was sie tat, und danach nickte er. »Sie haben ihn im wahrsten Sinne des Wortes an den Eiern, nicht wahr?«

»Ich glaube, so könnte man es ausdrücken.«

»Dann sehen Sie zu, daß es so bleibt.« Er stand auf und knüpfte den Mantel zu. »Ich gehe jetzt lieber und beziehe mein Hotelzimmer.«

»Haben Sie schon gegessen?« fragte sie.

»Nein.«

»Dann habe ich einen Vorschlag. Nicht weit vom Hotel entfernt gibt es ein hervorragendes italienisches Restaurant, Luigi's. Es ist einer dieser typischen Familienbetriebe. Richten Sie sich im Hotel häuslich ein, und ich gehe weiter zur Botschaft. Ich schaue mal nach, was wir über die Sicherheit in der Downing Street haben, und erkundige mich, ob es etwas Neues über Fahy gibt.«

»Und der Pilotenschein?«

»Das leite ich gleich in die Wege.«

»In vierundzwanzig Stunden?«

»In Ordnung.«

Sie holte einen Mantel und einen Schal, ging mit ihm nach unten und verließ gemeinsam mit ihm das Haus. Der Asphalt war stellenweise mit einer dünnen Eisschicht bedeckt, und sie trug seinen Aktenkoffer und hielt sich an seinem Arm fest, bis sie das Hotel erreichten.

»Wir sehen uns in einer Stunde«, sagte sie und ging weiter.

Es war eines dieser alten Häuser, die in der viktorianischen Zeit über einen blühenden Pub- und Hotelbetrieb verfügten. Die derzeitigen Eigentümer hatten sich alle Mühe damit gegeben, aber das war zu wenig. Der Speisesaal links vom Foyer war wenig einladend, und nicht mehr als ein halbes Dutzend Leute saß dort und speiste.

Der Angestellte am Empfang war ein alter Mann mit einem totenkopfähnlichen Gesicht, er trug eine verblichene braune Livree. Er bewegte sich unendlich langsam, schrieb Dillon ins Gästebuch ein und reichte ihm seinen Schlüssel. Offensichtlich erwartete man von den Gästen, daß sie ihre Koffer selbst trugen.

Das Zimmer war genauso, wie er es erwartet hatte. Zwei Betten, billige Tagesdecken, eine Dusche, ein Fernseher mit Münzautomat und ein Wasserkessel, daneben ein kleiner Korb mit Portionsbeuteln Kaffee, Teebeuteln und Sahne in Pulverform. Dennoch, lange würde er nicht hierbleiben, und er öffnete den Koffer und fing an auszupacken.

Unter Jack Harveys Beteiligungen befand sich auch ein Bestattungsunternehmen in Whitechapel. Es war ein ziemlich großer Betrieb, und er lief recht gut, denn, wie er immer gerne scherzte, die Toten sterben nie aus. Es war ein imposantes dreistöckiges viktorianisches Gebäude, das er renoviert hatte. Myra hatte sich das oberste Stockwerk als Penthouse eingerichtet und überwachte den Geschäftsgang. Harvey besaß im zweiten Stock ein Büro.

Harvey wies seinen Fahrer an zu warten, stieg die Eingangstreppe hinauf und klingelte. Der Nachtportier machte ihm auf.

»Ist meine Nichte da?« verlangte Harvey Auskunft.

»Ich glaube schon, Mr. Harvey.«

Harvey ging durch den Laden mit den ausgestellten Särgen und durch den Gang mit kleinen Totenkapellen rechts und links, wo die Angehörigen von ihren Verblichenen Abschied nehmen konnten. Er stieg zwei Treppen hinauf und betätigte Myras Türklingel.

Sie war bereits auf ihn vorbereitet, nachdem der Portier sie mit einem diskreten Zeichen gewarnt hatte, ließ ihn einen kurzen Moment vor der Tür warten, dann öffnete sie. »Onkel Jack.«

Er schob sich an ihr vorbei. Sie trug ein Minikleid mit goldenen Pailletten, schwarze Strümpfe und Schuhe. »Willst du ausgehen oder was?« wollte er wissen.

»Ja, in eine Disco.«

»Nun, vergiß das mal für einen Moment. Hast du mit den Buchhaltern gesprochen? Gibt es eine Möglichkeit, wie wir legal an Flood herankommen? Irgendwelche Probleme mit Vermietungen? Irgendwas?«

»Keine Chance«, sagte Myra. »Wir haben alles sorgfältig durchgekämmt. Es gibt nichts.«

»Na schön, dann müssen wir es eben mit der harten Methode versuchen.«

»Die hat gestern abend aber nicht gerade funktioniert, oder?«

»Ich habe Idioten benutzt, deshalb. Eine Bande junger Nichtsnutze, die zu blöd sind, um einem die Tageszeit zu sagen.«

»Und was hast du vor?«

»Ich überlege mir etwas.« Während er sich zur Tür wandte, hörte er eine Bewegung im Schlafzimmer. »Hallo, wer ist denn da?« Er stieß die Tür auf und sah Billy Watson, der verlegen dastand und aussah wie ein in die Enge getriebenes Wild. »Mein Gott!« sagte Harvey zu Myra. »Du denkst auch immer nur an das eine.«

»Zumindest treiben wir es auf die richtige Art und Weise«, informierte sie ihn.

»Fick dich doch selbst.«

»Nein, das tut er schon.«

Harvey stürmte nach unten. Billy sagte: »Du gibst einen Scheißdreck darum, was andere sagen, nicht wahr?«

»Billy-Schatz, dies ist das Haus der Toten«, sagte sie und griff nach ihrem Pelzmantel und ihrer Handtasche. »Sie liegen unten in ihren Särgen, und wir sind lebendig. Ganz einfach, also sollte man das Beste daraus machen. Und jetzt laß uns endlich gehen.«

Dillon saß in einer kleinen Nische in der Ecke bei *Luigi's* und trank den einzigen Champagner, der auf Lager war, einen ganz passablen Bollinger Grande Cuvée, als Tania hereinkam. Der alte Luigi begrüßte sie persönlich und als besonders geschätzten Gast, und sie setzte sich.

»Champagner?« fragte Dillon.

»Warum nicht?« Sie schaute Luigi an. »Wir bestellen später.«

»Ein Punkt, der noch nicht erwähnt wurde, ist mein Geld für die laufenden Ausgaben. Dreißigtausend Dollar. Aroun wollte das arrangieren«, sagte Dillon.

»Dafür wird gesorgt. Der in Frage kommende Mann meldet sich morgen bei mir. Es ist irgendein Buchhalter Arouns hier in London.«

»Okay, und was haben Sie jetzt für mich?« fragte er.

»Bisher nichts über Fahy. Ich habe alles Nötige veranlaßt, damit Sie Ihren Pilotenschein bekommen.«

»Und Nummer zehn?«

»Ich mußte erst einmal einen Blick in die Akte werfen. Bisher hatte die Öffentlichkeit immer ein Recht auf freien Zutritt zur Downing Street. Daß die IRA beinahe das gesamte Kabinett während des Tory-Parteitags in Brighton vor sechs Jahren in die Luft sprengen konnte, hat die Auffassung aller zum Thema Sicherheit entscheidend beeinflußt. Die Bombenattentate in London und die Angriffe auf einzelne Personen haben ein übriges bewirkt.«

»Und?«

»Nun, die Öffentlichkeit konnte immer auf der anderen Straßenseite gegenüber Nummer zehn stehen und zusehen, wie die Mächtigen des Staates und der Welt kamen und gingen, aber das ist nicht mehr möglich. Im Dezember neunundachtzig legte Mrs. Thatcher neue Sicherheitsmaßstäbe fest. Infolgedessen ist das Haus jetzt eine Festung. Die Stahlgitter sind drei Meter hoch. Die Tore sind übrigens neoviktorianisch, eine nette Geste von der Eisernen Lady.«

»Ja, ich hab' sie heute gesehen.«

Luigi näherte sich mit dem Notizblock, und sie bestellten Minestrone, Kalbskoteletts, Bratkartoffeln und einen grünen Salat.

Tania fuhr fort: »Aus einigen Kreisen kamen Angriffe, die besagten, sie sei das Opfer paranoider Wahnvorstellungen geworden. Das ist natürlich Unsinn. Diese Lady hat niemals in ihrem Leben irgendwelche Wahnvorstellungen gehabt. Wie dem auch sei, auf der anderen Seite der Tore befindet sich eine Stahlplatte, die sofort hochschnellt, wenn ein nicht autorisiertes Fahrzeug durchzubrechen versucht.«

»Und das Gebäude selbst?«

»Die Fenster haben besonders gehärtetes Glas, und dazu gehören auch die georgianischen Fenster. Ach ja, und die Netzvorhänge sind ganz gewiß ein Wunder moderner Wissenschaft. Sie sind sprengungssicher.«

»Sie wissen aber genau Bescheid.«

»Es ist unglaublich, alles, was ich Ihnen hier erzähle, stand irgendwann mal in einer englischen Zeitung oder Illustrierten. Die englische Presse setzt ihr Recht, alles veröffentlichen zu dürfen, über jede andere Überlegung. Sie weigert sich einfach, sich den Sicherheitsanforderungen zu beugen. In jedem Archiv jeder größeren englischen Zeitung finden Sie Einzelheiten über das

Innere von Nummer zehn oder vom Landsitz des Premierministers, Chequers, oder sogar vom Buckingham Palast.«

»Wie steht es denn mit der Möglichkeit, als Küchenhelfer dort hineinzukommen?«

»Das war immer das Schlupfloch. Die Versorgung des Hauses wird von Fremdfirmen vorgenommen, auch der Reinigungsdienst kommt von auswärts, aber die Sicherheitsüberprüfungen dieser Leute sind außerordentlich streng. Natürlich kommt es immer wieder vor, daß irgend jemand durchschlüpft. Einmal hat ein Installateur in der Wohnung des Schatzkanzlers in Nummer elf gearbeitet und irgendeine Tür geöffnet, und plötzlich fand er sich in Nummer zehn wieder und versuchte, irgendwie rauszukommen.«

»Das klingt ja wie ein Witz.«

»Erst kürzlich hat man festgestellt, daß Personal von einer der Firmen, die für den Reinigungsdienst verantwortlich sind, also Personal, das die Sicherheitsüberprüfung bestanden hatte, unter falschem Namen arbeitete. Einige haben ungehindert das Innenministerium und andere Ministerien betreten.«

»Ja, aber Sie wollen doch damit nur andeuten, daß Pannen möglich sind.«

»Genau.« Sie zögerte. »Haben Sie etwas Bestimmtes im Sinn?«

»Sie meinen Schüsse mit einem Präzisionsgewehr von einem Dach, zweihundert Meter entfernt, wenn er aus der Tür tritt? Ich glaube nicht. Nein, ich habe im Augenblick eigentlich keine festumrissene Vorstellung, aber mir wird schon etwas einfallen. Das tut es immer.« Der Kellner servierte die Suppe. Dillon meinte: »Das riecht ja wunderbar. Also sollten wir es mal probieren.«

Anschließend brachte er sie zu ihrer Wohnung. Es schneite ein wenig, und es war sehr kalt. Er sagte: »Das erinnert Sie sicherlich an Ihre Heimat, dieses Wetter.«

»Meine Heimat?« Sie sah ihn für einen kurzen Moment etwas verständnislos an, dann lachte sie. »Sie meinen Moskau?« Sie hob die Schultern. »Das ist schon so lange her. Möchten Sie noch mit raufkommen?«

»Nein, danke. Es ist schon spät, und ich kann Schlaf gebrauchen. Ich bleibe morgen vormittag im Hotel. Sagen wir bis mittag. Nach dem, was ich dort gesehen habe, glaube ich kaum, daß ich dort zu Mittag essen werde. Ich bin nach zwei wieder zurück, so daß Sie jetzt wissen, wo ich bin.«

»Schön«, sagte sie.

»Dann gute Nacht.«

Sie schloß die Tür. Dillon machte kehrt und ging davon. Erst als er um die nächste Ecke bog und in die Bayswater Road gelangte, trat Gordon Brown aus dem Schatten eines gegenüberliegenden Hauseingangs und sah zu Tanias Fenster hinauf. Eine Lampe wurde angeknipst. Er blieb noch für ein paar Sekunden stehen, dann drehte er sich um und entfernte sich.

In Paris stieg am folgenden Vormittag die Temperatur um drei oder vier Grad, und es begann zu tauen. Mary und Hernu holten Brosnan mit dem schwarzen Citroën des Colonels kurz vor mittag ab. Er wartete bereits auf sie vor dem Eingang des Hauses am Quai de Montebello. Er trug seinen Trenchcoat und einen Tweedhut und hatte einen Koffer neben sich stehen. Der Fahrer verstaute das Gepäck im Kofferraum, und Brosnan setzte sich nach hinten zu den anderen beiden.

»Irgend etwas Neues?« erkundigte er sich.

»Nicht das Geringste«, informierte der Colonel ihn.

»Wie ich schon sagte, wahrscheinlich ist er längst da. Was ist mit Ferguson?«

Mary schaute auf ihre Uhr. »Er müßte gerade mit dem Premierminister sprechen, um ihn auf den Ernst der ganzen Angelegenheit aufmerksam zu machen.«

»Das dürfte auch alles sein, was er tun kann«, sagte Brosnan. »Das, und seine Erkenntnisse an die anderen Abteilungen des Sicherheitsdienstes weitergeben.«

»Und wie würden Sie vorgehen, mein Freund?« fragte Hernu.

»Wir wissen, daß er 1981 in London für die IRA gearbeitet hat. Wie ich Mary erklärt habe, muß er sich seiner Unterweltkontakte bedient haben, um sich alles zu beschaffen, was er brauchte. Das tut er eigentlich immer, und er wird auch diesmal darauf zurückgreifen. Deshalb muß ich meinen alten Freund Harry Flood sprechen.«

»Ach ja, der hochangesehene Mr. Flood. Captain Turner hat mir schon von ihm erzählt. Aber was ist, wenn er uns nicht weiterhelfen kann?«

»Dann gibt es noch eine andere Möglichkeit. Ich habe einen Freund in Irland, der in Kilrea, in der Nähe von Dublin, wohnt. Ich meine Liam Devlin. Es gibt nichts, was er über die Geschichte der letzten Jahre der IRA nicht weiß. Und er weiß auch, wer welche Mission ausgeführt hat. Es ist so eine Idee von mir.« Er zündete sich eine Zigarette an und lehnte sich zurück. »Aber ich erwische den Bastard, auf die eine oder andere Weise. Ich kriege ihn.«

Der Fahrer brachte sie ans Ende des Flughafens Charles de Gaulle, wo die Privatflugzeuge standen. Der Lear wartete schon auf der Rollbahn. Es waren keine Formalitäten nötig. Alles war vorbereitet. Der Fahrer trug ihr Gepäck zum Copiloten hinüber.

Hernu sagte: »Wenn Sie gestatten, Captain.« Er küßte Mary sacht auf beide Wangen. »Und Sie, mein Freund.« Er streckte seine Hand aus. »Wenn Sie sich auf eine Reise begeben, an deren Ende Rache steht, denken Sie daran, daß Sie zuerst zwei Gräber bestellen müssen.«

»Fangen Sie jetzt mit Philosophieren an?« fragte Brosnan. »Und das in Ihrem Alter? Leben Sie wohl, Colonel.«

Sie schnallten sich auf ihren Plätzen an, der Copilot zog die Treppe hoch, verriegelte die Kabinentür und ging nach vorne zu seinem Kollegen ins Cockpit.

»Hernu hat recht, wissen Sie«, sagte Mary.

»Das weiß ich auch«, erwiderte Brosnan. »Aber ich kann nichts daran ändern.«

»Das verstehe ich, glauben Sie mir, das tue ich wirklich«, sagte sie, während das Flugzeug langsam anrollte.

Als Ferguson ins Arbeitszimmer von Nummer zehn geleitet wurde, stand der Premierminister am Fenster und trank eine Tasse Tee. Er wandte sich um und lächelte. »Die erfrischende Tasse, Brigadier.«

»Es heißt, es sei der Tee gewesen, der uns geholfen hat, den Weltkrieg durchzustehen, Herr Premierminister.«

»Hauptsache, er hilft mir, meinen Zeitplan einzuhalten. Wir haben jeden Vormittag um zehn eine Sitzung des Kriegskabinetts, und dann sind da noch all die anderen wichtigen Angelegenheiten im Zusammenhang mit dem Golfkrieg.«

»Und nicht zu vergessen die tägliche Führung der Nation«, sagte Ferguson.

»Jaja, wir tun unser Bestes. Niemand hat je behauptet, daß Politik etwas Leichtes ist, Brigadier.« Er stellte die Tasse ab. »Ich habe Ihren jüngsten Bericht gelesen.

Halten Sie es für wahrscheinlich, daß dieser Dillon wirklich hier irgendwo in London ist?«

»Ich glaube, aus dem, was er zu Brosnan gesagt hat, müssen wir darauf schließen, Herr Premierminister.«

»Sie haben alle Abteilungen der Sicherheitsdienste vorgewarnt?«

»Natürlich, aber das Problem ist, wir können ihm kein Gesicht zuordnen. Sicher, da ist die Beschreibung. Klein, blondes Haar und so weiter, aber wie Brosnan meint, sieht er jetzt schon vollkommen anders aus.«

»Ich erhielt den Rat, die Presse einzuschalten.«

Ferguson sagte: »Nun, das ist eine Idee, aber ich bezweifle, daß damit irgend etwas erreicht wird. Was könnten sie schon schreiben? Daß im Zusammenhang mit einer Untersuchung die Polizei Fragen an einen Mann namens Sean Dillon hat, der vielleicht diesen Namen gar nicht mehr trägt? Was eine Beschreibung angeht, so wissen wir nicht, wie er aussieht, und selbst wenn wir es wüßten, dann würde er in diesem Augenblick nicht mehr so aussehen.«

»Herrje, das haben Sie wunderbar formuliert, Brigadier.« Der Premierminister brach in schallendes Gelächter aus.

»Natürlich könnte es schauerlichere Schlagzeilen geben. IRA-Killer verfolgt Premierminister.«

»Nein, keinen solchen Unsinn«, sagte der Premierminister bestimmt. »Übrigens, was die Vermutung angeht, daß Saddam Hussein hinter dieser Affäre stecken soll, so muß ich Ihnen verraten, daß Ihre anderen Kollegen in den Geheimdiensten anderer Meinung sind.«

»Na schön, wenn die Leute von der Spezialabteilung meinen, sie finden ihn, indem sie die irischen Pubs in Kilburn durchkämmen, dann sollen sie ruhig weitermachen.«

Es klopfte an der Tür, ein Mitarbeiter kam herein. »Wir werden in fünfzehn Minuten im Savoy erwartet, Herr Premierminister.«

John Major lächelte freundlich. »Schon wieder eines dieser endlosen Arbeitsessen, Brigadier. Hummercocktail als Vorspeise...«

»Und als zweiten Gang Geflügelsalat«, sagte Ferguson.

»Finden Sie ihn, Brigadier«, gab der Premierminister ihm den Auftrag. »Finden Sie ihn für mich«, und der Mitarbeiter geleitete Ferguson nach draußen.

Tania, die gute Nachrichten für Dillon hatte, wußte, daß es keinen Sinn hatte, schon vor zwei Uhr im Hotel anzurufen, daher begab sie sich zu ihrer Wohnung. Als sie in ihrer Handtasche nach dem Schlüssel suchte, kam Gordon Brown über die Straße auf sie zu.

»Ich hatte gehofft, daß ich dich treffe«, sagte er.

»Um Gottes willen, Gordon, du bist wohl verrückt.«

»Und was ist, wenn etwas Wichtiges passiert und du es sofort erfahren mußt? Ich konnte nicht warten, bis du dich meldest. Das wäre vielleicht zu spät, also komme ich besser selbst, oder?«

»Das geht nicht. Ich muß in einer halben Stunde wieder in der Botschaft sein. Auf einen Drink komme ich mit, aber mehr auch nicht.«

Sie wandte sich um und ging weiter zum Pub an der Ecke, ehe er widersprechen konnte. Sie fanden einen Platz im hinteren Teil, wo es leer war und sie nicht vom Lärm der Bartheke gestört wurden. Brown bestellte sich ein Bier, und Tania nahm einen Wodka mit Limonensaft.

»Was hast du denn für mich?« fragte sie.

»Sollte die Frage nicht eher andersherum lauten?« Sie

stand sofort auf, und er legte eine Hand auf ihren Arm. »Es tut mir leid. Bitte geh nicht weg.«

»Dann benimm dich gefälligst.« Sie setzte sich wieder. »Und jetzt erzähl schon.«

»Ferguson hatte um kurz vor zwölf eine Unterredung mit dem Premierminister. Um halb eins, kurz bevor ich nach der ersten Hälfte meiner Schicht in die Mittagspause ging, war er wieder in seinem Büro. Er diktierte Alice Johnson, einer unserer für Geheimsachen zuständigen Stenotypistinnen, einen ausführlichen Bericht. Er war für die Ablage bestimmt.«

»Konntest du eine Kopie besorgen?«

»Nein, aber ich hab's genauso gemacht wie beim letztenmal. Ich habe ihn für sie zu seinem Büro gebracht und ihn unterwegs gelesen. Captain Tanner ist bei Brosnan in Paris geblieben, um an der Beerdigung einer Französin teilzunehmen.«

»Anne-Marie Audin?« fragte sie.

»Ja. Sie fliegen heute hierher. Brosnan hat seine uneingeschränkte Mithilfe zugesagt. Ach ja, und alle anderen Abteilungen der Geheimdienste wurden über Dillon informiert. Auf Veranlassung des P. M. wird eine totale Nachrichtensperre verhängt. Ich glaube, er hat Ferguson angewiesen, die Sache voranzutreiben.«

»Gut«, sagte sie. »Sehr gut, aber du mußt an der Sache dranbleiben, Gordon. Ich muß jetzt gehen.«

Sie machte Anstalten aufzustehen, und er griff nach ihrem Handgelenk. »Ich habe dich gestern abend gesehen, etwa gegen elf, wie du mit einem Mann zu deiner Wohnung zurückkamst.«

»Du hast meine Wohnung beobachtet?«

»Das tue ich öfter auf meinem Heimweg.«

Ihr Ärger war echt, aber sie zeigte ihn nicht. »Wenn du wirklich aufgepaßt hättest, dann wüßtest du, daß der fragliche Herr, ein Kollege aus der Botschaft, nicht mit hereingekommen ist. Er hat mich lediglich nach Hause begleitet. Und jetzt laß mich los, Gordon.«

Sie zog ihre Hand weg und ging hinaus. Brown war zutiefst deprimiert, ging an die Bar und bestellte ein weiteres Bier.

Als sie um kurz nach zwei an die Tür von Dillons Hotelzimmer klopfte, öffnete er sofort. Sie drängte sich an ihm vorbei und trat ein.

»Sie sehen sehr zufrieden aus«, sagte er.

»Dazu habe ich auch allen Grund.«

Dillon zündete sich eine Zigarette an. »Dann los, erzählen Sie.«

»Zuerst habe ich meinen Maulwurf in der Gruppe vier kontaktiert. Ferguson hat soeben mit dem Premierminister gesprochen. Sie glauben, daß Sie hier sind, und alle Abteilungen des Geheimdienstes wurden informiert. Brosnan und diese Tanner kommen von Paris herüber. Brosnan hat seine volle Mithilfe angeboten.«

»Und Ferguson?«

»Der Premierminister hat angeordnet, daß es keine Meldungen in der Presse gibt. Ferguson soll alles unternehmen, um Sie zu finden.«

»Es ist schön, wenn man gefragt ist.«

»Zweitens.« Sie klappte ihre Handtasche auf und nahm ein kleines Büchlein heraus, das so groß war wie ein Reisepaß. »Eine Pilotenlizenz für einen gewissen Peter Hilton, ausgestellt von der Civil Aviation Authority.«

»Das ist ja verdammt gut«, sagte Dillon und nahm das Büchlein.

»Ja, der Mann, der diese Dinge fabriziert, hat tief in die Trickkiste gegriffen. Ich habe ihm Ihre Wünsche genannt. Er meinte, er gibt Ihnen eine kommerzielle Lizenz. Offenbar sind Sie jetzt auch Fluglehrer.«

Dillon betrachtete sein Foto und blätterte die Seiten durch. »Hervorragend. Besser geht's wirklich nicht.«

»Und das ist noch nicht alles«, sagte sie. »Sie wollten doch wissen, wo ein gewisser Daniel Maurice Fahy sich aufhält, nicht wahr?«

»Haben Sie ihn gefunden?«

»Habe ich, aber er wohnt nicht in London. Ich habe Ihnen eine Straßenkarte besorgt.« Sie faltete sie auseinander. »Er besitzt eine Farm namens ›Cadge End‹ in Sussex. Es liegt vierzig bis fünfundvierzig Kilometer von London entfernt. Sie nehmen die Straße durch Dorking nach Horsham, dann biegen sie ab aufs Land.«

»Woher wissen Sie das alles?«

»Der Agent, dem ich diesen Auftrag gab, hat ihn erst gestern nachmittag aufgespürt. Als er den Aufenthaltsort gefunden und dann in einem Pub im Dorf Erkundigungen eingezogen hatte, war es schon sehr spät. Er kam erst um kurz nach Mitternacht nach London zurück. Ich erhielt seinen Bericht heute morgen.«

»Und?«

»Er sagt, die Farm liegt etwas abseits an einem Fluß namens Arun. Das Dorf heißt Doxley. Die Farm befindet sich anderthalb Kilometer außerhalb. Es gibt ein Hinweisschild.«

»Er ist aber sehr gründlich, Ihr Mann.«

»Jaja, er ist noch jung und will sich bewähren. Nach dem, was er im Pub aufschnappte, hat Fahy einige Schafe und repariert Landmaschinen.«

Dillon nickte. »Das paßt zu ihm.«

»Eines könnte Sie vielleicht überraschen. Bei ihm wohnt eine junge Frau. Wie es scheint, seine Großnichte. Unser Mann hat sie gesehen.«

»Und was hat er Genaueres gesagt?«

»Daß sie in den Pub kam, um ein paar Flaschen Bier zu holen. Etwa zwanzig sei sie, und Angel sagten sie zu ihr, Angel Fahy. Sie sehe aus wie eine Bäuerin.«

»Wunderbar.« Er stand auf und griff nach seinem Jackett. »Ich muß sofort dorthin. Haben Sie ein Auto?«

»Ja, aber es ist nur ein Mini. Um in London einen Parkplatz zu finden, ideal.«

»Kein Problem. Sie sagten doch, höchstens fünfundvierzig Kilometer. Darf ich ihn leihen?«

»Natürlich. Er steht in der Garage am Ende der Straße. Ich zeige es Ihnen.«

Er schlüpfte in seinen Trenchcoat, öffnete den Aktenkoffer, nahm die Walther heraus, schob ein Magazin in den Kolben und verstaute die Waffe in seiner linken Manteltasche. Den Schalldämpfer steckte er in die rechte.

»Für alle Fälle«, meinte er und ging hinaus.

Der Wagen war tatsächlich ein Mini-Cooper, also ein kleines Kraftpaket, pechschwarz, mit goldenen Zierleisten. »Ausgezeichnet«, sagte er, »ich mache mich dann auf den Weg.«

Er nahm hinter dem Lenkrad Platz, und sie sagte: »Was ist an Fahy eigentlich so wichtig?«

»Er ist Ingenieur und kennt sich praktisch mit allem aus. Er ist zum Beispiel ein absolut genialer Bombenbastler und lebt seit Jahren perfekt getarnt. Er hat mir geholfen, als ich einundachtzig hier meine letzte Operation durchführte. Er war für mich unschätzbar. Es ist sicherlich auch ein Vorteil, daß er ein Cousin zweiten Grades von meinem Vater ist. Ich habe ihn schon als Kind gekannt, als ich hier aufwuchs. Sie haben übrigens noch nichts über das Bargeld von Aroun gesagt.«

»Das muß ich heute abend gegen sechs abholen. Sehr dramatisch das ganze. Ein Mercedes stoppt an der Ecke Brancaster Street und Town Drive. Die Stelle ist nicht weit von hier entfernt. Ich sage ›Sogar für diese Jahreszeit ist es sehr kalt‹, und der Fahrer übergibt mir einen Aktenkoffer.«

»Gott steh uns bei, er hat wahrscheinlich zu viele Fernsehserien gesehen«, sagte Dillon. »Ich melde mich«, meinte er noch, dann fuhr er los.

Ferguson war nach seinem Termin in der Downing Street in sein Büro im Verteidigungsministerium gefahren, um den Bericht für die Dillon-Akte auf den neuesten Stand zu bringen und eiligen Papierkram zu erledigen und seinen Schreibtisch aufzuräumen. Wie immer zog er es vor, zu Hause zu arbeiten, daher kehrte er zum Cavendish Square zurück, ließ sich von Kim ein verspätetes Mittagessen aus Rühreiern mit Speck zubereiten und las gerade die *Times,* als die Türklingel schellte. Sekunden später führte Kim Mary Tanner und Brosnan herein.

»Mein lieber Martin«, sagte Ferguson. Er stand auf und schüttelte ihm die Hand. »Sind Sie endlich angekommen?«

»Es scheint so«, sagte Brosnan.

»Wie war die Beerdigung?« erkundigte Ferguson sich.

»Das Übliche«, meinte Brosnan schroff und zündete sich eine Zigarette an. »Wie stehen die Dinge? Was ist bis jetzt passiert?«

»Ich habe erneut mit dem Premierminister gesprochen. Es darf nichts an die Presse durchsickern.«

»Da bin ich genau seiner Meinung«, sagte Brosnan. »Es wäre sinnlos.«

»Alle wichtigen Geheimdienste sowie die Spezialabteilung, natürlich, wurden unterrichtet. Sie tun, was sie können.«

»Was nicht sehr viel ist«, sagte Brosnan.

»Noch ein weiterer Punkt«, warf Mary ein, »ich weiß, daß er es auf den Premierminister abgesehen hat, aber wir haben keine Ahnung, was er vorhat und wann. Es könnte durchaus schon heute abend stattfinden.«

Brosnan schüttelte den Kopf. »Nein, ich glaube, da steckt mehr dahinter. Solche Dinge brauchen ihre Zeit. Das weiß ich.«

»Wo wollen Sie also anfangen?« fragte Ferguson.

»Bei meinem alten Freund Harry Flood. Als Dillon 1981 hier war, hat er wahrscheinlich Unterweltkontakte benutzt, um sich mit allem Nötigen einzudecken. Harry kann darüber vielleicht etwas in Erfahrung bringen.«

»Und wenn nicht?«

»Dann borge ich mir noch einmal Ihren Learjet, fliege nach Dublin und rede mit Liam Devlin.«

»Ah, ja«, sagte Ferguson, »mit wem sonst.«

»Als Dillon einundachtzig in London war, muß er auf Befehl von jemanden gehandelt haben. Wenn Devlin herausbekommt, wer das war, dann wäre das der Schlüssel zu allem weiteren.«

»Das leuchtet mir ein. Demnach suchen Sie also heute Flood auf?«

»Ich denke schon.«

»Wo wohnen Sie?«

»Bei mir«, sagte Mary.

»Am Lowndes Square?« Fergusons Augenbrauen ruckten hoch. »Wirklich?«

»Jetzt hören Sie aber auf, Brigadier, seien Sie mal nicht so zickig. Wie Sie sich gewiß erinnern, habe ich vier Schlafzimmer, jedes mit eigenem Bad, und Professor Brosnan kann eins mit einem Schloß in seiner Tür haben.«

Brosnan lachte. »Kommen Sie, verschwinden wir lieber. Bis später, Brigadier.«

Sie benutzten Fergusons Wagen. Sie schloß die Glasscheibe zwischen ihnen und dem Fahrer und sagte: »Meinen Sie nicht, Sie sollten Ihren Freund vorher anrufen und ihm Bescheid sagen, daß Sie sich mit ihm treffen wollen?«

»Ich muß erst mal seine Telefonnummer heraussuchen.«

Sie holte ein Notizbuch aus ihrer Handtasche. »Ich hab' sie hier. Sie steht nicht im Telefonbuch. Da ist sie, Cable Wharf. Das ist in Wapping.«

»Sehr tüchtig.«

»Und hier ist ein Telefon.«

Sie reichte ihm den Hörer des Autotelefons. »Sie halten offensichtlich gern alle Fäden in der Hand«, sagte er und wählte die Nummer.

Es war Mordecai Fletcher, der antwortete. Brosnan sagte: »Harry Flood, bitte.«

»Wer ist denn dort?«

»Martin Brosnan.«

»Der Professor? Hier ist Mordecai. Von Ihnen haben wir ja schon – Moment mal, drei oder vier Jahre? – nichts gehört. Himmel, wird er sich freuen.«

Einen Augenblick später erklang eine Stimme: »Martin?«

»Harry?«

»Ich glaub's nicht. Kommst du mich endlich mal besuchen, du Bastard.«

8

Für Dillon im Mini-Cooper verlief die Fahrt von London problemlos und ohne Zwischenfälle. Obgleich die Felder und Hecken mit einer dünnen Schneeschicht bedeckt waren, fand er die Straßen schneefrei und ohne dichten Verkehr vor. Schon nach einer halben Stunde war er in Dorking. Er fuhr durch den Ort hindurch und dann weiter nach Horsham, ehe er etwa siebeneinhalb Kilometer außerhalb an einer Tankstelle haltmachte.

Während der Tankwart den Tank auffüllte, holte Dillon seine Straßenkarte hervor. »Ich suche ein Dorf namens Doxley, kennen Sie das zufälligerweise?«

»Einen knappen Kilometer weiter auf dieser Straße bis zu einem Hinweisschild auf der rechten Seite nach Grimethorpe. Das ist der Flugplatz, aber ehe Sie dort sind, kommen Sie an einem Schild nach Doxley vorbei.«

»Demnach ist es von hier gar nicht mehr so weit?«

»Viereinhalb Kilometer etwa, aber es könnte genausogut am Ende der Welt liegen.« Der Tankwart kicherte, während er die Geldscheine zählte, die Dillon ihm gegeben hatte. »Dort gibt es nicht viel zu sehen, Mister.«

»Ich dachte, ich schaue es mir mal an. Ein Freund erzählte mir, man könne sich dort ein Wochenendhaus mieten.«

»Wenn es dort so was gibt, dann habe ich jedenfalls bis jetzt noch nichts davon gehört.«

Dillon fuhr los, gelangte nach ein paar Minuten zu dem Grimethorpe-Schild, folgte einer schmalen Straße und erreichte das Schild nach Doxley, wie der Tankwart es ihm beschrieben hatte. Die nächste Straße war noch schlimmer, und hohe Seitenwälle blockierten die Sicht. Schließlich stand er auf der Kuppe eines kleinen Hügels und schaute auf eine trostlos öde Landschaft, die mit Schnee überzogen war. Sie bestand aus verstreut liegenden kleinen Wäldchen, zahlreichen Feldern, die durch Hecken voneinander abgegrenzt waren, und flachem, ebenem Sumpfland, das sich bis zu einem Fluß erstreckte. Dies mußte der Arun sein. Neben dem Fluß, ungefähr anderthalb Kilometer entfernt, sah er Häuser, zwölf bis fünfzehn mochten es sein, mit ziegelroten Dächern. Auch eine kleine Kirche war zu sehen. Das war offenbar Doxley. Er ließ den Mini-Cooper gemächlich die Straße hinunterrollen in das bewaldete Tal, und als er es erreichte, gewahrte er am Straßenrand ein aus fünf Querbalken bestehendes Tor. Es stand weit offen, und ein verwittertes Holzschild über dem Tor trug die Aufschrift »Cadge End Farm«.

Der Fahrweg führte durch den Wald und brachte ihn in kürzester Zeit zu den Farmgebäuden. Ein paar Hühner liefen auf dem Hof herum, der von einem Wohnhaus und zwei großen Scheunen umgrenzt wurde. Das Anwesen sah unglaublich verwahrlost aus, als wäre seit Jahren nichts mehr daran gemacht worden, aber so gefiel es vielen Landleuten, wie Dillon von früher wußte. Er stieg aus dem Mini und ging über den Hof zur Haustür, klopfte an und versuchte sie zu öffnen. Sie war abgeschlossen. Er wandte sich um und ging zur ersten Scheune. Deren altes zweiflügeliges Holztor stand offen. Ein Morris-Lieferwagen stand darin sowie ein Ford ohne Räder, der auf aufgestapelten Ziegelsteinen ruhte. Außerdem lagen zahlreiche Landmaschinenteile herum.

Dillon holte eine Zigarette hervor. Während er sie

zwischen seinen gewölbten Händen anzündete, sagte hinter ihm eine Stimme: »Wer sind Sie? Was wollen Sie?«

Er fuhr herum und sah eine junge Frau in der Tür stehen. Sie trug eine ausgebeulte Hose, deren Beine in Gummistiefel gestopft waren, einen dicken Rollkragenpullover unter einem alten Anorak und eine gestrickte Kappe mit einer karierten Schottenmütze darüber, wie man sie häufig in den Fischerdörfern an der Westküste von Irland sah. Außerdem hatte sie eine doppelläufige Flinte in den Händen, deren Mündung sie drohend auf ihn richtete. Als er einen Schritt auf sie zu machte, spannte sie den Hahn.

»Bleiben Sie stehen.« Der irische Akzent war sehr deutlich.

»Sie sind doch sicherlich Angel Fahy, nicht wahr?« sagte er.

»Angela, falls es Sie überhaupt etwas angeht.«

Tanias Gewährsmann hatte recht gehabt. Sie sah wirklich etwas bäuerlich aus. Breite Wangenknochen, eine leicht nach oben gerichtete Nase und eine gewisse Ungehobeltheit im Auftreten. »Würden Sie wirklich mit diesem Ding schießen?«

»Wenn ich müßte.«

»Das ist aber schade, da ich eigentlich nur den Cousin meines Vaters besuchen will. Ich glaube, er heißt Danny Fahy.«

Sie runzelte die Stirn. »Und wer zum Teufel sind Sie, Mister?«

»Mein Name lautet Dillon. Sean Dillon.«

Sie lachte rauh. »Das ist eine verdammte Lüge. Sie sind noch nicht mal Ire, und außerdem ist Sean Dillon tot, das weiß jeder.«

Dillon verfiel in den harten, eigentümlichen Akzent

von Belfast. »Ich will niemanden zum Lügner stempeln, liebes Kind, aber wenn man die Meldung von meinem Tod verbreitet hat, dann war das ziemlich übertrieben.«

Sie ließ den Doppellauf ihres Gewehrs sinken. »Heilige Muttergottes, Sie sind Sean Dillon?«

»Seit eh und je. Die äußere Erscheinung kann schon mal täuschen.«

»O mein Gott«, sagte sie. »Onkel Danny erzählt immer wieder von Ihnen, aber es waren immer Geschichten, die so klangen, als wären sie nicht wahr, und jetzt sind Sie hier.«

»Wo ist er denn?«

»Er hat einen Wagen für den Wirt vom Dorfpub repariert und ist damit vor einer Stunde runtergefahren. Er sagte, daß er zu Fuß zurückkommen will, aber wenn er da bleibt und etwas trinkt, wundert mich das nicht.«

»Um diese Zeit? Ist das Pub denn nicht bis abends geschlossen?«

»So lautet vielleicht das Gesetz, Mr. Dillon, aber in Doxley kümmert sich keiner drum. Dort ist niemals geschlossen.«

»Dann lassen Sie uns hinfahren und ihn abholen.«

Sie ließ das Gewehr auf einer Bank liegen und setzte sich neben ihn in den Mini. Während er die Farm hinter sich ließ, sagte er: »Und was können Sie von sich erzählen?«

»Ich bin auf einer Farm in Galway aufgewachsen. Mein Dad war Dannys Neffe, Michael. Er starb vor sechs Jahren, als ich vierzehn war. Nach einem Jahr hat meine Mutter wieder geheiratet.«

»Lassen Sie mich raten«, sagte Dillon. »Sie konnten Ihren Stiefvater nicht leiden und er Sie auch nicht?«

»So in etwa. Onkel Danny kam zum Begräbnis meines Vaters herüber. Dabei lernte ich ihn kennen, und er gefiel mir. Als es mir zu ungemütlich wurde, ging ich von zu Hause weg und kam hierher. Er war ganz prima. Er schrieb meiner Mutter, und sie war einverstanden, daß ich hierblieb. Sie war sicher froh, mich loszusein.«

Aus ihren Worten klang nicht das geringste Selbstmitleid, und Dillon empfand auf Anhieb Sympathie für sie. »Es heißt nicht umsonst, daß alles Schlechte sein Gutes hat.«

»Ich hab' darüber nachgedacht«, sagte sie. »Wenn Sie Dannys zweiter Cousin sind und ich seine Großnichte bin, dann sind wir beide sogar blutsverwandt, oder stimmt das nicht?«

Dillon lachte. »Wenn Sie es so ausdrücken wollen.«

Sie strahlte begeistert übers ganze Gesicht, als sie den Kopf in den Nacken legte und zum Himmel blickte. »Ich, Angel Fahy, verwandt mit dem berühmtesten Untergrundkämpfer, den die IRA je hatte.«

»Na, da dürfte es einige geben, die anderer Meinung sind«, sagte er, als sie das Dorf erreichten und vor dem Pub anhielten.

Es war eine kleine, triste Ansiedlung mit nicht mehr als fünfzehn ziemlich heruntergekommenen Hütten und einer normannischen Kirche mit einem Glockenturm und einem unkrautüberwucherten Friedhof daneben. Das Pub hatte den Namen *Green Man*, und sogar Dillon mußte den Kopf beim Eintreten einziehen. Die Decke war ziemlich niedrig und mit Balken verstärkt. Der Fußboden bestand aus schweren Steinplatten, vom jahrzehntelangen Gebrauch abgewetzt, und die Wände waren gekalkt. Der Mann, der hemdsärmelig hinter der Theke stand, war mindestes achtzig Jahre alt.

Angel erkundigte sich: »Ist er da, Mr. Dalton?«

»Am Kamin und trinkt ein Bier«, erwiderte der alte Mann.

Ein Feuer brannte in einem breiten Steinkamin, und eine Holzbank und ein Tisch standen davor. Danny Fahy saß dort und las in der Zeitung. Ein Glas stand vor ihm. Er war fünfundsechzig, hatte einen unordentlichen, zerzausten Bart und trug eine Leinenmütze und einen alten Anzug aus Harris-Tweed.

Angel sagte: »Ich habe jemanden mitgebracht, der dich sprechen will, Onkel Danny.«

Er sah zu ihr hoch und dann zu Dillon. Sein Gesicht spiegelte völlige Ratlosigkeit wider. »Und was kann ich für Sie tun, Sir?«

Dillon nahm seine Brille ab. »Gott schütze uns alle!« sagte er mit seinem Belfaster Akzent, »und vor allem dich, du alter Bastard.«

Fahy erbleichte, so nachhaltig war der Schock. »Gott schütze uns, bist du das, Sean? Ich dachte, du liegst schon lange in der Kiste!«

»Nun, ich liege nicht dort, sondern ich stehe hier.« Dillon nahm eine Fünf-Pfund-Note aus seiner Brieftasche und gab sie Angel. »Zwei Whiskeys, wenn es geht, irische.«

Sie ging zur Bar, und Dillon wandte sich um. Danny Fahy hatte tatsächlich Tränen in den Augen, und er umarmte ihn. »Mein Gott, Sean, ich kann dir gar nicht sagen, wie gut es mir tut, dich wiederzusehen.«

Das Wohnzimmer des Bauernhauses war unordentlich und mit allem möglichen vollgestopft. Die Möbel waren schon sehr alt. Dillon saß auf einem Sofa, während Fahy das Feuer anfachte. Angel war in der Küche und bereitete eine Mahlzeit. Die Küche war zum Wohnzimmer hin offen, und Dillon konnte die junge Frau bei der Arbeit sehen.

»Und wie hat das Leben dir mitgespielt, Sean?« Fahy

stopfte sich eine Pfeife und zündete sie an. »Es ist jetzt zehn Jahre her, seit du in London dein Unwesen getrieben hast. Bei Gott, du hast den verdammten Briten eine ganz schön harte Nuß zum Knacken gegeben.«

»Ohne dich, Danny, hätte ich es nicht halb so gut geschafft.«

»Eine tolle Zeit war das. Und was war nachher?«

»Europa, der Nahe Osten. Ich war ständig auf Achse. Ich habe viel für die PLO erledigt. Ich habe sogar das Fliegen gelernt.«

»Tatsächlich?«

Angel kam herein und stellte Teller voller Speck und Eier auf den Tisch. »Eßt, solange es noch warm ist.« Danach erschien sie mit einem Tablett, auf dem eine Teekanne, drei Tassen und ein Teller mit einem Stapel Butterbrote standen. »Es tut mir leid, daß nichts Feineres da ist, aber wir haben keinen Besuch erwartet.«

»Für mich sieht das ausgesprochen gut aus«, versicherte Dillon ihr und griff zu.

»Jetzt bist du also hier und gekleidet wie ein englischer Gentleman.« Fahy wandte sich zu Angel. »Habe ich dir nicht mal erzählt, was für ein hervorragender Schauspieler dieser Mann ist? Sie haben ihn in all den Jahren nicht gefaßt, kein einziges Mal.«

Sie nickte eifrig und lächelte Dillon an. Ihr Wesen hatte sich aufgrund der Aufregung vollkommen verändert. »Führen Sie gerade einen Auftrag aus, Mr. Dillon? Für die IRA, meine ich?«

»Es müßte in der Hölle schon ein besonders kalter Tag sein, bevor ich für diese alten Waschweiber noch einmal meine Haut riskiere«, sagte Dillon.

»Aber du arbeitest doch an irgendeiner Sache, nicht wahr, Sean?« sagte Fahy. »Ich merke es dir an. Na komm schon, erzähl's uns.«

Dillon zündete sich eine Zigarette an. »Wie würdest du reagieren, wenn ich dir sage, daß ich für die Araber arbeite, Danny? Für Saddam Hussein höchstpersönlich.«

»Mein Gott, Sean, und warum nicht? Und was verlangt er von dir?«

»Er will jetzt etwas ganz Bestimmtes – einen großen Coup. Etwas Bedeutendes, Sensationelles. Amerika ist zu weit weg. Bleiben nur die Briten.«

»Was könnte besser sein?« Fahys Augen glänzten.

»Die Thatcher war neulich in Frankreich und traf sich mit Mitterand. Ich hatte gewisse Pläne mit ihr auf dem Weg zu ihrem Flugzeug. Es war perfekt vorbereitet, eine stille Landstraße, weit vom Schuß, und dann hat jemand, dem ich vertraute, die Sache auffliegen lassen.«

»Ist es denn nicht immer wieder das gleiche?« fragte Fahy. »Demnach suchst du jetzt nach einem anderen lohnenden Ziel, nicht wahr? Und an wen dachtest du?«

»Ich dachte an John Major.«

»An den neuen Premierminister?« sagte Angel staunend. »Das wagen Sie nicht.«

»Aber klar doch, und warum eigentlich nicht? Haben die Jungs nicht beinahe die gesamte englische Regierung in Brighton erwischt?« meinte Danny Fahy zu ihr. »Red weiter, Sean, wie sieht dein Plan aus?«

»Ich habe keinen, Danny, das ist das Problem, aber an dieser Sache hängt Geld, das glaubst du nicht.«

»Und das ist ein genau so guter Grund, die Sache zu machen, wie jeder andere. Demnach bist du zu Onkel Danny gekommen, damit er dir hilft?« Fahy ging zu einem Schrank und kam mit einer Flasche Bushmill's und zwei Gläsern zurück und füllte sie. »Hast du denn wenigstens irgendeine Idee?«

»Noch nicht, Danny. Arbeitest du noch für den Verein?«

»Bleib in der Versenkung, so lautete der Befehl aus Belfast vor nunmehr so vielen Jahren, daß ich es schon fast vergessen habe. Seitdem kam nichts mehr von dort, und ich habe mich zu Tode gelangweilt, deshalb bin ich hergezogen. Ich finde es ganz gut. Ich mag die ländliche Gegend hier, und ich mag die Leute. Sie bleiben für sich. Ich habe mir eine gut florierende Werkstatt für Landmaschinen aufgebaut, und ich halte mir ein paar Schafe. Angel und ich, wir sind hier glücklich.«

»Und ihr langweilt euch noch immer zu Tode. Erinnerst du dich übrigens noch an Martin Brosnan?«

»Und wie. Mit dem hatten wir doch früher einige Schwierigkeiten.«

»Ich bin kürzlich in Paris mit ihm aneinandergeraten. Wahrscheinlich taucht er irgendwann in London auf, um nach mir zu suchen. Er arbeitet im Auftrag des britischen Geheimdienstes.«

»Dieses Schwein.« Fahy verzog finster das Gesicht, während er seine Pfeife neu füllte. »Gab es da nicht damals eine Geschichte über Brosnan, wie er als Kellner in die Downing Street zehn reinkam und die Situation nicht ausnutzte?«

»Die Geschichte habe ich auch gehört. Wahrscheinlich ein reines Märchen. Auf jeden Fall würde es heutzutage niemand schaffen, sich als Kellner oder sonstwas einzuschleichen. Weißt du, daß sie die ganze Straße abgesperrt haben? Der Bau ist die reinste Festung. Da kommt niemand rein, Danny.«

»Ach, irgendeinen Weg gibt es immer, Sean. Ich habe kürzlich in einer Illustrierten gelesen, wie während des Zweiten Weltkriegs die Gestapo in ihrem Hauptquartier einige Angehörige der französischen Résistance gefangenhielt. Deren Zellen befanden sich im Erdgeschoß, während die Gestapo im ersten Stock saß. Die RAF schickte eine Mosquito los, die den Bau in fünfzehn Metern Höhe anflog und eine Bombe ausklinkte. Das Ding sprang von der Straße hoch und flog durch ein Fenster im ersten Stock. Sämtliche Gestapoleute gingen dabei drauf, und die Leute im Parterre konnten verschwinden.«

»Was willst du mir damit sagen?« fragte Dillon.

»Daß ich an die Kraft der Bombe und an die Lehre von der Ballistik glaube. Wenn man weiß, wie man es richtig macht, kann man eine Bombe praktisch an jeden Ort bringen.«

»Was soll das heißen?« fragte Dillon.

Angel meinte: »Na los doch, zeig's ihm, Onkel Danny.«

»Was soll er mir zeigen?« wollte Dillon wissen.

Danny Fahy stand auf und zündete dabei seine Pfeife an. »Dann komm mal mit«, sagte er, wandte sich um und ging zur Tür.

Fahy öffnete das Tor der zweiten Scheune und trat als erster ein. Es war ein großer Raum. Eichenbalken ragten hoch und trugen ein steil abfallendes Giebeldach. Es gab einen Heuboden, der über eine Leiter zu erreichen war. Verschiedene Landmaschinen standen herum, darunter auch ein Trecker. Außerdem ein noch ziemlich neuer Land Rover sowie ein aufgebocktes altes 500er BSA-Motorrad in bestem Zustand.

»Das ist ja ein Prachtstück«, sagte Dillon in einem Ton aufrichtiger Bewunderung.

»Ich hab's im vergangenen Jahr gebraucht gekauft. Ich wollte es eigentlich aufmöbeln und weiterverkaufen, aber jetzt, wo ich fertig bin, bringe ich's nicht übers

Herz, mich davon zu trennen. Die Maschine ist so gut wie eine BMW.« Noch ein anderes Fahrzeug stand in einem dunklen Winkel der Scheune, und Fahy knipste eine Lampe an, und ein weißer Ford-Transit-Lieferwagen kam zum Vorschein.

»Und?« fragte Dillon. »Was ist daran so Besonderes?«

»Warten Sie ab, Mr. Dillon«, rief Angel ihm zu. »Das ist wirklich etwas ganz Besonderes.«

»Und ganz gewiß nicht das, was man darin vermutet«, fügte Fahy hinzu.

Ein aufgeregter Ausdruck ließ sein Gesicht strahlen, eine Art Stolz, während er die Schiebetür des Fahrzeugs öffnete. Im Innern befand sich eine Batterie von Stahlrohren, insgesamt drei, die auf der Ladefläche festgeschraubt waren und schräg nach oben wiesen.

»Granatwerfer, Sean, so wie die Dinger, die wir in Ulster benutzt haben.«

Dillon musterte ihn skeptisch. »Du meinst, dieses Ding funktioniert?«

»Zum Teufel, nein, ich habe keinen Sprengstoff. Es würde funktionieren, soviel kann ich zumindest versprechen.«

»Dann erklärt es mir mal.«

»Ich habe eine Stahlplatte auf den Wagenboden geschweißt, um den Rückstoß aufzufangen. Und ich habe auch die Röhren miteinander verschweißt. Das Material ist simples Gußeisen, wie man es überall bekommen kann. Die elektrischen Zeitzünder sind ganz einfach konstruiert. Die Einzelteile kann man in jedem Bastelladen kaufen.«

»Und wie funktioniert es?«

»Wenn das Ding eingeschaltet ist, hat man eine Minute Zeit, aus dem Wagen zu steigen und sich in Sicherheit zu bringen. Das Dach wurde herausgeschnitten. Die Abdeckung des Lochs da oben ist eine straff gespannte Kunststoff-Folie. Wie du siehst, habe ich sie mit weißem Autolack besprüht. Dadurch haben die Granaten freie Bahn. Ich habe den Zeitzünder zusätzlich mit einer anderen verzögerten Ladung versehen, die den Lieferwagen hochgehen läßt, sobald die Granaten abgefeuert werden.«

»Und wo sind die Granaten?«

»Da drüben.« Fahy ging zu einer Werkbank. »Ganz normale Sauerstoffflaschen.« Dort lagen mehrere Flaschen aufgestapelt. Bei allen waren die Bodenplatten entfernt worden.

»Und was brauchst du dafür? Semtex?« fragte Dillon und nannte den tschechoslowakischen Sprengstoff, der sich in Terroristenkreisen auf der ganzen Welt besonderer Beliebtheit erfreute.

»Ich würde sagen, etwa zwölf Pfund pro Flasche müßten ausreichen, aber so einfach kann man hier an dieses Zeug nicht herankommen.«

Dillon zündete sich eine Zigarette an und lief um den Lieferwagen. Dabei blieb sein Gesicht ausdruckslos. »Du bist ein ganz schlimmer Junge, Danny. Der Verein hat doch verlangt, daß du in der Versenkung bleibst.«

»Ich hab' dir doch gesagt, daß das schon einige Jahre her ist«, wehrte sich Fahy. »Dabei kann ein Mann doch verrückt werden!«

»Also hast du dir eine neue Beschäftigung gesucht, oder?«

»Es war ganz leicht, Sean. Du weißt doch, daß ich jahrelang als Feinmechaniker gearbeitet habe.«

Dillon betrachtete versonnen das Fahrzeug und die Konstruktion auf der Ladefläche. Angel fragte: »Was halten Sie davon?«

»Ich denke, daß er sich was Tolles hat einfallen lassen.«

»Das ist mindestens genau so gut wie das, was sie damals in Ulster gebaut haben«, sagte Fahy.

»Schon möglich, aber bei den Dingern konnte von Zielgenauigkeit keine Rede sein.«

»Sie haben auf jeden Fall hervorragend bei dem Angriff auf das Polizeirevier in Newry vor sechs Jahren funktioniert. Neun Bullen wurden weggeputzt.«

»Und was ist mit all den anderen Einsätzen, als man damit kein Scheunentor treffen konnte? In Portadown hat sich sogar jemand selbst mit einem dieser Dinger in die Luft gesprengt. Ein Treffer scheint mir eher ein Glücksfall zu sein.«

»Aber nicht so, wie ich es anfangen würde. Ich suche mir das Ziel auf einer Karte mit möglichst großem Maßstab aus, sehe mir die Gegend vorher genau an, bringe den Lieferwagen in Position, und dann sollst du mal sehen. Außerdem glaube ich, daß man den Flug dieser Sauerstoffflaschen noch stabilisieren kann, indem eine Art Leitwerk angeschweißt wird. Dann beschreiben sie eine hübsche, saubere Kurve, kommen zielgenau runter, und schon fliegt der ganze Laden auseinander. Das kann kein Sicherheitssystem der Welt verhindern. Welchen Sinn haben Tore, wenn man einfach über sie hinwegfliegen kann?«

»Du redest jetzt von Downing Street?« fragte Dillon.

»Ja, warum nicht?«

»Sie versammeln sich um zehn Uhr jeden Morgen im Kabinettzimmer. Sie nennen es das Kriegskabinett. Wir würden nicht nur den Premierminister erwischen, sondern praktisch die gesamte Regierung.«

Fahy bekreuzigte sich. »Heilige Muttergottes, das wäre der Treffer meines Lebens.«

»Sie werden dich in Liedern besingen, Danny«, versprach Dillon ihm. »Noch in fünfzig Jahren werden sie in den irischen Bars von Danny Fahy erzählen und ihn feiern.«

Fahy schlug sich mit der Faust in die offene Hand. »Alles nur heiße Luft, Sean, völlig bedeutungslos ohne das Semtex, und wie ich schon gesagt habe, ist es unmöglich, hier an dieses Zeug heranzukommen.«

»Da sei dir mal nicht zu sicher, Danny«, sagte Dillon. »Es könnte die eine oder andere Quelle geben. Und jetzt schenk uns endlich einen Bushmill's ein, und laß uns die Angelegenheit genau bereden.«

Fahy hatte einen Straßenplan von London in großem Maßstab auf dem Tisch ausgebreitet und betrachtete ihn durch ein Vergrößerungsglas. »Dort wäre die richtige Stelle«, sagte er. »Die Horse Guards Avenue, die neben dem Verteidigungsministerium verläuft und vom Victoria Embankment heraufkommt.«

»Ja.« Dillon nickte.

»Wenn wir den Ford an der Ecke Horse Guards/Whitehall stehenlassen, dann schätze ich, daß die Mörsergranaten in einer sauberen Kurve über die Dächer hinwegfliegen und voll auf Downing Street zehn landen. Allerdings müßte ich mich vorher in dieser Gegend umsehen, um die genaue Schußrichtung festzustellen.« Er legte den Bleistift neben das Lineal. »Ich würde gern mal hingehen, wenn du nichts dagegen hast.«

»Nur zu«, sagte Dillon.

»Wird es klappen, Mr. Dillon?« fragte Angel.

»Ja«, sagte er. »Ich denke, es könnte wirklich gelingen. Zehn Uhr morgens, das gesamte verdammte Kriegskabinett.« Ein Lachen stahl sich in seine Züge, das immer breiter wurde. »Es ist wunderbar, Danny, phantastisch.« Er packte den Arm des Mannes. »Machst du bei dieser Sache mit?«

»Natürlich, was sonst?«

»Gut«, sagte Dillon. »Es geht um sehr viel Geld, wahnsinnig viel. Damit hast du für deine alten Tage ausgesorgt, Danny. Auf dich wartet der Luxus. Spanien, Griechenland, du kannst gehen, wohin du willst.« Fahy rollte den Stadtplan zusammen. »Ich übernachte hier. Morgen fahren wir nach London und sondieren die Lage.« Lächelnd zündete Dillon sich eine frische Zigarette an. »Es sieht gut aus, Danny. Richtig gut. Und jetzt erzähl mir mal was über diesen Flugplatz in der Nähe von Grimethorpe.«

»Eine total verkommene Anlage. Der Platz ist nur viereinhalb Kilometer von hier entfernt. Was willst du denn in Grimethorpe?«

»Ich hab' dir doch erzählt, daß ich im Nahen Osten Fliegen gelernt habe. Es ist eine gute Methode, um schnellstens von irgendwo zu verschwinden. Wie sieht denn dieser Platz in Grimethorpe aus?«

»Es gibt ihn schon sehr lange. Er gehörte in den dreißiger Jahren einem Fliegerclub. Dann benutzte ihn die RAF als Versorgungsstützpunkt während der Schlacht um England. Deshalb wurden drei große Hallen gebaut. Vor ein paar Jahren versuchte wieder jemand, dort einen Fliegerclub einzurichten. Es gibt sogar eine asphaltierte Rollbahn. Aber der Versuch ist fehlgeschlagen. Vor drei Jahren ist ein Bursche mit Namen Bill Grant aufgetaucht. Er hat zwei Flugzeuge dort stehen. Seine Firma heißt Grant's Air Taxis. Ich habe kürzlich gehört, daß er in Schwierigkeiten ist. Seine zwei Mechaniker haben wohl gekündigt. Die Geschäfte liefen schlecht.« Er lächelte. »Wir haben schließlich eine Rezession, Sean, und darunter leiden sogar die Reichen.«

»Wohnt er auf dem Gelände?«

»Ja«, sagte Angel. »Er hatte mal eine Freundin, aber die ist auch weggegangen.«

»Ich glaube, ich sollte ihn mir mal ansehen«, sagte Dillon. »Könnten Sie mich hinbringen, Angel?«

»Natürlich.«

»Gut, aber zuerst muß ich mal telefonieren.«

Er wählte die Nummer von Tania Nowikowas Wohnung. Sie hob sofort ab. »Ich bin's«, meldete er sich.

»Ist alles gutgegangen?«

»Geradezu unglaublich gut. Ich erzähle Ihnen morgen alles. Haben Sie das Geld geholt?«

»Jaja, kein Problem.«

»Schön. Ich bin gegen Mittag wieder im Hotel. Heute übernachte ich hier. Bis morgen dann«, verabschiedete er sich und legte auf.

Brosnan und Mary Tanner fuhren mit Charlie Salter im Lastenaufzug nach oben, wo Mordecai sie bereits erwartete. Er schüttelte heftig Brosnans Hand. »Es ist mir eine Riesenfreude, Sie wiederzusehen, Professor. Ich kann Ihnen gar nicht sagen, wie glücklich ich bin. Harry sitzt schon wie auf glühenden Kohlen.«

»Das ist Mary Tanner«, stellte Brosnan vor. »Seien Sie lieber nett zu ihr. Sie ist nämlich Captain in der Army.«

»Nun, freut mich, Miss.« Mordecai schüttelte auch ihre Hand. »Ich habe meinen Wehrdienst bei den Grenadier Guards abgeleistet, aber weiter als bis zum Lance-Corporal habe ich es nicht gebracht.«

Er führte sie in den Wohnraum. Harry Flood saß hinter seinem Schreibtisch und ging Rechnungen durch. Er blickte hoch und sprang von seinem Stuhl. »Martin!« Er kam mit schnellen Schritten um den Schreibtisch herum und umarmte Brosnan. Dabei lachte er glücklich.

Brosnan stellte vor: »Mary Tanner. Sie ist in der Army, Harry, ein richtig hohes Tier, also nimm dich in acht. Ich arbeite für Brigadier Charles Ferguson vom britischen Geheimdienst, und sie ist seine Assistentin.«

»Dann reiße ich mich zusammen.« Flood ergriff ihre Hand und drückte sie. »Und jetzt kommt mit herüber und trinkt etwas. Und dann, Martin, erzählst du mir, worum es überhaupt geht.«

Sie saßen in der Sitzgruppe in einer Ecke des Raums, und Brosnan schilderte die Situation in allen Einzelheiten. Mordecai lehnte an der Wand, hörte zu, und seine Miene blieb ausdruckslos.

Als Brosnan mit seinem Bericht fertig war, sagte Flood: »Was soll ich bei der Sache tun, Martin?«

»Er arbeitet immer mit der Unterwelt zusammen, Harry, denn dort bekommt er alles, was er braucht. Nicht nur Hilfspersonal, sondern auch Sprengstoff und Waffen. Diesmal wird er es genauso machen, das weiß ich genau.«

»Du möchtest also von mir erfahren, an wen er sich wendet?«

»Genau.«

Flood sah fragend zu Mordecai hoch. »Was meinst du?«

»Keine Ahnung, Harry. Ich meine, es gibt schließlich eine Menge legaler Waffenhändler, aber was wir brauchen, ist jemand, der bereit ist, auch die IRA zu beliefern.«

»Irgendeine Idee, wer das sein könnte?« fragte Flood.

»Eigentlich nicht, Chef. Ich meine, die meisten Gauner hier im East End lieben Maggie Thatcher heiß und innig und tragen den Union Jack sogar als Unterhose. Sie haben für die irischen Unruhestifter nicht viel übrig, die bei Harrods mit Bomben um sich werfen. Wir könnten natürlich Nachforschungen anstellen.«

»Dann tu das«, sagte Flood. »Erkundige dich, frag herum, aber möglichst diskret.«

Mordecai ging hinaus, und Harry Flood griff nach der Champagnerflasche. »Du trinkst immer noch nichts?« meinte Brosnan.

»Das ist nichts für mich, Buddy, aber laß dich nicht abhalten. Du kannst mir ja erzählen, was du in den letzten Jahren getrieben hast, und anschließend gehen wir in den Embassy, einen meiner vornehmeren Clubs, und essen dort eine Kleinigkeit.«

Etwa zur gleichen Zeit fuhren Sean Dillon und Angel Fahy über die unbeleuchtete Landstraße von Cadge End nach Grimethorpe. Die Scheinwerferstrahlen des Wagens geisterten über eine dünne Schneedecke und glitzernden Rauhreif auf den Hecken am Straßenrand.

»Ist das nicht wunderschön?« sagte sie.

»Kann man sagen.«

»Ich liebe diese ländliche Gegend und das Leben hier. Ich mag auch Onkel Danny. Er war wirklich gut zu mir.«

»Das kann ich verstehen. Sie sind schließlich auf dem Land aufgewachsen, in Galway, wenn ich nicht irre.«

»Das war nicht das gleiche. Das Land da draußen ist sehr arm. Es war mühsam, sich seinen Lebensunterhalt zu verdienen, und das hat bei den Menschen tiefe Spuren hinterlassen, auch bei meiner Mutter zum Beispiel. Es war fast so, als hätten sie einen Krieg verloren und nun keine Hoffnung, kein Ziel mehr.«

»Sie können sich aber sehr anschaulich ausdrücken«, stellte er anerkennend fest.

»Meine Englischlehrerin hat das auch immer gesagt.

Sie meinte, wenn ich fleißig arbeite und studiere, könnte ich praktisch alles werden.«

»Nun, das muß doch recht angenehm gewesen sein.«

»Viel geholfen hat es mir nicht. Mein Stiefvater betrachtete mich lediglich als unbezahlten Farmhelfer. Deshalb bin ich auch von dort weggegangen.«

Die Scheinwerfer holten ein Schild aus der Dunkelheit, das den Weg zum Flugplatz von Grimethorpe wies. Dillon bog auf eine schmale Asphaltstraße ab, die mit Schlaglöchern übersät war. Ein paar Sekunden später erreichten sie den Flugplatz. Drei Hallen standen da, ein alter Kontrollturm, zwei Baracken. Die Fenster einer Baracke waren erleuchtet. Ein Jeep stand davor, und Dillon parkte den Mini daneben. Während sie ausstiegen, wurde die Tür der Baracke geöffnet, und ein Mann erschien.

»Wer ist da?«

»Ich bin's, Mr. Grant, Angel Fahy. Ich habe Ihnen jemanden mitgebracht.«

Wie viele Piloten war Grant verhältnismäßig klein und drahtig. Dem Aussehen nach war er Mitte vierzig. Er trug Bluejeans und eine alte Fliegerjacke, wie die Angehörigen der amerikanischen Luftwaffe sie während des Zweiten Weltkriegs getragen hatten. »Dann kommt mal rein.«

In der Baracke war es angenehm warm. Geheizt wurde sie von einem Kohleofen, dessen Rohr durch ein Loch in der Decke nach draußen verschwand. Grant benutzte die Baracke offensichtlich als Wohnraum. Es gab einen Tisch mit den Resten einer Mahlzeit darauf sowie einen alten Lehnsessel neben dem Ofen, der auf einen Fernseher in der Ecke blickte. Unter dem Fenster auf der anderen Seite stand ein langer, schräger Tisch mit einigen Karten darauf.

Angel sagte: »Das ist ein Freund meines Onkels.«

»Hilton«, stellte Dillon sich vor, »Peter Hilton.«

Grant streckte ihm seine Hand entgegen und musterte ihn wachsam. »Bill Grant. Ich schulde Ihnen doch kein Geld, oder?«

»Meines Wissens nicht.« Dillon spielte wieder die Rolle des Public-School-Gebildeten.

»Nun, das ist eine nette Abwechslung. Was kann ich für Sie tun?«

»Ich möchte in den nächsten Tagen eine Maschine mieten. Daher wollte ich mal nachsehen, ob ich das bei Ihnen tun kann, ehe ich es anderswo versuche.«

»Nun, das kommt darauf an.«

»Auf was? Ich nehme doch an, daß Sie ein Flugzeug haben, oder?«

»Ich habe sogar zwei. Das einzige Problem ist im Augenblick, wie lange die Bank sie mir läßt. Wollen Sie sich die Maschinen mal ansehen?«

»Warum nicht?«

Sie gingen hinaus, überquerten den Asphaltstreifen und gelangten zur letzten Halle. Er öffnete die Schlupftür, so daß sie eintreten konnten. Grant suchte neben der Tür, fand einen Lichtschalter, und die Beleuchtung flammte auf. Zwei Maschinen standen dort nebeneinander. Beide waren zweimotorig.

Dillon näherte sich der ersten Maschine. »Die kenne ich, eine Cessna Conquest. Und was für eine ist die andere?«

»Eine Navajo Chieftain.«

»Wenn es Ihnen so schlecht geht, wie Sie gerade andeuteten, wie steht's dann mit Treibstoff?«

»Meine Maschinen sind immer aufgetankt, Mr. Hilton, stets startbereit. Ich bin zu lange im Geschäft, um es anders zu halten. Man weiß ja nie, wann sich der nächste

Job ergibt.« Er lächelte traurig. »Aber ich will ganz ehrlich sein. Bei der gegenwärtigen Wirtschaftslage gibt es nicht allzu viele Leute, die ein Flugzeug mieten wollen. Wohin soll ich Sie denn bringen?«

»Eigentlich wollte ich mich selbst hinter den Steuerknüppel setzen«, sagte Dillon. »Ich weiß aber noch nicht genau wann.«

»Haben Sie denn einen Flugschein?« Grant musterte ihn zweifelnd.

»O ja, und zwar darf ich so gut wie alles fliegen.« Dillon holte seine Pilotenlizenz hervor.

Grant studierte sie und gab sie ihm zurück. »Sie kommen sicherlich mit beiden zurecht, aber ich fliege doch lieber mit, um auf Nummer Sicher zu gehen.«

»Kein Problem«, sagte Dillon freundlich. »Ich wollte nach Westen. Cornwall. Es gibt in Land's End einen Flugplatz.«

»Den kenne ich gut. Die Rollbahn ist grasbewachsen.«

»In der Nähe wohnen ein paar Freunde von mir. Wahrscheinlich übernachte ich dort.«

»Das soll mir recht sein.« Grant knipste die Lampen aus, und sie kehrten in die Baracke zurück. »Was machen Sie beruflich, Mr. Hilton?«

»Ach, Finanzierungen, Unternehmensberatung und so weiter«, sagte Dillon.

»Haben Sie schon eine Vorstellung, wann Sie fliegen wollen? Ich muß Sie darauf aufmerksam machen, daß Miete und Flug ziemlich teuer sind. Etwa zweieinhalbtausend Pfund. Für ein halbes Dutzend Passagiere geht es ja noch, aber für Sie allein ...«

»Das geht schon in Ordnung«, sagte Dillon.

»Dann kommen noch meine Übernachtungsspesen dazu. Ein Hotelzimmer und so weiter.«

»Kein Problem.« Dillon nahm zehn Fünfzig-Pfund-Noten aus seiner Brieftasche und legte sie auf den Schreibtisch. »Hier haben Sie fünfhundert als Anzahlung. Das ist dann eine definitive Buchung in den nächsten vier oder fünf Tagen. Ich rufe Sie hier an und teile Ihnen den genauen Termin mit.«

Grants Gesicht hellte sich auf, als er die Geldscheine vom Tisch aufsammelte. »Das ist gut. Kann ich Ihnen noch einen Kaffee oder etwas anderes anbieten, bevor Sie fahren?«

»Warum nicht?« sagte Dillon.

Grant begab sich in die Küche am Ende der Baracke. Sie hörten, wie er einen Kessel mit Wasser füllte. Dillon legte beschwörend einen Finger auf die Lippen, gab Angel ein Zeichen aufzupassen und huschte zum Kartentisch unter den Fenstern. Er blätterte die Karten schnell durch, fand eine von der englischen Kanalgegend und der französischen Küste. Angel stand neben ihm und sah zu, wie er mit dem Finger an der Küste der Normandie entlangfuhr. Er fand Cherbourg und ließ den Finger nach Süden gleiten. Da war es, St. Denis, mit deutlich eingezeichneter Landebahn. Schnell schob er die Karten wieder zusammen. Grant hatte durch die halboffene Tür der Küche alles gesehen. Als das Wasser im Kessel zu kochen begann, goß er schnell in drei Tassen Kaffee auf und brachte sie in den Wohnraum.

»Macht das Wetter irgendwelche Probleme?« erkundigte Dillon sich. »Der Schnee vielleicht?«

»Wenn er liegenbleibt, schon«, meinte Grant. »Auf dem Grasplatz in Land's End könnte es dann heikel werden.«

»Na ja, hoffen wir das Beste.« Dillon stellte seine Tasse auf den Tisch. »Wir sollten lieber zurückfahren.«

Grant begleitete sie zur Tür und verabschiedete sich.

Sie stiegen in den Mini und fuhren davon. Er winkte ihnen, schloß die Tür und ging zum Kartentisch und untersuchte die Karten. Es war die dritte oder vierte von oben gewesen, dessen war er sich sicher. Der englische Kanal und die französische Küste.

Er runzelte die Stirn und murmelte: »Möchte bloß wissen, was Sie wirklich vorhaben, Mister.«

Während sie über die dunklen Landstraßen zurückfuhren, sagte Angel: »Es ist gar nicht Land's End, Mr. Dillon, es ist dieses St. Denis in der Normandie, nicht wahr? Dorthin wollen Sie.«

»Das ist unser Geheimnis«, sagte er und legte seine linke Hand auf die ihre, während er lenkte. »Darf ich Sie um ein Versprechen bitten?«

»Was Sie wollen, Mr. Dillon.«

»Behalten wir das einstweilen für uns. Ich möchte nicht, daß Danny es jetzt schon erfährt. Sie können doch auch Auto fahren, nicht wahr?«

»Auto fahren? Natürlich kann ich das. Ich bringe die Schafe selbst im Morris zum Markt.«

»Was halten Sie dann von einem Trip nach London? Morgen? Wir drei, Sie, Danny und ich?«

»Das würde mir gefallen.«

»Na schön, dann ist es abgemacht.«

Während sie ihre Fahrt durch die Nacht fortsetzten, strahlten ihre Augen.

9

Es war ein kalter, frischer Morgen, und das Land zeigte sein winterliches Gesicht. Doch die Straßen waren eis- und schneefrei, als Dillon in Richtung London fuhr. Angel und Danny Fahy folgten ihm im Morris-Lieferwagen. Angel saß am Lenkrad, und sie fuhr sehr gut. Er konnte sie im Rückspiegel sehen, und sie blieb auf dem ganzen Weg nach London dicht hinter ihm, bis sie die Bayswater Road erreichten. In Dillons Kopf waren die ersten Umrisse eines Plans entstanden, und er parkte den Mini-Cooper am Bordstein, stieg aus und öffnete das Tor vor Tania Nowikowas Garage.

Als Angel und Danny hinter ihm hielten, sagte er: »Fahrt den Morris rein.« Das tat Angel. Als sie und Danny Fahy herauskamen, schloß Dillon das Tor und meinte: »Ihr könnt euch doch an die Straße und an die Garage erinnern, falls wir uns verlieren?«

»Ich bitte Sie, Mr. Dillon, natürlich finde ich wieder hierher zurück«, sagte Angel.

»Gut. Das ist nämlich sehr wichtig. Und jetzt steigt in den Mini. Wir machen eine kleine Rundfahrt.«

Harry Flood saß am Schreibtisch in seiner Wohnung am Cable Wharf und überprüfte die Abrechnungen des Kasinos vom Abend vorher, als Charlie Salter auf einem Tablett Kaffee hereinbrachte. Das Telefon klingelte, und der kleine Mann nahm den Hörer ab. Er reichte ihn Flood.

»Der Professor.«

»Martin, wie geht es?« sagte Flood. »Ich habe den Abend gestern richtig genossen. Diese Tanner ist eine außergewöhnliche Frau.«

»Gibt es irgendwelche Neuigkeiten? Hast du irgendwas herausbringen können?« fragte Brosnan.

»Noch nicht, Martin, Moment mal.« Flood legte eine Hand auf die Sprechmuschel und sagte zu Salter: »Wo ist Mordecai?«

»Er macht seine Runde, Harry, genauso wie Sie es ihm aufgetragen haben. Er hört sich unauffällig um.«

Flood wandte sich wieder Brosnan zu. »Tut mir leid, Buddy, wir tun schon, was wir können, aber es dauert seine Zeit.«

»Und die haben wir nicht«, sagte Brosnan. »Na schön, Harry, ich weiß, daß du dir Mühe gibst. Ich melde mich wieder.«

Er stand an Mary Tanners Schreibtisch im Wohnraum ihrer Wohnung am Lowndes Square. Er legte den Telefonhörer auf, ging zum Fenster und zündete sich eine Zigarette an.

»Gibt es etwas?« fragte sie und kam durch den Raum auf ihn zu.

»Ich fürchte nein. Wie Harry gerade gesagt hat, es dauert seine Zeit. Ich war ein Narr, etwas anderes zu erwarten.«

»Versuchen Sie doch, etwas mehr Geduld zu haben, Martin.« Sie legte eine Hand auf seinen Arm.

»Aber das kann ich nicht«, sagte er. »Ich habe ein ganz seltsames Gefühl, das ich kaum erklären kann. Es ist wie in einem Gewitter, man wartet auf den großen Donnerschlag, von dem man weiß, daß er gleich kommt. Ich kenne Dillon, Mary. Er arbeitet bei dieser Sache sehr schnell. Dessen bin ich mir ganz sicher.«

»Also, was wollen Sie unternehmen?«

»Ist Ferguson heute morgen am Cavendish Square?«

»Ja.«

»Dann lassen Sie uns zu ihm gehen.«

Dillon parkte den Mini-Cooper in der Nähe von Covent Garden. Eine Nachfrage in einem Buchladen führte sie zu einem Geschäft nicht weit entfernt, das auf Landkarten und Pläne jeder erdenklichen Art spezialisiert war. Dillon arbeitete sich durch die amtlichen Meßtischblätter von Zentral-London hindurch, bis er das Blatt fand, das die Gegend von Whitehall abbildete.

»Siehst du, wie genau dieses Ding ist?« flüsterte Fahy.

»Man könnte den Garten in Nummer zehn auf den Zentimeter genau ausmessen und berechnen.«

Dillon erstand die Karte, die der Verkäufer zusammenrollte und in eine Pappröhre schob. Er bezahlte sie, und sie kehrten zum Wagen zurück.

»Was jetzt?« fragte Danny.

»Wir sehen uns ein wenig um, peilen sozusagen die Lage.«

»Das gefällt mir.«

Angel saß auf der Rückbank. Ihr Onkel thronte neben Dillon, als sie zum Fluß hinunterfuhren und in die Horse Guards Avenue einbogen. Dillon verlangsamte die Fahrt an der Ecke leicht, ehe er auf die Whitehall einbog und in Richtung Downing Street weiterfuhr.

»Jede Menge Bullen wimmelt hier herum«, sagte Danny.

»Aber nur, damit die Leute hier nicht parken.« Ein Wagen war links von ihnen stehengeblieben, und als sie einen Schlenker fuhren, sahen sie, daß der Mann irgend etwas auf seiner Landkarte suchte.

»Wahrscheinlich ein Tourist«, sagte Angel.

»Und sehen Sie sich an, was passiert«, erwiderte Dillon.

Sie wandte sich um und sah zwei Polizisten auf den Wagen zu marschieren. Sie sagten etwas zu dem Fahrer, er startete und fuhr davon.

Angel sagte: »Sie fackeln wirklich nicht lange.«

»Downing Street«, verkündete Dillon wenig später.

»Siehst du diese herrlichen Tore?« sagte Danny staunend. »Mir gefällt der gotische Stil sehr gut. Sie haben hier wirklich gute Arbeit geleistet.«

Dillon ließ sich vom Verkehr rund um den Parliament Square mitschleppen und fuhr wieder die Whitehall hoch zum Trafalgar Square. »Wir kehren nach Bayswater zurück«, sagte er. »Merkt euch den Weg, den ich gefahren bin.«

Er scherte am Trafalgar Square aus dem Verkehrsstrom aus, fuhr durch den Admirality Arch und über die Mall, umrundete das Königin-Victoria-Monument, passierte den Buckingham-Palast und fuhr am Constitution Hill entlang. Am Ende erreichte er Marble Arch über die Park Lane und bog in die Bayswater Road ein.

»Das war doch einfach«, sagte Danny Fahy.

»Gut«, sagte Dillon. »Dann kommt, trinken wir in meinem abstoßenden Hotel wenigstens eine Tasse Tee oder Kaffee.«

Ferguson meinte: »Sie sind viel zu aufgeregt, Martin.«

»Es ist das Warten«, erklärte Brosnan ihm. »Flood gibt sich alle Mühe, das weiß ich, aber ich glaube nicht, daß uns die Zeit diesmal zur Seite steht.«

Ferguson wandte sich vom Fenster ab und trank ein paar kleine Schlucke aus der Teetasse, die er in der Hand hielt. »Was würden Sie denn jetzt am liebsten tun?«

Brosnan zögerte, schaute zu Mary und sagte: »Ich

möchte Liam Devlin in Kilrea besuchen. Vielleicht hat er irgendeine Idee.«

»Davon hat er immer reichlich genug.« Ferguson wandte sich an Mary. »Was meinen Sie dazu?«

»Ich denke, es wäre durchaus sinnvoll, Sir. Schließlich ist ein Trip nach Dublin auch keine so große Sache. Eineinviertel Stunden von Heathrow entweder mit der Aer Lingus oder der B. A.«

»Und Liams Haus in der Kilrea ist nur eine halbe Stunde von der Stadt entfernt«, sagte Brosnan.

»Na schön«, sagte Ferguson, »ich habe Sie beide schon verstanden. Aber starten Sie lieber von Gatwick, und nehmen Sie den Learjet, nur für den Fall, daß sich irgend etwas Besonderes ergibt und Sie schnellstens zurückkommen müssen.«

»Vielen Dank, Sir«, sagte Mary.

Als sie die Tür erreichten, fügte Ferguson hinzu: »Ich rufe den alten Knaben an und gebe ihm Bescheid, daß Sie zu ihm unterwegs sind.« Mit diesen Worten griff er zum Telefonhörer.

Während sie nach unten gingen, sagte Brosnan: »Gott sei Dank. Wenigstens habe ich das Gefühl, daß wir irgend etwas tun.«

»Und ich lerne nun endlich mal den berühmten Liam Devlin kennen«, sagte Mary und ging zielstrebig auf die Limousine zu.

In dem kleinen Café im Hotel saßen Dillon, Angel und Fahy an einem Tisch in einer Ecke und tranken Kaffee. Fahy hatte das Meßtischblatt ausgerollt auf seinen Knien liegen. »Es ist phantastisch. Was sie einem alles verraten. Jede Kleinigkeit.«

»Ist es zu schaffen, Danny?«

»Ja, kein Problem. Du erinnerst dich an die Ecke

Horse Guards Avenue und Whitehall? Das ist die Stelle. Sie befindet sich genau im richtigen Winkel. Ich sehe es vor meinem geistigen Auge. Die Entfernung zur Nummer zehn kann ich mit Hilfe dieser Karte ziemlich genau ausrechnen.«

»Bist du sicher, daß die Gebäude, die dazwischen stehen, nicht stören?«

»Überhaupt nicht. Wie ich schon mal gesagt habe, Sean, Ballistik ist eine exakte Wissenschaft.«

»Aber Sie können dort nicht anhalten«, sagte Angel. »Wir haben doch gesehen, was mit dem Mann im Wagen geschehen ist. Die Polizei war innerhalb weniger Sekunden bei ihm.«

Dillon wandte sich an Fahy. »Danny?«

»Nun, mehr als das brauchst du nicht. Es muß nur alles zeitlich genau vorbereitet werden. Man drückt auf den richtigen Schalter, um den Zündverzögerer zu aktivieren, steigt aus dem Wagen, und nach einer Minute werden die Granaten abgeschossen. Kein Polizist ist schnell genug, um das zu verhindern.«

»Aber was passiert mit dir?« wollte sie wissen.

Darauf antwortete Dillon. »Dann hören Sie zu. Wir fahren morgens früh in Cadge End los, du, Danny, im Ford Transit und Angel und ich im Morris-Lieferwagen. Wir haben hinten das BSA-Motorrad aufgeladen. Angel parkt den Morris, genauso wie heute, in der Garage am Ende der Straße. Hinten haben wir ein Laufbrett, so daß ich das Motorrad von der Ladefläche herunterrollen kann.«

»Und du folgst mir dann, ja?«

»Ich bin direkt hinter dir. Wenn wir die Ecke Horse Guards Avenue und Whitehall erreicht haben, dann legst du den Schalter um, steigst aus und springst sofort auf meine Maschine, und weg sind wir. Das Kriegskabinett tritt jeden Morgen um zehn zusammen. Mit etwas Glück erwischen wir den ganzen Verein.«

»Mein Gott, Sean, sie werden niemals erfahren, was über sie gekommen ist.«

»Schnellstens zurück nach Bayswater, wo Angel in der Garage mit dem Morris wartet. Wir laden die BSA hinten auf und fahren los. Anschließend sind wir längst wieder in Cadge End, während sie in der Stadt noch damit beschäftigt sind, das Feuer zu löschen.«

»Ein brillanter Plan, Mr. Dillon«, sagte Angel andächtig.

»Bis auf einen winzigen Punkt«, wandte Fahy ein. »Ohne den verdammten Sprengstoff haben wir keine einzige Bombe.«

»Überlaß das ruhig mir«, sagte Dillon. »Ich besorg dir schon, was du brauchst.« Er stand auf. »Aber ich habe jetzt einiges zu erledigen. Ihr beide fahrt zurück nach Cadge End und wartet dort. Ich melde mich bei euch.«

»Und wann ist das, Sean?«

»Bald – sehr bald.« Und Dillon lächelte, während sie hinausgingen.

Tania klopfte pünktlich zu Mittag an seine Tür. Er öffnete und meinte: »Haben Sie alles?«

Sie trug einen Aktenkoffer in der Hand, legte ihn auf den Tisch und öffnete, um ihm die dreißigtausend Dollar zu zeigen, die er verlangt hatte.

»Gut«, sagte er. »Jetzt brauche ich erst einmal zehntausend, um weiterzumachen.«

»Was tun Sie mit dem Rest?«

»Ich lasse es unten am Empfang. Sie sollen den Aktenkoffer in den Hotelsafe stellen.«

»Sie haben einen Plan, soviel sehe ich schon.« Ihre Augen funkelten erregt. »Was war in Cadge End?«

Also erzählte er ihr alles, beschrieb den gesamten Plan. »Was halten Sie davon?« fragte er.

»Unglaublich. Der Coup Ihres Lebens. Aber was ist mit dem Sprengstoff? Sie werden dafür Semtex brauchen.«

»Das ist kein Problem. Einundachtzig habe ich hier in London mit einem Mann zusammengearbeitet, der mir Semtex beschaffen konnte.« Er lachte. »Er kam eigentlich an alles heran.«

»Und wer ist dieser Mann? Wie können Sie sicher sein, daß er noch hier ist?«

»Es ist ein Gangster namens Jack Harvey, und es gibt ihn noch immer. Ich habe ihn gesucht und gefunden.«

»Aber das verstehe ich nicht ganz.«

»Unter anderem betreibt er ein Bestattungsunternehmen in Whitechapel. Ich habe einfach im Branchentelefonbuch nachgeschaut, und der Laden existiert noch. Übrigens, ich habe mich so sehr an Ihren Mini gewöhnt – kann ich ihn noch einige Zeit behalten?«

»Natürlich.«

»Schön. Ich parke ihn irgendwo auf der Straße. Ich möchte nämlich, daß die Garage frei bleibt.«

Er nahm seinen Mantel vom Bett. »Kommen Sie, wir wollen essen gehen, und anschließend statte ich meinem Bekannten von früher einen Besuch ab.«

»Sie haben sicherlich die Akte über Devlin gelesen«, sagte Brosnan zu Mary Tanner, während sie durch das Zentrum Dublins fuhren und den Fluß Liffey am St. Georges Quay überquerten und in die andere Stadthälfte fuhren. Sie saßen in einem Wagen der Botschaft, der von einem Chauffeur gesteuert wurde.

»Ja«, sagte sie. »Aber entspricht denn alles den Tatsachen? Zum Beispiel diese Geschichte, daß er während des Zweiten Weltkriegs am Versuch der Deutschen beteiligt war, Churchill zu ermorden?«

»Aber ja.«

»Derselbe Mann, der Ihnen 1979 geholfen hat, aus dem Gefängnis in Frankreich auszubrechen?«

»Das ist Devlin.«

»Aber Martin, Sie sagten, daß er sich für siebzig ausgibt. Eigentlich müßte er doch viel älter sein.«

»Ein paar Jahre mehr oder weniger haben für Liam keine Bedeutung. Drücken wir es so aus: Sie sind im Begriff, den ungewöhnlichsten Menschen kennenzulernen, dem Sie je in Ihrem Leben begegnet sind. Er ist zugleich Gelehrter, Dichter und Untergrundkämpfer der IRA.«

»Letzteres betrachte ich nicht unbedingt als Empfehlung«, sagte sie.

»Ich weiß«, meinte er. »Aber machen Sie nicht den Fehler, Devlin mit dem üblichen Gesindel, das heute zur IRA gehört, in einen Topf zu werfen.«

Er verstummte, wurde plötzlich ernst und verschlossen, während der Wagen durch die irische Landschaft rollte und die Stadt hinter sich ließ.

Kilrea Cottage hieß das Anwesen, und es lag am Rand des Dorfs unweit eines Klosters. Es war ein alter Bau, einstöckig mit gotischen Giebeln und verbleiten Fenstern auf beiden Seiten des Portals. Sie standen dort vor einem leichten Nieselregen geschützt, während Brosnan an einer altmodischen Klingelschnur zog. Schritte erklangen, die Tür wurde geöffnet.

»*Cead mile failte*«, sagte Liam Devlin auf irisch. »Seid hunderttausendfach willkommen.« Und er umarmte Brosnan.

Das Innere des Hauses war sehr viktorianisch. Die meisten Möbel bestanden aus Mahagoni, die Tapete zeigte ein Motiv von William Morris, doch die Gemälde an den Wänden, alle von Atkinson Grimshaw, waren echt.

Liam Devlin kam mit einem Tablett aus der Küche herein. Auf dem Tablett befanden sich eine Teekanne und Tassen. »Meine Haushälterin kommt nur vormittags. Es ist eine der barmherzigen Schwestern aus dem Kloster nebenan. Sie brauchen das Geld.«

Mary Tanner war über die Maßen verblüfft. Sie hatte einen alten Mann erwartet und sah vor sich eine alterslose Person in einem schwarzen italienischen Seidenhemd, schwarzem Pullover und grauer Hose, die nach neuester Mode geschnitten war. Sein Haar, das früher einmal schwarz gewesen war, zeigte jetzt kräftige graue Strähnen, und das Gesicht war sehr blaß. Aber Mary Tanner war überzeugt, daß es schon immer so ausgesehen hatte. Die blauen Augen waren auffällig, ebenso das ständige ironische Lächeln, mit dem er sich sowohl über die Welt wie auch über sich selbst lustig zu machen schien.

»Sie arbeiten also für Ferguson, Kindchen?« sagte er zu Mary, während er Tee einschenkte.

»Das ist richtig.«

»Dieser Zwischenfall in Derry im vergangenen Jahr, als Sie den Wagen mit der Bombe wegfuhren. Das war schon eine tolle Sache.«

Sie spürte, wie sie errötete. »Ach, so toll war das auch wieder nicht, Mr. Devlin, es war einfach das einzig Richtige, was ich noch tun konnte.«

»Ach, das Richtige erkennen wir alle, aber es auch zu tun, darauf kommt es an.« Er wandte sich an Brosnan. »Anne-Marie. Eine ganz schlimme Sache, mein Freund.«

»Ich will ihn schnappen, Liam.«

»Um mit ihm abzurechnen oder aus allgemeinen Erwägungen?« Devlin schüttelte den Kopf. »Schieben Sie die persönlichen Gründe beiseite, Martin, sonst machen Sie Fehler, und die können Sie sich bei Sean Dillon nicht erlauben.«

»Ja, ich weiß«, sagte Brosnan. »Ich weiß.«

»Er hat es also auf diesen John Major abgesehen, den neuen Premierminister?« fragte Devlin.

»Und was meinen Sie, wie wird er es versuchen, Mr. Devlin?« fragte Mary.

»Nun, nach dem, was man heute über die Sicherheitsvorkehrungen in der Downing Street weiß, beurteile ich seine Chancen als nicht besonders hoch.« Er sah Brosnan an und grinste. »Bei dieser Gelegenheit, liebe Mary, erinnere ich mich an einen jungen Burschen namens Martin Brosnan, der es vor knapp zehn Jahren geschafft hat, als Kellner verkleidet an einer Party in Nummer zehn teilzunehmen. Er hat sogar eine Rose auf dem Schreibtisch des Premierministers zurückgelassen. Natürlich wurde das Amt damals von einer Frau versehen.«

Brosnan winkte ab. »Das ist alles Vergangenheit, Liam, wie sieht es jetzt aus?«

»Nun, er wird wohl genauso vorgehen wie damals und sich seiner Beziehungen zur Unterwelt bedienen.«

»Nicht der IRA?«

»Ich bezweifle, ob die IRA mit dieser Sache überhaupt etwas zu tun hat.«

»Aber sie hatten ihre Finger mit im Geschehen, als er vor zehn Jahren das letzte Mal in London aktiv war.«

»Und?«

»Ich hab' darüber nachgedacht. Wenn wir wüßten, wer ihm damals seine Aufträge gab, dann könnte uns das vielleicht weiterhelfen.«

»Ich verstehe. Sie hätten damit vielleicht einen Hinweis darauf, mit wem er jetzt in London zusammenarbeitet.«

»Nun, besonders groß ist die Chance nicht, aber es ist die einzige, die wir haben, Liam.«

»Da ist doch noch Flood, Ihr Freund in London.«

»Ich weiß, und er setzt bereits alle Hebel in Bewegung, aber auch das dauert seine Zeit, und genau die haben wir nicht.«

Devlin nickte. »Richtig, mein Sohn, überlassen Sie alles mir. Ich werde sehen, was ich tun kann.« Er sah auf seine Uhr. »Schon eins. Wir essen ein Sandwich und trinken noch einen Bushmill's, und dann fliegen Sie mit dem Learjet zurück nach London. Verlassen Sie sich darauf, ich melde mich, sobald ich irgend etwas herausbekomme.«

Dillon parkte eine Straße weit von Jack Harveys Bestattungsunternehmen in Whitechapel entfernt und ging, den Aktenkoffer in der Hand, das Stück zu Fuß zurück. Alles wirkte gedämpft und trauerfarben bis hin zu dem Klingelknopf, der den Portier herbeirief, um die Tür zu öffnen.

»Zu Mr. Harvey«, log Dillon fröhlich. »Er erwartet mich.«

»Den Gang hinunter, an der Kapelle der Ewigen Ruhe vorbei und die Treppe hoch. Sein Büro befindet sich im zweiten Stock. Wie war Ihr Name, Sir?«

»Hilton.« Dillon schaute sich die ausgestellten Särge und die Blumenarrangements an. »Es gibt wohl nicht viel zu tun, oder?«

»Je nachdem.« Der Portier hob die Schultern. »Das meiste wird hinten abgewickelt.«

»Ich verstehe.«

Dillon ging durch den Flur, hielt inne, um einen Blick in die Trauerkapelle zu werfen, schaute versonnen auf die Kränze und die Kerzen. Er trat ein und betrachtete die Leiche eines Mannes im mittleren Alter. Er war adrett mit einem dunklen Anzug bekleidet, hatte die Hände auf der Brust gefaltet, und sein Gesicht trug einen winzigen Hauch Rouge.

»Armer Teufel«, sagte Dillon und ging wieder hinaus.

Am Empfang nahm der Portier einen Telefonhörer ab. »Miss Myra? Ein Besucher. Ein Mr. Hilton, er sagt, er sei verabredet.«

Dillon öffnete die Tür zum Vorzimmer von Harveys Büro und ging hinein. Es gab keine Büromöbel, sondern nur ein paar Topfpflanzen und mehrere Sessel. Die Tür zum Büro öffnete sich, und Myra trat ein. Sie trug schwarze Stiefel und einen scharlachroten dreiviertellangen Kaftan. Sie sah sehr aufregend aus.

»Mr. Hilton?«

»Das ist richtig.«

»Ich bin Myra Harvey. Sie sagten, Sie hätten eine Verabredung mit meinem Onkel.«

»Habe ich das gesagt?«

Sie betrachtete ihn eher beiläufig. Hinter ihm ging eine Tür auf, und Billy Watson kam herein. Das Ganze war offensichtlich arrangiert. Er lehnte sich an die Tür und wirkte in seinem schwarzen Anzug und mit verschränkten Armen angemessen bedrohlich.

»Nun, was führt Sie zu uns?« fragte sie.

»Das geht nur Mr. Harvey etwas an.«

»Wirf ihn raus, Billy«, sagte sie und wandte sich zur Tür.

Billy legte eine Hand roh auf Dillons Schulter. Dillons Fuß rammte am rechten Bein entlang nach unten und trat ihm mit voller Wucht auf den Innenrist. Dann drehte er sich um seine Achse und holte seitlich aus. Die Knöchel seines Handrückens knallten gegen Billys Schläfe. Er stieß einen Schmerzensschrei aus und fiel nach hinten in einen der Sessel.

»Er ist nicht besonders gut, oder?« sagte Dillon.

Er öffnete seinen Aktenkoffer und holte zehn Hundert-Dollar-Scheine, die mit einem Gummiband umwickelt waren, heraus und warf sie Myra zu. Sie griff daneben und mußte sich bücken, um das Geld aufzuheben. »Sieh mal einer an«, sagte sie. »Und noch druckfrisch.«

»Ja, neues Geld riecht noch immer am besten«, sagte Dillon. »Und jetzt bestellen Sie Jack, ein alter Freund möchte ihn sprechen und hat noch mehr von der Sorte für ihn.«

Sie stand da, sah ihn einen Moment lang an, verengte die Augen, dann machte sie kehrt und stieß die Tür zu Harveys Büro auf. Billy versuchte aufzustehen, und Dillon sagte zu ihm: »Das würde ich dir lieber nicht raten.«

Billy ließ sich zurückfallen, während die Tür aufging und Myra erschien. »In Ordnung, er erwartet Sie.«

Der Raum wirkte überraschend geschäftsmäßig mit eichengetäfelten Wänden, einem grünen Teppich aus georgianischer Seide und einem Gasfeuer, das fast echt aussah. Es brannte in einem stählernen Gitterkorb im Kamin. Harvey saß hinter einem imposanten Eichenschreibtisch und rauchte eine Zigarre.

Die tausend Dollar lagen vor ihm, und er sah Dillon über das Geld hinweg ruhig an. »Meine Zeit ist knapp, also reden Sie nicht lange um den heißen Brei, Freundchen.« Er nahm die Banknoten vom Tisch und wedelte damit. »Noch mehr von der Sorte?«

»Genau.«

»Ich kenne Sie nicht. Sie haben Myra gesagt, Sie seien ein alter Freund, aber ich habe Sie noch nie gesehen.«

»Es ist lange her, Jack, zehn Jahre, um genau zu sein. Damals sah ich etwas anders aus. Ich kam von Belfast, um einen Job zu erledigen. Wir haben zusammengearbeitet, Sie und ich. Sie haben Ihre Sache gut gemacht, soweit ich mich erinnern kann, und ganz gut dabei verdient. Es gab eine Menge Dollars, die die IRA bei ihren Sympathisanten in Amerika gesammelt hatte.«

Harvey schüttelte staunend den Kopf. »Coogan. Michael Coogan.«

Dillon nahm seine Brille ab. »Wer denn sonst, Jack?«

Harvey nickte langsam und sagte zu seiner Nichte: »Myra, ein alter Freund, Mr. Coogan aus Belfast.«

»Aha«, sagte sie. »Einer von denen also.«

Dillon zündete sich eine Zigarette an, setzte sich und stellte den Aktenkoffer neben sich auf den Fußboden. Harvey sagte: »Das letzte Mal sind Sie durch London gezogen wie Attila der Hunnenkönig persönlich. Ich hätte für den ganzen Kram eigentlich mehr von Ihnen verlangen sollen.«

»Sie haben mir einen Preis genannt, und ich habe ihn gezahlt«, sagte Dillon. »Was könnte fairer sein?«

»Und was ist es diesmal?«

»Ich brauche etwas Semtex, Jack. Mit vierzig Pfund käme ich hin, aber das ist das mindeste. Fünfzig wären besser.«

»Sonst noch was? Dieses Zeug ist so gesucht wie Gold. Es gibt sehr strenge Regierungskontrollen.«

»Quatsch«, sagte Dillon. »Es wandert aus der Tschechoslowakei nach Italien, Griechenland und weiter nach Libyen. Es ist überall, Jack, Sie wissen das, und ich weiß das, also vergeuden Sie nicht meine Zeit.

Zwanzigtausend Dollar.« Er öffnete den Aktenkoffer, den er auf seine Knie gelegt hatte, und warf den Rest der ersten Zehntausend nach und nach auf den Tisch. »Zehn jetzt und zehn bei Lieferung.«

Die Walther mit dem aufgeschraubten Carswell-Schalldämpfer lag im Aktenkoffer. Er wartete, ließ den Deckel offen, dann lächelte Harvey. »In Ordnung, aber es kostet Sie dreißig.«

Dillon schloß den Aktenkoffer. »Nichts zu machen, Jack. Fünfundzwanzig bekomme ich zusammen, aber nicht mehr.«

Harvey nickte. »In Ordnung. Wann wollen Sie es?«

»In vierundzwanzig Stunden.«

»Ich glaube, das kann ich schaffen. Wo können wir Sie erreichen?«

»Sie irren sich, Jack, *ich* melde mich bei Ihnen.«

Dillon stand auf, und Harvey sagte übertrieben liebenswürdig: »Können wir sonst noch etwas für Sie tun?«

»Das können Sie tatsächlich«, sagte Dillon. »Als Zeichen Ihres guten Willens sozusagen. Ich könnte eine Reservepistole brauchen.«

»Können Sie haben, mein alter Freund.« Harvey schob seinen Sessel zurück und öffnete die zweite Schreibtischschublade auf der rechten Seite. »Suchen Sie sich etwas Passendes aus.«

Da lagen ein .38er Smith-&-Wesson-Revolver, eine tschechische Cesca und eine italienische Beretta, für die Dillon sich entschied. Er überprüfte das Magazin und verstaute die Pistole in seiner Manteltasche. »Genau die richtige.«

»Eine Damenpistole«, sagte Harvey. »Aber das ist Ihre Sache. Wir sehen uns dann morgen.«

Myra öffnete die Tür. Dillon sagte: »Es war mir ein

Vergnügen, Miss Harvey«, schob sich an Billy vorbei und ging hinaus.

Billy sagte: »Am liebsten würde ich diesem kleinen Bastard die Beine brechen.«

Myra tätschelte seine Wange. »Ärgere dich nicht, Sonnenschein, auf deinen beiden Füßen bist du nutzlos. Erst in der horizontalen Lage zeigst du deine wahren Qualitäten. Und jetzt geh raus, und spiel ein bißchen mit dem Motorrad oder mit wer weiß was.« Danach kehrte sie in das Büro ihres Onkels zurück.

Dillon blieb am Fuß der Treppe stehen und steckte die Beretta in den Aktenkoffer. Das einzig bessere als eine Waffe waren zwei. Man hatte damit immer ein As im Ärmel, und er ging eilig zum Mini-Cooper zurück.

Myra sagte: »Ich würde ihm keinen Zentimeter weit trauen.«

»Ein gemeines, kleines Schwein«, sagte Harvey. »Als er einundachtzig für die IRA hier war, lieferte ich ihm Waffen, Sprengstoff, alles mögliche. Du warst damals auf dem College und noch nicht im Geschäft, daher erinnerst du dich wahrscheinlich nicht daran.«

»Ist Coogan sein richtiger Name?«

»Natürlich nicht. Ich hatte damals unten in Bermondsey eine Menge Ärger mit George Montoya. Sie nannten ihn auch Spanish George. Coogan erledigte ihn für mich, ihn und seinen Bruder, an einem Abend vor einer Bar namens *Flamenco.* Er machte es gratis.«

»Wirklich?« sagte Myra. »Und woher besorgen wir ihm das Semtex?«

Harvey lachte, öffnete die oberste Schublade und nahm einen Schlüsselbund heraus. »Ich zeige es dir.« Er ging voraus nach draußen und durch den Korridor und schloß eine Tür auf. »Das hier ist etwas, worüber noch nicht einmal du Bescheid weißt, Liebling.«

Die Wände des Raumes bestanden aus Regalen, die mit Akten und Karteikästen gefüllt waren. Er drückte mit der Hand gegen das mittlere Regalbrett der hinteren Wand, und sie öffnete sich. Er betätigte einen Wandschalter, eine Lampe flammte auf, und eine Schatzkammer mit Waffen jeder erdenklichen Art wurde sichtbar.

»Mein Gott!« sagte sie.

»Was du willst, findest du hier«, sagte er. »Pistolen, AK-Sturmgewehre, M15er.« Er kicherte. »Und Semtex.« Drei Pappkartons standen auf einem Tisch. »In jedem sind fünfzig Pfund.«

»Aber warum hast du ihm gesagt, es würde einige Zeit dauern.«

»Um ihn zappeln zu lassen.« Er ging wieder hinaus und schloß die Geheimtür hinter sich. »Auf diese Weise hole ich ihm vielleicht noch ein paar Scheine aus der Tasche.«

Während sie in sein Büro zurückkehrten, fragte sie: »Was meinst du, was er vorhat?«

»Das kann mir eigentlich egal sein. Außerdem, warum soll man sich darüber den Kopf zerbrechen? Hast du dich etwa in eine verdammte Patriotin verwandelt?«

»Das ist es nicht. Ich bin nur neugierig.«

Er schnitt die Spitze von einer zweiten Zigarre ab. »Paß auf, ich habe da eine Idee. Es wäre doch sehr praktisch, wenn ich diesen kleinen Scheißer dazu brächte, Harry Flood für mich zu erledigen.« Und er begann zu lachen.

Es war kurz nach sechs, und Ferguson wollte soeben sein Büro im Verteidigungsministerium verlassen, als das Telefon klingelte. Es war Devlin. »Passen Sie gut auf, mein alter Junge, ich habe Neuigkeiten für Sie.«

»Dann heraus damit«, sagte Ferguson.

»Dillons Kontaktmann einundachtzig in Belfast war ein Mann namens Tommy McGuire. Erinnern Sie sich an ihn?«

»Und ob. Wurde er nicht vor ein paar Jahren erschossen? Irgend so eine IRA-Fehde?«

»Das war die offizielle Geschichte, aber er treibt sich noch immer da oben herum und benutzt eine andere Identität.«

»Und welche?«

»Das werde ich noch herausbekommen. Muß mit einigen Leuten in Belfast reden. Ich fahre heute noch hin. Ich gehe davon aus, daß ich durch meine Beteiligung an dieser Sache ein offizieller Agent der Gruppe vier bin. Ich meine, ich habe keine Lust im Gefängnis zu landen, jedenfalls nicht auf meine alten Tage.«

»Sie sind voll abgedeckt, darauf gebe ich Ihnen mein Wort. Und was sollen wir jetzt tun?«

»Ich dachte mir, wenn Brosnan und Ihr Captain Tanner vielleicht mitmachen wollen, dann könnten sie morgen früh in Ihrem Learjet rüberfliegen, nach Belfast, und mich im Hotel Europa in der Bar erwarten. Bestellen Sie Brosnan, er soll sich dem Chefportier zu erkennen geben. Ich bin gegen Mittag dort und lasse von mir hören.«

»Ich werde es ausrichten«, sagte Ferguson.

»Eine Sache noch. Meinen Sie nicht, daß Sie und ich für solche Abenteuer ein bißchen zu alt sind?«

»Das meinen aber auch nur Sie«, sagte Ferguson und legte auf.

Er dachte einige Sekunden lang über Devlins Bemerkung nach, dann rief er seine Sekretärin. Er telefonierte außerdem mit Mary Tanner in ihrer Wohnung am Lowndes Square. Während er mit ihr redete, kam Alice

Johnson mit Stenoblock und Bleistift herein. Ferguson bedeutete ihr mit einer Handbewegung, sie möge schon Platz nehmen, und setzte das Gespräch mit Mary Tanner fort.

»Also, gleich morgen früh starten Sie. Wieder von Gatwick, denke ich. Mit der Lear sind Sie in einer Stunde dort. Gehen Sie heute abend auswärts essen?«

»Harry Flood hat den River Room im Savoy vorgeschlagen. Ihm gefällt die Tanzkapelle dort.«

»Das klingt ja vielversprechend.«

»Möchten Sie nicht mit uns kommen, Sir?«

»Das möchte ich tatsächlich«, sagte Ferguson.

»Dann sehen wir Sie heute abend. Um acht Uhr.«

Ferguson legte den Hörer wieder auf und wandte sich an Alice Johnson. »Nur eine kurze Mitteilung, für den Premierminister, persönlich und geheim, für die Spezialakte.« Er diktierte schnell den Bericht, der alles wieder auf den neuesten Stand brachte, sein Gespräch mit Devlin eingeschlossen. »Eine Kopie für den P. M., und schicken Sie einen Boten. Die übliche Kopie für mich und die Akte. Beeilen Sie sich, damit ich alles gleich unterschreiben kann. Ich möchte Feierabend machen.«

Sie ging schnell in ihr Büro. Gordon Brown stand am Fotokopierer, während sie sich hinter ihrer Schreibmaschine niederließ. »Ich dachte, er ist längst weg«, meinte er.

»Ich auch, aber er hat mir noch etwas diktiert. Wieder eine geheime Nachricht an den Premierminister persönlich.«

»Wirklich?«

Sie begann schnell zu tippen und war schon nach zwei Minuten fertig. Sie stand auf. »Er wird sich noch für einen weiteren Augenblick gedulden müssen. Ich muß nämlich zur Toilette.«

»Ich kopiere schon für Sie.«

»Danke, Gordon.«

Sie ging hinaus und durch den Korridor und öffnete bereits die Toilettentür, als ihr einfiel, daß sie ihre Handtasche auf dem Schreibtisch liegengelassen hatte. Sie machte kehrt und eilte zu ihrem Büro zurück. Die Tür stand einen Spaltbreit offen, und sie konnte Gordon am Kopierer stehen und eine Kopie des Berichts lesen sehen. Zu ihrer Verwunderung faltete er ihn zusammen, schob ihn in seine Innentasche und machte schnell eine weitere Kopie.

Alice war völlig außer sich und wußte nicht, was sie tun sollte. Sie ging durch den Korridor zur Toilette, betrat den Raum und versuchte, sich zu sammeln. Nach einer Weile ging sie zurück.

Der Bericht und eine Kopie für die Akten lagen auf ihrem Schreibtisch. »Alles erledigt«, sagte Gordon Brown. »Und ich habe einen Boten angefordert.«

Sie brachte ein schwaches Lächeln zustande. »Ich lasse sie eben unterschreiben.«

»Gut, ich verschwinde nur mal kurz runter in die Kantine. Bis gleich.«

Alice ging mit schweren Schritten durch den Korridor, klopfte zögernd an Fergusons Tür und trat ein. Er saß an seinem Schreibtisch und schrieb. Er schaute auf. »Aha, sehr gut. Ich unterschreibe sofort, und Sie können die Kopie für den P. M. gleich in die Downing Street bringen lassen.« Sie zitterte jetzt, und er betrachtete sie stirnrunzelnd. »Meine liebe Mrs. Johnson, was ist denn mit Ihnen?«

Sie erzählte es ihm.

Er saß da, hatte das Gesicht grimmig verzogen. Als sie ihren Bericht beendet hatte, griff er nach dem Telefon. »Spezialabteilung, Detective Inspector Lane für Brigadier Ferguson, Gruppe vier. Oberste Priorität. Ich erwarte ihn sofort. Ich bin in meinem Büro.«

Er legte den Hörer auf. »Sie tun jetzt folgendes: Gehen Sie zurück in Ihr Büro, und tun Sie so, als sei gar nichts geschehen.«

»Aber er ist nicht da, Brigadier, er ist in die Kantine gegangen.«

»Tatsächlich?« sagte Ferguson. »Was macht er da wohl?«

Als Tania Gordon Browns Stimme hörte, geriet sie sofort in Zorn. »Ich habe dir meine Meinung zu solchen Anrufen doch schon tausendmal klargemacht, Gordon!«

»Ja, aber es ist dringend.«

»Wo bist du?«

»In der Kantine des Ministeriums. Ich habe wieder einen Bericht.«

»Ist er wichtig?«

»Sehr.«

»Dann lies ihn vor.«

»Nein, ich bringe ihn gegen zehn Uhr zu dir, wenn meine Schicht beendet ist.«

»Ich komme in deine Wohnung, Gordon, das verspreche ich, aber ich will wissen, was du erfahren hast, und wenn du nicht willst, dann brauchst du in Zukunft nicht mehr anzurufen.«

»Nein, ist schon gut, ich lese ja vor.«

Was er auch tat. Danach sagte sie: »Du bist ein guter Junge, Gordon, wir sehen uns später.«

Er hängte den Hörer ein und wandte sich um, wobei er den Bericht wieder zusammenfaltete. Die Tür der Telefonzelle wurde aufgerissen, und Ferguson nahm ihm den Bericht aus der Hand.

10

Dillon hielt sich in seinem Hotelzimmer auf, als Tania anrief. »Ich habe ziemlich heiße Nachrichten«, sagte sie. »Die Jagd nach Hinweisen auf Sie wird jetzt in Belfast fortgesetzt.«

»Erzählen Sie«, sagte er.

Was sie auch tat. Danach fragte sie: »Ergibt das für Sie irgendeinen Sinn?«

»Ja«, erwiderte er. »Dieser McGuire war damals bei den Provos eine ganz große Nummer.«

»Aber er ist tot, oder geistert er immer noch herum?«

»Devlin hat recht. Sein Tod wurde zwar gemeldet, wahrscheinlich auf Grund irgendwelcher Streitigkeiten innerhalb der Bewegung, aber es war lediglich eine List, damit er in der Versenkung verschwinden konnte.«

»Wenn sie ihn finden, wird es für Sie dadurch Probleme geben?«

»Vielleicht. Aber nicht, wenn ich zuerst an ihn herankomme.«

»Und wie wollen Sie das schaffen?«

»Ich kenne seinen Halbbruder, einen Burschen namens Macey. Er dürfte wissen, wo er steckt.«

»Aber dazu müßten Sie doch selbst nach Belfast.«

»Das bereitet keine Schwierigkeiten. Mit der British Air bin ich in eineinviertel Stunden dort. Ich weiß nicht, wann heute abend die letzte Maschine fliegt, das muß ich erst erfragen.«

»Warten Sie einen Moment, ich habe hier einen Weltflugplan der B. A.«, sagte sie und öffnete ihre Schreibtischschublade. Sie fand das Heft und schlug die Flüge nach Belfast nach. »Die letzte Maschine geht um halb neun. Das schaffen Sie unmöglich. Wir haben jetzt Viertel vor sieben. Im Abendverkehr nach Heathrow rauszufahren ist absolut tödlich. Und bei diesem Wetter dauert es vermutlich noch länger. Sie brauchen mindestens eine Stunde, wenn nicht gar anderthalb.«

»Ich weiß«, sagte Dillon. »Und wie sieht es morgen früh aus?«

»Die gleiche Zeit, acht Uhr dreißig.«

»Dann muß ich eben auf eine Stunde Schlaf verzichten.«

»Halten Sie Ihr Vorhaben für klug?«

»Was ist schon klug im Leben? Ich erledige das, keine Sorgen. Ich melde mich bei Ihnen.«

Er legte den Hörer auf, grübelte einige Sekunden vor sich hin, dann rief er bei British Airways an und buchte einen Platz in der Morgenmaschine und ließ den Rückflug offen. Er zündete eine Zigarette an und trat ans Fenster. Ob es klug sei, hatte sie ihn gefragt, und er versuchte sich ins Gedächtnis zu rufen, was Tommy McGuire einundachtzig über ihn gewußt hatte. Nichts von Danny Fahy, das war sicher, denn Fahy hatte damals mit seinen Aktivitäten nichts zu tun, jedenfalls nicht offiziell. Die Verbindung mit ihm war eine rein persönliche Angelegenheit. Doch Jack Harvey war etwas ganz anderes. Schließlich war es McGuire gewesen, der ihm Harvey als Waffenlieferanten empfohlen hatte.

Er zog sein Jackett an, nahm den Trenchcoat von der Garderobe und ging hinaus. Fünf Minuten später hielt er an der nächsten Straßenecke ein Taxi an. Er stieg ein und nannte als Fahrtziel Covent Garden.

Gordon Brown saß im Lichtkegel der Schreibtischlampe Ferguson gegenüber. Er hatte noch nie in seinem Leben soviel Angst gehabt. »Ich wollte nichts Böses, Brigadier, das schwöre ich.«

»Warum haben Sie dann eine Kopie des Berichts eingesteckt?«

»Einfach so. Es war dumm, ich weiß, aber ich fand es einfach toll, weil der Bericht für den Premierminister bestimmt war.«

»Ihnen ist doch klar, was Sie getan haben, Gordon, ein Mann mit Ihrer Erfahrung.«

Detective Inspector Lane von der Spezialabteilung war Ende Dreißig. In seinem zerknautschten Tweedanzug und mit seiner Brille sah er aus wie ein Schulmeister. Er sagte: »Ich frage Sie noch einmal, Mr. Brown.« Er beugte sich über den Schreibtisch. »Haben Sie früher schon mal Kopien entwendet?«

»Ehrlich nicht. Ich schwöre es Ihnen.«

»Sind Sie niemals von einer anderen Person aufgefordert worden, so etwas zu tun?«

Gordon schaffte es, aufrichtig schockiert zu erscheinen. »Lieber Gott, nein, Inspector! Das wäre doch Verrat! Ich war schließlich Sergeantmajor beim militärischen Geheimdienst.«

»Ja, Mr. Brown, das alles ist uns bekannt«, sagte Lane.

Die Haussprechanlage meldete sich, und Ferguson nahm den Hörer ab. Es war Lanes Assistent, Sergeant Mackie. »Ich bin draußen, Brigadier. Ich war bis vorhin in der Wohnung in Camden. Ich denke, Sie und der Inspector sollten mal herauskommen.«

»Vielen Dank.« Ferguson legte den Hörer auf. »Na schön, Gordon, ich denke, wir sollten Ihnen Gelegenheit geben, noch einmal über alles nachzudenken. Inspector?«

Er nickte Lane zu, stand auf und ging zur Tür. Lane folgte ihm. Mackie stand immer noch in Hut und Mantel im Vorzimmer. In der Hand hielt er einen Plastiksack.

»Haben Sie etwas gefunden, Sergeant?« erkundigte sich Lane.

»So könnte man es nennen, Sir.« Mackie holte einen Pappordner aus dem Sack und schlug ihn auf. »Eine ziemlich interessante Sammlung.«

Die Kopien der Berichte waren sorgfältig nach ihrem Datum abgeheftet. Der jüngste Bericht für den Premierminister lag zuoberst.

Lane schüttelte den Kopf. »Mein Gott, Brigadier, er treibt dieses Spiel schon eine ganze Weile!«

»So sieht es aus«, sagte Ferguson. »Aber zu welchem Zweck?«

»Sie meinen, er arbeitet für jemanden, Sir?«

»Ohne jeden Zweifel. Die derzeitige Operation, mit der ich betraut bin, ist überaus heikel. Es hat einen Anschlag auf einen Mann in Paris gegeben, der für mich arbeitet. Dabei ist eine Frau ums Leben gekommen. Wir haben uns gefragt, wie der Täter von der Existenz der beiden wissen konnte, Sie verstehen, was ich meine. Jetzt sehen wir klar. Einzelheiten dieser Berichte wurden offenbar an eine dritte Person weitergegeben. Anders ist es nicht zu erklären.«

Lane nickte. »Dann müssen wir ihn eben noch ein wenig härter bearbeiten.«

»Nein, dazu haben wir keine Zeit. Versuchen wir es auf andere Art. Lassen wir ihn einfach laufen. Er ist ein ziemlich durchsichtiger Typ. Ich nehme an, daß er das für ihn Nächstliegende tun wird.«

»Na schön, Sir.« Lane wandte sich an Mackie. »Wenn Sie ihn verlieren, dann gehen Sie in Nullkommanichts wieder Streife in Brixton, und ich wahrscheinlich auch, denn ich komme mit Ihnen.«

Sie eilten hinaus, und Ferguson kehrte in sein Büro zurück. Er ließ sich hinter seinem Schreibtisch nieder. »Eine schlimme Sache, Gordon.«

»Was geschieht denn jetzt mit mir, Brigadier?«

»Darüber muß ich nachdenken.« Ferguson nahm die Kopie des Berichts auf. »Wie absolut unsinnig von Ihnen.« Er seufzte. »Gehen Sie nach Hause, Gordon, verschwinden Sie. Ich rede morgen mit Ihnen.«

Gordon Brown konnte sein Glück kaum fassen. Irgendwie bekam er die Tür auf und rannte durch den Flur zur Personalgarderobe. Das war haarscharf gutgegangen. Es hätte das Ende von allem sein können. Nicht nur seine Karriere wäre beendet gewesen, er hätte auch seine Pension verloren und wäre vermutlich im Gefängnis gelandet. Aber jetzt war Schluß: Er machte nicht mehr mit, und Tania würde das schlucken müssen. Er ging nach unten in die Tiefgarage, zog sich dabei seinen Mantel über und bog wenige Sekunden später in die Whitehall ein. Mackie und Lane waren ihm im neutralen Ford Capri des Sergeant dicht auf den Fersen.

Dillon wußte, daß man im Covent-Garden-Viertel auch noch bis spät in die Nacht einkaufen konnte. Eine Menge Menschen flanierte dort trotz der winterlichen Kälte umher, und er eilte weiter, bis er unweit von Neal's Yard zu Clayton's gelangte, dem Spezialgeschäft für Theaterartikel. Das Schaufenster war erleuchtet, und die Tür ließ sich öffnen. Die Glocke läutete.

Clayton kam durch den Perlenvorhang. Sein Haar war weißer denn je, und er lächelte. »Ach, Sie sind's. Was kann ich diesmal für Sie tun?«

»Ich brauche Perücken«, erklärte Dillon.

»Ich habe hier drüben eine ganze Kollektion.« Er hatte recht. Es gab alles, kurz, lang, mit Dauerwelle, blond, rothaarig. Dillon suchte eine aus, die schulterlang und grau war.

»Ich verstehe«, meinte Clayton. »Soll es eine Großmutter werden?«

»Etwas in dieser Richtung. Wie steht es mit Kostümen? Ich meine nichts Elegantes. Etwas Gebrauchtes?«

»Kommen Sie mit.«

Clayton verschwand durch den Perlenvorhang, und Dillon folgte ihm. Zahlreiche Garderobestangen hingen voller Kleider, und in einer Ecke lag ein Haufen alter Sachen auf der Erde. Clayton suchte die Kleider schnell durch, fand einen langen braunen Rock mit Gummizug und einen schäbigen Regenmantel, der fast bis zu den Knöcheln reichte.

Clayton fragte: »Was wollen Sie spielen, eine Großmutter oder eine Pennerin?«

»Sie würden sich wundern.« Dillon hatte eine Jeans auf dem Haufen in der Ecke entdeckt. Er griff danach und wühlte in dem Schuhhaufen daneben herum und suchte sich ein Paar Turnschuhe aus, die schon einmal bessere Tage gesehen hatten.

»Die sind genau richtig«, sagte er. »Ach ja, und das.« Er nahm ein altes Kopftuch von einem Kleiderhaken. »Packen Sie alles in zwei Plastikbeutel. Was bekommen Sie?«

Clayton begann, die Sachen zusammenzulegen und einzupacken. »Eigentlich sollte ich froh sein, daß Sie sie mitnehmen, aber wir alle müssen schließlich leben. Zehn Pfund für Sie.«

Dillon bezahlte und nahm die Beutel an sich. »Vielen Dank.«

Clayton hielt ihm die Tür auf. »Viel Glück für Ihren Auftritt, Freund, zeigen Sie's ihnen.«

»Ich werde mir alle Mühe geben«, meinte Dillon. Dann eilte er zur nächsten Straßenecke, hielt ein Taxi an und ließ sich zum Hotel zurückbringen.

Als Tania Nowikowa auf das Zeichen der Türklingel hin nach unten ging und die Tür öffnete, stand ihr Gordon Brown gegenüber. Sie wußte instinktiv, daß irgend etwas nicht stimmte.

»Was ist los, Gordon, ich hab' dir doch erklärt, daß ich in deine Wohnung komme?«

»Ich mußte dich sehen, Tani, es ist lebenswichtig. Etwas Furchtbares ist passiert!«

»Beruhige dich«, sagte sie. »Reg dich nicht auf. Komm mit nach oben, und erzähl mir alles.«

Lane und Mackie parkten am Ende der Straße, und der Inspector hing bereits am Autotelefon, sprach mit Ferguson und nannte ihm die Adresse.

»Sergeant Mackie hat schnell an der Tür nachgesehen, Sir. Auf dem Namensschild steht Miss Tania Nowikowa.«

»Verdammt«, sagte Ferguson.

»Sie kennen sie, Sir?«

»Sie ist Sekretärin in der sowjetischen Botschaft, Inspector. Mehr noch, sie ist Hauptmann des KGB.«

»Das heißt, sie gehört zu Oberst Yuri Gatows Leuten, Sir. Er leitet doch den Posten in London.«

»Ich bin mir nicht ganz sicher. Gatow ist für Gorbatschow und sehr prowestlich eingestellt. Andererseits weiß ich auch, daß diese Nowikowa am liebsten Dschingis Khan als Chef hätte. Es würde mich überraschen, wenn Gatow von dieser Sache wüßte.«

»Informieren Sie ihn, Sir?«

»Noch nicht. Wir wollen erst einmal sehen, was sie zu sagen hat. Schließlich sind wir hinter Informationen her.«

»Sollen wir reingehen, Sir?«

»Nein, warten Sie auf mich. Ich bin in zwanzig Minuten da.«

Tania lugte vorsichtig durch einen Vorhangspalt. Sie sah Mackie am Ende der Straße neben seinem Wagen stehen, und das reichte ihr. Sie witterte Polizisten überall auf der Welt sofort, in Moskau, Paris, London – es war immer das gleiche.

»Erzähl mir noch mal genau, was passiert ist, Gordon.«

Gordon Brown kam der Aufforderung nach, und sie saß da und hörte geduldig zu. Sie nickte, als er fertig war. »Wir hatten Glück, Gordon, unwahrscheinliches Glück. Geh du in die Küche und bereite Kaffee für uns. Ich muß zwei wichtige Telefongespräche führen.« Sie drückte seine Hand. »Nachher werden wir viel Zeit für einander haben.«

»Wirklich?« Sein Gesicht strahlte, und er ging hinaus.

Sie nahm den Telefonhörer ab und rief Makeev in seiner Wohnung in Paris an. Das Rufzeichen ertönte mehrmals, und sie wollte schon auflegen, als am anderen Ende abgenommen wurde.

»Josef? Ich bin's, Tania.«

»Ich war unter der Dusche«, entschuldigte er sich. »Ich bin triefnaß.«

»Ich habe nur wenige Sekunden Zeit, Josef. Ich wollte mich nur verabschieden. Ich bin geplatzt. Mein Maulwurf wurde enttarnt. Sie brechen jeden Moment die Tür auf.«

»O nein!« stieß er hervor. »Und Dillon?«

»Er ist in Sicherheit. Alles läuft wie geplant. Was dieser Mann vorhat, dürfte die Welt in Brand setzen.«

»Aber du, Tania?«

»Keine Angst, ich lasse nicht zu, daß sie mich kriegen. Lebe wohl, Josef.«

Sie legte den Hörer auf, zündete sich eine Zigarette an, dann wählte sie die Nummer des Hotels und ließ sich mit Dillons Zimmer verbinden. Er nahm sofort ab.

»Hier ist Tania«, sagte sie. »Wir haben Probleme.«

Er blieb völlig ruhig. »Wie ernst?«

»Sie haben meinen Maulwurf erwischt. Dann haben sie ihn laufenlassen, und dieser Idiot ist direkt hierhergekommen. Und wenn mich meine Nase nicht täuscht, dann stehen die Leute von der Spezialabteilung bereits am Ende der Straße.«

»Ich verstehe. Und was tun Sie jetzt?«

»Machen Sie sich keine Sogen. Ich werde nicht mehr da sein, um ihnen irgendwas zu erzählen. Aber eine Sache noch. Sie wissen sicherlich, daß Gordon mir den heutigen Bericht durchgegeben hat. Er stand noch in der Telefonzelle in der Kantine des Ministeriums, als Ferguson ihn verhaftete.«

»Verstehe.«

»Versprechen Sie mir eins«, sagte sie.

»Was wäre das?«

»Sprengen Sie sie alle in die Luft, die ganze Bande!« Die Türklingel schellte. Sie fuhr fort: »Ich muß jetzt Schluß machen. Viel Glück, Dillon.«

Während sie den Hörer auf die Gabel legte, kam Gordon Brown mit dem Kaffee herein. »War das die Tür?«

»Ja, sei doch so nett, Gordon, und sieh nach, wer es ist.«

Er öffnete die Tür und ging nach unten. Tania atmete tief durch. Sterben war nicht einfach. Die Sache, an die sie glaubte, war in ihrem Leben immer das Wichtigste gewesen. Sie drückte ihre Zigarette aus, öffnete eine Schublade ihres Schreibtisches, holte eine Makarov-Pistole hervor und schoß sich in die rechte Schläfe.

Gordon Brown stoppte auf halber Treppe, machte kehrt und stürmte hinauf. Er gelangte ins Zimmer. Als er sie neben dem Schreibtisch liegen sah, die Pistole immer noch in der rechten Hand, stieß er einen verzweifelten Schrei aus und brach in die Knie.

»Tania, mein Liebling«, stöhnte er.

Und dann begriff er, was er tun mußte, während er etwas Schweres gegen die Haustür im Parterre krachen hörte. Er wand ihr die Makarov aus der Hand. Als er sie hochhob, zitterte er am ganzen Leib. Er holte tief Luft, um die augenblickliche Schwäche zu überwinden, und betätigte im gleichen Moment den Abzug, als die Haustür nachgab und Lane und Mackie die Treppe heraufrannten, Ferguson dicht hinter ihnen.

Eine kleine Menschenschar hatte sich am Ende der Straße versammelt. Dillon mischte sich unter sie. Er hatte den Kragen seines Mantels hochgeschlagen und die Hände in den Taschen vergraben. Es begann schon wieder leicht zu schneien, als die Hecktüren des Krankenwagens geöffnet wurden. Er beobachtete, wie zwei mit Laken bedeckte Tragbahren eingeladen wurden. Der Krankenwagen fuhr ohne Sirenengeheul davon. Ferguson blieb noch einen Moment auf der Straße stehen und wechselte einige Worte mit Lane und Mackie. Dillon erkannte den Brigadier auf Anhieb, da er vor einigen Jahren sein Foto gesehen hatte. Lane und Mackie waren offenbar Polizisten.

Nach einer Weile stieg Ferguson in seinen Wagen und verließ den Ort des Geschehens. Mackie kehrte in die Wohnung zurück, und Lane fuhr ebenfalls weg. Die Strategie war klar. Mackie sollte noch in der Wohnung bleiben und warten, falls jemand dort erschien. Eines war jedenfalls sicher. Tania Nowikowa war tot, und der Freund ebenso, und Dillon wußte, daß er dank ihres Opfers in Sicherheit war.

Er kehrte ins Hotel zurück und rief Makeev in seiner Wohnung in Paris an. »Ich habe schlechte Nachrichten, Josef.«

»Tania?«

»Woher wissen Sie?«

»Sie rief mich an. Was ist passiert?«

»Ihr Maulwurf ist aufgeflogen. Sie hat Selbstmord begangen, Josef, anstatt sich erwischen zu lassen. Eine entschlossene und konsequente Dame.«

»Und der Maulwurf? Ihr Freund?«

»Tat das gleiche. Ich habe gerade gesehen, wie die Leichen in einen Krankenwagen geschoben wurden. Ferguson war auch zur Stelle.«

»Hat dies Einfluß auf Ihre Pläne?«

»Nicht im geringsten. Sie haben keinerlei Anhaltspunkte. Ich fliege morgen früh nach Belfast, um ihre einzige Möglichkeit zu beseitigen, meine Spur aufzunehmen.«

»Und dann?«

»Dann werde ich Sie, Josef, und Ihren arabischen Freund überraschen. Was halten Sie vom gesamten englischen Kriegskabinett?«

»Du lieber Himmel, das kann doch nicht Ihr Ernst sein!«

»Doch, das ist es. Ich werde Ihnen schon sehr bald Vollzug melden.«

Er legte den Hörer auf, schlüpfte in sein Jackett und ging hinunter in die Bar. Dabei pfiff er die Melodie eines alten irischen Volksliedes vor sich hin.

Ferguson saß in einer Nische im Speisesaal des Pub gegenüber Kensington Park Gardens und der sowjetischen Botschaft. Er wartete auf Oberst Yuri Gatow. Als der Russe erschien, wirkte er erregt. Er war ein hochgewachsener, weißhaariger Mann in einem Kamelhaarmantel. Er entdeckte Ferguson und kam schnell zu ihm.

»Charles, ich kann es nicht glauben. Tania Nowikowa tot! Warum?«

»Yuri, Sie und ich, wir kennen einander nun schon länger als fünfundzwanzig Jahre, und zwar meistens als Feinde. Aber ich nutze jetzt bei Ihnen eine Chance, nämlich die, daß Sie wirklich wünschen, daß sich heutzutage auf der Welt etwas ändert, vor allem daß der Ost-West-Konflikt beseitigt wird.«

»Aber Sie wissen doch, daß das mein Wunsch und meine Überzeugung ist.«

»Unglücklicherweise teilt nicht jeder im KGB Ihre Meinung, und eine dieser Personen war Tania Nowikowa.«

»Sie war ein Betonkopf, das stimmt schon. Aber was wollen Sie damit andeuten, Charles?«

Ferguson berichtete es ihm. Er erzählte von Dillon, von dem Attentatversuch auf Mrs. Thatcher, von Gordon Brown, von Brosnan, von allem.

Gatow sagte: »Dieser IRA-Joker hat es also auf das Leben des Premierministers abgesehen. Das wollen Sie mir doch klarmachen, nicht wahr? Und daß Tania ihre Finger mit im Spiel hatte?«

»Ja, das ist es, knapp ausgedrückt.«

»Aber, Charles, ich wußte nichts davon. Das kann ich beschwören.«

»Und ich glaube Ihnen, alter Freund, aber sie muß mit irgend jemand in Verbindung gestanden haben. Ich meine, sie hat es immerhin geschafft, wichtige Informationen nach Paris zu Dillon zu befördern. Auf diesem Weg erfuhr er auch von Brosnan und so weiter.«

»Paris«, meinte Gatow nachdenklich. »Das ist ein Gedanke. Wußten Sie, daß sie drei Jahre in Paris gearbeitet hat, ehe sie nach London versetzt wurde? Und Sie wissen doch, wer den KGB-Posten in Paris leitet?«

»Natürlich – Josef Makeev«, sagte Ferguson.

»Und der ist alles andere als ein Anhänger Gorbatschows. Er gehört noch zur alten Garde.«

»Es würde immerhin eine ganze Menge erklären«, sagte Ferguson. »Aber beweisen können wir das niemals.«

»Das stimmt.« Gatow nickte. »Aber ich rufe ihn trotzdem einmal an, und wenn auch nur, um ihn ein wenig nervös zu machen.«

Makeev hatte sich nicht von seinem Telefon weggerührt und nahm den Hörer schon während des ersten Klingelns ab.

»Makeev hier.«

»Josef? Yuri Gatow. Ich rufe aus London an.«

»Yuri, was für eine Überraschung«, sagte Makeev und wurde sofort wachsam.

»Ich habe eine sehr traurige Nachricht, Josef. Tania – Tania Nowikowa.«

»Was ist mit ihr?«

»Sie hat heute abend Selbstmord begangen, zusammen mit ihrem Freund, einem Büroangestellten im Verteidigungsministerium.«

»Mein Gott!« Makeev gab sich Mühe, überzeugend zu klingen.

»Er belieferte sie mit geheimen Informationen. Ich habe gerade mit Charles Ferguson von der ›Gruppe vier‹ gesprochen. Sie kennen Charles?«

»Natürlich.«

»Ich war zutiefst schockiert. Ich muß Ihnen gestehen, daß ich keine Ahnung von Tanias Aktivitäten hatte. Sie hat drei Jahre für Sie gearbeitet, Josef, deshalb müßten Sie sie besser kennen als jeder andere. Können Sie mir in dieser Angelegenheit weiterhelfen?«

»Ich fürchte nein.«

»Na schön, falls Ihnen doch noch etwas einfällt, dann melden Sie sich bitte bei mir, ja?«

Makeev schenkte sich einen doppelten Scotch ein, ging zum Fenster und schaute hinaus auf die winterliche Pariser Straße. Für einen erregten kurzen Moment verspürte er den Impuls, Michael Aroun anzurufen. Aber welchen Sinn sollte das haben, und außerdem hatte Tania so überzeugt geklungen. Setzt die Welt in Brand, hatte ihr Wunsch gelautet.

Er hob sein Glas. »Auf dich, Dillon«, sagte er leise. »Mal sehen, ob du das schaffst.«

Es war fast elf Uhr im River Room im Savoy. Die Band spielte noch, und Harry Flood, Brosnan und Mary dachten bereits daran, den Abend zu beenden, als Ferguson erschien.

»Wenn ich jemals einen Drink gebraucht habe, dann gewiß jetzt. Einen Scotch, und zwar einen möglichst großen.«

Flood winkte einen Kellner herbei und gab die Bestellung auf, und Mary fragte: »Was um alles in der Welt ist denn passiert?«

Ferguson lieferte ihnen eine kurze Zusammenfassung der Ereignisse des Abends. Als er damit fertig war, sagte Brosnan: »Das erklärt eine ganze Menge. Aber was einen mit Wut erfüllt, ist die Tatsache, daß wir damit keinen Deut näher an Dillon herankommen.«

»Eines muß ich noch erwähnen«, sagte Ferguson. »Als ich Brown in der Kantine des Ministeriums verhaftete, telefonierte er gerade und hatte den Bericht in der Hand. Ich halte es für sehr wahrscheinlich, daß er gerade mit dieser Nowikowa sprach.«

»Ich merke, worauf Sie hinauswollen«, sagte Mary. »Meinen Sie, daß diese Frau es war, die die Informationen an Dillon weitergab?«

»Das ist möglich«, sagte Ferguson.

»Und was vermuten Sie jetzt?« fragte Brosnan. »Daß auch Dillon nach Belfast fliegt?«

»Vielleicht«, sagte Ferguson. »Wenn es wichtig genug ist.«

»Dann müssen wir uns beeilen.« Brosnan wandte sich an Mary. »Wir starten morgen schon sehr früh. Deshalb sollten wir jetzt lieber gehen.«

Während sie durch den Saal zum Eingang schritten, gingen Brosnan und Ferguson ein Stück voraus und unterhielten sich noch für einen Moment. Mary sagte zu Flood: »Sie halten große Stücke auf ihn, nicht wahr?«

»Auf Martin?« Er nickte. »Die Vietcong hatten mich wochenlang in ein Erdloch gesteckt. Wenn es regnete, lief es mit Wasser bis obenhin voll, und ich mußte Tag und Nacht im Stehen verbringen, um nicht zu ertrinken. Blutegel, Würmer, jedes Ungeziefer gab es dort, und dann, eines Tages, als es so schlimm war wie noch nie, reichte eine Hand zu mir nach unten und zog mich heraus. Und das war Martin, mit einem Stirnband, die Haare bis auf die Schultern und das Gesicht bemalt wie ein Apache auf dem Kriegspfad. Er ist ein besonderer Mensch.«

Mary betrachtete Brosnan aus der Entfernung. »Ja«, sagte sie. »Ich glaube, diese Beschreibung trifft auf ihn zu.«

Dillon bestellte ein Taxi, das ihn am nächsten Morgen schon um sechs Uhr im Hotel abholen sollte. Er wartete bereits auf der Hoteltreppe, als es eintraf. In der einen Hand hatte er seinen Reisekoffer, in der anderen den Aktenkoffer. Er trug seinen Trenchcoat, Anzug, gestreifte Krawatte und eine Brille und spielte wieder seine Peter-Hilton-Rolle. Als Beweis für seine Identität hatte er seinen Führerschein aus Jersey und seinen Pilotenschein bei sich. Im Koffer befanden sich ein Kulturbeutel mit Inhalt sowie die Gegenstände, die er bei Clayton in Covent Garden erstanden hatte. Alles war säuberlich zusammengelegt. Hinzu kamen ein Handtuch des Hotels, Socken und Unterwäsche. Alles sah schrecklich normal aus, und die Perücke ließ sich auch recht einfach erklären.

Um diese frühe Morgenstunde verlief die Fahrt nach Heathrow ohne Verzögerungen. Er holte sich seinen Flugschein am Schalter, dann gab er sein Gepäck ab und ließ sich seine Platzkarte aushändigen. Er trug keine Waffe bei sich. Auf die Idee, eine mitzunehmen, war er gar nicht erst gekommen, vor allem nicht angesichts der extremen Sicherheitsvorkehrungen, die für die Flüge nach Belfast und zurück galten.

Er besorgte sich einige Zeitungen, begab sich in das Flughafenrestaurant und bestellte sich ein vollständiges englisches Frühstück. Danach arbeitete er sich durch die Zeitungen hindurch und informierte sich über den weiteren Verlauf des Golfkrieges.

In Gatwick lag eine dünne Schneedecke rechts und links der Rollbahn, als der Learjet abhob. Als sie die Reisehöhe erreicht hatten, meinte Mary: »Wie fühlen Sie sich?«

»Ich weiß es nicht genau«, sagte Brosnan. »Es ist schon so lange her, seit ich zum letztenmal in Belfast war. Liam Devlin, Anne-Marie, eine Ewigkeit.«

»Und Sean Dillon?«

»Keine Angst, ihn habe ich nicht vergessen. Das könnte ich niemals.«

Er wandte sich ab und schaute hinaus in die Ferne, während der Learjet sich aus der Wolkendecke löste und auf Nord-West-Kurs ging.

Als Dillons Maschine auf dem Aldergrove-Flughafen außerhalb von Belfast landete, hatte er keine Ahnung, daß Brosnan und Mary bereits eingetroffen und unterwegs zum Europa-Hotel waren. Er mußte eine halbe Stunde auf sein Gepäck warten, und als er seinen Koffer bekam, folgte er der Schar der Reisenden zur Zollabfertigung. Einige Reisende wurden angehalten und überprüft, aber er gehörte nicht dazu, und schon nach fünf Minuten stand er vor dem Gebäude und bestieg ein Taxi.

»Engländer, nicht wahr?« fragte der Fahrer.

Dillon verfiel sofort in seinen Belfaster Akzent. »Und wie kommen Sie darauf?«

»Mein Gott, tut mir leid«, entschuldigte der Fahrer sich. »Wohin wollen Sie denn?«

»Ich möchte zu einem Hotel an der Falls Road«, sagte Dillon. »Irgendwo in der Nähe der Craig Street.«

»Dort werden Sie nicht viel finden.«

»Das sind die Stätten meiner Jugend«, erklärte Dillon ihm. »Ich arbeite schon seit vielen Jahren in London.

Ich bin nur geschäftlich in der Stadt und bleibe eine Nacht. Ich dachte, ich seh' mir mal die alten Viertel an.«

»Wie Sie wollen. Da ist das Deepdene, aber das ist keine Empfehlung, das muß ich Ihnen sagen.«

Ein Panzerwagen rollte an ihnen vorbei, und als sie in die Hauptstraße einbogen, sahen sie eine Armeepatrouille. »Es hat sich nichts verändert«, sagte Dillon.

»Sicher nicht, und die meisten von den Jungs waren noch nicht einmal geboren, als die ganze Schweinerei anfing«, meinte der Fahrer. »Ich meine, was kommt da auf uns zu? Ein hundertjähriger Krieg?«

»Das weiß Gott allein«, meinte Dillon fromm und schlug seine Zeitung auf.

Der Fahrer hatte recht gehabt. Das Deepdene war wirklich nicht sonderlich empfehlenswert. Ein hoher viktorianischer Bau in einer häßlichen Nebenstraße an der Falls Road. Er bezahlte den Fahrer, ging hinein und fand sich in einer schäbigen Halle mit verschlissenem Teppichboden wieder. Als er die Klingel auf dem Empfangspult betätigte, erschien eine stämmige, mütterlich wirkende Frau.

»Kann ich Ihnen helfen, Freund?«

»Ein Zimmer«, sagte er. »Nur für eine Nacht.«

»Das können Sie haben.« Sie schob das Gästebuch zu ihm herüber und nahm einen Schlüssel vom Brett. »Nummer neun im ersten Stock.«

»Soll ich gleich bezahlen?«

»Klar, aber Sie brauchen nicht. Einen Gentleman erkenne ich auf den ersten Blick.«

Er ging die Treppe hinauf, fand die Tür und schloß sie auf. Das Zimmer war genauso schäbig, wie er es erwartet hatte. Möbliert war es unter anderem mit einem Messingbett und einem Garderobenständer. Er legte seinen Koffer auf den Tisch und ging wieder hinaus. Er schloß die Tür ab, schlug auf dem Korridor die andere Richtung ein und machte sich auf die Suche nach der Hintertreppe. Er fand sie, ging hinunter und öffnete die Tür am Ende. Sie führte in einen mit Unrat übersäten Hinterhof. Die schmale Gasse dahinter verlief zwischen einigen verfallenen Häusern, aber der Anblick bedrückte ihn nicht im mindesten. Dies war eine Gegend, die er wie seine Westentasche kannte. In solchen Vierteln hatte er in seiner besten Zeit der englischen Armee die Hölle heiß gemacht. Er ging durch die Gasse, lächelnd, als die Erinnerung lebendig wurde, und bog in die Falls Road ein.

11

»Ich erinnere mich noch, wie dieses Haus einundsiebzig eröffnet wurde«, sagte Brosnan zu Mary. Er stand am Fenster des Zimmers im sechsten Stock des Europa-Hotels in der Great Victoria Street neben dem Bahnhof. »Eine Zeit lang war es das beliebteste Ziel für Bombenleger der IRA, nämlich die Typen, die lieber irgend etwas in die Luft sprengen als gar nichts.«

»Sie waren natürlich keiner von denen.«

In ihrer Stimme lag ein leicht sarkastischer Unterton, den er ignorierte. »Gewiß nicht. Devlin und ich haben die Bar viel zu sehr geschätzt. Wir kamen ständig hierher.«

Sie lachte. »Meinen Sie wirklich, ich glaube Ihnen, daß Sie mit Devlin in der Bar des Europa saßen, während die britische Armee Sie überall in Belfast suchte?«

»Manchmal auch im Restaurant. Kommen Sie, ich zeige es Ihnen. Wir sollten lieber unsere Mäntel mitnehmen, für den Fall, daß wir irgendeine Nachricht erhalten, während wir unten sind.«

Während sie mit dem Lift ins Erdgeschoß fuhren, sagte sie: »Sie sind doch nicht bewaffnet, oder?«

»Nein.«

»Gut, es ist mir auch lieber so.«

»Und wie steht es mit Ihnen?«

»Ja«, sagte sie ruhig. »Aber das ist etwas anderes. Ich bin Offizier der Streitkräfte der Krone und befinde mich im Einsatz.«

»Was haben Sie denn bei sich?«

Sie öffnete ihre Handtasche und ließ ihn einen kurzen Blick auf ihre Waffe werfen. Sie war nicht größer als ihre Handfläche, eine kleine Automatik.

»Was ist das?« wollte er wissen.

»Etwas ziemlich Seltenes. Ein alter .25er-Colt. Ich hab' das Ding in Afrika gefunden.«

»Wohl kaum eine Elefantenbüchse.«

»Nein, aber sie verrichtet ihre Arbeit zufriedenstellend.« Sie lächelte freudlos. »Solange man zum Schuß kommt, heißt das.«

Die Lifttüren glitten auf, und sie gingen durch die Halle.

Dillon schritt eilig durch die Falls Road. Nichts hatte sich verändert, überhaupt nichts. Es war genauso wie in den alten Zeiten. Zweimal sah er RUC-Patrouillen, die durch Soldaten verstärkt wurden, und einmal fuhren zwei gepanzerte Truppentransporter an ihm vorbei, aber niemand beachtete ihn. Er fand schließlich, was er suchte, in der Craig Street, etwa anderthalb Kilometer vom Hotel entfernt. Es war ein kleiner Laden mit zwei Schaufenstern. Die Fenster waren durch Stahlgitter gesichert. Drei Messingkugeln, das Symbol der Pfandleiher, hingen über dem Eingang. Desgleichen das Schild mit dem Namen Patrick Maceys.

Dillon öffnete die Tür und trat in die muffige Stille. Der unzureichend beleuchtete Laden war vollgestopft mit einer Vielzahl von Dingen. Fernsehapparate, Videorecorder, Uhren. Es gab sogar einen Gasherd und in einer Ecke einen ausgestopften Bären.

Ein Schutzgitter aus Maschendraht verlief über der Theke, und der Mann, der auf einem Hocker dahinter saß, reparierte gerade eine Uhr. In einem Auge klemmte eine Juwelierlupe. Er blickte hoch, ein ziemlich heruntergekommenes Individuum in den Sechzigern. Das Gesicht war grau und bleich.

»Was kann ich für Sie tun?«

Dillon schüttelte den Kopf. »Es ändert sich nichts, Patrick. Dieser Laden riecht genauso wie früher.«

Macey nahm die Lupe aus dem Auge und runzelte die Stirn. »Kenne ich Sie?«

»Wie solltest du nicht, Patrick? Denk doch mal an jene heiße Juninacht zweiundsiebzig, als wir das Lagerhaus dieses Orangisten Stewart in Brand setzten und ihn und seine beiden Neffen abschossen, als sie rausrannten. Mal sehen, ich glaube, wir waren damals zu dritt.« Dillon schob sich eine Zigarette zwischen die Lippen und zündete sie betont sorgfältig an. »Du warst dabei und dein Halbbruder Tommy McGuire und ich.«

»Heilige Muttergottes, Sean Dillon, bist du's wirklich?« rief Macey.

»Aber immer doch, Patrick.«

»Mein Gott, Sean, ich hätte niemals erwartet, dich noch einmal in Belfast zu sehen. Ich dachte, du wärst...«

Er hielt inne, und Dillon meinte: »Was dachtest du denn, wo ich bin, Patrick?«

»In London«, sagte Patrick Macey. »Vielleicht auch woanders«, fügte er lahm hinzu.

»Und wie kommst du auf diese Idee?« Dillon ging zur Tür, schloß sie ab und zog das Springrollo herunter.

»Was tust du da?« fragte Macey nervös.

»Ich wollte mich nur mal mit dir ungestört und in aller Ruhe unterhalten, Patrick, mein alter Freund.«

»Nein, Sean, das ist vorbei. Ich habe mit der IRA nichts zu tun, schon lange nicht mehr.«

»Du weißt doch, wie es so schön heißt, Patrick, einmal drin, immer drin. Wie geht es übrigens Tommy zur Zeit?«

»Ach Sean, ich dachte, das weißt du. Der arme Tommy ist seit fünf Jahren tot. Er wurde von einem seiner eigenen Leute erschossen. Es war ein völlig unsinniger Streit zwischen den Provos und einer der Splittergruppen. Man nimmt an, es war die INLA.«

»Tatsächlich?« Dillon nickte. »Siehst du ab und zu noch einen von den alten Leuten? Liam Devlin zum Beispiel?«

Und nun hatte er einen Treffer gelandet, und er wußte es, denn Macey war nicht fähig, den Ausdruck des Entsetzens aus seinem Gesicht zu verbannen. »Liam? Den habe ich seit den siebziger Jahren nicht mehr gesehen.«

»Tatsächlich?« Dillon hob die Klappe am Ende der Theke hoch und ging durch die Öffnung. »Du bist ein miserabler Lügner.« Er schlug ihm mitten ins Gesicht. »Und jetzt geh da rein.« Er stieß ihn durch den Vorhang, der zum Büro im Hinterzimmer führte.

Macey war voller Angst. »Ich weiß überhaupt nichts.«

»Worüber? Ich habe dir noch keine einzige Frage gestellt, aber ich werde dir ein paar Dinge erzählen. Tommy McGuire ist nicht tot. Er lebt irgendwo in dieser schönen Stadt unter einem anderen Namen, und du wirst mir verraten wo. Zweitens, Liam Devlin ist bei dir gewesen. Ich habe doch beide Male recht, nicht wahr?« Macey war starr vor Angst, entsetzt, und Dillon schlug ihn erneut. »Oder etwa nicht?«

Daraufhin brach der andere Mann zusammen. »Bitte, Sean, bitte. Es ist mein Herz. Jeden Moment kann ich einen Anfall bekommen.«

»Den wirst du kriegen, wenn du nicht den Mund aufmachst. Das verspreche ich dir.«

»Also gut. Devlin war heute früh hier und hat sich nach Tommy erkundigt.«

»Und soll ich dir mal verraten, was er gesagt hat?«

»Bitte, Sean.« Macey zitterte. »Ich bin krank.«

»Er hat gesagt, daß der schlimme alte Sean Dillon in London herumgeistert und daß er dabei mithilft, ihn aufzustöbern, und wer könnte da eine bessere Informationsquelle sein als Dillons alter Kumpel Tommy McGuire? Habe ich recht?«

Macey nickte. »Ja.«

»Gut, jetzt sind wir endlich ein Stück weiter.« Dillon zündete sich eine frische Zigarette an und nickte mit dem Kopf in Richtung des alten Safes in der Ecke. »Sind dort drin die Pistolen?«

»Welche Pistolen, Sean?«

»Nun komm schon, mach mir nichts vor. Du handelst doch seit Jahren mit Waffen. Mach ihn auf.«

Macey nahm einen Schlüssel aus seiner Schreibtischschublade, ging durch das Zimmer und öffnete den Safe. Mehrere Waffen waren darin deponiert. Eine alte Webley, zwei Smith-&-Wesson-Revolver. Was seine Aufmerksamkeit jedoch fesselte, war ein .45er-Automatic Armee-Colt. Er wog die Waffe in der Hand und überprüfte das Magazin.

»Wunderbar, Patrick. Ich wußte, daß ich mich auf dich verlassen kann.« Er legte die Pistole auf den Tisch und nahm Macey gegenüber Platz. »Und was dann?«

Maceys Gesicht hatte mittlerweile eine seltsame Farbe angenommen. »Ich fühle mich nicht wohl.«

»Du wirst dich besser fühlen, wenn du mir alles erzählt hast. Red weiter.«

»Tommy wohnt allein knapp einen Kilometer von

hier entfernt in der Canal Street. Er hat sich das alte Lagerhaus am Ende ausgebaut. Er nennt sich Kelly, George Kelly.«

»Diese Gegend kenne ich gut, jeden Stock und Stein.«

»Devlin hat nach Tommys Telefonnummer gefragt und ihn von hier aus angerufen. Er sagte, er müsse ihn ganz dringend sprechen. Es hätte mit Sean Dillon zu tun. Tommy hat sich bereit erklärt, ihn um zwei Uhr zu treffen.«

»Schön«, sagte Dillon. »Siehst du, wie einfach es war? Jetzt kann ich ihn besuchen, ehe Devlin zu ihm kommt, um über alte Zeiten zu reden, nur mache ich mir nicht erst die Mühe, ihn anzurufen. Ich glaube, ich überrasche ihn. Das macht viel mehr Spaß.«

»Du kommst gar nicht bis zu ihm hin«, sagte Macey. »Man kann nur vorne herein, alle anderen Türen sind zugeschweißt. Er leidet schon seit Jahren unter Verfolgungswahn. Er hat Angst, daß irgend jemand ihn hinterrücks abknipst. Von vorne erwischst du ihn niemals. Er hat Fernsehkameras und alles mögliche installiert.«

»Es gibt immer einen Weg«, sagte Dillon.

»Für dich bestimmt.« Macey zerrte an seinem Hemdkragen und schnappte nach Luft. »Tabletten«, stöhnte er und schaffte es, die Schublade im Tisch aufzuziehen. Das Fläschchen, das er herausnahm, rutschte ihm aus den kraftlosen Fingern.

Er sank auf seinem Stuhl nach hinten, und Dillon stand auf und hob die Flasche auf. »Das Problem ist, Patrick, daß du Tommy anrufen wirst, kaum daß ich diese Tür dort hinter mir geschlossen habe, und das wäre doch nicht besonders nett, oder?«

Er ging zum Kamin und ließ die Tablettenflasche zwischen die glühenden Kohlen fallen. Ein Krachen ertönte hinter ihm. Er wandte sich um und sah, daß

Macey vom Stuhl zu Boden gesunken war. Dillon blieb einen kurzen Moment vor ihm stehen. Maceys Gesicht war jetzt rot angelaufen, und seine Beine zuckten. Plötzlich stieß er einen zischenden Laut aus, so als entwiche alle Luft aus ihm. Sein Kopf fiel zur Seite, und er rührte sich nicht mehr.

Dillon steckte die Colt-Pistole in die Tasche, ging durch den Laden und öffnete die Tür. Er verschloß hinter sich das Yale-Schloß und ließ das Springrollo heruntergezogen. Sekunden später bog er um die Ecke der Falls Road und ging, so schnell er konnte, zum Hotel zurück.

In seinem schäbigen Hotelzimmer breitete er den Inhalt des Koffers auf dem Bett aus und entkleidete sich. Zuerst zog er die Jeans an, danach die alten Turnschuhe sowie einen dicken Pullover. Dann kam die Perücke. Er saß vor dem Spiegel des kleinen Toilettentischs und kämmte das graue Haar, bis es zerzaust und ungekämmt aussah. Er band sich das Kopftuch um und betrachtete sich aufmerksam. Dann zog er den knöchellangen Rock an. Der Regenmantel, der ihm viel zu groß war, vollendete die Ausstattung.

Er stand vor der Garderobe und begutachtete sich im Spiegel. Er schloß die Augen, dachte sich in seine Rolle hinein, und als er die Augen wieder aufschlug, war er nicht mehr Sean Dillon, sondern eine verkommene, gestrandete Landstreicherin.

Er brauchte kaum Make-up, sondern nur eine gewisse Grundlage, um das bleiche Aussehen zu unterstreichen, und den grellroten Strich Lippenstift für den Mund. Natürlich alles völlig grotesk, aber für die Rolle genau richtig. Er nahm eine halbvolle Flasche Whiskey aus einem Beutel im Aktenkoffer und schüttete etwas in seine Handflächen. Dann verteilte er die Flüssigkeit in seinem Gesicht und spritzte sich etwas auf die Vorderseite des Regenmantels. Er steckte den Colt, zwei Zeitungen und die Whiskeyflasche in eine Plastiktüte und war bereit, sich auf den Weg zu machen.

Er warf einen letzten Blick in den Spiegel und auf die seltsame, unheimliche alte Frau. »Toi toi toi«, flüsterte er und schlüpfte aus dem Hotelzimmer.

Alles war still, als er die Hintertreppe hinunterhuschte und den Hof betrat. Er schloß die Tür leise hinter sich und ging weiter zur Hoftür, die auf die Gasse hinausführte. Als er sie erreichte, wurde hinter ihm die Hoteltür geöffnet.

Eine Stimme rief: »He, was hast du hier zu suchen?«

Dillon fuhr herum und sah einen Küchenhelfer in schmuddeliger weißer Schürze, der gerade einen Pappkarton in eine Mülltonne stopfte.

»Du kannst mich mal«, krächzte Dillon.

»Na los, verschwinde, du alte Schlampe!« schimpfte der Helfer.

Dillon knallte die Tür hinter sich zu. »Absolute Spitzenklasse«, flüsterte er und lobte sich selbst. Dann ging er durch die Gasse davon.

Er gelangte zur Falls Road und verfiel in einen schlurfenden Gang. Er machte das so überzeugend, daß die Leute ihm Platz machten, um ja nicht mit ihm in Berührung zu kommen.

Es war fast ein Uhr, und Brosnan und Mary Tanner, die an der Bar des Europa saßen, überlegten, wo sie zu Mittag essen könnten, als ein junger Page erschien. »Mr. Brosnan?«

»Ja.«

»Ihr Taxi ist da.«

»Taxi?« fragte Mary. »Aber wir haben keins bestellt.«

»Doch, das haben wir«, widersprach Brosnan.

Er half ihr in den Mantel, und sie folgten dem Pagen durch das Foyer, dann die Eingangstreppe hinunter zu dem schwarzen Taxi, das am Bordstein wartete. Brosnan drückte dem Pagen eine Pfund-Note in die Hand, und sie stiegen ein. Der Fahrer auf der anderen Seite der Glasscheibe trug eine Tweedmütze und einen alten Matrosenmantel. Mary Tanner schob die Trennscheibe ein Stück zur Seite.

»Sie wissen schon, wohin wir wollen?« sagte sie.

»Oh, das weiß ich genau, mein Schatz.« Liam Devlin blickte lächelnd über die Schulter, legte den Gang ein und fuhr los.

Es war kurz nach halb zwei, als Devlin mit dem Taxi in die Canal Street einbog. »Es ist das Haus am Ende«, sagte er. »Wir parken auf dem Hof daneben.« Sie stiegen aus und kehrten auf die Straße zurück und näherten sich dem Eingang. »Benehmt euch anständig, wir sind im Fernsehen«, sagte er und streckte die Hand nach einem Klingelknopf neben der stabilen, eisernen Tür aus.

»Nicht sehr einladend«, stellte Mary fest.

»Jaja, aber mit Tommy McGuires Vergangenheit braucht man eher eine Festung als ein gemütliches Heim auf dem Land.« Devlin wandte sich an Brosnan. »Sind Sie bewaffnet, mein Freund?«

»Nein«, erwiderte Brosnan. »Aber sie ist es. Und Sie selbst doch auch.«

»Nennen Sie es von mir aus meine angeborene Vorsicht oder vielleicht auch die schlechten Angewohnheiten eines bewegten Lebens.«

Eine Stimme drang aus dem Lautsprecher neben der Tür. »Bist du das, Devlin?«

»Wer denn sonst, du dämlicher Heini. Ich habe Martin Brosnan bei mir und eine Freundin von ihm, und wir frieren uns in dieser verdammten Kälte alles mögliche ab, also mach endlich die verdammte Tür auf.«

»Du kommst zu früh. Du sagtest, zwei Uhr.«

Sie konnten auf der anderen Seite der Tür Schritte hören, und dann schwang die Tür auf und gab den Blick frei auf einen großen, ausgemergelt aussehenden Mann Mitte Sechzig. Er trug einen dicken Wollpullover und ausgebeulte Jeans. In der Hand hielt er eine Sterling-Maschinenpistole.

Devlin schob sich an ihm vorbei und ging voraus. »Was hast du mit dem Ding vor? Willst du einen neuen Krieg anfangen?«

McGuire schloß die Tür und verriegelte sie. »Nur wenn es sein muß.« Er musterte sie mißtrauisch. »Martin?« Er streckte eine Hand aus. »Es ist verdammt lange her. Das gilt auch für dich, du alter Sack«, sagte er zu Devlin. »Was immer dich vor dem Grab bewahrt, solltest du auf Flaschen ziehen und verkaufen. Wir könnten damit eine Menge Geld scheffeln.« Er betrachtete Mary von Kopf bis Fuß. »Und wer sind Sie?«

»Eine Freundin«, erklärte Devlin ihm. »Laß uns endlich zur Sache kommen.«

»Na schön, hier entlang.«

Das Innere des Lagerhauses war völlig leer und kahl bis auf einen Lieferwagen an der Seite. Eine Stahltreppe führte zu einem Stockwerk über ihnen, auf dem sich früher die rundum verglasten Büros befunden hatten. McGuire stieg als erster hinauf und betrat das erste Büro auf dem Absatz. Ein Schreibtisch stand darin. Außerdem eine Reihe von Fernsehmonitoren. Einer zeigte die Straße, ein anderer den Eingang. McGuire legte die Sterling auf den Tisch.

Devlin fragte: »Wohnst du hier?«

»Oben. Ich habe den Lagerraum in eine Wohnung umgewandelt. Und jetzt sollten wir endlich anfangen, Devlin. Was willst du von mir? Du hast Sean Dillon erwähnt.«

»Er ist wieder unterwegs«, sagte Brosnan.

»Ich dachte, er hätte längst ein schlimmes Ende gefunden. Ich meine, es ist so lange her, daß man etwas von ihm gehört hat.« McGuire zündete sich eine Zigarette an. »Wie dem auch sei, was hat das mit mir zu tun?«

»Er hat in Paris versucht, Martin auszuschalten. Statt dessen hat er seine Freundin ermordet.«

»Mein Gott!« stieß McGuire hervor.

»Und jetzt ist er hier in London, und ich bin hinter ihm her«, erklärte Brosnan.

McGuire musterte erneut Mary Tanner. »Und was hat sie dabei zu suchen?«

»Ich bin Captain in der englischen Armee«, sagte sie knapp. »Mein Name ist Tanner.«

»Verdammt noch mal, Devlin, was soll das?« wollte McGuire wissen.

»Es ist alles in Ordnung«, beruhigte Devlin ihn. »Sie ist nicht mitgekommen, um dich zu verhaften, obgleich wir alle wissen, daß Tommy McGuire, wäre er noch unter den Lebenden, sicherlich nicht unter fünfundzwanzig Jahren Zuchthaus davonkäme.«

»Du Schwein!« fluchte McGuire.

»Sei vernünftig«, riet Devlin ihm. »Beantworte nur ein paar Fragen, und anschließend kannst du wieder George Kelly sein.«

McGuire hob seine Hand in einer beschwichtigenden Geste. »Schon gut. Ich hab' verstanden. Was wollt ihr wissen?«

»Es geht um 1981, die Bombenattentate in London«, sagte Brosnan. »Du warst Dillons Kontaktmann und Führer.«

McGuire sah zu Mary. »Das stimmt.«

»Wir wissen, daß Dillon die üblichen Probleme hatte, was Waffen und Sprengstoff angeht, Mr. McGuire«, ergriff Mary das Wort. »Und ich habe erfahren, daß er sich in derartigen Situationen immer auf Unterweltkontakte stützt. Stimmt das?«

»Ja, gewöhnlich arbeitet er nach diesem Muster«, erwiderte McGuire widerstrebend und setzte sich.

»Haben Sie eine Ahnung, an wen er sich 1981 in London gewandt hat?« fragte Mary.

»Woher soll ich das wissen? Es könnten alle möglichen Leute gewesen sein.«

Devlin winkte ab. »Du verlogener Bastard, du weißt etwas, das merke ich doch ganz deutlich.« Seine rechte Hand tauchte aus der Tasche der Matrosenjacke auf. Sie hielt eine alte Luger-Pistole umklammert, und Devlin drückte McGuire die Mündung zwischen die Augen. »Schnell jetzt, rede, oder ich ...«

McGuire schob die Pistole zur Seite. »Schon gut, Devlin, du hast gewonnen.« Er zündete sich eine weitere Zigarette an. »Er verhandelte in London mit einem Mann namens Jack Harvey, einem großen Boß, einem echten Gangster.«

»Na siehst du, so schwer war das doch gar nicht, oder?« meinte Devlin.

Ein heftiges Pochen ließ unten die Tür erzittern, und sie alle blickten auf den Fernsehschirm, der eine alte Landstreicherin auf der Eingangstreppe zeigte. Ihre Stimme drang deutlich aus dem Lautsprecher. »Sie sind ein so guter Mann, Mr. Kelly, haben Sie nicht etwas für eine alte, arme Seele übrig?«

McGuire sagte ins Mikrofon: »Verpiß dich, du alte Schlampe!«

»O Jesus, Mr. Kelly, ich sterbe hier vor Ihrer Tür vor Kälte, und ich will, daß die ganze Welt es sieht!«

McGuire stand auf. »Ich sehe zu, daß ich die Alte loswerde. Ich bin gleich wieder zurück.«

Er eilte die Treppe hinunter und holte eine Fünf-Pfund-Note aus einer alten Brieftasche, während er auf die Tür zuging. Er öffnete sie und streckte der Frau den Geldschein entgegen. »Nimm schon und verschwinde.«

Dillons Hand tauchte mit dem Colt aus der Plastiktüte auf. »Ein Fünfer, Tommy-Boy. Du wirst auf deine alten Tage ja noch richtig großzügig. Geh rein.«

Er stieß ihn zurück und schloß die Tür hinter sich. McGuire war starr vor Angst. »He, was soll das bedeuten?«

»Der Engel der Rache«, sagte Dillon. »Du bezahlst jetzt für die Sünden deines Lebens, Tommy. Irgendwann müssen wir das alle. Erinnerst du dich noch an den Abend zweiundsiebzig? Als du, ich und Patrick die Stewarts ausradierten, als sie vor dem Feuer wegliefen?«

»Dillon?« flüsterte McGuire. »Bist du das?« Er drehte sich um und erhob die Stimme. »Devlin!« rief er.

Dillon schoß ihm zweimal in den Rücken, zerschmetterte seine Wirbelsäule und schleuderte ihn nach vorn aufs Gesicht. Während er die Tür hinter sich aufriß, erschien Devlin auf dem Treppenabsatz, die Luger in der Faust und bereits feuernd. Dillon gab rasend schnell drei Schüsse ab, zerschoß das Bürofenster, dann war er draußen und schlug die Tür hinter sich zu.

Als er durch die Straße rannte, tauchten aus der Hauptstraße zwei umgebaute Land-Rover auf. Jeder war mit vier Soldaten besetzt. Sie waren durch die Schüsse angelockt worden und kamen auf ihn zu. Etwas

Schlimmeres hätte ihm kaum passieren können, aber Dillon zögerte nicht. Als er zu einem Gullygitter gelangte, tat er so, als rutschte er aus, und ließ den Colt durch den Rost verschwinden.

Während er sich wieder aufrappelte, rief ihm jemand etwas zu. »Bleiben Sie, wo Sie sind!«

Es waren Fallschirmspringer in Tarnanzügen, kugelsicheren Westen und mit roten Mützen. Jeder Mann hielt sein Gewehr im Anschlag, und Dillon gab vor ihnen die Vorstellung seines Lebens. Er stolperte vorwärts, stöhnte und jammerte und klammerte sich an den jungen Leutnant, der die Gruppe anführte.

»Lieber Herr Jesus, Sir, da hinten im Lagerhaus ist etwas Furchtbares passiert. Ich will mich ein wenig vor der Kälte verkriechen, und dann kommen diese Kerle und fangen an, sich gegenseitig zu beschießen.«

Der junge Offizier roch den Whiskey und stieß ihn beiseite. »Sehen Sie nach, was in der Tüte ist, Sergeant.«

Der Sergeant untersuchte den Inhalt. »Eine Flasche Fusel und ein paar Zeitungen, Sir.«

»In Ordnung, warten Sie da drüben.« Der Offizier stieß Dillon vor sich her über die Straße bis hinter die Patrouille und holte ein Megaphon aus einem der Land-Rover. »Achtung, Achtung«, rief er. »Werfen Sie Ihre Waffen durch die Tür nach draußen, und kommen Sie mit erhobenen Händen heraus. Wir geben Ihnen zwei Minuten Zeit, dann greifen wir an.«

Alle Angehörigen der Patrouille hatten Kampfhaltung eingenommen und achteten ausschließlich auf den Eingang. Dillon zog sich langsam in den Hof zurück und rannte an Devlins Taxi vorbei und fand innerhalb von Sekunden, was er suchte, nämlich einen Kanaldekkel. Er wuchtete ihn hoch und verschwand in der Öffnung darunter. Er stieg ein Stück eine Eisenleiter hinunter und zog mit aller Kraft den Deckel über sich zu. Auf diese Art und Weise war er in den alten Zeiten des öfteren der englischen Armee entkommen, und er kannte das Kanalsystem in der Gegend um die Falls Road in allen Einzelheiten.

Der Tunnel war eng und sehr dunkel. Er kroch hindurch, hörte das Geräusch von fließendem Wasser und gelangte zu einer Öffnung in der Seitenwand eines größeren Tunnels, dem Hauptkanal. Es gab Zuflüsse zu diesem Kanal, die von Belfast Lough kamen. Das wußte er noch von früher. Er zog den Rock aus, nahm die Perücke ab und schleuderte beides ins Wasser. Mit dem Kopftuch wischte er sich die Lippen und das Gesicht ab, dann rannte er durch den Kanal, bis er zu einer anderen Eisenleiter gelangte. Er stieg hinauf, den Lichtstrahlen entgegen, die durch die Schlitze des gußeisernen Deckels hereindrangen. Er wartete einen Moment, dann drückte er den Deckel hoch. Er befand sich auf einem kopfsteingepflasterten Weg, der parallel zur Canal Street verlief. Auf einer Seite erkannte er die Rückfronten verfallener und mit Brettern verrammelter Häuser. Er schob den Eisendeckel wieder auf die Kanalöffnung und beeilte sich, zur Falls Road zu gelangen.

Im Lagerhaus stand der junge Offizier neben McGuires Leiche und prüfte Mary Tanners Ausweis. »Er ist echt«, sagte sie. »Sie können sich erkundigen.«

»Und diese beiden?«

»Sie gehören zu mir. Hören Sie, Lieutenant, Sie bekommen von meinem Chef eine erschöpfende Auskunft. Wenden Sie sich an Brigadier Charles Ferguson im Verteidigungsministerium.«

»Na schön, Captain«, verteidigte er sich. »Ich tue hier nur meine Pflicht. Es ist nicht mehr so wie früher, wissen Sie. Wir haben ständig die RUC im Nacken. Jeder Todesfall muß eingehend untersucht werden, sonst machen sie uns die Hölle heiß.«

Der Sergeant kam herein. »Der Colonel will Sie am Funkgerät sprechen, Boß.«

»Gut«, sagte der junge Lieutenant und ging hinaus.

Brosnan sah Devlin fragend an. »Meinen Sie, es war Dillon?«

»Es wäre schon ein geradezu phantastischer Zufall, wenn er es nicht gewesen wäre. Eine Landstreicherin?« Devlin schüttelte den Kopf. »Wer hätte denn mit so etwas gerechnet?«

»Dazu ist nur Dillon fähig.«

»Wollen Sie damit andeuten, daß er deshalb von London herübergekommen ist?« fragte Mary.

»Dank Gordon Brown wußte er genau, was wir beabsichtigen. Und wie lange dauert der Flug von London nach Belfast?« fragte Brosnan. »Eineinviertel Stunde?«

»Demnach muß er wieder zurück«, sagte sie.

»Vielleicht.« Liam Devlin nickte versonnen. »Aber in diesem Leben ist nichts absolut sicher, Kindchen, das werden Sie noch lernen. Und außerdem haben Sie es hier mit einem Mann zu tun, der seit zwanzig Jahren überall in Europa der Polizei immer wieder durch die Finger geschlüpft ist.«

»Nun, dann wird es allmählich Zeit, daß wir diesen Bastard erwischen.« Sie schaute auf McGuire hinab. »Nicht sehr schön, was?«

»Gewalt und Mord. Wenn Sie sich mit dem Teufel einlassen, dann läuft es am Ende darauf hinaus«, meinte Devlin philosophisch.

Dillon betrat genau zwei Uhr fünfzehn das Hotel durch den Hintereingang und eilte hinauf in sein Zimmer. Er zog die Jeans und den Pullover aus, stopfte beides in den Koffer und legte diesen in einen Schrank über der Garderobe. Er wusch sich schnell das Gesicht, dann schlüpfte er in ein weißes Oberhemd, band sich seine Krawatte um und zog den dunklen Anzug und den dunkelblauen Burberry an. Fünf Minuten später schlich er wieder die Hintertreppe hinunter. Er hatte nur noch den Aktenkoffer in der Hand. Er lief durch die Gasse, bog in die Falls Road ein und schritt zügig aus. Nach fünf Minuten fand er ein freies Taxi und bat den Fahrer, ihn zum Flughafen zu bringen.

Der leitende Offizier des militärischen Geheimdienstes für Belfast und Umgebung war ein Colonel McLeod, und er war von der Situation, mit der er sich konfrontiert sah, nicht gerade begeistert.

»So geht das wirklich nicht, Captain Tanner«, sagte er. »Wir können nicht dulden, daß Sie hier einfallen wie die Cowboys und nach Ihrem eigenen Gutdünken handeln.« Er wandte sich zu Brosnan und Devlin um. »Und dann noch mit Leuten von zweifelhafter Herkunft. Wir haben es hier mit einer sehr heiklen Angelegenheit zu tun, und wir müssen uns mit der Royal Ulster Constabulary arrangieren. Sie betrachten das hier als ihren Einflußbereich.«

»Jaja, schön, das mag ja sein«, erwiderte Mary. »Aber Ihr Sergeant draußen war so nett, mir die Flüge nach London herauszusuchen. Eine Maschine geht um halb fünf, eine andere um halb sieben. Meinen Sie nicht, es wäre eine gute Idee, sich bei beiden die Passagiere einmal genau anzusehen?«

»Wir sind nicht völlig verblödet, Captain, ich habe das bereits in die Wege geleitet, aber ich bin sicher, ich brauche Sie nicht daran zu erinnern, daß wir keine

Besatzungsarmee sind. Hier gibt es kein Kriegsrecht. Ich kann den Flughafen nicht schließen, ich habe keine Befehlsgewalt. Alles was ich tun kann, ist, die Polizei und den Sicherheitsdienst des Flughafens auf die übliche Art und Weise zu informieren, und wie Sie mir ja ausführlich erklärt haben, gibt es gerade im Hinblick auf diesen Dillon kaum etwas, das wir ihnen mitteilen können.« Sein Telefon klingelte. Er nahm den Hörer ab und sagte: »Brigadier Ferguson? Es tut mir leid, Sie stören zu müssen, Sir. Colonel McLeod vom Hauptquartier in Belfast. Ich glaube, wir haben hier ein Problem.«

Aber Dillon, der sich bereits im Flughafen befand, hatte nicht die Absicht, mit einer Maschine nach London zurückzufliegen. Möglich, daß er es hätte schaffen können, aber welcher Wahnsinn, es zu versuchen, wenn sich ihm doch andere Alternativen boten. Es war kurz nach drei, als er sich an der Abflugtafel informierte. Die Maschine nach Manchester hatte er gerade verpaßt, doch um Viertel nach drei ging ein Flug nach Glasgow, der Verspätung hatte.

Er ging zum Buchungsschalter. »Ich hatte gehofft, noch die Maschine nach Glasgow zu bekommen«, sagte er zu der jungen Angestellten, »aber ich war zu spät hier. Nun sehe ich, daß die Maschine Verspätung hat.«

Sie holte sich die Daten des Fluges auf den Monitor. »Ja, der Start ist um eine halbe Stunde verschoben, Sir, und es sind noch reichlich Plätze frei. Möchten Sie mitfliegen?«

»Sehr gern«, sagte er dankbar und holte das Geld aus seiner Brieftasche, während sie das Ticket ausfüllte.

Mit dem Sicherheitsdienst gab es keine Probleme, und der Inhalt seines Aktenkoffers war ohnehin völlig unverdächtig. Die Passagiere waren bereits aufgerufen worden, und er begab sich in die Maschine und setzte sich auf einen der hinteren Plätze. Er war sehr zufrieden. Nur eine Sache war schiefgegangen. Devlin, Brosnan und die Frau waren zuerst bei McGuire gewesen. Das war Pech, denn dadurch erhob sich die Frage, wieviel er ihnen erzählt hatte. Zum Beispiel von Harvey. Hier müßte er sich auf alle Fälle beeilen.

Er lächelte gewinnend, als die Stewardeß ihn fragte, ob er etwas zu trinken wünsche. »Eine Tasse Tee wäre jetzt das richtige«, sagte er und holte eine Zeitung aus seinem Aktenkoffer.

McLeod hatte Brosnan, Mary und Devlin zum Flughafen mitgenommen, und sie trafen ein, kurz bevor die Passagiere für die Maschine um halb fünf nach London aufgerufen wurden. Ein Inspector der RUC brachte sie durch die Abflughalle.

»Wie Sie sehen, sind es nur dreißig Passagiere, und wir haben sie alle gründlich überprüft.«

»Ich habe so eine Ahnung, daß wir einem Phantom nachjagen«, sagte McLeod.

Die Passagiere wurden aufgerufen, und Devlin stellte sich an der Sperre auf und besah sich jede Person genau. Nachdem der letzte durch die Sperre gekommen war, sagte Devlin: »Die alte Nonne, Martin, Sie haben nicht daran gedacht, sie sich ausziehen zu lassen?«

McLeod meinte ungehalten: »Herrgott noch mal, kommen Sie endlich weiter.«

»Ein sehr unfreundlicher Mensch«, sagte Devlin, während der Colonel vorausging. »Sie müssen ihm in der Schule mit dem Rohrstock ganz schön zugesetzt haben. Sie beide fliegen also nach London zurück?«

»Ja, wir sollten zusehen, daß wir dort Fortschritte machen«, sagte Brosnan.

»Und Sie, Mr. Devlin?« fragte Mary. »Was machen Sie?«

»Ach, Ferguson hat sich schon vor Jahren für die Arbeit erkenntlich gezeigt, die ich dem englischen Geheimdienst geleistet habe. Mir geht's gut.« Er küßte sie auf die Wange. »Es war mir ein aufrichtiges Vergnügen, mein Schatz.«

»Und für mich auch.«

»Passen Sie auf den Jungen auf. Dillon ist ein ganz Trickreicher.«

Sie hatten die Halle erreicht. Er lächelte noch einmal und war plötzlich in der Menge verschwunden.

Brosnan holte tief Luft. »Also los, nach London. Auf geht's.« Und er griff nach ihrem Arm und schlängelte sich mit ihr durch den Menschenstrom.

Der Flug nach Glasgow dauerte nur fünfundvierzig Minuten. Dillon landete um halb fünf. Um Viertel nach fünf ging ein Pendelflug nach London. Er besorgte sich am Schalter ein Ticket und eilte zur Abflughalle, wo er zuerst Danny Fahy in Cadge End anrief. Es war Angel, die den Anruf annahm.

»Geben Sie mir Ihren Onkel Danny, hier ist Dillon«, sagte er.

Dann hörte er Dannys Stimme. »Bist du da, Sean?«

»Natürlich. Ich bin in Glasgow und warte auf meinen Flug. Ich komme um halb sieben am Terminal eins in Heathrow an. Kannst du mich abholen? Du hast genug Zeit, um hinzukommen.«

»Kein Problem, Sean. Ich bringe Angel als Gesellschaft mit.«

»Das ist gut, und noch eins, Danny – bereite dich seelisch darauf vor, die Nacht durchzuarbeiten. Morgen dürfte es soweit sein.«

»Mein Gott, Sean ...« Doch Dillon legte den Hörer auf, ehe Fahy noch mehr sagen konnte.

Als nächstes rief er Harvey in seinem Büro im Bestattungsunternehmen in Whitechapel an. Myra meldete sich.

»Hier ist Peter Hilton, ich war gestern bei Ihnen. Ich möchte Ihren Onkel sprechen.«

»Er ist nicht da. Er ist geschäftlich in Manchester. Vor morgen früh ist er nicht zurück.«

»Damit kann ich nichts anfangen«, sagte Dillon. »Er hat mir meine Bestellung innerhalb von vierundzwanzig Stunden zugesagt.«

»Oh, es ist alles da«, sagte Myra. »Ich erwarte allerdings Barzahlung bei Übergabe.«

»Das geht klar.« Er sah auf die Uhr und rechnete sich schnell aus, wie lange er brauchen würde, um von Heathrow nach Bayswater zu fahren und das Geld zu holen. »Ich bin um Viertel vor acht bei Ihnen.«

»Ich erwarte Sie.«

Während Dillon den Hörer einhängte, wurde sein Flug aufgerufen, und er schloß sich den Passagieren an, die durch die Sperre hasteten.

Myra stand im Büro ihres Onkels am Kamin und gelangte zu einer Entscheidung. Sie holte den Schlüssel zu seinem Geheimzimmer aus seiner Schreibtischschublade und ging zur Treppe.

»Billy, bist du da unten?«

Er kam sofort die Treppe herauf. »Hier bin ich.«

»Warst du schon wieder unten im Sarglager? Komm jetzt, ich brauche dich.« Sie ging durch den Korridor zur Tür am Ende, öffnete sie und ließ die falsche Wand zur Seite gleiten. Sie zeigte auf einen der Semtex-Kartons. »Trag den ins Büro.«

Als sie wieder zu ihm kam, hatte er den Karton auf den Schreibtisch gestellt. »Verdammt schwer, das Ding. Was ist denn da drin?«

»Geld, Billy. Das ist alles, was du wissen darfst. Und jetzt hör mir gut zu. Es geht um den kleinen Burschen, der dich gestern in die Mangel genommen hat.«

»Was ist mit ihm?«

»Er kommt um Viertel vor acht her, um mir eine Menge Geld für das zu bringen, was sich in dem Karton befindet.«

»Und?«

»Ich möchte, daß du draußen ab halb acht bereitstehst. Zieh dir deine schwarze Lederkombination an und halte die BMW bereit. Wenn er wegfährt, dann folge ihm, Billy, wenn nötig bis nach Cardiff.« Sie tätschelte seine Wange. »Und wenn du ihn verlierst, Sonnenschein, dann wag nicht zurückzukommen.«

Es schneite leicht in Heathrow, als Dillon am Terminal eins herauskam. Angel wartete bereits auf ihn und winkte heftig.

»Glasgow«, wunderte sie sich. »Was haben Sie denn dort gemacht?«

»Nachgeschaut, was die Schotten unter ihren Kilts tragen.«

Sie lachte und hängte sich bei ihm ein. »Sie sind schrecklich.«

Sie stapften durch den Schnee und stiegen zu Danny in den Morris-Lieferwagen. »Es ist schön, dich heil wiederzusehen, Sean. Wohin jetzt?«

»Zu meinem Hotel in Bayswater«, sagte Dillon. »Ich will dort ausziehen.«

»Kommen Sie zu uns?« wollte Angel wissen.

»Ja.« Dillon nickte. »Aber vorher muß ich noch bei

einem Beerdigungsladen in Whitechapel ein Geschenk für Danny abholen.«

»Und was soll das sein, Sean?« fragte Fahy.

»Ach, etwa fünfzig Pfund Semtex.«

Der Lieferwagen geriet leicht ins Schleudern und drohte auszubrechen. Fahy hatte Mühe, ihn wieder unter Kontrolle zu bringen. »Heilige Muttergottes!« flüsterte er.

Bei der Bestattungsfirma öffnete der Nachtportier für Dillon die Haustür.

»Mr. Hilton, nicht wahr? Miss Myra erwartet Sie, Sir.«

»Ich kenne den Weg.«

Dillon stieg die Treppe hinauf, ging durch den Korridor und öffnete die Tür zum Vorzimmer. Myra empfing ihn. »Kommen Sie herein«, sagte sie.

Sie trug einen schwarzen Hosenanzug und rauchte eine Zigarette. Sie nahm hinter dem Schreibtisch Platz und klopfte mit einer Hand auf den Karton. »Da ist es. Haben Sie das Geld?«

Dillon legte den Aktenkoffer auf den Karton und öffnete ihn. Er holte fünfzehntausend Dollar, Päckchen für Päckchen, hervor und legte sie vor ihr auf den Tisch. Im Koffer blieben fünftausend Dollar sowie die Walther mit dem Carswell-Schalldämpfer und die Beretta. Er klappte den Koffer zu und lächelte.

»Es ist ein Vergnügen, mit Ihnen Geschäfte zu machen.«

Er legte den Koffer auf den Karton und hob diesen hoch, während sie vorausging, um für ihn die Tür zu öffnen.

»Was haben Sie damit vor? Wollen Sie das Parlament in die Luft sprengen?«

»Das hat schon Guy Fawkes versucht«, sagte er, entfernte sich durch den Korridor und ging die Treppe hinunter.

Das Pflaster war mit einer dünnen Eisschicht bedeckt, als er die Straße entlangging und um die Ecke bog, wo der Lieferwagen wartete. Billy, der ungeduldig im Schatten gelauert hatte, schob die BMW die Straße hinauf und an den geparkten Wagen vorbei, bis er sehen konnte, wie Dillon neben dem Morris stehenblieb. Angel öffnete die Hecktür, und Dillon stellte den Karton auf die Ladefläche. Sie schloß die Tür wieder, ging um den Wagen und setzte sich neben Fahy.

»Ist es das, Sean?«

»Das ist es, Danny, ein Fünfzig-Pfund-Karton Semtex mit dem Stempel der Fabrik in Prag. Und jetzt laß uns von hier verschwinden, wir haben eine lange Nacht vor uns.«

Fahy benutzte einige Seitenstraßen und gelangte schließlich auf die Hauptstraße, wo er sich in den fließenden Verkehr einfädelte. Billy folgte ihm auf seiner BMW.

12

Aus technischen Gründen verzögerte sich der Start des Learjet vom Aldergrove Airport bis halb sechs. Es war bereits Viertel vor sieben, als Brosnan und Mary in Gatwick landeten, wo eine Limousine des Ministeriums sie erwartete. Mary benutzte das Autotelefon und erreichte Ferguson in seiner Wohnung am Cavendish Square. Er stand am Kamin und wärmte sich, als Kim sie hereinführte.

»Ein Sauwetter, und morgen soll noch mehr Schnee fallen, fürchte ich.« Er trank einen Schluck Tee. »Nun, wenigstens sind Sie heil wieder angekommen, meine Liebe. Es muß für Sie ein aufregendes Erlebnis gewesen sein.«

»So könnte man es nennen.«

»Sie sind absolut sicher, daß es Dillon war?«

»Drücken wir es folgendermaßen aus«, ergriff Brosnan das Wort. »Wenn er es nicht war, dann war es ein ungeheuerlicher Zufall, daß sich jemand ausgerechnet diesen Moment ausgesucht hat, um Tommy McGuire zu erschießen. Und dann war da ja noch diese Nummer mit der Landstreicherin. Typisch Dillon.«

»Ja, sehr merkwürdig.«

»Allerdings saß er nicht in der Maschine nach London«, sagte Mary.

»Sie wollen sagen, Sie *glauben*, daß er nicht im Flugzeug war«, korrigierte Ferguson sie. »Nach allem, was ich weiß, könnte dieser verdammte Kerl den Flug ebensogut als Pilot gemacht haben. Er scheint ja zu allem fähig zu sein.«

»Um halb neun startet noch eine weitere Maschine nach London, Sir. Colonel McLeod hat versprochen, sie eingehend überprüfen zu lassen.«

»Das ist nur vergeudete Zeit.« Ferguson wandte sich an Brosnan. »Sie werden mir darin zustimmen, Martin.«

»Wohl oder übel.«

»Dann lassen Sie uns die ganze Sache noch einmal durchgehen. Schildern Sie genau, was passiert ist.«

Als Mary ihren Bericht beendet hatte, sagte Ferguson: »Ich habe die Flugzeiten für Starts von Aldergrove vor einer Weile überprüft. Es gab Maschinen nach Manchester, Birmingham und Glasgow. Um halb sieben startete sogar eine Maschine nach Paris. Es ist eine Kleinigkeit, von dort nach London zu kommen. Er wäre dann morgen hier.«

»Und es gibt den Seeweg«, erinnerte Brosnan ihn. »Die Fähre von Larne nach Stranraer in Schottland und dann mit einem Schnellzug von dort nach London.«

»Sowie die Möglichkeit, daß er irgendwo über die irische Grenze ging, nach Dublin fuhr und von dort eine von einem Dutzend Möglichkeiten genutzt hat, um nach London zu kommen«, sagte Mary. »Aber das bringt uns nicht weiter.«

»Wichtig ist der Grund für die Reise«, sagte Ferguson. »Er hatte keine Ahnung von Ihrer Absicht, McGuire aufzusuchen, und zwar bis gestern abend nicht, als Brown den Inhalt meines Berichts an die Nowikowa durchgab, und doch nutzte er die erste Gelegenheit, um nach Belfast zu gehen. Warum wohl?«

»Um McGuire zum Schweigen zu bringen«, sagte Mary. »Es ist interessant, daß unser Treffen mit McGuire für zwei Uhr angesetzt war, daß wir aber zwanzig Minuten zu früh bei ihm erschienen. Wären wir nicht dort gewesen, hätte Dillon ihn vor uns erwischt.«

»Aber auch jetzt kann er nicht sicher sein, was McGuire Ihnen erzählt hat, wenn er überhaupt den Mund aufgemacht hat.«

»Aber der Punkt ist, Sir: Dillon wußte, daß McGuire etwas über ihn in der Hand hatte, deshalb hat er keine Mühe gescheut, ihn auszuschalten. Und für mich ist es klar, daß es einzig und allein die Information war, daß dieser Jack Harvey einundachtzig in London sein Waffenlieferant gewesen ist.«

»Ja, nachdem Sie mich von Aldergrove anriefen, bevor Sie abflogen, habe ich die Angaben überprüft. Detective Inspector Lane von der Spezialabteilung hat mir mitgeteilt, daß Harvey ein bekannter Gangster großen Stils ist. Er verdient sein Geld mit Drogen, Prostitution und allem, was man so kennt. Die Polizei ist seit Jahren ohne nennenswertem Erfolg hinter ihm her. Unglücklicherweise ist er mittlerweile ein angesehener Geschäftsmann. Ihm gehören Grundstücke, Nachtclubs, Wettbüros und so weiter.«

»Was wollen Sie damit sagen, Sir?« fragte Mary.

»Daß es nicht so einfach ist, wie Sie vielleicht annehmen. Wir können Harvey nicht einfach zum Verhör abholen, nur weil ein Toter etwas über ihn erzählt hat, das vor zehn Jahren passiert sein soll. Seien Sie vernünftig, meine Liebe. Er würde gelangweilt dasitzen, den Mund nicht aufmachen, und ein Team der besten Anwälte Londons hätte ihn in Nullkommanichts draußen.«

»Mit anderen Worten, er würde noch nicht einmal vor Gericht kommen?« fragte Brosnan.

»Genau«, seufzte Ferguson. »Ich habe immer große Sympathie für die Idee gehabt, daß man, um den kriminellen Kreisen entscheidend beizukommen, sämtliche

Anwälte zusammentreiben und auf dem nächsten öffentlichen Platz erschießen sollte.«

Brosnan sah aus dem Fenster auf die herabschwebenden Schneeflocken. »Es gibt auch noch einen anderen Weg.«

»Sie denken an Ihren Freund, diesen Flood?« Ferguson lächelte verkniffen. »Ich will Sie nicht abhalten, seinen Rat einzuholen, aber ich gehe davon aus, daß Sie sich innerhalb der Legalität bewegen.«

»Aber natürlich, Brigadier, großes Ehrenwort.« Brosnan griff nach seinem Mantel. »Kommen Sie, Mary, wir statten Harry einen Besuch ab.«

Dem Morris zu folgen, bereitete Billy auf seiner BMW keine Schwierigkeiten. Der Schnee blieb nur am Straßenrand liegen, und der Asphalt war naß und eisfrei. Es herrschte reger Verkehr aus London heraus und durch Dorking. Auf der Straße nach Horsham nahm er etwas ab, war aber immer noch dicht genug, um Billy ausreichend Deckung zu geben.

Er hatte Glück, als der Morris am Schild nach Grimethorpe abbog, denn es hatte aufgehört zu schneien, und der Himmel hatte sich aufgeklärt, so daß ein Halbmond genügend Licht spendete. Billy schaltete seinen Scheinwerfer aus und folgte den Rücklichtern des Morris in einiger Entfernung, ohne daß er in der Dunkelheit zu sehen war. Als der Wagen vor ihm am Doxley-Schild abbog, folgte er ihm vorsichtig, hielt auf der Hügelkuppe an und beobachtete, wie die Lichter sich durch das Tor zur Farm bewegten.

Er stellte den Motor ab und ließ sich die abschüssige Straße hinunterrollen. Am Tor mit dem Holzschild, auf dem »Cadge End Farm« zu lesen war, hielt er an. Zu Fuß ging er auf dem Fahrweg ein Stück weiter zwischen den Bäumen hindurch, bis er das erleuchtete Innere der Scheune auf der anderen Hofseite erkennen konnte. Dillon, Fahy und Angel standen neben dem Morris. Dillon wandte sich um, kam heraus und überquerte den Hof.

Billy zog sich eilig zurück, schwang sich auf seine BMW und rollte den Hügel hinunter und ließ den Motor erst wieder an, als er sich in einiger Entfernung zur Farm befand. Fünf Minuten später jagte er schon wieder auf der Hauptstraße zurück nach London.

Im Wohnzimmer rief Dillon Makeev in dessen Pariser Wohnung an. »Ich bin's«, meldete er sich.

»Ich habe mir schon Sorgen gemacht«, erklärte Makeev ihm. »Nach dem, was mit Tania ...«

»Tania hat sich ihren eigenen Ausweg gesucht«, unterbrach Dillon ihn. »Ich habe es Ihnen doch erzählt. Es war ihr Weg zu gewährleisten, daß man nichts aus ihr herausbekam.«

»Und diese Angelegenheit, die Sie erwähnt haben? Ihr Ausflug nach Belfast?«

»Das habe ich erledigt. Jetzt stehen alle Zeichen auf Grün, Josef.«

»Wann?«

»Das Kriegskabinett tritt vormittags um zehn in Downing Street 10 zusammen. Und genau um diese Uhrzeit schlagen wir zu.«

»Aber wie?«

»Sie können es anschließend in den Zeitungen nachlesen. Wichtig ist im Augenblick, daß Sie Michael Aroun bestellen, er solle morgen vormittag zu seinem Landsitz St. Denis fliegen. Ich hoffe, irgendwann im Laufe des Nachmittags dort zu landen.«

»So schnell?«

»Nun, ich werde wohl kaum allzulange am Ort des Geschehens bleiben wollen, oder? Was ist mit Ihnen, Josef?«

»Ich glaube, ich werde mit Aroun und Rashid ebenfalls nach St. Denis kommen.«

»Schön. Dann bis zu unserem nächsten Treffen, und erinnern Sie Aroun an die zweite Million.«

Dillon legte den Hörer auf, zündete sich eine Zigarette an, dann nahm er wieder den Hörer in die Hand und rief den Flugplatz Grimethorpe an. Nach einer Weile wurde abgenommen.

»Hier ist Bill Grant.« Der Mann klang leicht betrunken.

»Peter Hilton hier, Mr. Grant.«

»Ah ja«, sagte Grant. »Was kann ich für Sie tun?«

»Wir haben doch kürzlich über meinen Flug nach Land's End gesprochen – Sie erinnern sich? Ich denke, morgen ist es soweit.«

»Und um welche Uhrzeit?«

»Wenn Sie sich ab Mittag bereit halten könnten, würde es reichen. Schaffen Sie das?«

»Wenn der Schnee sich in Grenzen hält. Viel mehr darf nicht mehr fallen, sonst könnte es problematisch werden.«

Grant legte langsam den Hörer auf, griff nach der Flasche Scotch und schenkte sich großzügig davon ein. Dann zog er die Tischschublade auf. Darin lagen ein alter Webley-Armeerevolver und ein Karton .38er-Munition. Er lud die Waffe und legte sie zurück in die Schublade.

»In Ordnung, Mr. Hilton, dann wollen wir doch mal sehen, was Sie wirklich vorhaben«, murmelte er und leerte das Whiskyglas.

»Ob ich Jack Harvey kenne?« Harry Flood brach in schallendes Gelächter aus. Er saß hinter seinem Schreibtisch und sah zu Mordecai hoch. »Kenne ich ihn, Mordecai?«

Der athletische Mann lächelte Brosnan und Mary an, die vor ihm standen und immer noch ihre Mäntel trugen. »Ja, ich glaube, man könnte sagen, daß wir Mr. Harvey recht gut kennen.«

»Um Gottes willlen, setzt euch und erzählt, was in Belfast los war«, forderte Flood sie auf.

Sie folgten seiner Aufforderung, und Mary lieferte eine kurze Darstellung des Geschehens. Am Ende meinte sie: »Halten Sie es für möglich, daß Harvey einundachtzig Waffenlieferant von Dillon war?«

»Bei Jack Harvey würde mich nichts überraschen. Er und seine Nichte Myra betreiben ein kleines Imperium, das jede Art von kriminellen Machenschaften einschließt. Frauen, Drogen, Schutzgelder, bewaffnete Raubüberfälle großen Stils, was immer Sie wollen, aber Waffen für die IRA?« Er sah Mordecai fragend an. »Was meinst du dazu?«

»Er würde sogar die Leiche seiner Großmutter aus dem Grab holen, wenn er sich davon einen Gewinn verspricht«, sagte der große Mann.

»Das ist treffend ausgedrückt.« Flood wandte sich an Mary. »Da haben Sie Ihre Antwort.«

»Na schön«, sagte Brosnan. »Und wenn Dillon Harvey einundachtzig benutzt hat, dann besteht die Chance, daß er es jetzt wieder tut.«

Flood runzelte skeptisch die Stirn. »Nur mit deiner Geschichte könnte die Polizei Harvey nichts anhaben, das ist dir ja wohl klar. Sie müßten ihn laufenlassen.«

»Ich glaube, der Professor beabsichtigt eine etwas raffiniertere Methode, wie zum Beispiel eine Tracht

Prügel für den Bastard, bis er den Mund aufmacht«, sagte Mordecai und schlug sich mit der Faust in die Handfläche.

Mary sah Brosnan an, der die Achseln zuckte. »Was würden Sie denn vorschlagen? Bei einem Mann wie Harvey kommt man mit Nettigkeit nicht weiter.«

»Ich habe eine Idee«, sagte Harry Flood. »Harvey bedrängt mich schon seit einiger Zeit mit der Forderung nach einer Geschäftspartnerschaft. Wenn ich ihm jetzt mitteilen lasse, daß ich mich mit ihm treffen will, um alles in Ruhe einmal durchzusprechen?«

»Ausgezeichnet«, sagte Brosnan. »Aber so bald wie möglich. Wir dürfen jetzt keine Zeit mehr verlieren.«

Myra saß am Schreibtisch ihres Onkels und ging die Einnahmen des Clubs durch, als Flood sie anrief.

»Harry«, sagte sie, »was für eine nette Überraschung.«

»Ich hatte gehofft, ich könnte Jack sprechen.«

»Das ist nicht möglich, Harry. Er ist wegen irgendeiner Sache mit seinem Sportclub im Midland-Hotel nach Manchester gefahren.«

»Wann kommt er zurück?«

»Bald. Er hat morgen vormittag irgendwelche geschäftlichen Termine, deshalb nimmt er gleich den ersten Flug von Manchester um halb acht.«

»Dann dürfte er gegen neun im Büro sein, nicht wahr?«

»Eher um halb zehn, wenn man den Londoner Verkehr berücksichtigt. Aber um was geht es denn, Harry?«

»Ich habe mir einiges durch den Kopf gehen lassen, Myra, wahrscheinlich habe ich ziemlich dumm reagiert. Wegen der Partnerschaft, meine ich. Jack hat sicherlich in einigen Punkten recht. Wir könnten eine ganze Menge tun, wenn wir uns miteinander verbündeten.«

»Ich glaube, er wird sich freuen, das aus Deinem Mund zu hören«, sagte Myra.

»Ich komme dann morgen vormittag gegen halb zehn mit einem Buchhalter rüber«, sagte Flood und legte auf.

Myra blieb einige Sekunden lang still sitzen und betrachtete versonnen das Telefon, dann nahm sie den Hörer ab und rief im Midland-Hotel in Manchester an und verlangte ihren Onkel. Jack Harvey, der einiges an Champagner und mehr als einen Brandy intus hatte, war bester Laune, als er das Gespräch am Empfangspult des Hotels entgegennahm.

»Myra, Liebling, was ist los? Brennt es, oder haben wir gerade einen Leichenboom?«

»Etwas viel Interessanteres. Harry Flood hat gerade angerufen.«

Sie berichtete ihm den Inhalt des Gesprächs, und er wurde schlagartig nüchtern. »Er will also um halb zehn vorbeikommen?«

»Richtig. Was hältst du davon?«

»Ich denke, da steckt ein ganzer Haufen Dreck dahinter. Warum sollte er so schnell seine Meinung ändern? Nein, das gefällt mir nicht.«

»Soll ich ihn zurückrufen und den Termin absagen?«

»Nein, kein Stück, ich erwarte ihn. Wir treffen nur einige Vorsichtsmaßnahmen, mehr nicht.«

»Außerdem«, fuhr sie fort, »hat dieser Hilton, oder wie er heißt, angerufen und seine Ware verlangt. Er kam vorbei, hat bar bezahlt und ist wieder abgezogen. Ist das in Ordnung so?«

»Bist ein gutes Kind ... Was Flood betrifft, dazu kann ich nur sagen, sorge dafür, daß ihm die richtige Begrüßung zuteil wird, nur für alle Fälle. Du weißt, was ich meine?«

»Ich denke schon, Jack«, sagte sie. »Ich glaube, ich habe dich verstanden.«

Harry Flood meinte: »Wir treffen uns morgen um halb zehn vor Harveys Beerdigungsladen. Ich nehme Mordecai mit, und du darfst meinen Buchhalter mimen«, sagte er zu Brosnan.

»Und was ist mit mir?« meldete sich Mary ungehalten.

»Wir werden sehen.«

Brosnan stand auf und trat zur Terrassentür und schaute auf den Fluß hinaus. »Ich wünschte, ich wüßte, was das Schwein im Augenblick treibt«, sagte er.

»Warte bis morgen, Martin«, riet Flood ihm. »Alles zu seiner Zeit.«

Es war etwa Mitternacht, als Billy seine BMW auf dem Hof hinter dem Anwesen in Whitechapel aufbockte und ins Haus ging. Er stieg müde die steile Treppe zu Myras Wohnung hinauf. Sie hörte ihn kommen, öffnete die Tür und stand im Licht, das von hinten ihr kurzes Nachthemd fast durchsichtig erscheinen ließ.

»Hallo, Sonnenschein, du hast es also geschafft«, sagte sie zu Billy.

»Ich bin durchgefroren bis auf die Knochen«, meinte Billy.

Sie zog ihn herein, schob ihn in einen Sessel und begann, die Reißverschlüsse seiner Lederkombination zu öffnen. »Wohin ist er gefahren?«

Er griff nach einer Flasche Brandy, schenkte sich einen Doppelten ein und leerte das Glas mit einem Zug. »Nur eine Stunde aus London raus, Myra, aber dort sagen sich die Füchse gute Nacht.«

Er erzählte ihr alles von Dorking, der Straße nach Horsham, von Grimethorpe, Doxley und der Cadge End Farm.

»Wunderbar, Sonnenschein. Was du jetzt brauchst, ist ein schönes heißes Bad.«

Sie ging ins Badezimmer und drehte die Wasserhähne auf. Als sie ins Wohnzimmer zurückkam, war Billy auf der Couch eingeschlafen und lag dort und streckte alle viere von sich. »Schlappschwanz«, sagte sie halblaut, breitete eine Decke über ihn aus und ging zu Bett.

Als Makeev an die Tür in der Avenue Victor Hugo klopfte, wurde sie von Rashid geöffnet. »Haben Sie Neuigkeiten für uns?« erkundigte sich der junge Iraker.

Makeev nickte. »Wo ist Michael?«

»Er erwartet Sie.«

Rashid geleitete ihn in den Salon, wo Aroun neben dem Kamin stand. Er trug einen schwarzen Smoking, denn er war soeben aus der Oper zurückgekommen.

»Was ist los?« wollte er wissen. »Ist etwas passiert?«

»Dillon hat aus England angerufen. Er möchte, daß Sie morgen vormittag nach St. Denis fliegen. Er beabsichtigt, im Laufe des Nachmittags hinzukommen.«

Aroun war blaß vor Erregung. »Was ist los? Was hat er vor?«

Er schenkte dem Russen einen Kognak ein, und Rashid reichte ihm den Schwenker. »Er hat mir mitgeteilt, daß er eine Art Attentat auf das englische Kriegskabinett in der Downing Street plant.«

Vollkommene Stille setzte ein, und Arouns Gesicht zeigte namenlose Verblüffung. Es war Rashid, der als erster die Sprache wiederfand. »Das Kriegskabinett? Den ganzen Verein? Das ist unmöglich. Wie kommt er darauf, so etwas auch nur in Erwägung zu ziehen?«

»Ich habe keine Ahnung«, sagte Makeev. »Ich gebe nur weiter, was er mir gesagt hat, nämlich, daß das Kriegskabinett morgen um zehn zusammenkommt und daß dies der Zeitpunkt ist, an dem er losschlagen will.«

»Allah sei ihm gnädig«, sagte Michael Aroun. »Wenn er das jetzt schafft, während des Krieges, ehe die Bodenoffensive beginnt, dürften die Auswirkungen auf die gesamte arabische Welt enorm sein.«

»Das denke ich auch.«

Aroun machte einen Schritt vorwärts und krampfte seine rechte Hand in das Revers von Makeevs Jackett. »Was meinen Sie, Josef, schafft er es?«

»Er scheint sich dessen sehr sicher zu sein.« Makeev befreite sich von seinem Griff. »Ich kann nur sagen, was er mir anvertraut hat.«

Aroun wandte sich ab und starrte ins Feuer, dann meinte er zu Rashid: »Wir starten um neun mit der Citation vom Charles de Gaulle. In knapp einer Stunde sind wir dann am Ziel.«

»Wie Sie befehlen«, sagte Rashid.

»Sie können jetzt schon Alphonse auf dem Schloß anrufen. Ich möchte, daß er spätestens zum Frühstück dort verschwunden ist. Er kann sich ein paar Tage freinehmen. Ich will ihn dort nicht sehen.«

Rashid nickte und begab sich ins Arbeitszimmer. Makeev sagte: »Alphonse?«

»Der Hausmeister. Um diese Jahreszeit ist er ganz allein, es sei denn, ich bitte ihn, die einzelnen Bediensteten aus dem benachbarten Dorf heranzuschaffen. Sie sind alle abrufbereit.«

Makeev meinte: »Ich würde Sie gerne begleiten, wenn es Ihnen nichts ausmacht.«

»Natürlich, Josef.« Aroun schenkte ihnen Kognak nach. »Allah möge mir verzeihen, ich weiß, daß ich trinke, obwohl ich es nicht tun sollte, aber dies ist ein Anlaß dafür.« Er erhob sein Glas. »Auf Dillon und darauf, daß alles so laufen möge, wie er es sich vorstellt.«

Es war ein Uhr nachts, und Fahy bearbeitete gerade eine der Sauerstoffflaschen aus der Werkbank, als Dillon die Scheune betrat.

»Wie klappt es?«

»Bestens«, sagte Fahy. »Ich bin beinahe fertig. Diese noch und eine weitere. Was sagt das Wetter?«

Dillon trat an die offene Tür. »Es hat aufgehört zu schneien, aber es ist mehr Schnee angesagt. Ich habe mir den Teletext in deinem Fernseher angesehen.«

Fahy schleppte die Flasche zum Ford Transit, stieg damit ein und ließ sie mit größter Sorgfalt in eine der Röhren gleiten, während Dillon ihm dabei zusah. Angel kam mit einer Kanne und zwei Tassen herein. »Kaffee?« fragte sie.

»Wunderbar.« Ihr Onkel hielt ihr seine Tasse hin, die sie füllte, und dann tat sie das gleiche für Dillon.

Dillon sagte: »Ich habe nachgedacht. Es geht um die Garage, wo Sie mit dem Lieferwagen warten sollten, Angel. Ich weiß nicht so recht, ob das eine gute Idee ist.«

Fahy hielt inne. Er ließ den Schraubenschlüssel sinken, mit dem er gerade arbeitete, und blickte auf. »Warum nicht?«

»Dort hatte bisher diese Russin, meine Kontaktperson, ihren Wagen abgestellt. Die Polizei wird darüber sicherlich Bescheid wissen. Wenn sie die Wohnung überwachen, achten sie möglicherweise auch auf die Garage.«

»Und was schlägst du vor?«

»Wißt ihr noch, wo ich gewohnt habe? In diesem Hotel in der Bayswater Road? Gleich nebenan befindet sich ein Supermarkt mit einem großen Parkplatz dahinter. Den benutzen wir. Es macht keinen großen Unterschied«, sagte er zu Angel. »Ich zeige Ihnen den Platz, wenn wir dort sind.«

»Wie Sie meinen, Mr. Dillon.« Sie verfolgte gespannt, wie Fahy letzte Hand an seine improvisierte Mörsergranate legte und dann wieder an die Werkbank trat. »Ich habe auch über diesen Ort in Frankreich nachgedacht, Mr. Dillon. Dieses St. Denis.«

»Was ist damit?«

»Sie fliegen nach dem Attentat sofort dorthin, nicht wahr?«

»Das ist richtig.«

Sie zögerte, dann gab sie sich einen Ruck. »Was geschieht denn dann mit uns?«

Fahy hielt inne, um sich die Hände abzuwischen. »Sie spricht einen interessanten Punkt an, Sean.«

»Euch beiden passiert überhaupt nichts«, sagte Dillon. »Dies ist eine ganz saubere Sache, Danny, die sauberste, die ich je durchgezogen habe. Es gibt nicht den geringsten Hinweis auf eure Mitwirkung. Wenn morgen alles klappt, und das wird es, dann sind wir spätestens um halb zwölf wieder hier, und damit ist die Sache erledigt.«

»Wenn du meinst«, sagte Fahy.

»Ja, das meine ich, Danny, und wenn du dir wegen des Geldes Sorgen machst, vergiß es. Ihr bekommt euren Anteil. Der Mann, mit dem ich zusammenarbeite, kann seine Zahlungen überallhin überweisen. Du kannst dein Geld hierherbekommen oder auch aufs Festland, wenn dir das lieber ist.«

»Sicher, aber das Geld war mir im Grunde nie so wichtig, Sean«, sagte Fahy. »Das weißt du doch. Es ist nur für den Fall, daß etwas schiefgeht.« Er zuckte die

Achseln. »Mir geht es um Angel. Ich denke in erster Linie an sie.«

»Völlig unnötig. Wenn irgendein Risiko dabei wäre, würde ich als erster sagen, kommt mit mir, aber es wird nichts passieren.« Dillon legte dem Mädchen einen Arm um die Schultern. »Sie sind sicherlich furchtbar aufgeregt, nicht wahr?«

»Ich habe ein ganz schlimmes Gefühl in der Magengegend, Mr. Dillon.«

»Gehen Sie zu Bett.« Er schob sie zur Tür. »Wir starten um acht.«

»Ich mache sicherlich kein Auge zu.«

»Versuchen Sie es. Und jetzt gehen Sie und legen sich hin. Das ist ein Befehl.«

Widerstrebend entfernte sie sich. Dillon zündete sich eine frische Zigarette an und drehte sich wieder zu Fahy um. »Kann ich irgend etwas tun?«

»Überhaupt nichts. In einer halben Stunde dürften wir soweit sein. Leg dich selbst noch etwas hin, Sean. Was mich betrifft, so geht es mir genauso wie Angel. Ich glaube nicht, daß ich jetzt Ruhe finde. Ich habe übrigens für dich noch eine alte Lederkombination fürs Motorrad gefunden«, fügte Fahy hinzu. »Die Sachen liegen drüben bei der BSA.«

Es waren eine Jacke und eine Lederhose sowie ein Paar Stiefel. Die Teile sahen häufig benutzt aus, und Dillon lächelte. »Versetzt mich direkt in meine Jugend zurück. Ich probiere die Sachen gleich an.«

Fahy hielt inne und wischte sich mit der Hand über die Augen, als sei er müde. »Hör mal, Sean, muß es unbedingt morgen sein?«

»Gibt es ein Problem?«

»Ich habe dir doch gesagt, ich würde am liebsten noch ein paar Tragflächen an die Sauerstoffflaschen schweißen, damit sie eine stabilere Flugbahn haben. Jetzt habe ich dazu keine Zeit mehr.« Er warf den Schraubenschlüssel auf die Werkbank. »Es ist alles zu überstürzt, Sean.«

»Daran sind Martin Brosnan und seine Freunde schuld, nicht ich, Danny«, erklärte Dillon. »Sie sitzen mir regelrecht im Nacken. In Belfast hätten sie mich beinahe erwischt. Gott weiß, wann sie wieder auftauchen. Nein, Danny, entweder jetzt oder nie.«

Er wandte sich um und ging hinaus, und Fahy griff widerstrebend nach seinem Schraubenschlüssel und kehrte an seine Arbeit zurück.

Die Lederkombination war nicht übel, und Dillon stand vor dem Spiegel, während er den Reißverschluß seiner Jacke zuzog. »Sieh mal an«, sagte er leise. »Und schon bist du wieder achtzehn Jahre alt, und die Welt ist jung, und alle Möglichkeiten stehen dir offen.«

Er öffnete die Jacke wieder, zog sie aus, klappte dann seinen Aktenkoffer auf und faltete die kugelsichere Weste auseinander, die Tania ihm bei ihrer ersten Zusammenkunft gegeben hatte. Er streifte sie über, befestigte die Klettverschlüsse, dann zog er die Lederjacke wieder an.

Er setzte sich auf die Bettkante, holte die Walther aus dem Aktenkoffer, inspizierte sie und schraubte den Carswell-Schalldämpfer auf. Danach überprüfte er die Beretta und legte sie griffbereit auf den Nachttisch. Den Aktenkoffer stellte er in die Garderobe, dann knipste er die Zimmerbeleuchtung aus und legte sich aufs Bett. Er starrte in der Dunkelheit zur Decke.

Er empfand niemals Nervosität, hatte keine Angst, vor nichts und niemandem, und auch in diesem Moment fühlte er sich völlig ruhig und gelassen. Dabei lag der größte Coup seines Lebens vor ihm. »Damit gehst du in die Geschichte ein, Sean«, murmelte er leise. »Du wirst ein Held.«

Er schloß die Augen und schlief nach einer Weile ein.

Während der Nacht schneite es, und kurz nach sieben ging Fahy hinaus auf den Fahrweg, um den Zustand der Straße zu prüfen. Er kehrte zurück und traf Dillon, der in der Tür des Farmhauses stand und ein Sandwich mit Frühstücksspeck aß. In der anderen Hand hielt er eine Tasse Tee.

»Ich weiß nicht, wie du das schaffst«, sagte Fahy bewundernd. »Ich bekäme keinen Bissen herunter. Er käme mir gleich wieder hoch.«

»Hast du Angst, Danny?«

»Tödliche.«

»Das ist gut. Das schärft deine Sinne, und du kommst in die Hochform, die am Ende vielleicht den Ausschlag gibt.«

Sie gingen hinüber zur Scheune und blieben neben dem Ford Transit stehen. »Nun, er ist einsatzbereit, bereiter geht's nicht«, sagte Fahy.

Dillon legte ihm eine Hand auf die Schulter. »Du hast wahre Wunder vollbracht, Danny, phantastisch.«

Angel tauchte hinter ihnen auf. Sie war in ihrer alten Hose und Stiefeln, in Anorak und Pullover und mit der Wollmütze bereits abmarschfertig angezogen. »Geht es los?«

»Bald«, versprach Dillon. »Erst einmal schaffen wir die BSA in den Morris.«

Sie öffneten die Hecktüren des Lieferwagens, legten das Laufbrett an und rollten das Motorrad auf die Ladefläche. Dillon bockte es auf, und Fahy schob das Laufbrett in den Wagen. Er reichte einen Sturzhelm heraus.

»Der ist für dich. Ich habe im Ford einen eigenen.« Er zögerte. »Bist du bewaffnet, Sean?«

Dillon zog die Beretta aus der Innenseite der schwarzen Lederjacke. »Was ist mit dir?«

»Mein Gott, Sean, ich habe Pistolen immer gehaßt, das weißt du doch genau.«

Dillon verstaute die Beretta wieder in seiner Jacke und zog den Reißverschluß zu. Er schloß die Hecktüren des Lieferwagens und wandte sich um. »Sind alle zufrieden?«

»Können wir endlich starten?« erkundigte sich Angel.

Dillon sah auf seine Uhr. »Noch nicht. Ich habe gesagt, wir brechen um acht auf. Wir wollen nicht zu früh an Ort und Stelle sein. Wir haben sogar noch Zeit für eine zweite Tasse Tee.«

Sie gingen hinüber zum Farmhaus, und Angel setzte in der Küche den Wasserkessel auf den Herd. Dillon zündete sich eine Zigarette an, lehnte sich an die Spüle und schaute der jungen Frau zu. »Haben Sie denn überhaupt keine Nerven?« fragte sie ihn. »Ich spüre meinen Herzschlag bis in die Schläfen.«

Fahy rief etwas. »Komm mal her, und sieh dir das an, Sean!«

Dillon ging ins Wohnzimmer. Der Fernseher stand in einer Ecke, und das Morgenmagazin berichtete gerade über die Schneemengen, die über Nacht in London gefallen waren. Die Bäume in der Stadt, die Plätze, Standbilder, Denkmäler, alles war mit Schnee bedeckt, und auch die Gehsteige und Nebenstraßen.

»Das sieht nicht gut aus«, sagte Fahy.

»Hör auf, dich verrückt zu machen, die Hauptstraßen sind doch völlig frei«, sagte Dillon, während Angel mit einem Tablett hereinkam. »Eine gute Tasse Tee, Danny, mit viel Zucker für die Energie, und schon sind wir unterwegs.«

In der Wohnung am Lowndes Square kochte Brosnan in der Küche Eier und achtete auf den Toast, als das Telefon klingelte. Er hörte, wie Mary den Anruf beantwortete. Nach einer Weile schaute sie herein. »Harry ist am Apparat, er will Sie sprechen.«

Brosnan nahm den Hörer auf. »Wie läuft es?«

»Alles klar, alter Freund, ich wollte dich nur daran erinnern, daß es gleich losgeht.«

»Wie werden wir vorgehen?«

»Nun, wir müssen etwas improvisieren, aber ich denke, wir sollten mit einigem Nachdruck auftreten.«

»Das finde ich auch«, sagte Brosnan.

»Habe ich recht, daß das für Mary zu einem Problem werden könnte?«

»Ich fürchte ja.«

»Dann kann sie nicht mitkommen. Überlaß es mir, ihr das klarzumachen. Ich regle das, wenn wir dort sind. Bis gleich.«

Brosnan legte den Hörer auf und kehrte in die Küche zurück, wo Mary die Eier und den Toast zurechtgelegt hatte und gerade Tee einschenkte. »Was hat er gesagt?« fragte sie.

»Nichts Besonderes. Er überlegt nur, wie wir am besten an die Sache herangehen sollen.«

»Und Sie meinen, es sei am besten, Harvey mit einem dicken Knüppel ein paar über den Schädel zu geben, nicht wahr?«

»So ähnlich.«

»Warum keine Daumenschrauben, Martin?«

»Ja, warum eigentlich nicht?« Er nahm sich eine Scheibe Toast. »Wenn die nötig sind.«

Der frühmorgendliche Verkehr auf der Straße von Horsham nach Dorking und weiter nach London war wegen des Wetters etwas schwerfällig. Angel und Dillon fuhren im Morris voraus, Fahy war im Ford Transit dicht hinter ihnen. Das Mädchen war innerlich angespannt, wie man sehen konnte. Ihre Fingerknöchel waren weiß, als sie das Lenkrad umklammerte, doch sie fuhr sehr gut. Von Epsom nach Kingston und weiter zum Fluß, dann auf der Putney Bridge über den Fluß. Es war bereits Viertel nach neun, als sie sich auf der Bayswater Road dem Hotel näherten.

»Da drüben«, erklärte Dillon. »Da ist der Supermarkt. Die Einfahrt auf dem Parkplatz befindet sich auf der anderen Seite.« Sie bog von der Straße ab, schaltete in den ersten Gang und fuhr im Schrittempo auf den Parkplatz, der schon ziemlich voll war. »Dort, am hinteren Ende«, sagte Dillon. »Auf diesem Platz.«

Ein großer Wohnwagen parkte dort im Schutz einer Plastikplane, die mit Schnee bedeckt war. Angel parkte den Wagen auf der anderen Seite des Wohnwagens, und Fahy stoppte in der Nähe. Dillon sprang heraus, setzte den Sturzhelm auf, ging um den Lieferwagen und öffnete die Hecktüren. Er schob das Laufbrett in die richtige Position und holte die BSA heraus, wobei Angel ihm behilflich war. Während er sich in den Sattel schwang, schob die junge Frau das Laufbrett wieder hinein und schloß die Türen. Dillon betätigte den Anlasser, und die BSA reagierte sofort und erwachte brüllend zum Leben. Er sah auf die Uhr. Es war jetzt zwanzig nach neun. Er bockte die Maschine auf und ging hinüber zu Fahy im Ford.

»Denk daran, der Zeitpunkt ist entscheidend. Wir können nicht ständig auf der Whitehall kreisen, ohne daß jemand mißtrauisch wird. Wenn wir zu früh dran sind, dann versuch auf dem Victoria Embankment etwas Zeit zu verlieren und zu trödeln. Tu so, als hättest du eine Panne, und ich halte dann an und spiele den barmherzigen Helfer, aber vom Embankment die Horse Guards Avenue hinauf zur Ecke Whitehall braucht man nur eine Minute, vergiß das nicht.«

»Mein Gott, Sean.« Fahy wirkte völlig verstört vor Angst.

»Ganz ruhig, Danny, ganz ruhig«, sagte Dillon. »Alles läuft bestens, du wirst sehen. Und jetzt fahr los.«

Er stieg wieder auf die BSA, und Angel meinte: »Ich habe gestern abend für Sie gebetet, Mr. Dillon.«

»Das war genau das richtige. Bis bald.« Und er startete und hängte sich hinter den Ford.

13

Harry Flood und Mordecai warteten im Mercedes, hinter dessen Lenkrad Salter saß, als ein Taxi vor dem Bestattungsunternehmen in Whitechapel anhielt und Mary und Brosnan ausstiegen. Sie stapften durch den Schnee auf dem Gehsteig, und Flood öffnete die Wagentür, damit sie einsteigen konnten.

Er sah auf die Uhr. »Wir haben gleich halb zehn. Ich denke, wir können reingehen.«

Er zog die Walther aus der Brusttasche und überprüfte das Magazin. »Willst du auch ein Eisen, Martin?« fragte er.

Brosnan nickte. »Keine schlechte Idee.«

Mordecai öffnete das Handschuhfach, holte einen Browning heraus und schob ihn über den Sitz. »Ist Ihnen der recht, Professor?«

Mary schüttelte den Kopf. »Mein Gott, man könnte glauben, Sie wollen den Dritten Weltkrieg entfesseln.«

»Oder seinen Ausbruch verhindern«, sagte Brosnan. »Haben Sie schon einmal daran gedacht?«

»Gehen wir«, sagte Flood. Brosnan folgte ihm nach draußen, und Mordecai stieg auf der anderen Seite aus. Als Mary Anstalten machte, ihnen zu folgen, sagte Flood: »Diesmal nicht, meine Liebe. Ich habe Myra erklärt, daß ich meinen Buchhalter mitbringe, wodurch Martins Anwesenheit erklärt ist, und Mordecai begleitet mich sowieso immer auf Schritt und Tritt. Mehr erwarten sie nicht.«

»Jetzt hören Sie mal zu«, sagte sie. »Ich bearbeite offiziell diesen Fall. Ich repräsentiere das Verteidigungsministerium.«

»Wie schön für Sie. Paß auf sie auf, Charlie«, sagte Flood zu Salter, und er ging zum Eingang, wo Mordecai bereits die Klingel betätigte.

Der Portier, der sie einließ, lächelte unterwürfig. »Guten Morgen, Mr. Flood. Mr. Harvey bittet Sie, noch für einen Moment ins Wartezimmer zu gehen. Er ist gerade erst von Heathrow zurückgekommen.«

»Das ist schon in Ordnung«, sagte Flood und folgte ihm durch den Korridor.

Das Wartezimmer war, der Umgebung angemessen, mit dunklen Ledersesseln möbliert. Wände und Teppichboden waren rostfarben. Die Beleuchtung bestand aus falschen Kerzen, und aus versteckten Lautsprechern drang leise, getragene Musik.

»Was hältst du davon?« fragte Brosnan.

»Er ist gerade von Heathrow gekommen«, sagte Flood. »Mach dir keine Sorgen.«

Mordecai blickte zum Eingang und hinüber in eine der Trauerkapellen. »Blumen, das ist es, was ich an Orten wie diesem so seltsam finde. Ich verbinde Blumen immer mit dem Tod.«

»Ich denke daran, wenn du an der Reihe bist«, sagte Flood. »Auf besonderen Wunsch keine Blumen.«

Es war etwa zwanzig vor zehn, als der Ford Transit in eine Parkbucht auf dem Victoria Embankment fuhr. Fahys Hände schwitzten. Im Rückspiegel sah er, wie Dillon die BSA auf den Ständer zog und auf ihn zukam. Er beugte sich ins Fenster.

»Bist du okay?«

»Bestens, Sean.«

»Wir bleiben hier so lange stehen, wie wir es uns irgendwie erlauben können. Fünfzehn Minuten wären ideal. Wenn ein Verkehrswächter kommen sollte, dann fahr einfach weiter, und ich folge dir. Wir fahren dann etwa einen Kilometer über das Embankment, wenden und kommen zurück.«

»In Ordnung, Sean.« Fahys Zähne klapperten.

Dillon holte ein Päckchen Zigaretten hervor, schob sich zwei zwischen die Lippen, zündete sie an und gab Fahy eine. »Nur um dir zu zeigen, was für ein romantischer Narr ich bin«, meinte er und begann schallend zu lachen.

Als Harry Flood, Brosnan und Mordecai das Vorzimmer betraten, wurden sie von Myra begrüßt. Sie trug einen schwarzen Hosenanzug und Stiefel und hatte einen Stapel Schriftstücke in einer Hand.

»Du siehst ja sehr geschäftsmäßig aus, Myra«, sagte Flood zu ihr.

»Das muß ich auch, Harry, bei der Arbeit, die ich hier leiste.« Sie küßte ihn auf die Wange und nickte Mordecai zu. »Hallo, Muskelmann.« Dann betrachtete sie Brosnan. »Und das ist?«

»Mein neuer Buchhalter, Mr. Smith.«

»Tatsächlich?« Sie nickte. »Jack wartet schon.« Sie öffnete die Tür und ging voraus ins Büro.

Ein Feuer brannte im Kamin, es war warm und gemütlich. Harvey saß hinter dem Schreibtisch und rauchte wie üblich eine Zigarre. Billy befand sich links von ihm und saß auf der Armlehne des Sofas. Er hatte sich einen Regenmantel lässig übers Knie gelegt.

»Jack«, sagte Harry Flood. »Schön, dich zu sehen.«

»Was du nicht sagst.« Harvey taxierte Brosnan. »Wer ist das?«

»Harrys neuer Buchhalter, Onkel Jack.« Myra umrundete den Schreibtisch und blieb neben ihm stehen. »Das ist Mr. Smith.«

Harvey schüttelte den Kopf. »Ich habe noch nie einen Buchhalter gesehen, der aussah wie Mr. Smith, oder du etwa, Myra?« Er wandte sich wieder an Flood. »Meine Zeit ist kostbar, Harry, was willst du?«

»Dillon«, sagte Harry Flood. »Sean Dillon.«

»Dillon?« Harvey sah völlig entgeistert aus. »Und wer zum Teufel ist Dillon?«

»Ein kleiner Mann«, erklärte Brosnan, »Ire, obgleich er als alles durchgehen kann, was ihm gerade einfällt. Du hast ihm 1981 Waffen und Sprengstoff verkauft.«

»Das war ganz schön gemein von dir, Jack«, sagte Harry Flood. »Er hat große Teile von London in die Luft gesprengt, und wir gehen davon aus, daß er schon wieder so ein Ding vorhat.«

»Und wo sollte er sich seine Ausrüstung holen, wenn nicht bei seinem alten Freund Jack Harvey?« sagte Brosnan. »Ich meine, das ist doch nur logisch, oder?«

Myras Hand krampfte sich in die Schulter ihres Onkels, und Harvey, dessen Gesicht rot angelaufen war, sagte: »Billy!«

Flood hob eine Hand. »Ich möchte nur bemerken, wenn das eine abgesägte Schrotflinte ist, die er unter dem Mantel versteckt, dann hoffe ich für ihn, daß sie gespannt ist.«

Billy schoß sofort durch den Regenmantel, erwischte Mordecai im linken Oberschenkel, als der große Mann seine Pistole zog. Floods Walther tauchte in einer fließenden Bewegung aus der Tasche auf, und er schlug Billy vor die Brust, schleuderte ihn nach hinten über das Sofa. Dabei ging der zweite Lauf los, und einige Schrotkörner trafen Floods linken Arm.

Jack Harvey hatte die Schreibtischschublade geöffnet, seine Hand kam mit einer Smith & Wesson zum Vorschein, und Brosnan schoß ihn gezielt ihn die Schulter. Für einen Moment herrschte totales Chaos, der Raum war voller Qualm und Korditgestank.

Myra beugte sich über ihren Onkel, der stöhnend in seinem Sessel lag. Ihr Gesicht war hart und wütend. »Ihr Schweine!« sagte sie.

Flood wandte sich an Mordecai. »Bist du okay?«

»Das bin ich, sowie Dr. Aziz mit mir fertig ist, Harry. Diese kleine Sau war verdammt schnell.«

Flood, die Walther immer noch in der Hand, umklammerte seinen linken Arm. Blut sickerte zwischen seinen Fingern hervor. Er sah Brosnan an. »Okay, beenden wir das Spiel.«

Er ging mit zwei Schritten zum Schreibtisch und richtete die Walther direkt auf Harvey. »Ich verschaffe dir sofort ein drittes Auge, wenn du uns nicht erzählst, was wir wissen wollen. Was läuft mit Sean Dillon?«

»Du kannst mich mal!« sagte Jack Harvey.

Flood senkte die Walther für einen kurzen Moment, und dann zielte er genau. Myra schrie auf. »Nein, um Gottes willen, laß ihn in Ruhe! Der Mann, den du suchst, nennt sich Peter Hilton. Mit ihm hat Onkel Jack 1981 Geschäfte gemacht. Damals hat er einen anderen Namen benutzt. Michael Coogan.«

»Und jetzt?«

»Er wollte fünfzig Pfund Semtex. Er hat es gestern abgeholt und bar bezahlt. Ich habe Billy hinter ihm hergeschickt, der ihm auf seiner BMW bis nach Hause folgte.«

»Und wo wohnt er?«

»Hier.« Sie nahm einen Zettel vom Schreibtisch. »Ich habe für Jack alles aufgeschrieben.«

Flood, der trotz der Schmerzen ein Lächeln zustande brachte, warf einen Blick darauf und reichte ihn Brosnan weiter. »Cadge End Farm, Martin, das klingt vielversprechend. Laß uns von hier verschwinden.«

Er ging zur Tür, und Mordecai humpelte vor ihm hinaus und hinterließ Blutstropfen auf dem Fußboden. Myra war zu Billy hinübergegangen, der anfing laut zu stöhnen. Sie wandte sich um und sagte rauh: »Das zahle ich euch heim!«

»Nein, das wirst du nicht, Myra«, sagte Harry Flood zu ihr. »Wenn du vernünftig bist, dann betrachtest du all das als Lebenserfahrung und rufst zuerst einmal euren Hausarzt an.« Damit ging er hinaus, gefolgt von Brosnan.

Es war kurz vor zehn, als sie in den Mercedes stiegen. Charlie Salter sagte: »Herrjemine, Harry, die ganzen Sitze werden mit Blut versaut!«

»Fahr einfach, Charlie, du weißt ja wohin.«

Mary blickte finster drein. »Was ist denn da drin passiert?«

»Das ist passiert.« Brosnan hielt das Blatt Papier mit der Wegbeschreibung zur Cadge End Farm hoch.

»Ich rufe lieber den Brigadier an«, sagte Mary, während sie die Angaben las.

»Nein, das tun Sie nicht«, meinte Flood. »Ich glaube, das ist unser Baby, bei der Mühe, die wir damit hatten, meinst du nicht auch, Martin?«

»Ganz deiner Meinung.«

»Also, zuerst fahren wir in die stille kleine Klinik in Wapping, die von meinem guten Freund Dr. Aziz geleitet wird, damit er sich um Mordecai kümmern und sich meinen Arm ansehen kann. Danach Cadge End.«

Als Fahy aus dem Verkehrsstrom auf dem Victoria Embankment ausscherte und hinter dem Gebäude des Verteidigungsministeriums in die Horse Guards Avenue einbog, schwitzte er trotz der Kälte. Die Straße war schneefrei und naß durch den Verkehr, doch auf dem Pflaster, auf den Bäumen und den Gebäuden zu beiden Seiten der Straße lag Schnee. Er konnte Dillon in seinem Rückspiegel sehen, eine unheimliche Gestalt in seiner schwarzen Lederkluft auf der BSA. Dann kam der Augenblick der Wahrheit, und alles schien gleichzeitig zu geschehen.

Er hielt an der Ecke Horse Guards Avenue und Whitehall genau in dem Winkel, den er sich ausgerechnet hatte. Auf der anderen Straßenseite an der Horse Guards Parade standen zwei Angehörige der Household Cavalry, wie üblich im Sattel und mit gezücktem Säbel.

Ein Stück entfernt drehte ein Polizist sich um und gewahrte den Lieferwagen. Fahy stellte den Motor ab, schaltete die Zeitschaltuhren ein und setzte seinen Sturzhelm auf. Während er ausstieg und die Tür abschloß, rief der Polizist ihm irgend etwas zu und beschleunigte seine Schritte. Dillon näherte sich auf der BSA, Fahy schwang ein Bein über den Beifahrersitz, und schon waren sie unterwegs, jagten in einem weiten Bogen um den Polizisten herum und entfernten sich in Richtung Trafalgar Square. Während Dillon sich in den Kreisverkehr um den Platz einfädelte, erklang die erste Explosion. Eine bis zwei weitere folgten, und dann schien alles miteinander in der größeren Explosion zu verschmelzen, mit der der Ford Transit sich selbst vernichtete.

Dillon fuhr weiter, nicht zu schnell, durch den Admirality Arch und die Mall entlang. Er war innerhalb von zehn Minuten an der Hyde Park Corner und bog in die Bayswater Road ein und fuhr kurz darauf auf den Parkplatz des Supermarkts. Sobald Angel sie sah, tauchte sie aus dem Lieferwagen auf. Sie öffnete die Türen und legte das Laufbrett zurecht. Dillon und Fahy schoben das Motorrad hinein und knallten die Türen zu.

»Hat es geklappt?« wollte Angel wissen. »Ist alles wie geplant gelaufen?«

»Später davon. Steigen Sie ein, und fahren Sie«, verlangte Dillon. Sie stieg ins Auto, und er und Fahy setzten sich neben sie. Eine Minute später fuhren sie bereits durch die Bayswater Road. »Fahren Sie den Weg zurück, auf dem wir hergekommen sind, und zwar nicht zu schnell«, sagte Dillon.

Fahy schaltete das Radio ein und suchte die verschiedenen BBC-Sender ab. »Nichts«, sagte er. »Nur verdammte Musik und Gequatsche.«

»Laß es an«, meinte Dillon. »Und hab' etwas Geduld. Du wirst noch früh genug davon hören.«

Er zündete sich eine Zigarette an und lehnte sich, leise vor sich hinpfeifend, zurück.

In dem kleinen Operationssaal in der Privatklinik unweit der High Street in Wapping lag Mordecai Fletcher auf dem Operationstisch, während Dr. Aziz, ein grauhaariger Inder mit runder Stahlbrille, seinen Oberschenkel untersuchte.

»Harry, mein Freund, ich dachte, Sie hätten diese Art von Beschäftigung aufgegeben«, sagte er. »Aber das hier sieht schon wieder nach einem wilden Wochenende in Bombay aus.«

Flood saß in einem Sessel, hatte das Jackett ausgezogen, während eine junge indische Krankenschwester seinen Arm behandelte. Sie hatte den Hemdsärmel abgeschnitten und tupfte die Wunde ab. Brosnan und Mary schauten aufmerksam zu.

Flood sagte zu Aziz: »Was ist mit ihm?«

»Er wird wohl zwei oder drei Tage hierbleiben müssen. Ich kann einige der Schrotkugeln nur unter Betäubung entfernen, und außerdem ist eine Arterie verletzt. Und jetzt lassen Sie sich selbst mal anschauen.«

Er ergriff Floods Arm und tastete mit einer kleinen Pinzette vorsichtig die Wunde ab. Die Krankenschwester hielt eine Emailleschüssel bereit. Aziz ließ eine Schrotkugel hineinfallen, dann gleich zwei. Flood krümmte sich vor Schmerzen. Der Inder fand wieder eine. »Das könnte schon alles sein, Harry, aber wir müssen eine Röntgenaufnahme machen.«

»Verbinden Sie ihn einstweilen, und geben Sie mir eine Armschlinge«, verlangte Flood. »Ich komme später zurück.«

»Wenn Sie unbedingt wollen.«

Er bandagierte den Arm sehr geschickt, unter Mithilfe der Krankenschwester, dann öffnete er einen Schrank und fand ein Päckchen mit Morphiumampullen. Eine davon spritzte er in Floods Arm.

»Genauso wie in Vietnam, Harry«, sagte Brosnan.

»Das lindert die Schmerzen«, sagte Aziz zu Flood, während die Krankenschwester ihm in sein Jackett half. »Ich rate Ihnen, nicht später als heute abend herzukommen.«

Die Krankenschwester verknotete die Armschlinge in Floods Nacken. Während sie ihm seinen Mantel über die Schultern zog, flog die Tür auf, und Charlie Salter kam herein. »Die Hölle ist los, es kam gerade im Radio. Ein Granatwerferangriff auf Downing Street zehn.«

»O mein Gott!« rief Mary Tanner.

Flood geleitete sie zur Tür, und sie drehte sich zu

Brosnan um. »Kommen Sie, Martin, wenigstens wissen wir, wohin der Scheißkerl verschwunden ist.«

Das Kriegskabinett war an diesem Vormittag umfangreicher als üblich und bestand aus fünfzehn Personen, den Premierminister eingeschlossen. Das Kabinett hatte soeben seine Sitzung im Kabinettzimmer im hinteren Teil von Downing Street 10 begonnen, als die erste Mörsergranate auf einer sauberen Flugbahn von dem in einer Entfernung von zweihundert Metern an der Ecke Horse Guards Avenue und Whitehall geparkten Ford Transit herüberflog und einschlug. Eine laute Explosion ertönte, so laut, daß sie auch von Brigadier Charles Ferguson in seinem Büro im Verteidigungsministerium, von dem aus man auf die Horse Guards Avenue hinuntersah, deutlich zu hören war.

»Heiliger Schreck!« sagte Ferguson und eilte wie die meisten Leute im Ministerium zum nächsten Fenster.

Im Kabinettzimmer in der Downing Street zerbrachen die armierten Fensterscheiben, doch der Großteil des Explosionsdrucks wurde von den speziellen, sprengungssicheren Netzvorhängen aufgefangen. Die erste Granate hinterließ einen tiefen Krater im Garten und entwurzelte einen Kirschbaum. Die beiden anderen landeten etwas weiter neben dem ursprünglichen Ziel im Mountbatten Green, wo einige Rundfunkübertragungswagen standen. Nur eine von ihnen explodierte, doch im gleichen Moment flog auch der Transporter in die Luft, als Fahys Selbstvernichtungsladung gezündet wurde. Im Kabinettzimmer herrschte überraschend wenig Panik. Alle duckten sich, einige suchten unter dem Tisch Schutz. Ein kalter Lufthauch wehte durch die zerbrochenen Fenster herein, und in der Ferne waren Stimmen zu hören.

Der Premierminister stand auf und brachte tatsächlich ein Lächeln zustande. Mit einer unglaublichen Ruhe und Gelassenheit sagte er: »Gentlemen, ich glaube, wir müssen umziehen und noch einmal von vorne anfangen.« Damit verließ er den Raum.

Mary und Brosnan saßen im Mercedes. Harry Flood saß auf dem Beifahrersitz neben Salter, der sich alle Mühe gab, sich so zügig wie möglich durch den dichten Verkehr zu schlängeln.

Mary sagte: »Hören Sie, ich muß mit Brigadier Ferguson sprechen. Es ist überaus wichtig.«

Sie überquerten die Putney Bridge. Flood drehte sich um und sah Brosnan an, der nickte. »Okay«, sagte Flood. »Tun Sie, was Sie wollen. Wir fahren auf jeden Fall erst zu dieser Cadge End Farm.«

Sie benutzte ihr Autotelefon, wählte die Nummer des Verteidigungsministeriums, doch Ferguson war nicht da. Es herrschte einige Verwirrung darüber, wo er sich aufhalten könnte. Sie hinterließ in der Zentrale die Nummer des Autotelefons und legte den Hörer auf.

»Er wird wahrscheinlich genauso durcheinander und verwirrt umherstolpern wie alle anderen«, sagte Brosnan und zündete sich eine Zigarette an.

Flood sagte zu Salter: »Okay, Charlie, erst Epsom, dann Dorking und danach die Straße nach Horsham, und gib Gas!«

Die BBC-Nachrichten, die im Morris-Lieferwagen aus dem Radiolautsprecher drangen, wurden wie immer völlig ruhig und ohne einen Hauch von Erregung vorgetragen. Um ungefähr zehn Uhr habe ein Bombenattentat auf Downing Street 10 stattgefunden. Das Gebäude sei erheblich beschädigt worden, doch der Premierminister und die Angehörigen des Kriegskabinetts, die dort zur Zeit eine Sitzung abhielten, seien alle in Sicherheit.

Der Lieferwagen schlingerte, als Angel aufschluchzte. »O Gott, nein!«

Dillon legte eine Hand auf das Lenkrad. »Ganz ruhig, Mädchen«, sagte er ruhig. »Konzentrieren Sie sich nur auf das Fahren.«

Fahy sah aus, als würde ihm jeden Moment schlecht. »Wenn ich die Zeit gehabt hätte, diese Leitflächen an die Flaschen anzuschweißen, hätte es völlig anders ausgesehen. Du hast es einfach zu eilig gehabt, Sean. Du hast dich von Brosnan durcheinanderbringen lassen, und das war tödlich.«

»Vielleicht war es das«, sagte Dillon. »Aber letztendlich zählt nur, daß unser Angriff danebengegangen ist.«

Er holte eine Zigarette hervor, zündete sie an und begann plötzlich hilflos zu lachen.

Aroun hatte Paris um halb zehn verlassen. Er steuerte den Citation-Jet selbst, da Rashid den Flugschein als zweiter Pilot besaß, wie es für diese Maschine gefordert wurde. Makeev saß in der Kabine und las die Morgenzeitung, als Aroun sich beim Kontrollturm des Flugplatzes in Maupertuis meldete, um die Landeerlaubnis auf dem Privatflugplatz in St. Denis zu erbitten.

Der Fluglotse gab ihm die Erlaubnis und meinte dann: »Wir hatten soeben eine Sondermeldung. Bombenangriff auf das englische Kabinett in der Downing Street in London.«

»Was ist passiert?« wollte Aroun wissen.

»Das ist alles, was sie bis jetzt gemeldet haben.«

Aroun lächelte erregt Rashid an, der ebenfalls die Nachricht gehört hatte. »Übernimm mal und lande.« Er eilte in die Kabine und ließ sich Makeev gegenüber in einen Sessel fallen. »Soeben kam eine Nachrichtenmeldung. Bombenangriff auf Downing Street zehn.«

Makeev ließ die Zeitung sinken. »Was ist passiert?«

»Das war vorerst alles.« Aroun blickte zum Himmel, spreizte die Hände und erhob sie. »Gepriesen sei Allah.«

Ferguson stand mit Detective Inspector Lane und Sergeant Mackie neben dem Rundfunkübertragungswagen in Mountbatten Green. Es schneite leicht, und eine kriminaltechnische Einsatzgruppe der Polizei untersuchte sorgfältig Fahys dritte Mörsergranate, diejenige, die nicht explodiert war.

»Eine schlimme Sache, Sir«, sagte Lane. »Um eine alte Redewendung zu benutzen: mitten ins Herz des Empire. Ich meine, wie ist so etwas möglich?«

»Weil wir in einer Demokratie leben, Inspector, weil die Menschen ihr Leben in Ruhe leben wollen, und weil das heißt, daß wir London nicht in irgendeine gepanzerte Festung verwandeln können. Wir sind nicht Osteuropa.«

Ein junger Polizist kam mit einem tragbaren Telefon herüber und flüsterte etwas zu Mackie. Der Sergeant sagte: »Entschuldigen Sie, Brigadier, es ist dringend. Ihr Büro versucht schon länger, Sie zu erreichen. Captain Tanner wollte Sie sprechen.«

»Geben Sie her.« Ferguson nahm den Telefonhörer. »Hier ist Ferguson. Ich verstehe. Geben Sie mir die Nummer.« Er gab Mackie ein Zeichen. Dieser holte einen Notizblock und einen Bleistift hervor und schrieb, als Ferguson diktierte.

Der Mercedes rollte durch Dorking, als das Rufzeichen des Telefons ertönte. Mary nahm sofort ab. »Brigadier?«

»Was ist los?«

»Ein Granatwerferangriff auf Nummer zehn. Das muß Dillon gewesen sein. Wir haben erfahren, daß er gestern abend in London fünfzig Pfund Semtex abgeholt hat, die von Jack Harvey geliefert wurden.«

»Wo sind Sie jetzt?«

»Wir verlassen soeben Dorking, Sir, und nehmen die Straße nach Horsham, Martin und ich und Harry Flood. Wir haben die Adresse von Dillon.«

»Geben Sie sie durch.« Er nickte wieder Mackie zu und wiederholte sie laut, damit der Sergeant sie aufschreiben konnte.

Mary sagte: »Die Straße ist nicht gut, Sir, es liegt viel Schnee, aber wir müßten diese Cadge End Farm in einer halben Stunde erreicht haben.«

»Schön. Nichts überstürzen, liebe Mary, aber lassen Sie diese Schweine nicht entkommen. Wir besorgen Ihnen so schnell wie möglich Verstärkung. Ich bleibe in meinem Wagen, damit haben Sie eine Telefonnummer und können mich erreichen.«

»In Ordnung, Sir.«

Sie legte den Hörer auf, und Flood drehte sich um. »Alles in Ordnung?«

»Verstärkung ist unterwegs, aber wir sollen ihn nicht entkommen lassen.«

Brosnan zog den Browning aus seiner Tasche und überprüfte ihn. »Das wird er auch nicht«, versprach er grimmig, »diesmal nicht!«

Ferguson setzte Lane über die augenblickliche Lage ins Bild. »Was meinen Sie, was wird Harvey jetzt unternehmen, Inspector?«

»Er wird sich von irgendeinem alten Arzt in einer kleinen Privatklinik zusammenflicken lassen, Sir.«

»Richtig. Überprüfen Sie das, und wenn es so ist, wie

Sie sagen, dann greifen Sie auf keinen Fall ein. Lassen Sie sie beobachten, aber wir fahren erstmal zu dieser Cadge End Farm, und zwar schnellstens. Und jetzt organisieren Sie mal ein paar Wagen.«

Lane und Mackie entfernten sich eilig, und als Ferguson sich gerade anschickte, ihnen zu folgen, bog der Premierminister um die Gebäudeecke. Er trug einen dunklen Mantel, und in seiner Begleitung befanden sich der Innenminister und mehrere Beamte. Er entdeckte Ferguson und kam herüber.

»War das Dillons Werk, Brigadier?«

»Ich glaube schon, Herr Premierminister.«

»Ging knapp daneben.« Er lächelte. »Etwas zu knapp. Ein bemerkenswerter Mann, dieser Dillon.«

»Aber nicht mehr lange, Herr Premierminister, ich habe gerade seine Adresse erfahren.«

»Dann lassen Sie sich von mir nicht aufhalten, Brigadier. Jetzt nur nicht nachlassen.«

Ferguson machte kehrt und eilte davon.

Der Fahrweg nach Cadge End war seit ihrer Abfahrt zugeschneit. Angel holperte zum Farmgebäude und lenkte den Wagen in die Scheune. Sie stellte den Motor ab, und alles erschien auf einmal furchtbar still.

Fahy fragte: »Was nun?«

»Erst einmal eine Tasse Tee, schlage ich vor.« Dillon stieg aus, ging um den Wagen herum und zog das Laufbrett heraus. »Hilf mir, Danny.« Sie holten die BSA von der Ladefläche, und er zog sie auf ihren Ständer hoch. »Sie hat prima funktioniert. Das war eine gute Arbeit, Danny.«

Angel war vorausgegangen, und als sie ihr folgten, sagte Fahy: »Du hast wohl überhaupt keine Nerven im Leib, was, Sean?«

»Ich weiß nicht, was du meinst.«

»Ich aber, Sean, und ich brauche jetzt keinen verdammten Tee, sondern einen Whisky.«

Er ging ins Wohnzimmer, und Dillon verschwand nach oben in sein Schlafzimmer. Er fand eine alte Reisetasche und packte schnell seinen Anzug, den Trenchcoat, Oberhemden, Schuhe und andere wichtige Kleinigkeiten ein. Er schaute in seiner Brieftasche nach. Etwa vierhundert Pfund waren noch übrig. Er klappte den Aktenkoffer auf, in dem sich die restlichen fünftausend Dollar sowie die Walther mit dem Carswell-Schalldämpfer befanden. Er spannte die Waffe, so daß sie jederzeit schußbereit war, und legte sie zusammen mit dem Führerschein von Jersey und dem Pilotenschein wieder in den Aktenkoffer zurück. Er zog den Reißverschluß seiner Lederjacke auf, holte die Beretta hervor und überprüfte sie, dann schob er sie sich hinten in den Hosenbund seiner Lederhose. Der Griff wurde von seiner Jacke zugedeckt.

Als er mit der Reisetasche und dem Aktenkoffer nach unten kam, stand Fahy im Wohnzimmer und verfolgte das Geschehen auf dem Fernsehschirm. Es wurden einige Einstellungen von Whitehall im Schnee, von der Downing Street und von Mountbatten Green gezeigt.

»Soeben war der Premierminister da und hat sich den Schaden angesehen. Er sah aus, als ob er nicht die geringsten Sorgen hätte.«

»Ja, er hat wirklich ein verdammtes Glück«, sagte Dillon.

Angel kam herein und reichte ihm eine Tasse Tee. »Was geschieht nun, Mr. Dillon?«

»Sie wissen das sehr gut, Angel. Ich fliege jetzt in die endlose Ferne und komme nie wieder zurück.«

»Nach St. Denis?«

»Richtig.«

»Du bist weit weg, und wir können die Suppe auslöffeln, Sean«, sagte Fahy.

»Und wie sollte die denn aussehen?«

»Du weißt genau, was ich meine.«

»Niemand hat irgendeinen Hinweis auf dich, Danny. Du bist sicher bis zum Jüngsten Tag. Ich bin es, hinter dem die Kerle her sind. Brosnan, seine Freundin und Brigadier Ferguson setzen das allein auf meine Rechnung.«

Fahy wandte sich ab, und Angel fragte: »Können wir nicht mitkommen, Mr. Dillon?«

Er stellte seine Tasse ab und legte seine Hände auf ihre Schultern. »Das ist nicht nötig, Angel. *Ich* bin auf der Flucht, nicht Sie oder Danny. Sie wissen ja noch nicht einmal, daß ihr überhaupt existiert.«

Er ging zum Telefon und rief den Flugplatz in Grimethorpe an. Grant nahm sofort ab. »Ja, wer ist da?«

»Peter Hilton, alter Junge.« Dillon spielte wieder den Manager. »Können wir fliegen? Oder liegt zuviel Schnee?«

»Im Westen ist alles klar«, sagte Grant. »Lediglich der Start hier könnte etwas heikel werden. Wann wollten Sie fliegen?«

»Ich bin in einer halben Stunde bei Ihnen. Klappt das?«

»Ich erwarte Sie.«

Während Dillon den Hörer auflegte, rief Angel: »Nein, Onkel Danny!«

Dillon fuhr herum und sah Fahy in der Türöffnung stehen. Er hielt eine Schrotflinte in den Händen. »Aber ich bin nicht damit einverstanden, Sean«, meinte er und spannte die Hähne.

»Danny!« Dillon hob in einer beschwichtigenden Geste die Hände. »Tu das nicht.«

»Wir gehen mit dir, Sean, und damit basta.«

»Machst du dir Sorgen wegen deines Geldes, Danny? Habe ich dir nicht erklärt, daß dieser Mann dich überall auszahlen kann?«

Fahy zitterte jetzt, die Schrotflinte schwankte in seiner Hand.

»Nein, es ist nicht das Geld.« Er sackte ein wenig in sich zusammen. »Ich habe Angst, Sean. Mein Gott, als ich den Fernsehbericht sah. Wenn ich erwischt werde, verbringe ich den Rest meines Lebens hinter Gittern. Dazu bin ich zu alt, Sean.«

»Warum hast du dann überhaupt mitgemacht?«

»Wenn ich das wüßte. Die ganzen Jahre habe ich hier gesessen, hab' mich zu Tode gelangweilt. Der Lieferwagen, der Granatwerfer, ich hatte etwas zu tun, es war ein Traum, und dann bist du aufgetaucht und hast ihn wahr gemacht.«

»Ich verstehe«, sagte Dillon.

Fahy hob die Schrotflinte. »So steht es jetzt, Sean. Wenn wir hier nicht weggehen, dann gehst du auch nicht.«

Dillons Hand fand den Griff der Beretta, sein Arm schwang herum, und er schoß Fahy zweimal mitten ins Herz, so daß er rückwärts in die Halle stolperte. Er prallte am anderen Ende gegen die Wand und rutschte langsam daran herunter.

Angel stieß einen Schrei aus, rannte los und kniete neben ihm nieder. Dann stand sie langsam auf und starrte Dillon an. »Sie haben ihn getötet.«

»Er ließ mir keine andere Wahl.«

Sie fuhr herum und riß die Tür auf, und Dillon setzte ihr nach. Sie rannte über den Hof und verschwand in einer der Scheunen. Dillon folgte ihr und blieb stehen und lauschte. Ein Rascheln ertönte irgendwo, und Staub rieselte herunter.

»Angel, hören Sie zu. Ich nehme Sie mit.«

»Nein, das tun Sie nicht. Sie wollen mich genauso töten wie Onkel Danny. Sie sind ein verfluchter Mörder.« Ihre Stimme klang gedämpft.

Für einen Moment streckte er die Hand mit der Beretta aus. »Und was haben Sie erwartet? Was glauben Sie denn, worum es die ganze Zeit ging?«

Stille trat ein. Er wandte sich um, eilte ins Haus, stieg über Fahys Leiche hinweg. Er schob sich die Beretta wieder auf dem Rücken in den Hosenbund, griff nach seinem Aktenkoffer und der Reisetasche mit seinen Kleidern, kehrte in die Scheune zurück und stellte beides auf den Beifahrersitz des Morris.

Er versuchte es noch einmal. »Kommen Sie mit mir, Angel. Ich tue Ihnen nichts, ich schwöre es.« Es kam keine Antwort. »Dann zur Hölle mit Ihnen«, sagte er, schob sich hinter das Lenkrad und fuhr davon.

Einige Zeit später, als alles ruhig war, kam Angel die Leiter herunter und ging ins Haus. Sie setzte sich neben die Leiche ihres Onkels und lehnte sich mit dem Rücken an die Wand. Sie hatte einen fernen Ausdruck im Gesicht und rührte sich nicht, auch nicht, als sie hörte, wie draußen ein Wagen auf den Hof fuhr.

14

Die Rollbahn in Grimethorpe war völlig mit Schnee bedeckt. Die Hallentore waren geschlossen, und von den beiden Flugzeugen war nichts zu sehen. Rauch kräuselte aus dem eisernen Ofenrohr. Es war das einzige Lebenszeichen, als Dillon zu den Baracken und dem alten Tower hinüberfuhr und anhielt. Er stieg aus und ging mit Reisetasche und Aktenkoffer zur Barackentür. Als er eintrat, stand Bill Grant am Ofen und trank Kaffee.

»Aha, da sind Sie ja. Es sah richtig verlassen aus«, sagte Dillon. »Ich habe mir schon Sorgen gemacht.«

»Nicht nötig.« Grant, der einen alten schwarzen Fliegeroverall und eine lederne Fliegerjacke trug, nahm eine Flasche Scotch vom Tisch und schüttete sich etwas in seine Kaffeetasse.

Dillon setzte die Reisetasche ab, behielt jedoch den Aktenkoffer in der Hand. »Meinen Sie, das ist klug, alter Junge?« fragte er mit leicht hochmütiger Stimme.

»Ich war niemals besonders klug, alter Junge.« Grant schien ihn jetzt nachzuäffen. »Darum bin ich ja in einem Loch wie diesem hier gelandet.«

Er ging zu seinem Schreibtisch und ließ sich dahinter nieder. Dillon sah, daß eine Landkarte auf dem Tisch lag. Sie zeigte die englische Kanalgegend, die Küste der Normandie, die Anflugrouten für Cherbourg. Es war die Karte, die Dillon sich bei seinem ersten Besuch mit Angel angeschaut hatte.

»Hören Sie, ich würde wirklich gerne losfliegen, alter Junge«, sagte er. »Wenn Sie sich wegen des restlichen Honorars Sorgen machen sollten, so kann ich Sie beruhigen. Ich zahle bar.« Er hielt den Aktenkoffer hoch. »Sie haben doch keine Einwände gegen amerikanische Dollars?«

»Nein, aber ich habe etwas dagegen, wenn man mich zum Narren hält.« Grant wies auf die Karte. »Land's End, von wegen. Ich habe gesehen, wie Sie sich diese Karte angeschaut haben, als Sie mit dem Mädchen hier waren. Der englische Kanal und die französische Küste. Ich würde gerne wissen, in was Sie mich reinziehen wollen?«

»Sie sind wirklich sehr dumm, alter Junge«, sagte Dillon.

Grant zog seine Schreibtischschublade auf und holte seinen alten Webley-Revolver hervor. »Das werden wir noch sehen. Und jetzt stellen Sie den Aktenkoffer auf den Tisch, und treten Sie ein Stück zurück, damit ich nachschauen kann, was drin ist.«

»Aber klar, alter Junge, kein Grund für einen Streit.« Dillon beugte sich vor, legte den Aktenkoffer auf den Tisch. Im gleichen Moment zog er die Beretta auf seinem Rücken aus dem Hosenbund, zielte kurz und erschoß Grant aus nächster Nähe.

Grant kippte mitsamt seinem Sessel nach hinten. Dillon verstaute die Beretta wieder im Hosenbund, faltete die Landkarte zusammen, klemmte sie sich unter den Arm, nahm Reisetasche und Aktenkoffer in die Hand und ging hinaus. Er stapfte durch den Schnee zur Flugzeughalle. Er benutzte die Schlupftür, entriegelte das große Schiebetor und drückte es auf, so daß Licht hereinfiel und er die beiden Maschinen erkennen konnte. Er entschied sich für die Cessna Conquest, weil sie ihm am nächsten stand. Die Einstiegsleiter zur Tür war heruntergeklappt. Er warf die Reisetasche und den Aktenkoffer hinein, stieg hinauf und zog die Tür hinter sich zu.

Er setzte sich auf den linken Pilotensitz und studierte die Karte. Bis zum Flugplatz in St. Denis waren es ungefähr zweihundertsechzig Kilometer. Falls es keine Probleme gab wie zum Beispiel einen extrem starken Gegenwind, müßte er diese Strecke in fünfundvierzig Minuten schaffen. Er hatte den Flug nicht angemeldet, es existierte auch kein Flugplan, daher würde er wahrscheinlich unterwegs auf irgeneinem Radarschirm als unbekanntes Objekt auftauchen, aber das machte ihm nichts aus. Wenn er über Brighton direkt aufs weite Meer hinausflog, wäre er längst über dem Kanal verschwunden, ehe jemand irgendeinen Verdacht schöpfte. Heikel war lediglich der Anflug auf St. Denis, doch wenn er die Küste mit weniger als sechshundert Fuß Flughöhe überquerte, befand er sich mit einigem Glück unterhalb der Radarerfassung des Maupertuis-Flughafens in Cherbourg.

Er legte die Karte auf den Nebensitz, wo er sie jederzeit zu Rate ziehen konnte, und ließ die Motoren an, erst den Backbord-, dann den Steuerbordmotor. Er lenkte die Conquest aus der Halle und stoppte kurz, um einen schnellen Cockpitcheck durchzuführen. Wie Grant geprahlt hatte, waren die Tanks gefüllt. Dillon schnallte sich an und rollte über den Asphaltstreifen zum Ende der Rollbahn.

Er drehte die Maschine in den Wind und startete. Er spürte sofort, wie der Schnee ihn bremste, gab mehr Gas und schaltete schließlich beide Motoren auf volle Kraft. Dabei zog er langsam den Steuerknüppel zurück. Die Conquest löste sich vom Erdboden und gewann an

Höhe. Er ging in die Seitenlage und nahm Kurs auf Brighton. Unter sich sah er eine schwarze Limousine zwischen den Bäumen auftauchen und auf die Hallen zurollen.

»Nun, ich weiß zwar nicht, wer ihr seid«, murmelte er leise, »aber wenn ihr es auf mich abgesehen habt, dann kommt ihr zu spät.« Und er jagte in der Conquest der Küste entgegen.

Angel saß am Küchentisch und hielt die Tasse Kaffee, die Mary ihr gegeben hatte, in beiden Händen. Brosnan und Harry Flood, der seinen Arm in der Schlinge trug, standen vor ihr und hörten aufmerksam zu. Charlie Salter lehnte an der Tür.

»Wollen Sie sagen, daß Dillon und Ihr Onkel hinter dem Überfall auf die Downing Street steckten?« fragte Mary.

Angel nickte. »Ich habe den Morris mit Mr. Dillons Motorrad auf der Ladefläche gefahren. Er folgte Onkel Danny, der den Ford Transit steuerte.« Sie wirkte benommen. »Ich habe sie dann von Bayswater nach Hause gefahren, und Onkel Danny hatte Angst, Angst vor dem, was passieren könnte.«

»Und Dillon?« fragte Mary.

»Er ist von dem Flugplatz an der Landstraße, Grimethorpe, abgeflogen. Er hatte mit Mr. Grant, dem das Gelände gehört, entsprechende Vereinbarungen getroffen. Er sagte, er wolle nach Land's End, aber das stimmt gar nicht.«

Sie umklammerte die Tasse und blickte ins Leere. Brosnan meinte sanft: »Wohin wollte er denn, Angel? Wissen Sie das vielleicht?«

»Er hat es mir auf der Karte gezeigt. Ein Ort irgendwo in Frankreich. An der Küste, nicht weit von

Cherbourg entfernt. Dort war auch ein Flugplatz eingezeichnet. Der Name des Ortes lautete St. Denis.«

»Sind Sie sich ganz sicher?« fragte Brosnan.

»O ja. Onkel Danny bat ihn, uns mitzunehmen, aber das wollte er nicht. Daraufhin regte Onkel Danny sich furchtbar auf. Er holte eine Schrotflinte, bedrohte ihn, und dann ...« Sie brach in Tränen aus.

Mary legte den Arm um sie. »Es ist alles gut, es ist vorbei.«

Bronson fragte: »War da noch etwas?«

»Ich glaube nicht.« Angel wirkte noch immer benommen. »Er hat Onkel Danny Geld angeboten. Er sagte, daß der Mann, für den er arbeitet, das Geld an jeden Ort der Welt schicken kann.«

»Hat er auch erwähnt, wer dieser Mann ist?« fragte Brosnan.

»Nein, das hat er nicht.« Ihre Miene hellte sich auf. »Er sagte, als er das erste Mal zu uns kam, daß er für die Araber arbeitet.«

Mary warf Brosnan einen vielsagenden Blick zu. »Irak?«

»Das habe ich eigentlich immer in Betracht gezogen.«

»Na schön, dann nichts wie los«, sagte Flood. »Sehen wir uns erst mal diesen Flugplatz in Grimethorpe an. Du bleibst bei der Kleinen, Charlie«, sagte er zu Salter. »Bis die Kavallerie eintrifft. Wir nehmen den Mercedes.« Und er wandte sich um und eilte als erster hinaus.

Im großen Saal in St. Denis standen Rashid, Aroun und Makeev zusammen, tranken Champagner und warteten auf die Fernsehnachrichten.

»Ein Tag der Freude für Baghdad«, sagte Aroun. »Jetzt wissen die Menschen wieder, wie stark ihr Präsident ist.«

Der Bildschirm füllte sich mit dem Gesicht des Ansagers, der kurz redete, dann folgten die Bilder. Whitehall im Schnee, die Wachen der Household Cavalry, die Hinterfront von Downing Street 10, Vorhänge, die aus zersprungenen Fenstern heraushingen, Mountbatten Green und der Premierminister, der den angerichteten Schaden besichtigte. Die drei Männer waren wie vom Donner gerührt.

Es war Aroun, der als erster Worte fand. »Er hat versagt«, flüsterte er. »Alles für nichts und wieder nichts. Ein paar zerbrochene Fenster, ein Loch im Garten.«

»Er hat es versucht«, protestierte Makeev. »Der sensationellste Anschlag auf die britische Regierung, der je ausgeführt wurde, und dazu noch direkt auf das Machtzentrum.«

»Wen interessiert das denn?« Aroun schleuderte sein Champagnerglas in den Kamin. »Wir brauchen ein Ergebnis, einen Erfolg, und den hat er uns nicht geliefert. Er hat es bei der Thatcher nicht geschafft, und der Anschlag auf den Premierminister ist auch fehlgeschlagen. Trotz all Ihrer großen Reden, Josef, nichts als Mißerfolge.«

Er ließ sich auf einen der hochlehnigen Stühle am Eßtisch fallen, und Rashid meinte: »Nur gut, daß wir ihm nicht seine Million Pfund bezahlt haben.«

»Stimmt«, sagte Aroun. »Aber das Geld ist noch der geringste Punkt. Meine persönliche Stellung zum Präsidenten steht auf dem Spiel.«

»Und was werden Sie jetzt tun?« wollte Makeev wissen.

»Was ich tue?« Aroun sah zu Rashid hoch. »Wir werden unserem Freund Dillon an diesem kalten Tag einen besonders warmen Empfang bereiten, nicht wahr, Ali?«

»Wie Sie befehlen, Mr. Aroun«, erwiderte Rashid.

»Natürlich«, meinte auch Makeev, denn es gab nicht viel, was er sonst dazu hätte bemerken können. »Natürlich.« Als er sich Champagner nachschenkte, zitterten seine Hände.

Als der Mercedes in Grimethorpe zwischen den Bäumen hindurch ins Freie rollte, legte die Conquest sich auf die Seite und flog davon. Brosnan saß am Steuer des Wagens, Mary neben ihm und Harry Flood auf der Rückbank.

Mary lehnte sich aus dem Fenster. »Meinen Sie, das ist er?«

»Schon möglich«, sagte Brosnan. »Wir werden es gleich wissen.«

Sie fuhren an der offenen Halle vorbei, in der noch die Navajo Chieftain stand, und hielten vor den Baracken. Es war Brosnan, der als erster eindrang und Grants Leiche fand. »Hier drüben«, sagte er.

Mary und Flood kamen zu ihm. »Dann war es tatsächlich Dillon, der in dem Flugzeug saß«, meinte sie.

»Offensichtlich«, pflichtete Brosnan ihr grimmig bei.

»Das heißt, daß das Schwein uns allen durch die Lappen gegangen ist«, stellte Flood fest.

»Nicht so voreilig«, widersprach Mary ihm. »In der Halle steht eine zweite Maschine«, und sie machte kehrt und rannte hinaus.

»Was ist jetzt los?« fragte Flood, während er Brosnan nach draußen folgte.

»Unter anderem ist diese Lady zufällig auch Pilotin beim Army Air Corps«, sagte Brosnan.

Als sie die Halle erreichten, stand die Kabinentür mit der Einstiegsleiter der Navajo offen, und Mary saß bereits im Cockpit. Sie stieg wieder heraus. »Die Tanks sind voll.«

»Wollen Sie ihn verfolgen?« fragte Brosnan.

»Warum nicht? Mit etwas Glück bleiben wir ihm auf den Fersen.« Sie sah entschlossen aus, klappte ihre Handtasche auf und holte ihr tragbares Telefon heraus. »Ich lasse den Mann nach dem, was er getan hat, nicht so einfach laufen. Er muß ein für allemal zur Strecke gebracht werden.«

Sie ging hinaus, zog die Antenne ihres Funktelefons aus und wählte die Nummer von Fergusons Wagen.

Die Limousine, die eine Kolonne von sechs neutralen Wagen der Spezialabteilung anführte, hatte gerade Dorking erreicht, als Ferguson ihren Anruf entgegennahm. Detective Inspector Lane saß neben ihm, Sergeant Makkie war neben dem Fahrer eingestiegen.

Ferguson hörte sich an, was Mary ihm meldete, und traf seine Entscheidung. »Ich bin voll und ganz einverstanden. Sie müssen Dillon zu diesem Platz in St. Denis folgen. Was soll ich für Sie tun?«

»Reden Sie mit Colonel Hernu vom Service fünf. Bitten Sie ihn, in Erfahrung zu bringen, wem der Flugplatz von St. Denis gehört, damit wir wissen, was uns erwartet. Sicherlich wird er auch selbst herauskommen wollen, aber das dauert seine Zeit. Bitten Sie ihn, die entsprechenden Dienststellen am Maupertuis-Flughafen in Cherbourg zu alarmieren. Sie können uns behilflich sein, wenn ich mich der französischen Küste nähere.«

»Ich veranlasse sofort alles Notwendige, und Sie sollten sich diese Funkfrequenz merken.« Er gab ihr schnell die Daten durch. »Damit sind Sie direkt mit dem Verteidigungsministerium verbunden. Wenn ich nicht in London sein sollte, wird man Sie weiterverbinden.«

»Sehr gut, Sir.«

»Und eins noch, Mary«, sagte er. »Seien Sie vorsichtig. Passen Sie auf sich auf, Liebes.«

»Ich werde mir Mühe geben, Sir.« Sie klappte das tragbare Telefon zusammen, verstaute es wieder in ihrer Handtasche und kehrte in die Halle zurück.

»Starten wir jetzt?« fragte Brosnan.

»Er wird mit Max Hernu in Paris reden. Er veranlaßt, daß wir vom Maupertuis-Flughafen in Cherbourg informiert werden, was uns erwartet.« Sie lächelte angespannt. »Also los jetzt. Es wäre doch schade, wenn wir hinkommen und feststellen, daß er schon wieder abgehauen ist.«

Sie kletterte in die Navajo und setzte sich in das Cockpit. Harry Flood folgte ihr und machte es sich in einem der Kabinensitze bequem. Brosnan kam als letzter, zog die Leiter hoch und verriegelte die Tür. Dann ließ er sich neben der Frau im Sitz des Copiloten nieder. Mary ließ nacheinander die beiden Motoren an, beendete ihren Cockpitcheck und ließ die Navajo nach draußen rollen. Es hatte zu schneien begonnen, ein leichter Wind wirbelte den Schnee auf der Rollbahn auf, während sie die kleine Maschine an deren Ende lenkte und wendete.

»Alles bereit?« fragte sie.

Brosnan nickte. Sie gab Gas, die Navajo raste über die Rollbahn und schwang sich hinauf in den grauen Himmel, als Mary den Steuerknüppel nach hinten zog.

Max Hernu saß an seinem Schreibtisch in seinem Büro im DGSE-Hauptquartier am Boulevard Mourtier und ging mit Inspektor Savary einige Schriftstücke durch, als Ferguson zu ihm durchgestellt wurde. »Charles, bei euch in London ist heute morgen ja die Hölle los.«

»Lach nicht, alter Freund, aber die ganze Schweinerei

könnte jederzeit in deinem Schoß landen«, sagte Ferguson. »Erstens gibt es an der Küste unweit von Cherbourg, genaugenommen in St. Denis, einen privaten Flugplatz. Wem gehört der?«

Hernu legte eine Hand auf die Sprechmuschel und wandte sich an Savary. »Fragen Sie mal den Computer. Wem gehört ein privater Flugplatz in St. Denis an der Küste der Normandie?« Savary eilte hinaus, und Hernu setzte das Gespräch fort. »Erzähl mir, was los ist, Charles.«

Was Ferguson gerne tat. Schließlich meinte er: »Diesmal müssen wir den Bastard fassen, Max, und ihm endgültig das Handwerk legen.«

»Da stimme ich dir zu.« Savary kam mit einem Streifen Papier herein und reichte ihn Hernu, der ihn überflog und einen Pfiff ausstieß. »Der fragliche Flugplatz gehört zu dem Gut Château St. Denis, und der Eigentümer ist Michael Aroun.«

»Der irakische Milliardär?« Ferguson lachte rauh. »Das erklärt alles. Sorgst du dafür, daß Mary Tanner von Cherbourg aus weitergeleitet wird, und veranlasse doch auch, daß sie diese Information bekommt.«

»Natürlich, mein Freund. Ich werde sofort ein Flugzeug anfordern und mit einem Einsatzteam des Service fünf selbst runterfliegen.«

»Dann Waidmannsheil für uns alle«, sagte Charles Ferguson und legte auf.

Eine dichte Wolkendecke hing niedrig über der Küste der Normandie. Dillon, der noch einige Kilometer draußen über dem Meer flog, durchstieß die Wolkendecke in etwa tausend Fuß Höhe und ließ sich tiefer sinken. Er näherte sich der Küstenlinie in fünfhundert Fuß Höhe und sah unter sich eine wild schäumende See.

Der Flug war problemlos verlaufen, der reinste Spaziergang. Als Navigator hatte er schon immer besondere Fähigkeiten bewiesen, und er ließ das Meer hinter sich und sah sofort das Château St. Denis am Rand der Klippen und dahinter eine mehrere hundert Meter lange Rollbahn. Etwas Schnee lag darauf, aber nicht soviel wie in England. Es gab einen kleinen Flugzeugschuppen aus Fertigbauteilen, vor dem ein Citation-Jet stand. Er überflog einmal das Haus, drehte in den Wind und fuhr die Klappen zur Landung aus.

Aroun und Makeev saßen im großen Saal am Kamin, als sie den Lärm des Flugzeugs über ihren Köpfen hörten. Rashid kam eilig herein und öffnete die Terrassentüren. Sie traten mit ihm auf die schneebedeckte Terrasse. Aroun hatte ein Fernglas mitgenommen. Dreihundert Meter entfernt auf der Rollbahn landete die Cessna Conquest und rollte zum Schuppen, wo sie neben der Citation stehenblieb.

»Da ist er also«, sagte Aroun.

Er richtete das Fernglas auf das Flugzeug, sah, wie die Tür aufschwang und Dillon auftauchte. Er reichte das Fernglas an Rashid weiter, der kurz hindurchsah und das Glas dann Makeev gab.

»Ich gehe runter und hole ihn mit dem Land-Rover ab«, sagte Rashid.

»Nein, das tust du nicht.« Aroun schüttelte den Kopf. »Der Bastard soll zu Fuß durch den Schnee laufen. Das ist ein angemessenes Willkommen für ihn, und wenn er hier ist, werden wir ihn gebührend empfangen.«

Dillon ließ die Reisetasche und den Aktenkoffer in der Conquest, als er ausstieg. Er ging hinüber zur Citation und zündete sich eine Zigarette an. Dabei betrachtete er die Maschine. Er hatte dieses Modell schon oft im Mittleren Osten geflogen, und es gefiel ihm von allen am besten. Er trat nach einigen Minuten seine Zigarette aus und zündete sich eine neue an. Es war bitterkalt. Fünfzehn Minuten waren verstrichen, und noch immer keine Spur von einem Wagen, der ihn abholte.

»So sieht es also aus«, sagte er leise und kehrte zur Conquest zurück.

Er klappte den Aktenkoffer auf, überprüfte die Walther und den Carswell-Schalldämpfer und verstaute die Beretta wieder auf seinem Rücken im Hosenbund. Dann nahm er die Reisetasche aus der Maschine, trug den Aktenkoffer in der anderen Hand, überquerte die Rollbahn und folgte dem Fahrweg durch ein kleines Wäldchen.

Fünfundsiebzig Kilometer weit draußen über dem Meer meldete Mary sich beim Tower des Maupertuis-Flughafens. Sie erhielt sofort Antwort.

»Wir haben Sie bereits erwartet.«

»Kann ich auf dem Platz in St. Denis landen?« fragte sie.

»Es zieht sich allmählich zu. Vor zwanzig Minuten hatten wir tausend Fuß Wolkenuntergrenze. Jetzt sind es höchstens noch sechshundert Fuß. Ich rate Ihnen, es lieber hier zu versuchen.«

Brosnan hörte den Dialog in den anderen Kopfhörern und wandte sich mit besorgtem Gesicht zu ihr um. »Das geht nicht, jetzt nicht mehr.«

Sie meldete sich wieder in Maupertuis. »Es ist sehr dringend, ich muß mir selbst einen Eindruck verschaffen.«

»Wir haben für Sie eine Nachricht von Colonel Hernu.«

»Ich höre«, antwortete sie.

»Die Rollbahn in St. Denis gehört zum Château St. Denis, und dessen Besitzer ist Michael Aroun.«

»Vielen Dank«, sagte sie ruhig. »Ende.« Sie sah Brosnan an. »Haben Sie das gehört? Michael Aroun!«

»Einer der reichsten Männer der Welt«, sagte Brosnan. »Ein Iraker.«

»Jetzt paßt alles zusammen«, sagte sie.

Er löste seinen Sitzgurt. »Ich gehe mal nach hinten und überrasche Harry mit dieser Neuigkeit.«

Dillon trottete durch den Schnee zur Terrasse vor dem Haus, und die drei Männer sahen ihn näher kommen. Aroun sagte: »Sie wissen, was zu tun ist, Josef.«

»Natürlich.« Makeev holte eine Makarov-Automatik aus seiner Tasche und überzeugte sich, daß sie gespannt und entsichert war, dann steckte er sie zurück.

»Geh und laß ihn ein, Ali«, befahl Aroun Rashid.

Rashid verließ den Saal. Aroun ging zum Sofa am Kamin und griff nach einer Zeitung. Dann setzte er sich damit an den Tisch, breitete die Zeitung vor sich aus, holte einen Smith-&-Wesson-Revolver aus der Tasche und verbarg ihn unter der Zeitung.

Rashid öffnete die Tür, während Dillon die schneebedeckten Stufen hinaufstieg. »Mr. Dillon«, sagte der junge Hauptmann. »Sie haben es geschafft?«

»Ich hätte es nett gefunden, wenn man mich abgeholt hätte«, erwiderte Dillon.

»Mr. Aroun erwartet Sie. Darf ich Ihnen Ihr Gepäck abnehmen?«

Dillon stellte die Reisetasche ab, behielt aber den Aktenkoffer in der Hand. »Den gebe ich nicht her«, meinte er lächelnd. »Darin ist der Rest des Geldes.«

Er folgte Rashid durch eine riesige Halle, die mit

schwarzen und weißen Fliesen ausgelegt war, und betrat den großen Saal, wo Aroun am Tisch saß. »Kommen Sie herein, Mr. Dillon«, meinte der Iraker.

»Gott schütze Sie alle«, sagte Dillon, ging zum Tisch und blieb stehen. Den Aktenkoffer trug er in der rechten Hand.

»Sie haben Ihre Sache nicht sehr gut gemacht«, stellte Aroun fest.

Dillon zuckte die Achseln. »Mal gewinnt man, mal verliert man.«

»Mir wurden aber große Dinge versprochen. Sie wollten die Welt in Brand setzen.«

»Vielleicht ein anderes Mal.« Dillon legte den Aktenkoffer auf den Tisch.

»Ein anderes Mal!« Arouns Gesicht verzerrte sich plötzlich vor Zorn. »Ein anderes Mal? Ich will Ihnen mal erzählen, was Sie getan haben. Sie haben nicht nur mich enttäuscht und im Stich gelassen, sondern auch Saddam Hussein, den Präsidenten meines Landes. Ich habe ihm mein Wort gegeben, und wegen Ihres Versagens ist meine Ehre jetzt zerstört.«

»Was soll ich denn jetzt Ihrer Meinung nach tun? Soll ich mich entschuldigen?«

Rashid saß auf der Tischkante und pendelte mit den Beinen. Er sagte zu Aroun: »Unter diesen Umständen war es eine weise Entscheidung, den Mann nicht zu bezahlen.«

Dillon merkte auf. »Wovon redet er?«

»Die Million Vorschuß, die ich nach Zürich überweisen sollte.«

»Ich habe mit dem Bankdirektor gesprochen. Er hat mir bestätigt, daß sie auf meinem Konto eingegangen ist«, sagte Dillon.

»Auf meine Anweisung hin, Sie Narr. Ich habe Millionen in der Bank liegen. Ich brauchte ihm nur damit zu drohen, sie zu einer anderen Bank zu bringen, und schon spurte er.«

»Das hätten Sie nicht tun sollen«, sagte Dillon. »Ich halte immer mein Wort, Mr. Aroun, und ich erwarte, daß andere es genauso tun. Das ist eine Ehrensache.«

»Ehre? Sie reden mir von Ehre?« Aroun lachte schallend. »Wie finden Sie das, Josef?«

Makeev, der hinter der Tür gestanden hatte, trat hervor. Er hatte die Makarov in der Hand. Dillon wandte sich halb zur Seite, und der Russe sagte: »Vorsicht, Sean, bleiben Sie ganz ruhig.«

»Tue ich das nicht immer, Josef?« fragte Dillon.

»Hände auf den Kopf, Mr. Dillon«, befahl Rashid. Dillon gehorchte. Rashid öffnete den Reißverschluß der Motorradjacke, suchte nach Waffen und fand keine. Seine Hände tasteten sich um Dillons Taille herum nach hinten und entdeckten die Beretta. »Raffiniert«, sagte er und legte sie auf den Tisch.

»Darf ich mir eine Zigarette nehmen?« Dillon schob eine Hand in seine Hosentasche, und Aroun schleuderte die Zeitung beiseite und ergriff die Smith & Wesson. Dillon holte eine Zigarettenschachtel heraus. »In Ordnung?« Er steckte sich eine in den Mund, und Rashid gab ihm Feuer. Der Ire stand da, und die Zigarette baumelte in seinem Mundwinkel. »Was passiert jetzt? Soll Josef mich umlegen?«

»Nein, dieses Vergnügen habe ich für mich reserviert«, sagte Aroun.

»Mr. Aroun, lassen Sie uns doch vernünftig sein.« Dillon öffnete die Verschlüsse seines Aktenkoffers und machte Anstalten, ihn aufzuklappen. »Ich gebe Ihnen zurück, was von dem Bargeld noch übrig ist, und wir sind quitt. Wie wäre das?«

»Meinen Sie, mit Geld könnten Sie alles wieder in Ordnung bringen?« fragte Aroun.

»Eigentlich nicht«, meinte Dillon und holte die Walther mit dem Carswell-Schalldämpfer aus dem Koffer und schoß ihm zwischen die Augen. Aroun wurde mitsamt seinem Stuhl nach hinten geschleudert, und Dillon ging auf ein Knie herunter, drehte sich dabei und erwischte Makeev mit zwei Treffern, während der Russe nur einen einzigen gezielten Schuß abgeben konnte.

Dillon kam wieder hoch und drehte sich weiter. Er hielt die Walther im Anschlag, und Rashid hatte die Hände erhoben. »Das ist nicht nötig, Mr. Dillon, ich könnte nützlich für Sie sein.«

»Da haben Sie verdammt noch mal recht, das können Sie wirklich«, sagte Dillon.

Ein plötzliches Brummen von einem Flugzeug ertönte über ihnen. Dillon packte Rashid bei der Schulter und stieß ihn zur Terrassentür. »Aufmachen«, befahl er.

»Schon gut.« Rashid gehorchte, und sie traten hinaus auf die Terrasse, von wo aus sie beobachten konnten, wie die Navajo landete.

»Wer mag das wohl sein?« fragte Dillon. »Freunde von Ihnen?«

»Wir haben niemanden erwartet, das schwöre ich«, antwortete Rashid.

Dillon stieß ihn zurück ins Haus und drückte ihm die Mündung des Carswell-Schalldämpfers in den Nacken. »Aroun hatte in seinem Appartement in der Avenue Victor Hugo in Paris einen niedlichen kleinen Safe. Machen Sie mir nicht weis, er habe so etwas nicht auch hier.«

Rashid zögerte nicht. »Er befindet sich in der Bibliothek. Ich zeige es Ihnen.«

»Natürlich werden Sie das«, sagte Dillon und schob ihn zur Tür.

Mary ließ die Navajo über die Landebahn rollen und bremste neben der Conquest und der Citation. Sie schaltete den Motor aus. Brosnan war bereits in der Kabine und öffnete die Tür. Er stieg schnell hinunter und reichte Flood eine Hand. Mary folgte. Es war sehr still, und der Wind ließ den Schnee in Wolken hochwirbeln.

»Die Citation?« sagte Mary. »Das kann unmöglich Hernu sein. So viel Zeit hatte er nicht.«

»Dann gehört sie Aroun«, folgerte Brosnan.

Flood wies auf Dillons Fußspuren, die im Schnee noch deutlich sichtbar waren. Sie führten zum Fahrweg durch den Wald, hinter dem das Schloß stolz aufragte. »Dort müssen wir hin«, sagte er und machte sich auf den Weg. Brosnan und Mary eilten ihm nach.

15

Die Bibliothek war überraschend klein und mit heller Eiche getäfelt. An den Wänden hingen die üblichen Porträts längst verstorbener Adeliger. Ein antiker Schreibtisch stand dort mit einem Sessel. Dann gab es noch einen leeren Kamin, einen Fernseher mit einem Telefaxgerät und Regale voller Bücher an den Wänden.

»Beeilen Sie sich«, sagte Dillon, und er ließ sich auf der Schreibtischkante nieder und zündete sich eine Zigarette an.

Rashid ging zum Kamin und legte seine Hand auf die Wandtäfelung rechts daneben. Dort befand sich offenbar eine versteckte Feder. Das Paneel schwang nach außen und gab den Blick auf einen kleinen Safe frei. Rashid drehte das Zahlenrad hin und her, zog dann am Griff. Der Safe wollte nicht aufgehen.

Dillon meinte: »Sie müssen sich mehr Mühe geben.«

»Einen Moment nur.« Rashid begann zu schwitzen. »Ich habe wohl bei der Kombination einen Fehler gemacht. Ich versuche es noch mal.«

Er versuchte es, hielt kurz inne, um sich mit der linken Hand den Schweiß aus den Augen zu wischen, und dann ertönte ein Klicken, das sogar Dillon hören konnte.

»Das ist es«, sagte Rashid.

»Sehr gut«, meinte Dillon. »Und jetzt weiter.« Er streckte den linken Arm aus und zielte mit der Walther auf Rashids Rücken.

Rashid öffnete den Safe, griff hinein und fuhr herum. In seiner Hand befand sich ein Browning. Dillon schoß ihm in die Schulter, riß ihn herum und schoß ein zweites Mal, diesmal in seinen Rücken. Der junge Iraker prallte von der Wand ab, stürzte zu Boden und rollte auf sein Gesicht.

Dillon blieb für einen Moment über ihm stehen. »Ihr werdet niemals klug«, sagte er leise.

Er schaute in den Safe. Er entdeckte säuberliche Stapel Hundert-Dollar-Scheine, französische Francs, englische Fünfzig-Pfund-Noten. Er ging in den großen Saal zurück und holte seinen Aktenkoffer. In der Bibliothek legte er ihn geöffnet auf den Schreibtisch, wobei er leise vor sich hinpfiff. Als der Aktenkoffer voll war, klappte er ihn zu. In diesem Moment hörte er, wie die Haustür geöffnet wurde.

Brosnan stieg als erster die schneebedeckten Stufen hoch. Dabei hielt er den Browning, den Mordecai ihm gegeben hatte, in der rechten Hand. Er zögerte einen Moment, und dann drückte er probeweise gegen die Haustür. Sie gab nach und schwang nach innen.

»Vorsicht!« warnte Flood.

Brosnan schaute durch den Spalt, sah die großzügige schwarz-weiß geflieste Eingangshalle, die geschwungene Treppe. »So still wie in einem Grab. Ich gehe rein.«

Während er losging, sagte Flood zu Mary: »Bleiben Sie einen Moment hier stehen.« Er folgte Brosnan.

Die Doppeltür zum großen Saal stand weit offen, und Brosnan entdeckte Makeevs Leiche sofort. Er wartete einen Moment, dann betrat er den Saal mit dem schußbereiten Browning. »Er war hier, das ist klar. Ich möchte bloß wissen, wer das ist.«

»Auf der anderen Seite des Tisches liegt noch einer«, informierte Flood ihn.

Sie gingen um den Tisch herum, und Brosnan kniete sich hin und drehte die Leiche um. »Sieh an«, sagte Harry Flood. »Sogar ich weiß, wer das ist. Es ist Michael Aroun.«

Mary drang in die Eingangshalle vor, schloß die Tür hinter sich und beobachtete, wie die beiden Männer den großen Saal betraten. Ein unheimliches Knarren ertönte links von ihr, und sie blickte in die Richtung und gewahrte die offene Tür zur Bibliothek. Sie holte ihren .25er-Colt aus der Handtasche und bewegte sich langsam vorwärts.

Als sie sich der Tür näherte, geriet der Schreibtisch in ihr Blickfeld, und sie sah außerdem Rashids Körper auf dem Fußboden daneben. Sie machte einen schnellen Schritt in den Raum in einer eher reflexartigen Bewegung. Dillon tauchte hinter der Tür auf, riß ihr den Colt aus der Hand und ließ ihn blitzschnell in seiner Tasche verschwinden.

»Also«, sagte er, »wenn das kein unerwartetes Vergnügen ist?« Mit diesen Worten rammte er ihr den Lauf der Walther in die Seite.

»Aber warum hat er ihn getötet?« fragte Flood Brosnan. »Das verstehe ich nicht.«

»Weil dieses Schwein mich betrogen hat. Weil er seine Schulden nicht bezahlen wollte.«

Sie fuhren herum und erblickten Mary an der Tür. Dillon stand hinter ihr und hatte die Walther in der linken und den Aktenkoffer in der rechten Hand. Brosnan hob den Browning. Dillon meinte: »Auf den Fußboden damit, und schieb ihn mit dem Fuß herüber,

Martin, oder du stirbst. Du weißt, daß ich es ernst meine.«

Brosnan legte den Browning vorsichtig hin und kickte ihn dann über den Parkettboden.

»Sehr gut«, sagte Dillon. »Das ist schon viel besser.« Er stieß Mary auf sie zu und kickte den Browning mit der Stiefelspitze weiter in die Eingangshalle.

»Aroun haben wir erkannt. Aber interessehalber, wer ist denn das?« Brosnan wies auf Makeev.

»Oberst Josef Makeev vom KGB in Paris. Er war es, der mich in diese Sache reingezogen hat. Ein Betonkopf, der Gorbatschow und das, was er vorhat, nicht besonders gut leiden konnte.«

»In der Bibliothek liegt noch eine Leiche«, teilte Mary Brosnan mit.

»Ein irakischer Geheimdiensthauptmann namens Ali Rashid, Arouns rechte Hand«, sagte Dillon.

»Ein Mietkiller also. Ist es mit dir schon so weit gekommen, Sean?« Brosnan wies mit einem Kopfnikken auf Aroun. »Warum hast du ihn wirklich getötet?«

»Ich hab's dir doch gesagt, weil er seine Schulden nicht bezahlen wollte. Es ist eine Frage der Ehre, Martin. Ich halte immer mein Wort, das weißt du. Er hat seines nicht gehalten. Wie zum Teufel hast du mich gefunden?«

»Eine Lady namens Myra Harvey hat dich gestern abend beschatten lassen. Das brachte uns nach Cadge End. Du wirst schlampig, Sean.«

»So sieht es also aus. Wenn es dich tröstet – der einzige Grund, weshalb wir es nicht geschafft haben, das englische Kriegskabinett in die Luft zu jagen, war der, daß ihr, du und deine Freunde, mir zu nahe gekommen seid. Das hat mich dazu verleitet, die Dinge zu überstürzen, und das ist immer schlecht. Danny wollte noch Stabilisierungsflügel an die Sauerstoffflaschen schweißen, die wir als Mörsergranaten benutzt haben. Das hätte ihnen die entscheidende Zielgenauigkeit gegeben, aber dazu hatten wir keine Zeit.«

»Das freut mich zu hören«, sagte Brosnan.

»Und wie habt ihr mich hier gefunden?«

»Diese arme junge Frau hat es uns erzählt«, sagte Mary.

»Angel? Das mit ihr tut mir leid. Ein nettes Mädchen.«

»Und Danny Fahy und Grant auf dem Flugplatz? Tun sie dir auch leid?« wollte Brosnan wissen.

»Sie hätten nicht mitmachen sollen.«

»Belfast und der Mord an Tommy McGuire – waren Sie das?« fragte Mary.

»Eine meiner besseren Vorstellungen.«

»Und Sie sind nicht mit dem Zug nach London zurückgekommen«, fügte sie hinzu. »Habe ich recht?«

»Ich bin nach Glasgow geflogen, dann mit dem Pendelflug von dort nach London.«

»Und was passiert jetzt?« fragte Brosnan.

»Mit mir?« Dillon hielt den Aktenkoffer hoch. »Ich habe hier eine ziemlich große Summe Bargeld, das in Arouns Safe lag, und ich kann mir ein Flugzeug aussuchen. Die Welt ist meine Auster. Egal wohin, nur nicht in den Irak.«

»Und wir?« Harry Flood sah noch immer angegriffen aus. Sein Gesicht war schmerzverzerrt, und er veränderte die Lage seines linken Arms in der Schlinge.

»Ja, was ist mit uns?« wollte auch Mary wissen. »Sie haben alle anderen getötet, was bedeuten Ihnen da schon drei mehr?«

»Aber ich habe doch keine andere Wahl«, sagte Dillon geduldig.

»Nein, aber ich, du Schwein!«

Harry Floods rechte Hand tauchte in die Schlinge, zog die Walther heraus, die er dort versteckt hatte, und schoß ihm zweimal ins Herz. Dillon stolperte nach hinten gegen die Wandtäfelung, ließ den Aktenkoffer fallen und rutschte auf den Fußboden. Dann drehte er sich zuckend auf den Bauch. Plötzlich rührte er sich nicht mehr und lag still da, mit dem Gesicht nach unten. Die linke Hand umklammerte noch immer die Walther mit dem Carswell-Schalldämpfer.

Ferguson saß in seinem Wagen und war bereits auf halbem Weg zurück nach London, als Mary ihn über das Telefon in Arouns Bibliothek anrief.

»Wir haben ihn, Sir«, sagte sie einfach, nachdem er sich gemeldet hatte.

»Erzählen Sie.«

Sie berichtete von Michael Aroun, Makeev, Ali Rashid, von allem. Als sie schloß, meinte sie noch: »Das wär's, Sir.«

»Scheint so. Ich bin auf dem Rückweg nach London und gerade durch Epsom gefahren. Ich habe Detective Inspector Lane in Cadge End zurückgelassen, um alles weitere zu veranlassen.«

»Was jetzt, Brigadier?«

»Steigen Sie in Ihr Flugzeug, und starten Sie sofort. Sie befinden sich auf französischem Territorium, vergessen Sie das nicht. Ich spreche jetzt mit Hernu. Er wird sich um alles Notwendige kümmern. Denken Sie nur daran, schnellstens zu starten. Melden Sie sich, wenn Sie in der Luft sind, und ich gebe Ihnen durch, wo Sie landen können.«

Kaum hatte sie die Verbindung unterbrochen, wählte er schon Hernus Nummer in seinem Büro in der

DGSE-Zentrale. Es war Savary, der sich meldete. »Hier ist Ferguson. Wissen Sie, wann Colonel Hernu in St. Denis landen wird?«

»Das Wetter ist da unten nicht sehr gut, Brigadier. Sie gehen auf dem Maupertuis-Flughafen in Cherbourg herunter und nehmen dann den Wagen bis nach St. Denis.«

»Nun, gegen das, was er dort vorfindet, ist der letzte Akt von Macbeth ein Kasperltheater«, sagte Ferguson. »Ich werde es Ihnen erklären, und Sie können die Informationen weitergeben.«

Die Sicht betrug nicht mehr als hundert Meter auf dem Rollfeld, und Nebelschwaden trieben vom Meer herein, während Mary Tanner die Navajo zum Ende der Rollbahn lenkte. Brosnan saß neben ihr. Flood lehnte sich nach vorn, um einen Blick in das Cockpit zu werfen.

»Sind Sie sicher, daß wir es schaffen?« fragte er besorgt.

»Bei diesen Maschinen ist eigentlich nur die Landung etwas problematisch, aber nicht der Start«, sagte sie und ließ die Navajo in die graue Dunstwand hineinrasen. Sie zog den Steuerknüppel nach hinten und begann den Steigflug. Nach und nach blieb der Dunst unter ihnen zurück, und sie nahm Kurs aufs Meer. In neuntausend Fuß Höhe ging sie in den Horizontalflug über. Nach einer Weile schaltete sie den automatischen Piloten ein und lehnte sich zurück.

»Sind Sie in Ordnung?« erkundigte Brosnan sich.

»Ja. Nur etwas schachmatt, mehr nicht. Er hatte so etwas – von einer Urgewalt. Ich kann noch immer nicht glauben, daß es ihn nicht mehr gibt.«

»Er ist weg«, sagte Flood fröhlich. In der einen Hand hielt er eine halbvolle Flasche Scotch, in der anderen balancierte er einen Pappbecher, denn er hatte die Bordbar der Navajo entdeckt.

»Ich denke, du trinkst nie«, wunderte Brosnan sich.

»Außer bei besonderen Gelegenheiten.« Flood hob seinen Becher zum Toast. »Auf Dillon. Möge er in der Hölle schmoren.«

Dillon hörte Stimmen und wie die Haustür geschlossen wurde. Als er langsam wieder zu sich kam, war es genauso, als erwachte er vom Tode zum Leben. Die Schmerzen in seiner Brust waren entsetzlich, aber das überraschte ihn kaum. Der Schockeffekt, auf so kurze Entfernung getroffen zu werden, war beachtlich. Er untersuchte die beiden gezackten Löcher in seiner Motorradjacke und öffnete ihren Reißverschluß und legte die Walther auf den Fußboden. Die Kugeln, die Flood auf ihn abgefeuert hatte, steckten in der Titan- und Nylonweste, die Tania ihm bei ihrer ersten Begegnung gegeben hatte. Er löste die Klettbänder, zog die Weste aus und warf sie auf den Boden. Dann griff er nach der Walther und stand auf.

Er war für einige Zeit richtig bewußtlos gewesen, doch das war völlig normal, wenn man schußsichere Kleidung trug und auf kurze Entfernung getroffen wurde. Er ging zum Barschrank und schenkte sich einen Brandy ein. Er schaute sich in dem Raum um, sah die Leichen und auch seinen Koffer. Er lag noch dort, wo er ihn fallengelassen hatte. Und als er hörte, wie der Motor der Navajo gestartet wurde, begriff er alles. Die Erledigung dieser Sache wurde den Franzosen überlassen, was nur logisch war. Es war schließlich ihr Fleckchen Land, und das bedeutete vermutlich, daß Hernu und die Jungs vom Action Service bereits unterwegs waren.

Es wurde Zeit zu verschwinden, aber wohin? Er

schenkte sich einen zweiten Brandy ein und dachte nach. Es gab immer noch Michael Arouns Citation-Jet, aber wohin könnte er damit fliegen, ohne eine deutliche Spur zu hinterlassen? Nein, die beste Antwort war, wie üblich, Paris. Dort gab es das Hausboot und das Appartement über dem Lagerhaus in der Rue de Helier. Alles, was er brauchte.

Er leerte das Glas, hob den Aktenkoffer auf und zögerte. Er betrachtete die Titanweste mit den beiden Kugeln darin. Er lächelte und flüsterte: »Beiß dir daran die Zähne aus, Martin.«

Er zog die Terrassentür auf und blieb einen Moment lang auf der Terrasse stehen, atmete tief die kalte Luft ein, dann ging er die Treppe zur Wiese hinunter und eilte zu den Bäumen hinüber. Dabei pfiff er leise vor sich hin.

Mary stellte ihr Funkgerät auf die Frequenz ein, die Ferguson ihr genannt hatte. Sie wurde sofort vom Funkraum im Verteidigungsministerium empfangen. Ein raffinierter Zerhacker wurde eingeschaltet, und dann wurde sie zu ihm weiterverbunden.

»Wir sind schon über dem Kanal, Sir, und auf dem Heimweg.«

»Fliegen Sie nach Gatwick«, sagte er. »Dort wartet man auf Sie. Hernu hat mich soeben aus seinem Wagen angerufen. Er ist unterwegs nach St. Denis. Es läuft genauso, wie ich es erwartet habe. Die Franzosen dulden solche Schweinereien nicht auf ihrem Boden. Aroun, Rashid und Makeev sind bei einem Autounfall ums Leben gekommen, Dillon bekommt ein Armengrab. Kein Name, nur eine Nummer. Ähnlich machen wir es bei uns mit diesem Grant.«

»Aber wie, Sir?«

»Einer unserer Ärzte wurde bereits ersucht, einen Totenschein auf Herzinfarkt auszustellen. Seit dem Zweiten Weltkrieg haben wir eine eigene Abteilung für solche Dinge. In einer stillen Straße in Nord-London. Sogar mit eigenem Krematorium. Morgen ist von Grant nicht mehr als fünf Pfund Asche übrig. Keine Autopsie.«

»Aber Jack Harvey?«

»Das ist etwas anderes. Er und der junge Billy Watson weilen noch unter uns, und zwar in Betten einer kleinen Privatklinik in Hampstead. Die Spezialabteilung behält sie im Auge.«

»Ist mein Eindruck richtig, daß wir nichts unternehmen?«

»Es wird nicht nötig sein. Harvey hat keine Lust, zwanzig Jahre in den Knast zu gehen, weil er mal für die IRA gearbeitet hat. Er und sein bunter Haufen werden ganz hübsch den Mund halten. Das gilt übrigens auch für den KGB.«

»Und Angel?«

»Ich dachte, sie könnte doch für einige Zeit bei Ihnen wohnen. Sie kommen gewiß mit ihr klar, meine Liebe. Von wegen von Frau zu Frau und so weiter.«

Eine kurze Pause entstand, dann meinte er: »Begreifen Sie, Mary? Das Ganze hat nie stattgefunden, nichts davon.«

»Das wär's dann wohl, Sir.«

»Ja, das wär's dann, Mary. Bis bald.«

Brosnan fragte: »Was hatte der alte Sack zu sagen?«

Sie erzählte es ihm. Anschließend lachte Flood schallend. »Dann ist es nie passiert? Das ist ja herrlich!«

Mary sagte: »Was nun, Martin?«

»Das weiß Gott allein.« Er lehnte sich zurück und schloß die Augen.

Sie wandte sich zu Harry Flood um, der ihr zuprostete und seinen Becher leerte. »Fragen Sie mich nicht«, wehrte er ab.

Sie seufzte, schaltete den Autopiloten ab, übernahm selbst wieder die Kontrolle über das Flugzeug und wartete auf das Auftauchen der englischen Küste.

Ferguson schrieb schnell und beendete seinen Bericht und schloß die Akte ab. Er stand auf und ging zum Fenster. Es schneite wieder, als er hinaussah zur Ecke Horse Guards Avenue und Whitehall, wo alles geschehen war. Er war müde, erschöpfter als je zuvor, doch es gab noch etwas zu tun. Er drehte sich zu seinem Schreibtisch um, streckte die Hand nach dem Zerhackertelefon aus, als es klingelte.

Hernu sagte: »Charles, ich bin in St. Denis, und wir haben ein Problem.«

»Erzähl«, forderte Ferguson ihn auf, und er hatte bereits ein seltsam leeres Gefühl im Magen.

»Nur drei Leichen. Makeev, Rashid und Michael Aroun.«

»Und Dillon?«

»Keine Spur, nur eine überaus leistungsfähige kugelsichere Weste auf dem Fußboden mit zwei Kugeln darin.«

»O gottverdammt«, sagte Ferguson. »Dann treibt sich dieses Schwein also immer noch irgendwo da draußen herum.«

»Ich befürchte es, Charles. Ich gebe natürlich der Polizei Bescheid und auch den anderen Behörden und Diensten, aber ich kann nicht behaupten, daß ich sonderlich große Hoffnungen auf einen Erfolg habe.«

»Woher auch?« fragte Ferguson. »Wir haben es zwanzig Jahre lang nicht geschafft, Dillon beizukommen, warum sollte es jetzt anders sein?« Er holte tief Luft. »Na schön, Max, ich bleibe am Drücker und melde mich beizeiten.«

Er stellte sich wieder ans Fenster und starrte hinaus ins Schneegestöber. Es hatte keinen Sinn, jetzt die Navajo zu rufen. Mary, Brosnan und Flood würden die Neuigkeit schon früh genug erfahren, aber etwas mußte dennoch erledigt werden. Er wandte sich widerstrebend zu seinem Schreibtisch um und nahm den Hörer des Zerhakkertelefons ab. Er hielt nur einen kurzen Moment inne, ehe er in der Downing Street anrief und darum bat, mit dem Premierminister verbunden zu werden.

Es wurde bereits Abend, und der Schnee fiel dichter, als Pierre Savigny, ein Bauer aus dem Dorf St. Just, kurz vor Bayeux mit seinem alten Citroën-Lastwagen auf der Hauptstraße vorsichtig nach Caen fuhr. Beinahe hätte er den Mann in der Motorradkombination nicht gesehen, der auf der Straße stand und den Arm erhoben hatte.

Schliddernd kam der Citroën zum Stehen, und Dillon öffnete die Beifahrertür und lächelte. »Tut mir leid«, sagte er in makellosem Französisch, »aber ich warte schon eine ganze Weile.«

»Und wo wollen Sie an so einem scheußlichen Abend hin?« fragte Savigny, während Dillon einstieg und sich auf den Beifahrersitz sinken ließ.

»Nach Caen. Ich versuche, dort den Nachtzug nach Paris zu erwischen. Mein Motorrad hat eine Panne. Ich mußte es in einer Werkstatt in Bayeux zurücklassen.«

»Dann haben Sie ja Glück, mein Freund«, meinte Savigny. »Ich fahre nämlich nach Caen. Kartoffeln für den Wochenmarkt morgen vormittag.« Er legte den Gang ein und fuhr los.

»Wunderbar.« Dillon steckte sich eine Zigarette in den Mund, schnippte sein Feuerzeug an und saß entspannt da. Den Aktenkoffer hatte er auf die Knie gelegt.

»Sind Sie denn ein Tourist, Monsieur?« erkundigte sich Savigny, während er beschleunigte.

Sean Dillon lächelte verhalten. »Nicht ganz«, sagte er. »Ich bin nur auf der Durchreise.« Und er lehnte sich in seinem Sitz zurück und schloß die Augen.

Jack Higgins

Der Adler ist entkommen

Roman

Aus dem Englischen von Michael Kubiak

320 Seiten. DM 39,80

In einer regenkalten Novembernacht in London erfährt Jack Higgins, daß er und die mehr als 15 Millionen Leser seines Weltbestsellers »Der Adler ist gelandet« einem raffinierten Täuschungsmanöver erlegen sind: Oberstleutnant Kurt Steiner lebt. Eine junge amerikanische Historikerin kann es beweisen. Doch sie stirbt in dieser Nacht, und die brisante Akte ist plötzlich verschwunden. Nur einer kann das bestgehütete englische Kriegsgeheimnis lüften, Liam Devlin, der schlitzohrige Ire, der Kurt Steiner bei seinen Kommando-Unternehmen begleitete. Higgins spürt ihn in Belfast auf.

London/Berlin 1943. Die englische Abwehr beschließt, Kurt Steiner als Köder einzusetzen, um die Schachzüge der deutschen Spionagedienste besser studieren zu können. Ein Doppelagent bringt die heiße Nachricht nach Berlin. Der totgeglaubte Fallschirmjäger Kurt Steiner wird im Tower gefangen gehalten.

Himmler beauftragt General Walter Schellenberg mit der Vorbereitung einer Befreiungsaktion. Er will Steiner auf einem geplanten Treffen zwischen Hitler, Rommel und Canaris präsentieren, um den Abwehrchef endgültig in Mißkredit zu bringen. Aber Schellenberg erkennt sehr bald die wahren Absichten des Reichsführers: Die SS will nicht nur Canaris und Rommel beseitigen.

In England ist man über jeden Schritt der Deutschen informiert. Steiner erhält sogar das Angebot unbehelligt fliehen zu können. Der Preis – ein Attentat auf Hitler. Aber Kurt Steiner hat seine eigenen Pläne…

Larry Collins

Das Labyrinth

Roman

Aus dem Amerikanischen von W. M. Riegel

512 Seiten. DM 42,–

Art Bennington steckt in der Krise. Statt als privat praktizierender Neurochirurg gut im Geschäft zu sein, versucht er als unterbezahlter Wissenschaftler der CIA seit dreißig Jahren vergeblich, das Geheimnis der fremdgesteuerten Gedankenbeeinflussung zu lösen. Seine Frau ist ihm davongelaufen, und jetzt besteht sein Arzt auch noch darauf, daß er das Rauchen aufgibt. Bennington landet auf der Couch der Hypnosetherapeutin Nina Wolfe und läßt sich auf eine gefährliche Liebschaft ein.
Denn Iwan Federow, Chef des KGB und heftigster Gegner von Gorbatschows Perestroika, hat Benningtons Rätsel gelöst. Einem Forschungsteam unter Leitung von Dr. Xenia Scherbatowa gelang der entscheidende Durchbruch, und Federow sieht endlich die Möglichkeit, den Autonomiebestrebungen islamischer Sowjetrepubliken einen Riegel vorzuschieben. Dazu müssen die Vereinigten Staaten zu einem Schlag gegen islamische Fundamentalisten provoziert werden. Zielobjekt des sowjetischen Angriffs ist kein Geringerer als der amerikanische Präsident, und Foderow aktiviert dazu die Agentin Nina Wolfe...
Art Bennington hat inzwischen eine äußerst attraktive Frau kennengelernt, die über hellseherische Fähigkeiten zu verfügen scheint. Seltsamerweise kann sie ein sowjetisches U-Boot im Atlantik genau lokalisieren. Bevor Bennington jedoch Zeit findet, sich mit dem Medium näher zu beschäftigen, wird es ermodert. Und was Bennington zunächst nur vermutet, verdichtet sich schnell zur Gewißheit: dem KGB ist es gelungen, in das Labyrinth des menschlichen Gehirns einzudringen. Bennnington weiß jetzt – der tödliche Countdown läuft.